徒

西島伝法

高さ100メートルの巨大な鉄柱が支える小さな甲板の上に，“会社”は建っていた。語り手の従業者はそこで日々，異様な有機生命体を素材に商品を手作りする。雇用主である社長は“人間”と呼ばれる不定形の大型生物だ。甲板上とそれを取り巻く泥土の海だけが語り手の世界であり，そして日々の勤めは平穏ではない──第2回創元SF短編賞受賞の表題作にはじまる全4編。奇怪な造語に彩られた，誰も見たことのない異形の未来が読者の目前に立ち現れる。デビュー作ながら第34回日本SF大賞を受賞した，現代SFの到達点にして世界水準の傑作！

皆勤の徒

西島伝法

創元ＳＦ文庫

SISYPHEAN AND OTHER STORIES

by

Dempow Torishima

2013

本文挿画＝酉島伝法

目次

序章　九
断章　拿獲《だかく》　一一
皆勤の徒　一三
断章　宝玉《ほうぎょく》　七九
洞《うつお》の街　八一
断章　開闢《かいびゃく》　一五七
泥海《なずみ》の浮き城　一五九
断章　流刑　二六一
百々似《ももんじ》隊商　二六三
終章　三八五
解説／大森　望　三八七

皆勤の徒

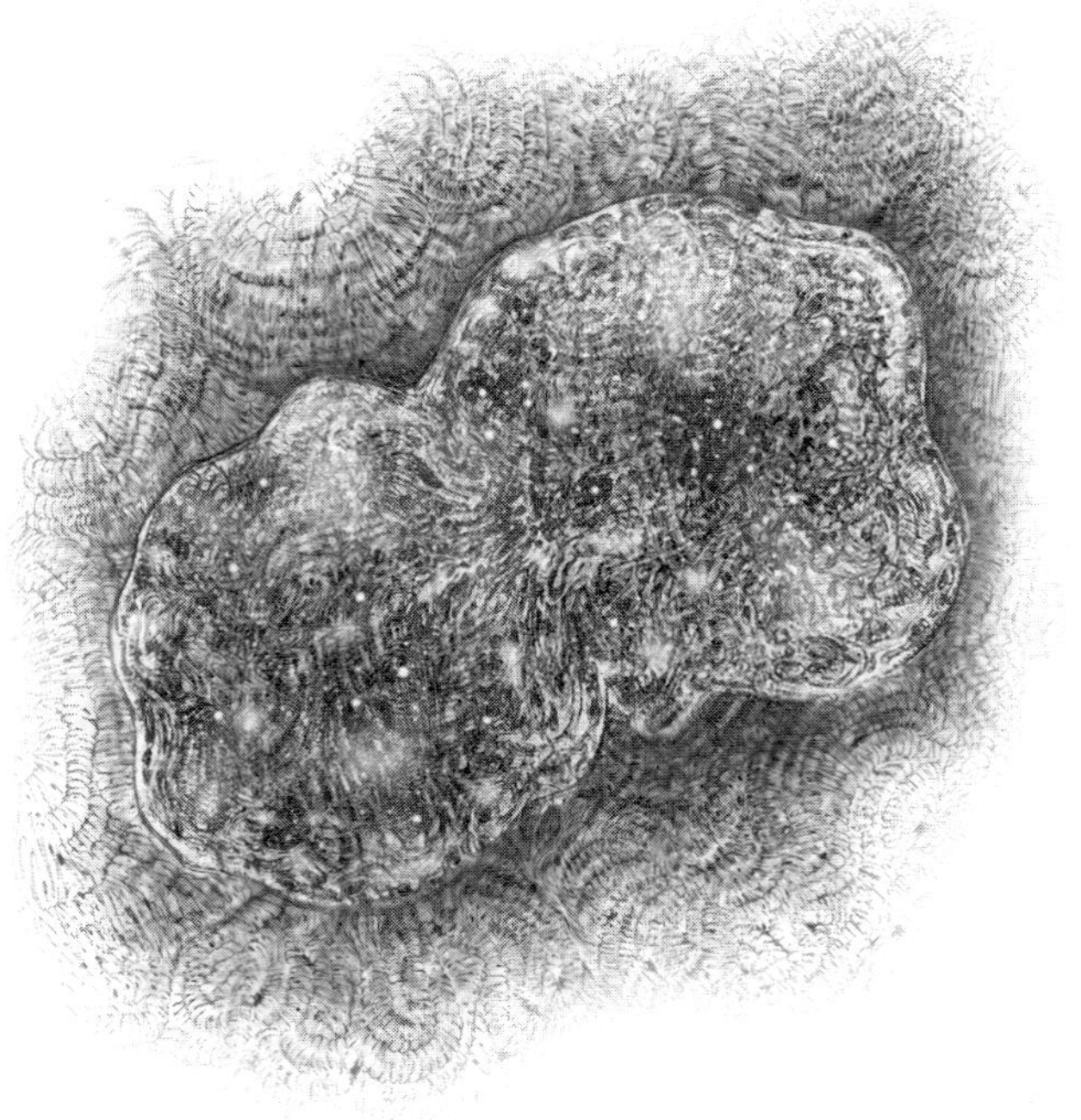

序章

銀河深淵に凝《こご》った降着円盤の安定周期軌道上に、巨《おお》しく透曇《とうどん》な球《きゅう》體《たい》をなす千万《ちよろず》の胞人《ほうじん》が密集し、群都《ぐんと》をなしていた。その犇《ひし》めきのなか、直径一万株を超える瓢《ひさご》形の連結胞人、〈禦《ぎょ》〉と〈闇《じゃ》〉の威容があった。互いを呑み込もうと媒収《ばいしゅう》を始めて幾星霜《いくせいそう》、不自然な均衡を保つ二者の組織内部において、数多《あまた》の惑星の生物標本より詞配《しはい》された隷重類《れいちょうるい》たちが、各々《おのおの》属する胞人規範に基づいて働き、落命と出生を繰り返しつつ多元的な生態系を組み上げていた。

断章　拿獲《だかく》

複数の関連胞人《ほうじん》が、苟且《かりそめ》の組織連合を果たし、未知の恒星間播種《はしゅ》船《せん》――惑星知性が拿獲し、贔《ひさ》いだもの――を内封していた。隷重類《れいちょうるい》に解體《かいたい》させ、胞人たちが触手で各部を閲《けみ》する。主幹部位は逐電していたが、発地となった惑星の座標が明らかとなる。恒星環境の適合により、惑星は嬰児籠《えじこ》の候補地に加えられる。

播種船は糶売《ちょうばい》によって、数多《あまた》の胞人に頒《あか》たれた後、不安定に変容しはじめた。精査の末、船殻《せんかく》は円盤状の遺物により形態拘束された、塵寸《じんすん》の極微《ごくび》機《き》の危険な集積塊《かい》であると判明し、胞人の群都《ぐんと》から隔離された。また、継続調査により、その発地が、同質の極微機に被覆された異質な知性体――譫妄《せんもう》状態で各星系を暗索《あんさく》している――と判り、大掛かりな嚢化《かんか》が立案された。

皆勤の徒

Sisyphean

第一章　社長は待ち続けていた

1

書き出しはどの一日からでもかまわない。寝覚めから始まるのも説話上の都合にすぎない。ただ、今日は少しばかり普段より遅れていた。

海上から百米《メートル》の位置にある錆びた甲板《かんぱん》の縁に、涙滴《るいてき》形の閨胞《けいほう》が並んでへばりついていた。閨胞からは萎えて節《ふし》くれだった下肢《かし》がぶらさがっている。

殆《ほとん》どが干涸《ひか》らびていたが、並びの右端にある閨胞だけは熟れた無花果《いちじく》の膨らみを保っていた。その頂《いただき》に隆起した筋肉質の搾門《さくもん》から、従業者のやや間延びした頭が芽《め》吹《ぶ》きだした。内膜に繋る繊舌《せんぜつ》に送り出され、痩せた裸身が分泌液の糸を引いて、搾門の輪からづるりと甲板上に吐き出される。

従業者の名は、グョヴレウウンンといった。彼自身はそう呼ばれていることを知らなかったが、職場には自立歩行できる隷重類《れいちょうるい》が他にいないので、困ることはなかった。

従業者は幾度も肩を痙攣《けいれん》させると、燃される紙が巻きあがる動きで上体を起こし、沓水《ようすい》に濡れた足を滑らせないよう慎重に、欄杆《らんかん》ひとつない甲板に立ち上がった。彼の耳には、幾人もの見知らぬ同僚が不明瞭に囁き合う声がまだ聞こえている。

「甲板の上に立ち上がって「もう思い出したくない「気味の悪い光景だったな「気味が悪いのは皆の話と似ているからで「集合無意識というやつだよ「前にもあったような「憶えてないな「わたしは見てない「うなされていたじゃないか「僕たちはよほどの抑圧を「ところで隣町が封鎖されたって――」

柔らかい土踏まずに、ささくれ立った鉄銹《てつさび》が食い込んで、従業者の微睡《まどろ》みを破った。口じゅうに無花果の粒の舌触りや甘みが広がる。閨胞を出ると、いつもこの味がした。干し無花果の濃縮された甘みの方が好みだったが、従業者はいずれも食《しょく》したことはなかった。

耳孔《じこう》から香水が垂れ落ちると、冷たい強風が鼓膜を掠《かす》めだし、くぐもった波音が聞こえてくる。そこにときおり差し挟まれる鉄の軋《きし》みに、従業者は顔を歪ませる。

足を踏み外せば命がない。だが、そう自覚できるのは、いつも危険が去った後だ。首の強《こわ》張《ば》りをほぐすように南側を見渡すと、藍鉄《あいてつ》色をした宏大な海原が遠く霞《かす》んでいる。

甲板は空の高みに浮遊しているように見える。従業者も以前はそう思い込んでいたが、甲板から五十米《メートル》ほど吊り降ろされて昇降機の修理を手伝わされたときに、それとも昇降機で逃げようとしたときだったろうか、甲板が何本もの継ぎ接《は》ぎされた長大な鉄柱で支えられていることを知った。眼下に望む海面では、小島群が波に打たれていた。なかでも鉄柱を軸に隆起した小島は、甲板上の社屋に這い上がろうとして果たせなかった屠流々《とるる》や辛櫃鱓《からびつうつぼ》といっ

た傀儡《かいらい》生物の腐肉が折り重なってできたものだ。

従業者は、逃亡しようとした罰で毟《むし》り取られたはずの左耳を摘《つま》みながら、東側に聳《そび》える棄《き》層《そう》の懸崖《けんがい》を見上げた。目にするたびに縞模様が異なるのは心理が投影されているからではなく、あらゆる工業製品の形相《けいそう》を無秩序に模造しては自重圧潰《あっかい》する変容を続けているからだ。退職への望みを捨てきれずに懸崖までの距離を目測すると、ほど近く見えながらも決して飛び渡れないことを今更ながら自覚して、長い溜息を漏らす。

身を翻《ひるがえ》すと、目の前に、巨人の舌を切り取って縦に据え置いたような社屋が屹立《きつりつ》している。当初は呼吸していた膚板《ふばん》張りの壁面は、外回《そとまわ》りたちによる度《たび》重なる営業責めによって傷み、今では瘢痕《はんこん》に覆われて息を詰まらせている。

歩きだしてからたった十歩で出勤した従業者は、重心を腰に溜めて背丈の倍以上ある鉄扉《てっぴ》を横に滑らせ、湿気の籠《こ》もった通路に足を踏み入れた。

鉄扉を閉めているうちに、辛櫃鞸《からびつつぼ》の胃袋に丸呑みにでもされたような不快な圧迫感を覚えて振り返れば、眼前に間隔の開き過ぎた股ぐらがあった。

特殊な筋繊維を編み込んだ生地《きじ》の畝《うね》に沿って視線を上に這わせていくと、広い襟元から突き出した、社屋と相似形の、眼も鼻も口もない半透明の頭部が、その表層になめらかな光沢や粒子を移ろわせながら従業者を見下ろしていた。

「社長」従業者は上擦《うわず》った声で言い、息を整えたのち続けた。「おはようございます」

肉編みの袖に包まれた長い腕が捻《ねじ》れながら彎曲して持ち上がり、骨や神経の透けた四本の太指が奥の部屋を指し示す。指先の球面でぷつぷつと小さな気泡が散る。それだけでは示し足りないらしく、さらに指先を伸長させて、その先端に潜んでいた経虫《けいちゅう》の甲殻を體《たい》細胞の圧力で一瞬のうちに破砕し、ふわと広がる赤い霧の中から、まだ鼓動している胡麻《ごま》粒のような心臓を剝き出しにしてみせる。心臓はなおも、不安になるほどの速さで時を刻んでいる。

普段よりも遅い出社になったらしいことを従業者は悟った。このところ閨胞は具合が悪いのか、従業者を吐出《としゅつ》する時間にずれが生じていたのだ。

社長の、目鼻立ちのない顔が眼前まで下りてきた。骨片《こっぺん》や鱗《うろこ》や気泡が浮遊する内部では、枝分かれしてうねる血管や神経に絡め取られた、機能の窺《うかが》い知れない編笠茸《あみがさだけ》に似た臓器が、不規則に律動しては大幅な位置の転換をやってのける。無機物じみた顔面の中央がすっと窪《くぼ》みだす。と、その周囲が波立って渦を巻き、窪みが一気に深さを増して振動した。

グヱヴオォオォ――ウェングゥウゥンヌゥン――グェプ、ヴヴ――

けたたましい聲《こえ》が社屋じゅうに響き渡る。すぐに殺菌を済ませて席に着くようにと、従業者に促しているのだ。

もっとも、逐語的に理解したわけではなく、聲の調子や仕草からそう捉えただけだ。社長の言語を学ぼうと書き留めておいても、改めて声に出してみると似ても似つかない響きになってしまう。発聲《はっせい》器官の構造上、詰まって逆流した下水管に似た音しか出せないのだ。絡みつく痰《たん》を吐き出そうと、執拗に喉を鳴らしているようにも聞こえる。

消化器系の製臓物《せいぞうぶつ》がうねる隘路《あいろ》を縫って、奥の化粧室に入った。ひとりがやっと立てる広さしかない鱗張りの空間だが、少しばかり落ち着きが戻る。

　壁際に立って格子床を上げ、虚《うつ》ろな風音が響く竪穴《たてあな》にむかって、未成熟な排尿器官で用を足し、戻した格子床に乗って、鱗壁《うろこかべ》についた海星《ひとで》形の真鍮把輪《しんちゅうハンドル》を捻《ひね》る。浄水槽で執拗に濾過《ろか》された純水が頭上から撒水される。だまになった生ぬるい水滴で全身を叩かれつつ、壁に吊るした酒粕《さけかす》を手ですくい、体になすりつけては見えない汚れを落としていく。従業者自ら、酒精《しゅせい》たちの腹部から掻きだしたものだ。

　毛髪が指に絡まり、束《たば》になって抜けた。硝子《がらす》繊維を思わせるその輝きに従業者は放心する。いつの間にここまで白く褪せてしまったのか。銀髪になるには若すぎる、まだ三十二じゃないか、そう思った瞬間に五十四ではなかったかと思い直す。いや二十八だった、と更に思い直したところで考えるのをやめる。

　壁に掛けられた肉襞《にくひだ》を手に取って濡れた体を拭う。銃弾に用いられるほど硬い糞《ふん》を形成する砂蛭《すなひる》の腸だけあって、皮膚がみるみる乾いていく。

　通路に戻って壁面から灰色の作業着をおろす。昔の会計士風の背広だが、支給されるのはなぜか、かしこまった衣服ばかりなので仕方がなかった。

　工房に赴くと、U字形の壁面沿いに設けられた十段棚に並ぶ、淡く光る扶養槽《ふようそう》や多種多様な薬壜《くすりびん》や犇《ひし》めき合う各種製臓物《せいぞうぶつ》の前を、社長がゆっくりと巡っていた。

　頃合いを見て足を踏み出した従業者は、追われる形で作業台の一画に滑り込んだ。

薬液の染みついた革張りの椅子に腰掛けると、卓上にはすでに最終的な形状を見越して断裁された蝓布《ゆふ》が三枚とも拡げられ、点滴によって宙吊りの生を引き延ばされていた。

静脈の浮き出た皮膚手袋を急いで両手に嵌《は》め、見知らぬ他人に手を添えられているような違和感の中で道具箱を開けて、穿刺《せんし》器や管状反射鏡などの器具を手元に並べていく。

従業者が穿刺器を蝓布の断裁面に刺して誘導剤を注入すると、社長が太い指を宙に静止させ、指先から米粒ほどの経虫たちを押し出した。社長は流動する體内《たいない》に常時五百匹ほどの経虫を飼い、用途別に調教しているのだ。

経虫たちは落ちるやいなや蝓布の針痕《はりあと》に潜り込み、尻から銀糸《ぎんし》を吐き出しながら一面を縦横に掘り進んで、表皮に次々と畝を浮き上がらせていく。やがて経虫が断裁面から等間隔に出てくると、従業者が一匹ずつ焼け火箸《ひばし》を押し当てていく。脆《もろ》い音をたてて甲殻が割れ、ジユジジと体液が蒸発する。

経虫が蟻のように這い回る様子を目にするたびに、ここから三十粁《キロ》離れた内陸にある蒸溜《じょうる》里《り》の丘陵を思い浮かべて、従業者は息が詰まりそうになる。蟻は仔犬ほどもある体軀《たいく》から放射状に生やした尖顎《せんがく》で羹土《かんど》に無数の隧道《すいどう》を掘り拡げる。そのため、地上で甲羅《こうら》を重ね合っている酒精たちが、一度に何基も沈下することがあった。その救出作業の最中に巻き込まれて窒息死したときの苦悶を従業者が追体験していると、社長が片手を天井近くの棚板まで伸長させてなにかを掴《つか》み、台上に投げ出した。

三種の念菌《ねんきん》類だ。紐《ひも》状の生白い身体《からだ》を苦しげにくねらせて絡まり合っている。

なにを馬鹿な。窒息死したのなら、いまこうして念菌を摘み上げているのは誰なのだ。従業者は不穏な記憶を追い払うと、犬の外殻《がいかく》の粉をいっぱいに敷いたトレイに念菌を寝かせて転がした。蝓布への根付けを遅らせるための処置だ。

ここで働きだした頃は素手で作業して指先に念菌を癒着《ゆちゃく》させてしまい、床に引きずって真っ白な激痛にのたうち回るはめになった。だが今では慣れた手つきで三種の念菌を螺旋《らせん》紐へと縒《よ》り合わせることができる。

螺旋紐の先端に、蝓布の断裁面の穴に残された経虫の糸を難なく括《くく》りつけると、反対側の穴から一定の律動を与えつつ、糸を引っ張っていく。螺旋紐は全身で拒絶するので、肉の絨《じゅう》毯《たん》をたぐったり伸ばしたりしつつ経孔《けいこう》に通してやらねばならない。絡まりそうになるたびに、隣り合った穴から差し込んだ鉤針《かぎばり》でほぐす。

タプヴゥゥ――と社長が體内の滞留部から不要な空気を排出し、従業者は集中力を削がれる。手元に目を戻すと残り糸が切れている。経孔網に鉤針を差し入れ、切れた糸を探っていると、社長が知りもしない正しい位置をさし示そうと太指で視界を妨げるので、眼窩《がんか》を塞がれたような疎《うと》ましさを覚え、それがじわじわと全身に拡がって、社長の體内に隙間なく封じ込まれているような閉塞感に襲われはじめた。

従業者は息を整え、整経《せいけい》の正しい順路を思考の中で手繰《たぐ》り直して作業を再開した。まだ途中だというのに、社長は宍色の皿《しし》　結《けっ》菅《かんもどき》や網《あみじゅばん》襦袢などの寄宿生《きしゅくせい》を棚の抽斗《ひきだし》から取り出しはじめ、柱から引き延ばした腕木《うでぎ》にかけ、執拗に指で示し続ける。

「寄宿生なら焦る必要はないんです」

苛立って声をあげてしまうが、社長は文字通り聞く耳を持たない。異なる仕組みで音を捉えてはいるが、従業者たちの言葉は雑音とみなされがちだ。顔面の渦潮《うずしお》から発せられ続ける非難の音を、緩みきった鼓膜で受けながして整経を終える。

従業者が攣《つ》りかけた指をほぐしていると、社長が長い脚を交差させて腰から下を一回転させ、入れ替わった右脚を波打たせた。踵《くるぶし》あたりからねっとりとした鈍《にび》色の廃液が溢れ出し、格子穴へと垂れ落ちていく。

腕木に掛けられてぐったりとしている網襦袢をようやく手に取ると、網状の膜は従業者の体温に反応してぶよぶよと伸び拡がりはじめる。少しは飢えさせておく方が喰いつきがいいのだ。生物に取り付いた寄宿生は、本来の血管に成り代わって血流を迂回《うかい》させ、生存に必要な栄養を掠め取る。寄宿された方はどれだけ過食しても体重は増えなくなるし、元の血管に障害があれば逆に命拾いしたことになると歓迎されがちだが、寄宿生が単性生殖による出芽《しゅつが》を終えて朽ちた後は、萎縮した血管が突然蘇《よみがえ》った血流に耐えきれず破裂したり、過剰が当たり前となった食欲を元に戻せず肥満化するといった弊害が起きる。

従業者は蝓布の上に網襦袢を押し拡げるうちに、早くも空腹を覚えだして不安になっていた。ここ数日は妙に食欲が増している。寄宿生には従属処置を施してあるとはいえ、毎日生《なま》のまま食餌《しょくじ》として与えられ、ろくに嚙みもせず胃袋に収めているのだ。自らの罹患《りかん》を疑っても不思議はなかった。

目の前を、社長の脚がしなりながら過《よ》ぎっていく。

噂を聞いて以来よく夢に見るようになった、生まれつき従業契約を免れた無垢な反故者《ほごしゃ》たちの姿を思い浮かべて気を逸らす。

自ら選んだ土地で自ら命じた仕事をこなし、貧しくも気ままに暮らす反故者たち——彼らと共に生活しているつもりで作業をこなすうちに、網孺袢の挽肉《ひきにく》に似た触感が、水を吸った厚手の布となる。洗濯夫としてあらゆる汚れを清めていく日々は、静かで平穏だった。

けれどある日——と従業者の夢想は捻れはじめる。

反故者たちの集落に寄宿生捕《ど》りの大家《たいか》が現れ、あなた方は悪霊に蝕《むしば》まれていると警告する。さあ、胸の内を開きましょう。大家は鋏《はさみ》で反故者のひとりを開胸《かいきょう》し、寄宿する網孺袢を断ち退《の》かせて頭上高く掲げる。淫らにうねる網模様の影が、その誇らしげな顔に落ちる。

「ほら、言ったとおりでしょう。この醜悪極まりない姿。これがあなたに忌まわしく取り憑いていた悪霊ですよ。取り戻しましたね、健康を」

大家の元に悪霊祓《ばら》いを求める反故者たちが殺到する。

大量の網孺袢と共に大家が去ったあと、健康を取り戻した反故者たちの肉体は、とめどなく肥え太っていく。その姿が蒸溜里で伏臥《ふくが》して酒を分泌し続ける酒精たちと重なり合う。

従業者は羽虫の群をはらうかのように頭を振った。肝臓が腐ったような廃液の刺激臭に顔を包み込まれたのだ。

まさか。酒精たちが反故者であったはずがないだろう。淡く透けた半球状の甲羅の中で腫れ物のように肥大した、哀れな従属物。従業者は、蒸溜里に設置された中でとりわけ搾酒量《さくしゅ》の低い一基の酒精を気にかけていた。話しかけると、宙に展開した葉脈状の捕獲手《しゅ》を揺らしたり縮めたりして応じてくれるのだ。

従業者は、彼らが単なる酒造甕《がめ》ではなく自分たちの同胞ではないのかと疑いを抱き、月に二度ある収穫時に工具を隠し持ち、社長の目を盗んで甲羅の六角板を数枚引き剝がしたことがある。こうしておけば甲羅を内側から自力で突き崩し、外に這い出すことができるはずだ。このあたり特有の深い霧にまぎれて、蒸溜里から逃れることも不可能ではない。

次の収穫時、甲羅の中は空洞だった。脱出を果たしたのだと歓喜して近づいてみると、中には干涸らびた皺《しわ》だらけの屍《しかばね》が横たわっていた。

やがて事態に気づいた取締役たちが、急死した酒精の周囲に集まりだしたが、霧の中にミドリノオバの影が浮かび上がったおかげで死因の究明はうやむやになった。

2

周囲を取り巻く何段もの棚板が、音を立てている。

そう気づいて従業者が顔をあげると、作業台の向こうの筋繊維に包まれた胴體《どうたい》が、腰から真横に捻れて右手に回り込み、頰に触れるほど近くで擂鉢《すりばち》状の渦が輪転していた。

「すみません、手が留守になっていました」

従業者が穿膚器《せんぷ》を手に取り、蝓布《ゆふく》を刳り抜いてその穴に皿　菅《けっかんもどき》と呼ばれる筒状の寄宿生を通していると、目の前に脂《あぶら》ぎった球体が突き出された。全身を一定の拍子で伸縮させている。蟬《せみ》の一種、〈鼓動〉だ。

受け取るなり腕が跳ね上がり、共鳴した自分の血管が早い拍動で疼《うず》きだして、従業者は落ち着きを失う。作業台に鼓動を強く押さえつけ、三つ葉状の口に導管を深く挿《さ》し込み、喘《あえ》ぐ球体を蝓布で包み込んで仮留《かりど》めする。

作業台下の檻《おり》から、蜷局《とぐろ》を巻く巳針《みしん》を引きずり出す。鼻面の覆いを外して、その長い口吻《こうふん》を出入りする尖舌《せんぜつ》の先に毒の滴《しずく》が膨らむのを確認すると、鼓動で隆起した蝓布にあてがって縫い合わせていく。そのうち巳針の長い胴体が従業者の腕に巻きついてきて、痛いほど締めつけてくる。

鼓動の包みを基底にし、残りの蝓布で弁や心房を作りながら心臓形に余分なく縫い合わせると、上部から飛び出ている皿　菅《けっかんもどき》の中に管状反射鏡を差し込んで、内部の弁の状態を確認する。問題なさそうなので、巳針を腕から引き剝がして檻に戻す。社長が棚の奥に手を突き入れ乱暴に引きずり出した環形《かんけい》動物そのものの心肺《しんぱい》管を受け取り、皿　菅《けっかんもどき》と繋《つな》いで接合部に箍《たが》を嵌め、螺子《ねじ》を締める。両手を重ねて肉塊を押してやると、内部の空洞に血液が流れ込んで心肺管がのたうちだし、やがて手を離しても規則正しく律動するようになる。

眼窩が鈍く痛んだ。従業者は皮膚手袋を脱いで手を消毒し、眉間《みけん》を指で圧迫した。下顎を

引いて欠伸《あくび》をしつつ息を吸うと、消毒液が目に滲《し》みた。

社長が不銹鋼《ふしゅうこう》のトレイを作業台の端に置いた。これが、日にたった一度の食餌《しょくじ》だというのだ。胃液が迫《せ》り上がってきて鑢《やすり》のように喉元をひりつかせる。今日トレイの上に並んでいるのは、尻が拳《こぶし》大に膨らんだ孕虫《ようちゅう》や、大小の蝓布《ゆふ》の端切れ、扶養《ふよう》中に死んで腐敗しかけた皿《けっかん》萓《もどき》だった。社長は調理という概念を持たないので、どれも素材本来の味だ。

従業者は、棚に並んだ瓶《びん》から嘔吐《おうと》抑制薬や消化剤を取り出して口に含んだ。どちらも薬とは名ばかりの小さな甲虫《こうちゅう》だ。扶養槽のそばの柱から蛇管《ホース》を引き伸ばすと、把手《レバー》ひと捻り分の水をシュッと口に注《そそ》いで飲み込んだ。

孕虫を手に取り、その巨大な血豆《ちまめ》を思わせる尻を握り潰して、ビタミン類の詰まった酸味のある体液を蝓布や皿萓《けっかんもどき》にかけ、残った滓《かす》を床に放り投げると、まだいくらか食べやすい蝓布の端切れを摘みあげた。

おずおずと口に放り込んだが、酸味はすぐに跡形もなく消えて何の味もしなくなった。嚙んでも嚙んでもぶよぶよと柔らかくなるだけで嚙み切れずに呑み下し、喉につっかえたまま次の端切れを口にすると、横隔膜《おうかくまく》が風を孕《はら》んだように引き攣った。薬で抑えているのに、この有様だ。なんとしてでも吐くわけにはいかなかった。耐え切れなければ、嘔吐ミールと呼ばれてきた所以《ゆえん》通りに食すよう強いられるだけだからだ。社長にとっては何の違いもない。

掃除を始めようとクラスの誰もが机や椅子を移動するなか、部屋の中央でひとり泣きながら給食を食べ続ける自分の姿が思い浮かんだ。いや、食べるのは早いほうだったから、哀れな級友の足元にモップを差し込む側だったのかもしれない。それともそれを強いていた教師だったのだろうか。だから今その報復を受けているのだろうか。

社長はといえば爆風から恋人を庇《かば》うような身振りで、一抱えもある跂踵《きしょう》を羽鱗《うりん》も毟らず襟元から押し込み、伸縮性の高い胃袋で丸呑みにしているところだ。

跂踵は死の予感を覚えたのか仮死状態から醒め、翼をばたつかせて羽鱗を散らしたが、間もなく尾の先まですっぽりと胃の腑《ふ》に仕舞われた。社長の鳩尾《みぞおち》が腫瘤《しゅりゅう》のように張り出し、いびつに形を変えて脇腹まで一気にずり落ちた。

従業者は後回しにしておいた皿菅《けっかんもどき》を摘み上げると、顔を天井に向けて目を瞑《つむ》り、訪れたはずのない遠い外国で食した焼き葱《ねぎ》料理だと思い込むことにした。（真っ黒に焦げた皮を剝くと湯気の立つ生白い葱が）指先から粘り気のある糸を引いて、喉の奥へと落ちていく。（アーモンド香のする橙《だいだい》色のソースが口元からこぼれ）生臭く頰を伝っていく。

従業者は喉を伸び縮みさせて皿菅《けっかんもどき》を嚥下《えんげ》したが、噎《む》せ返った拍子に口腔《こうくう》の中へと滑るように戻ってきて、舌のまわりをずるりと周回した。仕方なく指で押し込んだが、喉の奥から無様《ぶざま》な音が響き、それが話し言葉にでも似ていたのか、社長がゾヴォヴォと応じた。

何度も口を水ですすいだ後には、歯科医で治療を終えたばかりのような、気怠《けだる》い安堵だけが残った。

食餌に対する嫌悪からか、頭皮に鳥肌が立ったまま消えなかった。それはやがて無数の肢《あし》が這い廻るような掻痒《そうよう》感に変わり、早くも半風子《はんぷうし》が湧き出してきたのかと、従業者は頭髪に指を差し入れてみた。動くものには触れなかったが、髪を指で梳《す》いてみると何かが付着していた。指で挟んで刮《こそ》げ落とそうとしたが、粘ついて剝がれない。卵嚢《らんのう》に違いなかった。

半風子はある特定の脳波に引き寄せられるというが、じっとり湿った気配や、頭髪を縫って這い回る感触に悩まされながらも、実際に捕獲できた例《ためし》はなく、扶養槽に映してみても、見えるのは自分の脂ぎった毛髪だけなのだ。そのため、唯一触れることのできる卵嚢も、頭皮の分泌物なのかもしれないと従業者は思うことがあった。

閨胞《けいほう》で一夜を明かした後に、半風子の感覚や卵嚢が跡形もなく消え去るのは、繊舌《せんぜつ》が餌《えさ》にしているのか、睡眠で心の平穏を取り戻しただけなのか。

早く閨胞に戻って眠りたい、と従業者は願う。


社長が不快そうに仰《の》け反《ぞ》り、その挙動から来客なのだと察した。やがて社屋が振動しはじめ、従業者にも通路奥にある昇降機が動いているのが判った。

かなり以前、辛櫃鱓《からびつうつぼ》の巨大な変種が昇降機にもぐり込み、S字型に胴体をくねらせたまま詰まってしまったことがあった。社長から処分するよう命じられたものの、水産会社の危険物目録にも載るほど外皮の毒性が強いため、腐敗促進剤をかけて床に垂れ落ちた腐肉の粥《かゆ》を掻き出しているときに、外回りからしか採れないはずの翠緑色《すいりょくしょく》の勾玉《まがたま》を見つけたのだった。

従業者は胸のポケットに触れた。勾玉をここに入れて隠し持っていたはずだが、何の手応えもなかった。あれは同僚に聞いた話だったのだろうか。

蛇腹扉《じゃばら》の開く音が聞こえ、たどたどしい足音が近づいてくる。

暗がりから、両手で荷箱を抱えた小柄だが体格のいい猪首《いくび》の雄《おす》が現れた。幅広い顔に大粒の汗を浮かべ、苦しげに呼吸している。水産会社の従業者で、担当は訪問解体だ。ここまでは船でやってくるが、従業者には冥《くら》い地下世界から這い上がってきたとしか思えない。

解体者は荷箱を床に置くと一瞬目を合わせてきたが、すぐに卑屈な素振りで逸らせる。最初に顔を合わせたときに、解体者が「わたしは」と言ったのを、従業者が聞き咎《とが》めたせいだろう。

「それはわたしの名前ですよ。わたしとは名乗らないでいただきたい」

その頃の従業者は〈わたし〉を自らの固有名詞だと思い込んでいたのだ。それ以前には益虫の飼育業者に対して、姿を剽窃《ひょうせつ》していると憤慨したこともあった。

従業者が天窓の操作棒を引いて鎧戸《よろいど》を塞ぎ工房内が真闇《まやみ》になると、社長の體《からだ》が淡く発光しだし、外衣《がいい》を透かして臓腑《ぞうふ》や骨格の影が朧《おぼろげ》気に浮かびあがって、経虫《けいちゅう》たちが一斉に足下へと殺到するのが見えた。

解体者が荷箱から鎧魚《よろいうお》を取り上げた。複雑に入り組んだ輝安鉱《きあんこう》結晶さながらの外殻を持ち、鋭利な光を放って鎧状の胴体をくねらせ、不意に顎を噛み合わせては甲高い音を反響させる。

鉤つきの金属鎖でなければ釣り上げられないと言われているのも頷ける。荷箱の蓋の上に押さえつけられると、尾鰭《おひれ》まで通る連鎖《れんさ》腱《けん》を騒がしく空《から》回りさせるが、骨回しの長い軸棒を小札《こざね》の隙間から突き入れられて螺骨《らこつ》を何本も抜かれるうちに腱が外れ、癇《かん》に障《さわ》る音を立てて静まった。

　幅広の解体刀がかまにあてがわれ一気に断ち落とされると、火花を散らして蒸気と体液を噴出させる。転げ落ちた鎧頭《よろいがしら》が格子床をガタつかせるなか、尾鰭を上にして棚に吊るされ、真下にある円柱形の硝子容器に向かって、疑似餌《ぎじえ》に使う粘稠度《ねんちゅう》の高い体液を滴《したた》らせはじめる。

　解体者は次々と鎧魚を解体しては棚に吊るしていき、全ての作業を済ませると、汗まみれの顔を社長に向けて、納品書兼作業完了報告書の署名を求めた。だが体の方は後ずさりしている。

　社長は一跨《また》ぎで解体者に覆い被さるように立つと、相手の震える肩を押さえつけ、しきりに瞬《しばたた》いている眼の片方に太指を深々と押し込んだ。解体者は動きを止めて小刻みに吐息を漏らし、署名が終わるまで耐えきると、片眼を押さえて力無く去っていった。

　社長が格子床の一画を持ち上げ、未だ顎を嚙み合わせている禍々《まがまが》しい鎧頭の数々を、竪穴の暗がりに蹴落としていく。

　従業者は粘液《ねんえき》の詰まった硝子容器を、柱から伸ばした腕木に固定すると、遮光器で双眸《そうぼう》を覆い、社長が定位置で背筋を伸ばしきるのを待ってから、天井から垂れ下がる操作棒を指先で捻った。

　一条《ひとすじ》の光線が社長の脳天に落ちた。光線は瞬時に内部屈折して顔面の中央から射出され、硝子容器の表面で小刻みに動く光点となった。従業者は粘液の白濁《はくだく》具合を見計らって採光孔《あな》の絞りを調整し、形成が完了すると容器の中から固形化した複数の塊《かたまり》を抜き出した。

塊についた粘液を拭い取っていると、社長の胸板あたりが膨らんでンヴォと弾《はじ》け、数片の羽鱗《うりん》と硫黄《いおう》臭が宙に舞い、頭頂部が立て続けに泡立った。消化されつつある跂踵《きしょう》から出た瓦《ガ》斯《ス》だろう。従業者は次の容器を固定して無心に作業を続けようと努めていたが、光線がひどく逸れて自分の肩に当たり、咄嗟《とっさ》に絞りを閉ざした。

肌にじんわりと痛感が残り、社長の頭めがけて硝子円柱を投げつけたい衝動に駆られるが、そうしたところで相手に苦痛を与えることにはならない。

社長が指先を自らの顔面に沈め、ゆっくりと掻き回しはじめた。集中力が続かなくなってきたのだ。

だが粘液の形成作業はまだまだ残っている。それなのに社長は棚の最上段から椰子《やし》の実形の皮袋を降ろし、耳のあたりにあてがうと、両手で絞って中身を體《たい》細胞に注ぎ込みだした。液体が網目状に全身を覆っていくのが見える。

従業者は溜息をつかずにはおられない。まだ就業時間内、しかも作業中だというのに酒を飲んでいるのだ。実際にそれが酒なのかどうかは定かでなく、彼らの種《しゅ》にとって生存上必要な補給せざるを得ない成分なのかもしれなかったが、眼に染みる揮発性の芳香は明らかにアルコール特有のものだし、それでなくとも大雑把な動作が、目も当てられないほどぎこちなく緩慢になってしまう。

社長が姿勢を正したので従業者が絞りを開く。光線が屈折して容器に注がれるが、その動きは遅く断続的だった。そのうえ途中でまた中断して新たな皮袋から酒を呷る。従業者はその芳香だけで悪酔いしてしまいそうだったが、四回分の形成作業が終わるまでどうにか持ちこたえた。

工房内に明るさが戻っても、従業者の視野には光線の残像が残っていた。

社長の上半身が従業者に向かって傾きだし、倒れるかと思ったところで停止すると、逆向きに振り戻って棚に激突した。劇薬の詰まった硝子壜が次々と転がり落ち、割れた一壜から黄色い泡が溢れ出す。格子床の下に泡が垂れ落ちたとたん、警笛のような叫び声が上がり、「手が留守になっていました」という声になって従業者は背中を粟立《あわだ》てた。

鸚鵡《おうむ》だった。残飯のおこぼれに与《あずか》ろうと竪穴の底から這い登ってきて格子床の裏に惨《みじ》めに張り付いている生物で、駆除しても駆除してもいつの間にかまた現れて、なんの脈絡もなく従業者の声を真似る。

社長が、落ちた壜を拾おうと伸ばす腕でまた次々と台上の道具を落としていくので、「いいです、やります！」と従業者は慌てて拾い上げた。

劇薬に触れたせいで皮膚手袋に水膨れができる。眼の奥が重く疼き、足が浮腫《むく》んで関節が強張っている。

このまま終業できるなら——が、まだ仕上げ作業が残っている。今日じゅうにと強いられたわけではないが、棚の中段で製臓物《せいぞうぶつ》にまみれた天球儀を思わせる暦《こよみ》には、明日の来客が示されている。納品できなかったときに文字通り自腹を切って犠牲を払うのは、他でもない従業者なのだった。同僚がどんな目に遭ったのかを自分のことのように思い出して身震いしながら、その同僚と会ったこともないのに気づいて眉をひそめる。

光線で凝固した不格好な塊を作業台に並べていくが、陽《ひ》が傾きはじめているので手元が暗い。弛緩《しかん》しきった社長の體《からだ》は夜の川面《かわも》のように黒く沈んで見える。従業者は針網に緊縛された拳大の灯毬《とうきゅう》を二つ取り出すと、強く振って発光させ、腕木に吊した。棚の中で製臓物たちが不意に痙攣した。

緑光に照らされた無骨《ぶこつ》な塊に鉄鑢《てつやすり》をあてて、不要な部分を刮げ落としていく。蝙蝠《こうもり》に似た輪郭が浮かび上がってくると、目の細かい鑢に持ち替えて、入り組んだ空洞内部の仕上げに取り掛かる。

唐突に従業者の手首が跳ね上がり、鑢が落ちた。灯毬と金網との隙間で、処理済であったはずの翅《はね》が振動しだしたからだ。

鑷子《せっし》で翅を毟り取ると、伸縮を繰り返す鮮やかな鴇《とき》色の筋肉組織までもが翅軸《しじく》に附着してきた。恐ろしくなって床に放り出すと、身のついた翅は澱《よど》んだ空気の中を放物線を描きながら落下して格子床に張り付き、すかさず床下から伸びてきた触手らしき突起に浚《さら》われた。

従業者は布鑢《ぬのやすり》で塊の曲面を磨く工程にとりかかった。たゆみない研磨の音に、煮出《にだ》すような音が混ざりだした。戸惑いつつも次の塊を手に取る。煮出す音が増し、その発生源である社長に目をやった。肉編みの服の下でときおり胸や脇腹が大きく膨らんでは弾けている。

何が起きるのかを察した従業者が顔を背けると、格子床が甲高い響きをたて、重い物がぶつかった振動を足元に感じた。あたりが仄白くけぶりだし、吐き気を催すその臭気に口呼吸へと切り換えたものの、喉を刺激されて大きく咳き込んだ。

終業時の清掃のことは頭から締め出して作業台に向き直り、研磨作業にいそしむ。社長の足元が作業台に隠れて見えないのは幸いだった。二つ目が仕上がり、最初の形成物と繋げようとするがうまく噛み合わず、鑢をかけ直してもう一度押し込む。小気味よい音と共に嵌《はま》り込んだので、穿刺器《せんしき》で隙間に緩衝剤を注入する。

社長は霧がかった作業場を用もなくうろついては棚の製臓物を意味ありげに眺める。生理的に受け入れられない雑音に息苦しさを覚え、従業者は胸をさすった。

「あとはわたしの作業だけ、なので」咳を抑え喉を鳴らす。「帰宅していただいて構いませんよ」

そう促してみるが独り言にしかならない。

いつの間にか脚が震えだしていた。這い上がってきた冷気が毛穴から潜り込んで骨の髄《ずい》に居坐り、襤褸《ぼろきれ》布同然のブランケットばかりか、腐敗の度を増して熱を持った蝓布《ゆふ》を足首に巻きつけてもそれは追い払えなかった。

以前から従業者は、様々な方法で社長に寒さを訴え続けてきた。大袈裟に震えてみせたり凍りついて動けない振りをしてみせたりしたのだが、真意が伝わることのないままに精神科醫《い》らしき社長の知人が訪れ、カウンセリング——あるいは全く異なるなにか——を始めたことがあった。

半透明の醫師《いし》は彼の前に坐ると、末端の肥大した指を優しく動かして話を促した。蟻塚形に聳える目鼻立ちのない頭部には、困惑した従業者の顔がうっすらと映り込んでいた。

醫師が時折みせる頷くような仕草を頼りに、どれだけ酷《ひど》い環境で働かされているのかを従業者は切々と訴えた。

「全てを悲観的に捉えないことが大事だよ。もう少し同じ薬で様子を見てみようか。明日は初めて出社するつもりで会社に出てみようよ」

休職して診察を受けていたときのことを従業者は思い出していた。前にいた会社だったろうか。

「いや、おまえは皆勤だけが取り柄《え》だと言われてきたじゃないか「そうだ、甘えて休職する連中のせいでどれだけ「それが透けて見えるからこちらは余計に罪悪感で――

醫師が、ありもしない眼で従業者を見据えている。回想していただけでなく独り言を口にしていたことに気づいて、従業者は赤面する。と同時に、突然の重みで両腕が下がって我に返った。ひと繋がりに仕上がった太い脊柱《せきちゅう》が、両手に支えられ弓なりに反っている。

目の前では社長が屈んで脊柱を眺めている。従業者は両手を交互に上下させて脊柱を波打たせ、可動部の滑《なめ》らかさを示しながらも、自分でここまで仕上げた覚えがなく戸惑うばかりだった。肺の奥底で凝《こご》った息を絞《しぼ》り出す。

社長が頭部を舌のように動かして脊柱の曲線を追う。

醫師との面談後も職場環境が改善されることはなかった。だからこそいまも震えている。

「サモワールが欲しい」唐突に誰とも知れぬ声が聞こえてくる。

「聞いたこともないな」他の誰かが言う。

「抗不安薬の一種だろう」従業者《ここ》も呟いている。

雑談しながら、従業者は凍えた足の指先を動かす。とってつけたピエロの赤鼻のように感覚がない。ピエロとはどういう生き物だったろう。

頬に触れた鼻先の冷たさが蘇る。

あれがピエロだったろうか。ふさふさの尻尾《しっぽ》を振って――あれは確か犬――いや、犬は外殻に覆われた醜悪な地虫《じむし》じゃないか。ともかく鼻先が冷たく濡れた愛玩物《あいがんぶつ》を飼っていた。キヨロ、ジョン、ムック、リク……何匹も、何十匹も。吠えていても、背中や腹を撫でてやるだけでおとなしくなったものだ――だが、愛玩物を宥《なだ》めてきた無邪気な触れ合いも、今では何一つ意思や感情の通《かよ》い合わない記号的なやりとりにしか思えなかった。

醫師のカウンセリングも似たようなものだ。隷重類《れいちょうるい》が異常行動を見せたときには、向かい合って気ままに発話させ、頃合いよく頭を振って相槌《あいづち》を装う。意思の疎通などない。それなのに少しは気が晴れることが、心のどこかで次のカウンセリングを待ち望んでいることが、従業者には屈辱的だった。

脊柱の仕上がりに満足したらしく、社長は後ろ歩きで滑るように退いて通路の闇に溶け消えた。

とたんに工房が静かになり、これまで意識から漏れていた扶養槽の泡音や、朝方に仕上げた製臓物《せいぞうぶつ》の鈍い鼓動が聞こえだした。

棚板の溝に脊柱の棘《きょく》突起を合わせつつ横たえて従業者が振り返ると、腐爛《ふらん》屍体のごとき排泄物の塊が、股下にせまるほどの高さまで堆く鎮座していた。方々から砕けた骨が覗き、低部には格子床の下から漁《あさ》られたと思しき、幾つもの筋や疎《まば》らな穴が残されている。

従業者は言葉にならない唸り声をあげて口呼吸を忘れ、強い刺激臭に鼻腔《びくう》を突かれて涙ぐむ。どうして化粧室を使わずにここで排泄する。それともこれは排泄物ではない？　だとしてもなぜ格子を上げておかない？　誰がこれを片付ける？

後頭部が痛むほど突っ張るので手をやると、そこは折り重なった卵嚢でべたりと固められ、短い針金のように固いものが幾つも突き出してもがいていた。半風子《はんぷうし》の肢《あし》だろうか。

あっ、と叫んで瞬時に従業者は手を離す。掌《てのひら》を見ると、赤い斑点がいくつも浮かんで血の滴《しずく》へと膨れている。

これまで半風子の実在を疑っていたために聞き流してきた——深夜を回ると卵嚢から幼虫が一斉に孵《かえ》り、宿主《しゅくしゅ》の軟組織を喰らい尽くす——という噂が急に現実味を帯びて従業者を慄《おそ》れさせた。

早く清掃を済ませ、閨胞《けいぼう》に戻らなければ、と従業者は焦る。

隣の格子床を一枚上げると、作業台の下から床ブラシを取り出し、粘りのある重い排泄物を突き落としていく。排泄物の中の寄宿生らしき管が動きだしたので押し潰す。震えるほど寒かったのが嘘のように、額から汗が噴き出してくる。

「あとはわたしの作業だけ、なので――帰宅していただいて構いませんよ」

だしぬけに聞こえてきた自分の声に動揺し、床ブラシを逆立て格子の穴に突き刺す。息を切らして鸚鵡《おうむ》の気配を追いつめていくが、本当は従業者ひとりが動き回っているだけなのかもしれなかった。

頭蓋《ずがい》に半風子たちの肢が食い込む。額の汗を拭って、残った腐敗物の滓《かす》に向き直る。湧きだしてきた白い線虫に駆除剤をかけて、格子目で濾《こ》すようにブラシで擦《こす》り、蛇管《ホース》を伸ばして放水しながら、今すぐにでも退職したいと従業者は願う。

だが気づいたときには契約期日が過ぎて自動更新されるのが常だった。どれだけ覚えておこうと努めても忘却してしまう。そもそもどういう経緯《いきさつ》でこの製臓会社に勤めることになったのか、どのように契約を交わしたのかも朧気だった。なぜか牧師に抱えられて川に沈められる自分の姿が思い浮かんだ。

労働基準監督署に告発しようと旅立った同僚はどうなったのだろう。いや、彼はとうに戻ってきている。そう聞かされた。ではいったい何処《どこ》に――

「まぁよくある話ですからねぇ」そうやってあしらわれた記憶があった。「誰もがどれだけ辛《つら》い境遇にあるのかを誇張するもんですが、そこまで荒唐無稽だとちょっとねえ。まるで狂人じゃないですか、おたくの社長さん」

従業者は額に手をあてがった。醫師に独白していたときの情景が蘇る。半透明の蟻塚に映り込んだ隷重類特有の顔が、自分とは似ても似つかないことに気づく。あの顔こそが、蟻塚の幻影から透けて見えた、醫師の実像ではなかったのか。

　頻繁に夢で想起するようになった故郷の街のかつての職場に、自分は本当のところいまも勤めていて、なにがしかの治療を受けているのではないか、と従業者は訝《いぶか》りだしていた。自らの弱さが招いた受け入れがたい現実を、取締役たち人間という異形の幻想に置き換えて――従業者は自嘲して蛇管《ホース》の先の把手《レバー》を締める。その仮説こそが逃避的な幻想だった。有りえないことに、街で暮らす人々は、みな一様に彼に成り代わって製臓会社で使役される夢を見ているのだ。

　従業者は急激に冷えた汗のせいで痙攣的に体を震わせつつ扶養槽を見て廻り、扶養液の温度や濃度を示す計器や、中で惰眠を貪《むさぼ》っている寄宿生の色や形に異状がないかを確認していった。

　一匹の皿菅《けっかんもどき》が黒ずんでいるのに気づき、箸《はし》で摘んで密封容器に移し代えていると、薄い陶器の割れる音が聞こえた。気のせいだ、と次の水槽に移ろうとしたとき、切り裂かれる激痛を覚えて、反射的に頭髪から付着物を毟り取った。

　掌を開くと、破れた卵嚢から雪の結晶めいた夥《おびただ》しい数の幼虫が噴き出し、腕をつたって這い上ってきた。もう一方の手で刮げ落とすように払ったが、腕に残った数匹が尖った肢で膚《はだ》を突き破る。床に落とした方も舞い戻ってくるので奴床《やっとこ》で引き剝がしたり靴で踏み潰したりしているうちにまた卵嚢が砕ける音がして、今度は背中が耕作地のごとく抉《えぐ》られはじめ、従業者は通路に駈けだした。

　幼虫の群がる作業服を脱ぎ捨てて、唸りを漏らしながら出口を目指す。鉄扉が十分開ききらないうちから無理矢理に外へ体を押し出した。飛び散った幼虫が暗闇の中で雪片《せっぺん》のように舞う。

　甲板に足を踏み出すうち、誰かを背負っているように背面の重みが増して蠢動《しゅんどう》しはじめた。遠い記憶の底から聞こえてくるような、シャンシャンという金属質な音に耳を塞がれたが、それが何なのかは思い出せない。鋭利な痛みを伴って視界がぼやけ、慌てて顔面の幼虫を叩き落としたときには、甲板の縁ぎりぎりに立っていた。

　肩で息をしつつ閨胞の前まで来ると、普段なら慎重に足先から挿入する搾門《さくもん》に、踏み外して海面へ墜落する恐怖も忘れて頭から飛び込んだ。

　幾筋もの渦巻く筋肉が伸縮して、逆立ちした従業者の体を前後に揺らし、廻転《かいてん》させては腔《こう》内《ない》へと巻き込んでいく。その過程で幼虫たちは刮げ取られ、膚に食いついたものも肉壁の強い圧力で粉砕されていく。

　温かい沓水《ようすい》の中で繁茂する繊舌《せんぜつ》に揺られる従業者には、すでに意識がない。他人の思考が幾つも顔を覗かせはじめていた。

3

ああ、セスナを何機も孕ませた旅客機が育っている。耐塵《たいじん》地区のはずなのに。汎材《はんざい》もなく変成塵機《へんせいじんき》があそこまで賦活《ふかつ》するとは。一号線も配管や車輛《しゃりょう》の異常繁殖のせいでもう通れない。

済ませてきたんだ、洗礼。どうして兌換《だかん》登録なんかを。一緒にしないで、信仰だけが智天使《ケルビム》に扉を開かせる。何を言ってるんだ、同じことだというのに。じきに大塵禍《だいじんか》が拡がって、どんな防護措置も効かなくなる、それまでに悔改《くいあらた》めたいの。避難蛹《よう》だって建造中じゃないか。いまさら仮粧《かしょう》の効かない世界で、素形《すがた》を、穢《けが》れを晒《さら》すことなんて——

言い争っているうちに交わりだしたツガイの動きを、従業者は無感情に眺めていた。激しい動きが残像となってぼやけていき、鉄錆の斑紋《はんもん》になった。閨胞《けいほう》から吐き出されて一旦目覚めたというのに、甲板に突っ伏して再び眠ってしまったのだ。

痛みに疼く腕を眺めると、何匹もの小さな甲虫がまばらにへばりついている。引き剝がそうとしたところで瘡蓋《かさぶた》だと気づく。腕の内側を見ると、オルゴールのピンのように幼虫の肢が幾つも刺さっていた。痛みを堪《こら》えて、一本ずつ肢を引き抜いていく。

出社するなり通路の作業着を確認した従業者だったが、幼虫たちの姿は跡形もなかったし、千々《ちぢ》に裂かれたはずの布地も傷ひとつなかった。幼虫は自分に対してのみ実体化するのだろうか、という疑問を頭蓋の中で転がしつつ背広を着ていると、社長の唸り聲《ごえ》が聞こえた。不吉な予感に喉を鳴らす。このまま閨胞に戻りたいと願う従業者だったが、二本の足は否応《いやおう》無く工房へと体を運ぶ。

社長は扶養槽《ふようそう》を指さして顔面を擂鉢状に開き、そこから薔薇《ばら》に似た器官をさらけ出していた。可聴域の境《さかい》を浮き沈みする叫びに包まれた従業者は、叱責される理由をつかめないながらも事態の深刻さを感じ取り、気後れしつつ扶養槽の前に立った。槽の液面には、灰汁《あく》にまみれ、黒々と変色した五十匹近くの寄宿生が犇めいていた。

昨夜の騒ぎで最後の扶養槽を確認しなかったことを思い出す。右の耳朶《じだ》にぬめりを感じて杳水《ようすい》だろうかと触れてみると、指先についたのはねっとりとした赤い血だった。鼓膜が破れたらしい。

社長の両腕が従業者の腋《わき》の下に伸びてきて、体を持ち上げはじめた。

頸《くび》にされるのだろうか。刎《は》ねられた後でも退職手当は支給されるだろうか——

従業者が瞼《まぶた》をおろすと、誰のものとも知れず顧みられることもない些細で雑多な情景が眼《まな》裏《うら》から氾濫《はんらん》し、どれも自分の想《おも》い出なのではないかと焦燥感に駈られて堰《せ》き止めようとするうちに意識が溺没《できぼつ》していき、圧倒的な事象の水圧に頭蓋や眼球を破壊されるその寸前で、格子床へと激突した。

我に返った従業者が、立ちつくしている社長を見上げると、舌先《ぜっせん》形頭部の中で棘皮《きょくひ》動物めいた器官が後退し、凝固した體《たい》細胞の一部が旋転《せんてん》していた。

背後を、壁の向こうを、彼方《かなた》の空を見ているのだ。もうすぐ顧客が来訪するはずの時間だった。

社長は指を上に突きあげて回転させると、悠々と歩きだした。社長の、憤怒《ふんぬ》を後に引きずらない部分だけは嫌いではなかった。

従業者が後に続いて社屋の懸崖《けんがい》側にある船渠《ドック》に入ると、剝き出しの鉄骨が並ぶ天井の高い空間に、横倒しになった携帯酒壜《スキットル》を思わせる馳聘船《ちへいせん》が格納されていた。その錫《すず》色の外装は、無数の擦り傷や窪みに覆われ白っぽく滲《にじ》んでいる。

社長が天井高く両腕を伸ばして、先に鉤のついた二本の鎖を引き降ろし、自らの両腋に引っかけて直立すると、従業者は固い把輪《ハンドル》を廻しだした。

社長の身體《からだ》が伸長しながら吊り上がり、天井の軌道を滑車ごと滑っていって馳聘船の上で停まると、従業者は脚立《きゃたつ》に登って、絞首刑に処されたかのように前後に揺れる身體からズボンを脱がせはじめた。

社長はその感触が不快なのか、グョヴヴと唸りをあげ身を捩《よじ》るので、生地が食い込んでうまくいかず、「じっとしていてください！」と声を荒らげつつなんとか膝まで引きずり降ろすと、あとは抵抗なく抜けて異様な裸身が露わになった。

従業者は眼を背けるが、このあとの船内誘導も彼の仕事だった。體細胞が悍《おぞま》しく崩れだすとともに、多関節を全可動に切り替えた脚骨《きゃくこつ》が折り重なって円形の昇降口の中におりていったが、臓腑の透ける下腹部は船上にはみ出して何重にもだぶついた。淡い藤色をした腸だけがほどけて、ゆっくり渦を巻いて船内へ沈んでいく。

爛熟《らんじゅく》した腫瘍《しゅよう》のごとき體細胞に、従業者は深々と腕を埋めていき、夥しい稚魚《ちぎょ》に毛孔《けあな》じゅうを穿《ほじく》り返されるかのような辱《はずかし》めに耐えつつ、昇降口の縁に引っかかった骨盤を手で突き落とした。

竜宮《りゅうぐう》の遣《つか》いのように優美な身ごなしで降りていく社長の脊柱に、神経や血管の絡み合う臓器が付いたり離れたりしつつ、引きずられて落ちていく。最後に残った腕の骨が天を仰いで乗降口の中に収まりきると、従業者は上蓋を閉めた。天井近くに残された筋繊維の服が、蛻《ぬけがら》のごとく社長の體形《たいけい》を保っていた。

従業者は馳《ち》聘船《へいせん》の後部にある荷台に、恐怖心を抑えつつ乗り込んだ。なにしろ荷台は、台座に手摺《てすり》を設けただけの無防備な代物《しろもの》なのだ。

馳聘船が震えだした。両手で手摺を握りしめ、腰を低く構える。振動を受けるうち、なぜか竜宮の遣いや薔薇の像が明瞭に蘇ってきた。孵化《ふか》した幼虫に脳が刺戟《しげき》でも受けたのだろうか、いつもは茫漠《ぼうばく》としている記憶の数々に、手に取って確かめられそうなほど鮮明な手触りが立ち現れていた。

トラス構造が剝き出しの正面の壁が、左右に開きだした。その先にはすでに甲板と懸崖とを結ぶ撥《は》ね橋が渡されており、ねっとりとした雨に打たれている。床の軌条《きじょう》に沿って船体が滑りだし、雨の滴が糸をひいて肌の上を伝う。

険しい懸崖が迫る。無目的に模造され続けてきた途方もない数の工業生産物が凝集し、幾重もの棄層《きそう》をなしている。船は雑多な小物が密集した層の横穴に入っていく。周囲で模造品どうしが融け合って錫色に染まっていくのを眺めていると、突き当たりにある竪坑《たてこう》の中で停止した。再び雨にさらされる。まもなく鈍い圧迫感と共に船体が上昇しはじめる。合わせ鏡に映るように連鎖複製された幾つもの昇降機の骨組みや、圧潰《あっかい》した無数の車輛や家電製品などがなす層に、縦横に広がった塵脈《じんみゃく》が庇護するかのように絡みついているが、崖上に近づくにつれすべてが昏《くら》く曖昧に溶けあっていく。

光沢のある地表が鼻先を過ぎ、足元まで下りていく。従業者は眼を細めた。降り注ぐ銀糸《ぎんし》の向こうに、蒼黒《あおぐろ》い羹泥《かんでい》に覆われた広大な羹拓地《かんたくち》が、目路《めじ》のかぎり続いている。焦点のぶれた地平の皮膜が雨音を吸い取っているのか、ここは耳元の拍動が聞こえてくるほど静かだった。顎の下にぶら下がった粘つく滴を手で拭う。

馳聘船はまだ動こうとせず、船縁《ふなべり》では雨滴《うてき》が卵嚢のように膨らんでいく。社屋に籠もっていた間は、どんな状況でも構わないから外に出たいと願ったものだが、いざ実現してみると、来客の緊張と雨の不快さとに緊縛されて、何の感慨もなく彩度の低い空を眺め続けるばかりだった。

掠《かす》れた雲の向こうに一条の光を認めた直後あるいは直前、危うく倒れそうになって従業者は手摺にしがみついた。馳聘船が羹泥の上を滑りだしたのだった。進むにつれ加速して、風が顔を削ぐようにぶつかってくる。

重量のある波が次々と盛り上がっては、滑らかな曲線を描きながらゆっくりと遠くへ拡がっていく。従業者の知る限り船に動力らしきものはなく、まるで羹泥の方が動かしているかのようだ。

眼前で、音もなく泥柱《どろばしら》が突き上がった。押し寄せてきた波に煽《あお》られ船が激しく揺れる。従業者は手摺を握り直して胃のねじれに耐える。

遠くの地表に、墜落による窪みができていた。顧客はそこにいる。

早くもその周囲からは黒い影が幾つも盛り上がりはじめていた。どれも仰ぎ見るほどの高さに伸長していく。泥が垂れ落ちると、黒光りする鎧状の甲殻に覆われた軀體《くたい》が続々と露わになる。蝦蛄《しゃこ》に似た甲殻の連なる、地面まで届く長い腕と不釣合いに短い脚とを使って、それぞれ怒り肩を交互に揺らして重々しく不安定に歩いてくる。蝦蛄腕《わん》の側溝《そっこう》に並ぶ鰓脚《さいきゃく》が高速回転しはじめ、詰まった泥を飛び散らせる。

さっそくの新規開拓だった。敵対勢力に属する外回りの営業だ、と従業者は聞かされていたが、各社の社長たち取締役とは全く異質な生態で、嚢拓地という環境には順応していない。普段の外回りは鰓脚を無限軌道として用い、棄層の中を何万粁《キロ》も移動し続けるという。但し、ひとたび内勤を命じられれば、何千年も同じ姿勢のまま動かずにいるという。

そのため歩みは人鳥《じんちょう》のごとく遅いが、こちらが油断して捕らえられると自力で逃れる術《すべ》はない。外回りはそれぞれが頭取という肩書きを持ってもおり、従業者たちの首を鋭利な歯舌《しぜつ》で切断して、結球させた逓信葉《ていしんよう》に生首を封じるヘッドハンティングに長《た》けている。

なにかが従業者の顔を掠め、馳聘船《ちへいせん》から鈍い金属音が反響した。

外回りたちが脚回りを二叉型《ふたまた》附属肢で支え、不格好に長い両腕を掲げて砲撃していた。とはいえ掌の砲口から射出される冥棘《めいし》には馳聘船の装甲を窪ませる程度の破壊力しかない。本来の冥棘は武器ではなく、棄層を賦活《ふかつ》させる塵脈《じんみゃく》の種子にすぎないからだが、生身の従業者に中《あた》れば無傷ではすまないし、種子が体に残ったりすれば内部から八つ裂きにされかねない。

しがみついていた。

冥棘の飛び交うなか、従業者は囮《おとり》同然に生身を晒し、社長に怒りを覚えつつ荷台の手摺にしがみついていた。

前方には何頭もの外回りが立ちはだかっていたが、船は速度を落とさない。従業者の叫びも虚しく馳聘船は斜傾し、二頭の外回りに挟まれたわずかな隙間に突進していた。両の船側《せんそく》を鰓脚に削られ、火花を飛散させて通り抜けたとき、立て続けに冥棘を浴びせられ船体が半回転し、そのまま横滑りしだした。墜落によってできた窪みの縁で辛うじて停止したが、その反動で従業者は荷台から投げ出された。

羹泥が重々しくうねるが飛沫《しぶき》はあがらず、倒れ込んだ従業者の体を舐《ねぶ》り尽くすように四方に流れていく。社長の肉體の触感にも似た不快さに抗《あらが》いながら、泥が凝固しつつある層を踏みしめて起きあがると、雨と冥棘の軌跡が交錯して結ばれる幾何《きか》学模様ごしに、牡蠣殻《かきがら》を思わせる黒焦げの岩塊《がんかい》が窪みの底にめり込んでいるのが判った。顧客を乗せた隕輿《おこし》だ。

冥棘が過《よ》ぎるたびに身を竦《すく》ませるが、こちらを避けているのかと勘ぐってしまうほど従業者には中らない。思い切って社屋と懸崖ほど離れた馳聘船まで半ば泳ぐように戻り、最後尾に装備された牽引索《けんいんさく》を窪みの縁まで引っ張ってきたところで羹泥に腰まで沈んで身動きが取れなくなり、悶《もだ》えているうちに陽が遮られ全身が硬直した。

崩れ残った廃墟の石壁のごとく、外回りが目の前に立っていたのだ。

それ自体が一匹の巨大甲殻類であるような長い両腕をたわませ、従業者の脇腹を挟み込んで軽々と持ち上げる。間近に迫る黒々とした虚ろな頭部がほぐれ、逓信葉《ていしんよう》がゆるりと椀《わん》状に花開いていく。彼らはこの器官によって経営者や互いの部署と連絡を取り合っているという。

逓信葉の中心には円盤形の口があったが、中から出てきたのは歯舌《しぜつ》ではなく、なぜか雪の結晶に似た幼虫だった。みるみる溢れ出してきて、逓信葉の椀の中で蠢《うごめ》いている。従業者には訳《わけ》が判らなかった。昨夜自分を襲った幼虫はここから送り出されたのだろうか？　あるいは外回りも半風子《はんぷうし》が湧き出す症状に悩まされているのだろうか？

従業者は眼前に迫りくる蠢きを逃れようと、腹の底から叫び声をあげて身を捩り続けたが、幼虫それぞれの雪華《せっか》紋様《もんよう》の違いが判別できるほど間近に迫ってきたときには、全てを諦めてクリスマスの想い出に浸《ひた》りだしていた。それが結晶の煌《きら》めきや鈴に似た翅音《はおと》のもたらしたものだと気づいてはいたが、幻惑的な陶酔《とうすい》を逃れることはできない。だがそれも、逓信葉が背後に倒れ、幼虫たちが舞い散るとともに儚《はかな》く終わった。

外回りの喉元に錆色の金属棒が突き刺さっていた。それは従業者の腋下《えきか》を通って、背後の馳《ち》聘船《へいせん》へと繫がっていた。複数ある手管《てくだ》のうちの一本だった。内部には社長の體細胞が詰まっている。手管が抜けると、外回りの上體《じょうたい》が後方に傾きだし、鎧の継ぎ目から経虫混じりの錆浅葱《さびあさぎ》色をした體液《たいえき》が噴き出した。

従業者は手管を伝って滑り落ち、船上に激突した。

安堵する間もなく今度は船体が傾きだした。顔を上げると二頭の外回りが船尾を持ち上げようとしている。

馳聘船が三本の手管を振り回して抵抗しつつ、四本めの手管で従業者の背後にある窪みを指し示す。既に三頭の外回りが頭を付き合わせ、顧客の隕輿《おこし》に腕の先をあてがい、前後に激しく振動させて外殻を砕こうとしていた。衝撃を受けるたびに表層が剥離《はくり》してゆく。

従業者は船から飛び降り、羹泥《かんでい》を掻き分けて急いだ。外回りたちが衝撃を集中させようと姿勢を変えた隙にすかさず腕を伸ばして剥離した殼の欠片《かけら》を払う。露わになった連結環《かん》に牽引索の鉤を引っ掛け、迫ってきた蝦蛄腕を逃れつつ窪みから這い上がった。はずが、足を滑らせて隕輿《おこし》の上に落下し、拳の打撃を受けて肋骨《ろっこつ》が砕けた。従業者は噎《む》せて吐血した。

なぜかすぐに攻撃は止《や》み、拳が離れる気配がした。激痛に歯を食い縛って瞼を開けると、三頭の外回りが結球した頭を従業者に向かって傾《かし》げていた。

逃げ場はなかった。

外回りたちの間から馳聘船の方を見ると、手管を振り動かして仰臥《ぎょうが》した外回りの臓腑をまさぐっている。

従業者は社長への怒りにまかせて牽引索を引っ張ったが、長さがありすぎて手繰《たぐ》り寄せるだけとなった。外回りから摘出した翠緑色の勾玉を慈《いつく》しむように陽光に掲げる馳聘船が、頭数の増えた外回りたちの陰に隠された。それぞれの逓信葉が、ぐらりと垂れて花開きだした。

労災はおりるだろうか。それを誰が受け取るのだろうか。

従業者が身構えていると、だしぬけに羹泥が押し寄せてきてうねりに呑まれた。訳の判らぬまま牽引索にしがみつく。急激に隕輿《おこし》が傾いで沈んだかと思うと、今度は弾けるように急浮上してくる。

従業者は、船内の社長が狼狽しているのを感じ取った。背後を振り返ると、一面に散らばった黒い球状の飛沫の向こうで、外回りたちが慌てふためいて潜泥《せんでい》しようとしていた。雨に霞んで、歪んだまま建設を続けられた巨大な塔のようなものが、仄白く浮かび上がっていた。ゆっくり左右に傾ぎながら幽玄《ゆうげん》と近づいてくる。

輪郭こそ社長とよく似ていたが、色合いは外回りの體液《たいえき》に近く、さらに、そのどちらもが幼児に思えるほどの巨大さだった。

ミドリノオバだ。どの胞人《ほうじん》組織にも属さないが故に、相手が外回りであれ取締役であれ従業者であれ等しく死に導く非営利存在なのだという。

遠ざかっていく風景の中、逃げ遅れた外回りたちの鎧が、頭上からおりてきた腕の先に群生する指でばらされ、アメフラシのような内臓が吸い上げられていくのが見えた。

社屋に格納されるなり馳聘船《ちへいせん》の上蓋が跳ね上がり、昇降口から社長の體《たい》組織が溢れ出してきた。急いで筋繊維の上着を社長にあてがう。

體組織が一塊ずつ服の中へと充填されるたびに、その重みを支える従業者の胸骨《きょうこつ》に激痛が走る。

上着の胴や胸が膨らみだし、襟元から半透明の頭部が迫り出して、捻れていた袖がのたうちながら形を取り戻していく。社長は顔面から床にのしかかると、まだ指の生えもどりきらない両腕を使って這い進み、剝き出しの下半身を船体から引きずり出した。両脚の骨格は透けて見えるものの、巻き貝の内臓のように一塊になったままだ。その表面から、瓦斯《ガス》の泡と共に冥棘《めいし》がいくつも押し出され、體内《たいない》に薄赤い幕が拡がる。

従業者がズボンをあてがうと社長の下半身が分裂しだし、表層を蠕動《ぜんどう》させて生地を引き寄せていく。

衣服を纏《まと》い終わって二足歩行用の肉體《にくたい》を取り戻した社長は、足裏を床に吸い付かせた状態で膝を立て腰を浮かし、穹窿《きゅうりゅう》となった背中をゆっくりと起こして全身を立ち上げた。だがすぐによろけて壁にぶつかる。

「社長、大丈夫ですか」従業者が背後から声をかけるが、社長は壁に手をつき脚を引きずって通路を歩きだした。後を追った従業者もまた脚を引きずっていた。

従業者が遅れて工房に入ると、社長は上着を捲《めく》り、製臓物用の長い心肺管《しんぱい》を鳩尾あたりに埋めていた。輸血しているのだ。

従業者は退室し、後の作業を見越して化粧室に入った。作業服を脱ぐと、胸は地割れのごとく隆起し、全身の各所に青黒い痣《あざ》ができていた。鱗壁の真鍮把輪《ハンドル》を捻《ひね》って瞼を閉じる。水音は片方の耳からしか聞こえてこない。熟しすぎた果物《くだもの》のように手応えのない鳩尾の痣を避けて、雨の粘つきを落としていく。肌に吸い付く羹泥《かんでい》の感触が、まだ生々しく残っていた。

従業者が着替えて船渠《ドック》に向かうと、無事に回収した隕輿《おこし》の前端部に蜘蛛《くも》の巣状の罅《ひび》割れができ、その交叉《こうさ》部から透明な軟体質のものが滲み出していた。様子を窺っているうちにみる

み る 溢れ出してきたので、社長が来てくれないものかと通路の方を一瞥した後、諦めて両腕を差し出してみた。だが、一般的な顧客なら體積《たいせき》が自分の四倍はあるだろうことに気づき、慌てて壁際から台車を転がして隕輿《おこし》の下部にあてがった。

台車の上に垂れ落ちては盛り上がっていく體《たい》細胞の塊——その内部には殆ど何も含まれておらず、顧客だと知っていても、濡れ光る巨大な脂身《あぶらみ》にしか見えなかった。塊は細い触角を突き出しておずおずと左右にくねらせただけで引っ込めると、全身を見えない手で捏《こ》ねられるように揺らして、間もなく静止した。今の状態では自由に動くこともままならないのだ。社長にもこんな無力な頃があったとは想像できなかった。

従業者が顧客を載せた台車を押して工房に入ると、社長は心肺管を抜いて、凭《もた》れかかっていた棚から身を起こした。

社長が顧客の體《からだ》を作業台へと移し替えている間に、従業者は一連の納品業務の準備を始めた。薬壜から片手いっぱいに卒倒蟇《そとば》の卵を取り出して嚥下《えんげ》し、皮膚手袋を嵌め両手の指を組んで隙間をなくすと、棚から大きな巻物を抜き出して並べ、昨日仕上げたばかりの脊柱を抱え上げる。これが一つ目の納品物だった。

社長は脊柱の前部を手に取ると、台上の顧客の體に突き刺し、深くねじり込んでいく。尾《び》骶骨《ていこつ》まで全て納まり肉付きが整えられている間に、従業者は骨盤を用意する。

次は、第二上腕骨、次は第一上腕骨。おもだった関節ごとにその手順を繰り返していくうちに、一塊《いっかい》の脂身に過ぎなかった顧客の體が、取締役らしい形態をとりはじめる。

従業者は顧客の頭に被せるように末梢《まっしょう》神経網の巻物をあてがい、ゆっくりと足先に向かってほどいていく。全身に重ね合わせた神経網が體細胞の内部に沈んで隅々にまで行き渡ると、社長が複数に分化させた指先で、脳や脊髄との接続部に神経線維を編み込んでいく。普段の社長からは想像できないこの器用さを目にするたび従業者は驚かされるが、この作業は相当に消耗が激しいらしく、納品後しばらく社長は酒浸りで甲板に坐り込んだままとなる。

同様にして血管網を埋め終わると、顧客の身體《からだ》は菟葵の揺らぐ海さながらとなる。そこに刺胞動物めいた各種の臓器を嵌め込んでは繋ぎ合わせていく。社長たち取締役が、いかにこの地域とかけ離れた環境で生きていたのかが判る。根元的な変容なしには生存を維持することができないのだ。

見事な歯列の並ぶ上下顎と気道が沈められていく。発聲《はっせい》器官を備えているのは、複数の隷《れい》重類《ちょうるい》を指示する立場にある中間管理職だけだ。この顧客なら職場の待遇の酷《ひど》さに耳を傾けてくれるだろうか、などと考えながら、瘤《こぶ》状に連なる腸を棚から籠《かご》へと引きずり降ろす。

手渡したのち、腸を顧客に詰め込んでいく社長の手際にはいつものがさつさが戻ってきて、鼓動する心臓を肺の間に納め終わるやいなや、棚の上から皮袋を引っ摑んで通路へ出ていってしまった。

従業者は喘ぐ。まさか途中で放り出したのでは。社長は戻ってこない。顧客は仕上げを待っている。従業者は顎を張り出して溜息をつくと、仕方なく作業に取り掛かった。

関節付きの肋骨を一本ずつ押し込んで胸腔《きょうくう》を形成すると、心肺管を手繰り寄せて心臓に繋ぎ、血管が波打って血液を内臓に行き渡らせるのを見届ける。肺が膨張と収縮を繰り返しはじめたとたん、血管の接合部から血液が噴き出し、雷雲《らいうん》の不穏さで膨らみはじめた。社長が仮留めした金具がずれていたのだ。直ちに腕を差し入れて対処しようとしたが、出血で見通しが悪いうえ異物を圧《お》し出そうとする體組織の働きに阻《はば》まれて上手くいかず、無駄に指先を動かしているうちにタイプ音のような硬質な音の連打が聞こえてきた。見ると顧客の歯がかち合わされている。血圧が急激に下がったせいで、擬似的な寒気《さむけ》を感じているのかもしれなかった。

「わたしも毎日、同じような寒さに苦しんでいるのですよ」

従業者はそう呟いたが、顧客の腹部にも赤い翳りを見つけると、陳腐な優越感に浸る余裕も失った。納品した臓器が不良品と判ってリコールされれば、自分自身の臓器で補償を求められかねない。

上着を脱いで上半身裸になり、濁った息を吐き出して気を落ち着かせ、知覚を収斂《しゅうれん》させて金具を嵌め直す。その間にも新たな出血が立て続けに起こり、顧客の全身を紅玉《こうぎょく》色に染めていく。突然なにかの破裂する音が響いたが、背後の通路からのようだったので気にせず作業に没頭する。

従業者は肘まで赤黒く染まった両腕をぶら下げて立ちつくしていた。卵嚢のせいで頭が重かった。どこをどう処置したのか思い出せなかった。顧客は作業台の上で静かに横たわっている。静かすぎた。全ての臓器が停止しているのではないかと動揺するうち、顧客の頭が下手な役者の演じる死に際《ぎわ》のような虚脱した動きで傾き、顎が下がった。

「カカカ、カ――」

顧客は分厚い舌をたどたどしく出し入れして同じ音を何度も刻んだ後、明瞭な聲《こえ》を発した。

「ぎずまっだ。のんでまっだ」

従業者は顧客の無事に安堵すると同時に、言葉の意味を汲《く》み取れないことに失望した。それが従業者とは異なる言語圏に属す隷重類に向けて発せられたものなのか、単純にうまく機能していないだけなのかは判らなかった。

閨胞《けいほう》に戻ろうかと通路の方に目をやると、壁板が一枚吹き飛んでおり、中から、普段目にする機会のない肥軀《ひく》の雄の上体が突き出して横臥《おうが》していた。脇腹から伸び出して壁穴の奥へと繋がる二本の心肺管から、その雄が心肺者《しんぱいもの》であることは判る。糜爛《びらん》した皮膚で塞がった銃《じゅう》創《そう》のような眼を従業者に向けている。

従業者は無感覚に目を逸らし、棚に向き直った。急に空腹を覚え、汚れた手を拭いもせずに、腐らせてしまった皿　菅《けっかんもどき》を密封容器から取り出し、生のまま口にした。料理として出されるのと大差ない味だった。激しい嘔吐感をひっくるめて呑み下すと、目尻から涙がこぼれてきた。慰めるように顧客が言う。

「だらくねろっとろ、あんぐむれ、な、そるだらうかろ」

涙は止まらなかった。

顧客は一週間ほど滞在し、社長から人間らしく動くためのレクチャーを受けた。

初めて立ち上がったのは臓器類が納品されてから三日目、機能停止した心肺者が撤去され、新たな心肺者が搬入された日のことだった。直立した顧客の関節は逆向きに曲がり、腰の重心が左に寄りすぎていたが、それでもぎくしゃくと歩きだして敷居で立ち止まり、心肺者が運び出されていくのを眺めた。

翌日になると顧客は社屋の周囲をゆっくりと巡りだし、数日後には二足歩行を体得していた。膝を高く上げすぎる癖は治らなかったが、未だ足を引きずる従業者よりは自然だった。

最終日、顧客は癒着した皿　菅《けっかんもどき》の接合部から金具を外され、結合双生児のように社長と頭を埋《うず》め合って干渉波を生じさせた後、ひとり昇降機で降りていった。

社長が屋外に出て甲板の縁から身を乗り出した。従業者もそれに倣《なら》う。平船《ひらぶね》が製臓会社の基底から離れていく。その甲板上には顧客が仰向けに横たわり、細波《さざなみ》立った體《からだ》に陽の光を浴びて、かつての海のように煌めきを放っていた。なにか言っているのか、顎が上下に動いていた。それに合わせて従業者が声をあてる。

カイゼン、スル、ヨウ、ツタエテ、オクヨ――

4

社長が取締役会に参加すべく出発した後は、久方ぶりにひとりの時間を過ごせるはずだった。神経網の編み込みや扶養槽の管理といった仕事はあっても休暇同然だったし、むしろ体を癒しておかなければ、負傷者が矢継ぎ早に運ばれてくるであろう祭りの後の怱忙《そうぼう》に耐えきれない。

それなのに、水産会社から重傷の監査役が運ばれてきた。

付き添ってきた解体者の説明で施術の手順は明確だったが、従業者は落ち着かなかった。監査役の顔面から胸部にかけての部位に透けて見えるのが、可動式の肋骨で羽交い絞めされた隷重類《れいちょうるい》の上半身に他ならなかったからだ。皮膚はまばらに残っているだけで、筋肉や内臓が剝き出しだった。従業者が動くたびに、白濁した瞳が遅れて追いかけてくる。一時的な延命器官として利用しているらしい。先日の顧客の納品に失敗していたらどうなっていたのかがよく判る見本だった。

神経の結線は、慣れないこともあって困難の連続で、いつ息が絶えるかと思うと閨胞《けいぼう》にも戻れなかった。四日がかりで済ませたが、監査役は目覚める前に搬送されていき、社長が帰ってきた。休む間もなく慌ただしい過酷な日々がまた始まった。

未だ従業者の体調は、外回りから受けた傷が癒えずに芳《かんば》しくなかった。折れた肋骨で胸は醜く隆起したままだったし、鳩尾の打撲傷はひどく膿《う》んで服を汚したし、骨に罅《ひび》の入った膝や足首を庇《かば》うせいで背骨がいびつに彎曲していた。卒倒蕁《そとば》の卵を飲み過ぎたのか、妙な圧迫感が腹部に生じて日増しに強まり、動いている間は常に吐きそうだったし、咳き込んで吐血することもままあった。けれども求められる仕事量は変わらず、鬱々としているためか昼間のうちに半風子《はんぷうし》や卵嚢が湧き出すようになり、それに気づいた社長が指先で吸い取ることもあった。

腹部に水でも溜まりだしたのか、信じがたいほどに膨張して身を屈めることも出来なくなった。各所に膿瘍《のうよう》が広がって酷い臭いを放ち、物忘れが多くなって仕事に支障を来《きた》すほどになったが、社長は憤慨することもなく、また名ばかりの醫師《いし》を呼ぼうともしなかった。

従業者は夢とも現実ともつかない昔の記憶を一切思い出せなくなり、奥行きのない一日の円環に封じられ、ただ脊髄反射的に従業するだけとなった。

だが激しく下血したある日、その円環から解き放たれるかもしれない兆しが現れた。膨張した腹の一部が突き出して動いたのだ。

表面に両手をあてて撫でさするうちに従業者は子を宿していることを悟り、なんの躊躇もなく自分が雌《めす》であるという事実を受け入れていた。雌としての過去が漠然と感じられもした。降って湧いた幸福感に浸り、これが誰の子であるのかという当然の疑問も、恥じてきた未成熟な生殖器官のことも頭に浮かばなかった。

妊娠が判ってからは、胎児を圧迫しないよう作業場の椅子で腹を優しく抱えたまま眠るようになった。もはや仕事ができる状態ではなかった。歩ける状態でもなかった。

上着を鳩尾まで上げズボンをずらして晒した生白い腹部は、まるで極大の剝き卵だった。雇用法を遵守する気になったのか、社長は次の仕事を受注しなかった。そればかりか、いままでは唯一の栄養源となった卒倒蟇の卵をきらさない配慮まで見せてくれた。腹部は西瓜《すいか》模様に罅割れて、従業者の記憶にある妊婦の三倍ほどに膨れ上がり、萎えた脚を覆い隠した。

卵の薬効もあって終日うつらうつらと過ごすうち、突然の嘔吐でお産は始まった。

未消化の卵が糸を引いて散らばった腹部の球面の上、鳩尾の膿瘍あたりから血と体液が迸り、濡羽《ぬれば》色の塊が迫り出してきて双眸を開いた。しばし見つめ合った後、一気に滑り出てきて従業者自身の生首になった。

体験したことのない激痛に従業者が身を捩ると、その弾みに自分の上体が重心をずらしつつ回転しだし、脊柱が折れ筋肉の束が立て続けに弾け切れて部屋の天地が裏返った。一面に格子模様が拡がり四角い闇が迫って衝撃とともに前歯が折れ鼻が潰れ、鮮血が飛散した。

濡れた鼻を格子床に圧《お》し付けながら――頭頂まで突き抜ける痛みが、決して手放してはならない生きている証《あかし》に思われた――顔を横向ける。閨胞《けいぼう》に驚くほど似た腹部から、新生した従業者が仰《の》け反《ぞ》りながら押し出されていた。いつやってきたのか、社長がその首筋や背中を抱えてグョヴレウウンンと音を放ち、全身を引き抜いて作業台に横たえた。

従業者の助けを求める声は唸りにもならなかったが、社長は近づいてきてくれた。穏やかな顔面がおりてきて、鉄の軋みが聞こえたかと思うと、従業者は床下の暗がりに投げ出されていた。

血の通う実体から抜け落ちた魂さながらに落下しながら、従業者は確かに目にした。格子床に指を絡め、両腕でぶら下がっている鸚鵡《おうむ》の正体を。あれはわたしだったのだ。あれも、閨胞も、わたしだったのだ。

工房の朧気な光が遠ざかっていく。抗いようのない空虚の中にいた。唐突に訪れる終局にも気づけないほどの。

第二章　解体者は探し続けていた

1

荷箱を抱えて製臓《せいぞう》工房にやってきた訪問解体者は、ぎこちない態度をとる従業者を眺めた。初めて見る同胞に戸惑っているらしい。産まれて間もないのだろう。髪の毛は黒々と艶《つや》やかで肌は瑞々《みずみず》しい。ここはサイクルが早いな、と哀れに思いつつ、「わたしは水産業者の」と自己紹介をしかけたところで相手の顔が険しく歪んだ。

「それはわたしの名前ですよ。わたしとは名乗らないでいただきたい」

前回と同じだった。以前の記憶はすぐには戻らないため、自己同一化をうまく果たせないことが多い。何であれ自己を規定してくれる言葉にしがみつかずにはおれないのだろう。

「訪問解体者です」とだけ付け加えて、作業に取り掛かる。

やがて油まみれになって鎧魚《よろいうお》を解体し終わった解体者は、社長に書類への署名を求めた。彼の頭蓋《ずがい》内には社長たち取締役の體《たい》組織が記録媒体として注入されている。肥大した指で眼窩《がんか》から頭の中をまさぐられて尿を漏らす。

頭痛を覚えながら昇降機に乗り込むと、辛櫃鱓《からびつうつぼ》が、高さ四米《メートル》近くある籠室《ケージ》を這い上がろうと、四方の壁に身を巡らせた格好のまま骸《むくろ》となっている。解体者は中央の隙間に荷箱を置くと、その上に腰掛けて深い溜息をついた。籠室《ケージ》が揺れ、ゆっくりと降下していく。彼の周囲を取り巻く緻密《ちみつ》な肋骨《ろっこつ》の隙間からは、丸呑みにされたと思しき隷重類《れいちょうるい》の骨格が覗いていた。

昇降機が止まり、腐肉の島に降り立って平船に荷箱を乗せていると、垂直管渠《かんきょ》の真下で腐敗瓦斯《ガス》に烟《けむ》る堆《うずたか》い小島に目がとまった。

「どうした」

船操者に声をかけられ、解体者は短い首を回して顎で示す。

「何度も試したじゃないか、無駄だろう。今度もどうせただの鸚鵡《おうむ》だよ」

「ああ、そうだろうな」そう言いながらも解体者は腐敗物の浅瀬を渡りだした。

「瓦斯《ガス》が濃い。気をつけろよ」

背後に向かって軽く手を振ると、襟巻きを鼻の上まで引きあげる。骨や臓物らしき浮彫に覆われた小島に渡り、蜚《あくたむし》や線虫のすだく腐敗物に膝を沈めながら、最も高い隆起の中腹で胸元まで埋もれた人影を目指す。

それは、はるか遠い甲板の裏側を仰ぎ見ていた。先ほど会った従業者と同じ顔だ。息を切らして傍《かたわ》らまでやってくると、その瞳が動いた。解体者を見つめてくる。

だが反射的な反応にすぎないことを解体者は知っていた。勾玉《まがたま》は新生した従業者に継承されるため、鸚鵡と化した者には知性など残されているはずがないのだ。解体者は鸚鵡の半身を抱え上げ、瘡蓋《かさぶた》にまみれた顔と向かい合った。

「覚えているかい」

まばらな歯列が震えだす。

「覚えへいる——かい」

解体者は眼を潤《うる》ませた。それが自己憐憫《れんびん》であることは理解していた。

不意に指笛の音が聞こえた。船操者がそろそろ戻るよう促しているのだ。

「ああ」鸚鵡をおろしたとき、解体者の指が相手の胸ポケットの硬い膨らみに触れた。釦《ぼたん》を外して中に指を入れる。出てきたのは翠緑《すいりょくしょく》色に光る勾玉だった。

2

最初は水中に沈んでいるのだと従業者は思った。全てが歪んで見えたからだ。過酷な製臓会社で働く悪夢からようやく醒めたのかとも思った。故郷の街で暮らす人々の部屋によく似ていたからだ。だが壁に並ぶ懐かしい家具や家電製品は数が多すぎ、互いを喰らうように無秩序に犇《ひし》めいていた。朧気《おぼろげ》な灯《あか》りを放っているのは灯毬《とうきゅう》だ。製臓会社の基底にこんな部屋があっただろうか。社屋から廃棄されたときの恐怖が蘇《よみがえ》って起き上がろうとしたが、首まで砂浜に埋められたように何ひとつ動かせなかった。

郷〉〈放〉無〉深〉淵〉・〈殻〈封〈軛〈罪〈

唐突に、想像を絶する孤独な想念が湧き出してきて涙が溢れた。零《こぼ》れずに眼球の上で揺めいていたが、視界の中心から湧き出した同心円状の波に呑まれ、どこからか下水管の逆流した音が聞こえた。

幾〉流〉辺〉滅〉・〈絶〈虚〈刑〈世――痛覚のように思考が疼《うず》く。

岩が砂に変わるほどの長きにわたって人外の流刑地で帰還を待ち侘びる日々。それが我が事として想起される。また誰かの記憶なのだろうか、そう思っていると、一点を軸にした入れ子状の思考列が全方位的に育って球体となり、互いに修飾し合って裏返りはじめた。

散り散りにしか意味を解《かい》せなくなって部屋の中に意識を戻すと、なぜか壁の向こうに誰かが立っているのが、さらにその奥に迷路のごとく重層する住宅結晶の無秩序な間取りや中に封じられた亡骸《なきがら》までもが舌触りとして感じられた。

誰かが歩きだした。所属の従業者ではない、水産会社の解体者によく似ている。だが、いま自分はどこの所属について考えていたのだろう。羹拓地《かんたくち》……四番、そうだ、あの一帯は第四羹拓支部で——眼底の圧迫感を伴って再び周囲に壁が生じ、扉のない戸口から解体者が姿を現して従業者は混乱した。

「ずいぶんと遅い目覚めだ。諦めかけていた」水をくぐったような声が届いた。「年代物の棄層《きそう》の中だ。代謝は遅いから心配はいらない」

フィイッファイ、ハエア——

いったい何が。従業者はそう言ったつもりだった。

「まだ発声は難しいだろう。判るか、あんたは取締役の肉體《にくたい》に保存されている」

数頭の外回りに羽交い締めにされ、臓器や複数の軛脳《やくのう》を圧し潰されていく取締役の様子が脳裏に浮かび、視界を覆う體《たい》細胞が波打って解体者の顔が揺らいだ。

「その取締役は外回りの襲撃で致命的な重傷を負ってな、すぐに製臓会社に運ばれたが、復元の術《すべ》がなく破棄された。まぁ、脳が破壊されてしまっては、助かる見込みはないだろう」

違う、その軛脳こそが、想胞《そうほう》を含む體細胞の機能を大幅に制限する、内にある牢獄なのだ。

「あんたは鸚鵡《おうむ》となって腐敗の島に埋もれていた。なぜか勾玉を携えてね。妊娠時には勾玉が胎児へと移行する。あんたが持っていたのはおそらく辛櫃鮒《からびつつぼ》に呑まれた誰かのものだろう。

勾玉はわたしたち隷重類《れいちょうるい》の知性や記憶を司《つかさど》っている」

単に個人の記憶器官というだけではなかった。従業者は自らが知るはずのないあらゆる細部を想起し、棄層《きそう》が形相《けいそう》を模造するように具現化することができた。いまや彼は暗い路地に佇み、時の凍りついていた道に多くの同胞が行き交いはじめるのを静かに眺めていた。かつては外回りの内世界で栄えながら、その後長らく勾玉の内部に圧縮凍結されていた教区のひとつが、小さく折り畳まれていた図面を拡げるように脳神経網へと展開させられているのだ。

「他人の勾玉を足がかりにしたあんたが、前と同じ従業者かどうかは定かじゃない」

従業者は歩きだす。背丈は人々の倍はあったが誰にも気づかれない。道ゆく人の背中に触れてみると指が沈み込み、そこに文字列が絡みついてくる。外回りの勾玉に含まれる五万人の情報群の中から選び出され、改変された上で強制的に受肉《じゅにく》させられたのが隷重類という存在であることを知る。この教区では自分自身が昏睡状態にあることも。

「あんたをここまで見事に取締役の肉體《にくたい》と融合させたのは、誰あろう新生したあんただ。もっとも、何を成し遂げたのかは判っていなかったが。本来ならわたしが今のあんたの役割を果たしたかった」

進むにつれて方々で空間が歪み空隙《くうげき》が散在しているのに気づく。

「さすがに生きたまま體組織に封じ込まれる勇気はなかった」

歪みや空隙が生じるのは、本来とは異なる媒体、おそらく取締役の全身に散らばる想胞等の領域で、古典物理学のみで構築した空間を展開しているからだ。

「鸚鵡を使おうにも、うちの水産会社じゃ解体実習でばらしてしまう」

従業者は、極度に歪曲《わいきょく》した一画へと向かっていた。そこは木漏れ日の落ちる公園で、ベンチに白衣姿の男が坐り、樹冠《じゅかん》の向こうに聳える崖を注視しながら誰にともなく頷いている。崖は紛《まぎ》れもなく棄層だった。構築を担う想胞が特殊なのか、終末前の時空が発現しているらしい。

右手からスーツ姿の男が現れた。白衣の男に缶珈琲《コーヒー》を差し出しながら言う。

「この期《ご》に及んでどうして兌換《だかん》登録をしないいんだ」

「知っているはずだ、二重兌換が架空循環取引だってことは。ここでは勾玉も〈世界〉に生じた結石《けっせき》でしかない。おそらく限られた算力《さんりょく》資源を有効活用するための汎材《はんざい》置換が何らかの——」

「いったい何を言ってるんだ」

「収奪の弊害か」缶を強く握りしめて立ち上がる。「これはすでに起こったことだ」

「そうだろう、歴史は繰り返されるというからな」

「そういう意味じゃない」白衣の男が、いつの間にか電球に変容していたものを汎材用の籠に投げ捨て、従業者の顔をしっかりと見据えた。「背後に気配を感じないのか」

「幽霊は信じない質《たち》でね」

「あんたも昏睡から醒めたあとは、夢に出ていた男だと騒がれたことがあっただろう」

「あれは大脳生理学的に決着がついたはずだ。今では誰もが暗闇に浮かぶ夢しか見ない」

「そう、彼がいまも独り航行機で恒星間を漂っているからだ。語り続けることで、我々を庇護しながら。座標は――」

「悪いがもう時間だ、こんな世でも仕事は仕事、行ってくるよ外回りに」

去っていくスーツの男が顕現《けんげん》境界で消失する。従業者は茫然としてその場を離れた。今の場面が因果律的に存在しえないことを知ったからだ。つまり過去ではない。

「おい、聞こえているのか」

二重兌換、恒星間航行機――考えがまとまらず逍遙《しょうよう》しているうちに、不可視の壁に突き当たる。勾玉が内包できる空間規模に限りがあるせいだ。壁の向こうは霧に覆われ、微かに別の街が透けている。

「あんただって何度も答えを求めたはずだ。なぜわたしたちは取締役に雇用されているのか。いつそんな契約を交わしたのか、その対価としてなにを得ているのか。朧気に憶えてはいるよ。契約書を交わしたとか、洗礼を受けたとか。でもなぜ自分ひとりの記憶ですら一致しないのか。そもそも取締役たち人間とはなんだ」

戒《いまし》めを受け続ける者、帰還を待ち侘びる者、我々を隷属《れいぞく》せしめる者。

「なぜ勾玉が外回りの連中の體内にもある。あの醜悪な、生物とも機械とも区別のつかない連中がわたしたち本来の姿だというのか。なぜ、なぜ――ほら、見えるだろう」

従業者は教区の街を見渡すと同時に鳥瞰《ちょうかん》的に眺めている。外回り――いや、智天使《ケルビム》たちが逓信《ていしん》によって網目状に繋《つな》がり合うことで構築される〈世界〉の幽霊が朧気に見える。だが逓信葉を持たない彼が実像として把握できるのは、自身の所属する教区のみだ。

「根元的な疑問を浮かべると、半風子《はんぷうし》が現れて思念を貪《むさぼ》る」

従業者は霧の向こうの街並みに目を凝らす。腕を算譜《さんぷ》化させて見えない壁をこじ開け、霞《かす》んだ街へと手を伸ばす。

「だからわたしたちはすぐに齟齬を忘れ、同じ疑問を浮かべ、また忘れてしまう。それを幾世代にも亘《わた》って延々と繰り返している。半風子《はんぷうし》の卵嚢から幼虫が生まれ出てくると――」

あれは半風子の幼虫ではない。半風子は卵嚢の孵化を、つまり勾玉の自己防衛機構である六花虫《りっかちゅう》が発動するのを阻止するために、取締役によって毛根に仕込まれた算譜だ。

「――笠状に頭を覆って魂を吸い尽くす。解体しても勾玉が出てくることはない」

六花虫が臨時の逓信葉となって、勾玉の情報を外回りの〈世界〉網に託すせいだ。だがある種《しゅ》の生命維持に不可欠な可住環境が劇的に整備されつつある現在、智天使は――〈世界〉は滅びかけている。

「そうなれば再生過剰頻血《ひんけつ》を病んだ心肺者《しんぱいもの》として」

彼らの内世界を保全し、再統合するためには、業態を問わず多くのものが必要だ。種子となる勾玉、錆浅葱《さびあさぎ》色の展開媒体、拡張用の想胞、それらを保護する體組織。たとえ終末が再帰されるにせよ、

「な、なにを――」

二つの街の路面や建物が繋がりはじめるのと、解体者の口角《こうかく》が裂けて側頭部が割れ拡がっ

ていくのを従業者は同時に見据えている。

頭蓋に収められた勾玉を摑んで、腕を引き抜く。

操り糸が弾け切れたごとく解体者は倒れた。

一方、拡張した街中《まちなか》にある病院の二階では昏睡状態にあった解体者が目を覚まし、それを窓から見守る従業者に向かって頷きかける。

惑星の幽霊を、〈世界〉を幻視しながら。取締役の帰還衝動に曝《さら》されながら。

第三章　祭祀《さいし》は滞《とどこお》りなく執り行われた

祭祀場の外縁にある波止場には、陪従《ばいじゅう》を命じられた従業者たちが所在なく立ち並んでいた。製臓《せいぞう》会社の従業者も、係留した馳《ち》聘船《へいせん》の荷台に立ち、総会とも呼ばれる祭りを複雑な面持ちで観覧している。

羹拓《かんたく》が終わって凝固しつつある大地の上で、各社から集まった大勢の取締役が、島一つ程もある胡桃《くるみ》形の神輿《みこし》に群がっていた。外回りの襲撃はなかった。もう何年も彼らの姿を目にしていない。何もかもが終わりつつあるのだと従業者は予感し、安堵すると同時に先の見えない恐怖に怯えた。

神輿は取締役たちに押され、底部で地面を砕いては捲《ま》き込みながら少しずつ移動していた。

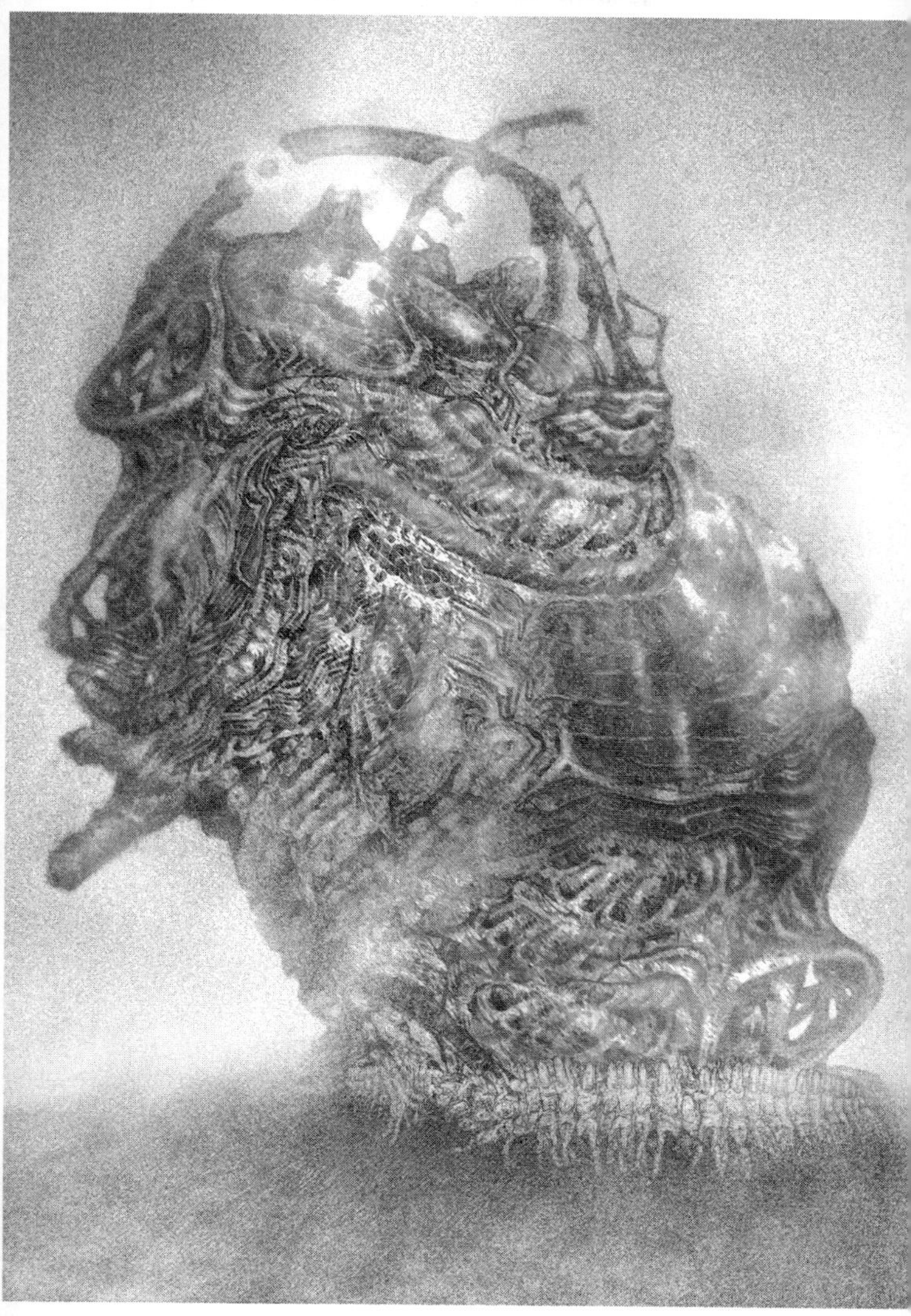

下敷きになって押し潰される者も後を絶たず、従業者には祭りというよりも刑罰に思われた。

神輿が定められた位置に据えられ、わずかに傾《かし》いで動きを止めると、その周囲を発光した取締役たちが二重三重に巡りはじめ、神輿の上半球がそれとは逆向きに回りながら持ち上がりだし、やがて宙に浮遊した状態で静止した。

下向きの切断面から蕨手《わらびて》と呼ばれる長い管が伸びてくると、取締役たちはその周囲に群がり、服を繊維単位に解いて溶解させながら、蝸牛《かたつむり》が殻に戻るように吸引されていった。ひとり、またひとりと姿が消えていく。

順番を待つ全員がなぜか急に身を翻《ひるがえ》らせた。その中で微動だにしなかった取締役たち七人の集まりが衆目を引いた。

従業者は彼らに得体の知れない異質感を覚えた。周囲の取締役たちも後ずさりしはじめる。七人が背中で凭《もた》れ合ったかと思うと、その足元を中心に地面が割れていき、緑がかった半透明の丘のようなものが露わになった。なぜか十四の足はその表面と繋《つな》がりあっている。丘は七人を頂いたまま隆起しはじめ、みるみる膨張して嵩《かさ》を増していく。そうとうな深さまで埋もれているらしい。いつしか隆起は、七人を顔面にあしらった巨人となって、轟々《ごうごう》と這い出してきた。

取締役の十倍はあろう、淡い緑色を帯びた巨體《きょたい》の内部には寄せ集めの鉄材が透け、光の加減によっては隷重類《れいちょうるい》たちの髑髏《どくろ》が斑紋のごとく浮き上がる。

従業者は呆気《あっけ》に取られていた。これほど間近にミドリノオバを目にしたことはなかった。

以前よりも遙かに巨大化している。群生した手で取締役たち人間を薙《な》ぎ払ったミドリノオバは、七人の名残のある顔面を左右に振って蕨手に押しつけだした。

ミドリノオバが蕨手から神輿の内部へと入寇《にゅうこう》していくに従い、その身體《からだ》から鉄塔や列車などが落下していく。それらは地面を割り、噴き出した羹泥《かんでい》が大波となってあたりを覆いはじめた。

何人もの取締役が、蕨手からミドリノオバの巨體を引き離そうと跳びかかっていったが、瞬時に呑み込まれてしまい臓器を圧搾《あっさく》された。全身に複数の渦を生じさせ、大音響で禍言《まがごと》を放つ取締役たちに混ざって、発聲《はっせい》器官を持つ者たちも切に訴えていた。

いんぐろばれも、それればでさぎみっだ、がえりだい、どとれ、がえりだい――

見る間に、ミドリノオバに乗っ取られた神輿の上半球は、ためらいなく蕨手を引き戻してゆっくりと上昇しはじめた。取締役たちが度を失って逃げ惑うなか、神輿の周辺で空間が歪み、大気の光が放射状に吸収され、一瞬のうちに暗転した。

朧《おぼろげ》気に明るさが戻ってきたときには、神輿の上半球は消失していた。

残された下半球から同心円状に押し寄せてくる泥の波に、仰臥《ぎょうが》した多くの取締役たちが浮き沈みするなか、生き残った者たちは、陪従した従業者たちの待つ波止場まで逃れようと足を急がせた。

今度は神輿の下半球の上面から、分厚い紐状の組織を隙間なく巻き付けた四本の長大な肢が垂直に持ち上がっていき、絶頂を迎えるように痙攣《けいれん》したかと思うと、どれも半ばで折れ曲がり、振り下ろした鎌のように地面に突き刺さった。

次はそれら四本の肢が支柱となって、下半球の内部から骨張った胴體《どうたい》を吊り上げていく。うっすらと湯気を立てながら胴體が反り上がっていくのを、誰もが陶然と仰ぎ見ていた。

予定された正規の入植者、惑星の仔《こ》——

怯えて寄り集まっていた従業者のひとりがそう言った。

——地軸の螺子《ねじ》を巻かんと降りていく。

四肢の下で、神輿の外殻《がいかく》が廻って地中へと沈みだした。惑星の仔が身を屈め、深さを増す黒々とした竪穴を覗き込んで、四肢の先端を内壁に突き刺していき、ゼンマイ仕掛けのごとくぎくしゃくと節《ふし》を上下させて前のめりに降下しはじめた。

断続的な地響きが轟《とどろ》くなか、取締役たちの落とすかつてなく弱々しい影が波止場の方へ疎《まば》らに近づいてくる。その中には萎びた上半身を剝き出しにした社長の姿もあった。腹部には濁った血溜まりが見える。憔悴《しょうすい》しきった様子で波止場まで戻ってくると、馳聘船に片足を掛けて姿勢を正し、顔面の體組織を楕円形に凝固させ、従業者の姿を逆さに映り込ませた。

従業者は頷いて言った。

「帰社しましょう」

酒の在庫量が頭に過《よ》ぎった。あれだけで足りるだろうか。

それが最後だった。従業者だったものは百超の部位に分解された状態で宙に静止した。社長決裁だった。その中から肺や肝臓や大腿骨など様々な欠損部品が社長の體内に徴収された。

最後に松果体《しょうかたい》から勾玉《まがたま》が取り去られ、従業者の断片が糞泥の上に雨となって降り注《そそ》いだ。

惑星の仔に此《こ》の地を開け渡したいまも、社長はやはり待ち続けていたし、次の従業者も働き続けていた。外回りは糞土《かんど》の地平から一掃されたが、出立《しゅったつ》した恒星間航行機の内部、多数の教区を再統合した〈世界〉では、人々が大塵禍《だいじんか》に脅《おびや》かされて外回りへの兌換《だかん》を、終わりなき回帰の蜷局《とぐろ》を巻きはじめていた。

惑星が嬰児籠《えじこ》に適していれば、糞拓すべく流刑者たちが送り込まれるだろう。勾玉からは隷重類が作り出され続けるだろう。書き出しはどの一日からでもかまわない。

断章　宝玉《ほうぎょく》

〈禦《ぎょ》〉が糶売《ちょうばい》で得たのは、恒久保存された大型役畜《えきちく》にすぎなかったが、その内部に秘されていた宝玉は、時の凍りついた文明であり、未知の生體詞《せいたいし》の校倉《あぜくら》だった。

〈禦〉は摘出した宝玉から、詞《し》を採して配し、汎用性の高い隷重類《れいちょうるい》を造《ぞう》じて業務の効率化を図った。また多胞人《たほうじん》より融詞《ゆうし》を受け、大型役畜を殖産《しょくさん》した。それは詞的にも滋《じ》的にも秀《ひい》でた食《うけ》として盛んに取引され、惑星胚《はい》を包む哺《ほ》育殻《いくかく》の膨潤《ぼうじゅん》層に次々と送られた。

〈禦〉は利液《りえき》をあげ贅《ぜい》を増して甚《はなは》だしく物理拡大し、遂に〈闍《じゃ》〉の媒収《ばいしゅう》を果たした。

洞《うつお》の街

Cavumville

第一章　現世《うつしょ》

1

教室の窓が水面《みなも》となって、向こう側の磐肌《いわはだ》に貝殻虫のごとくへばりついた夥《おびただ》しい数の家家を淡く揺らめかせていた。窓に用いられる半透明の腹膜《ふくまく》が、音の波に煽《あお》られているせいでそう見える。この教室だけでなく、漏斗《ろうと》状をなす街の窓という窓が、深淵から響いてくる耳には聞こえない咆哮に震えている。

「――であり、外甲骼《がいこうかく》とは別に存在する、一見すべてが無駄に見える複雑な内骨骼《ないこっかく》構造が、実際に無駄としか思えないわけではあるとはいえ――」

室内前方の壁一面を占める血色の悪い膚板《ふばん》の前で、細螺《しただみ》先生が三頭身を宙吊りにして滔々《とうとう》と説明していた。

頭上の移動滑車から垂れ下がる腸紐《ちょうひも》をたぐり操り、天井に張り渡された脊柱《せきちゅう》に沿って、膚板の前を左から右へと滑りだす。張り出した顎《あご》の両端から二本の固い触角を突き出し、素早く器用に膚板を引っかいていく。

やがて蚯蚓《みみず》腫れとなって膚板に浮き出てきたのは、千姿《せんし》万態《ばんたい》の埜衾《のぶすま》の中でも、特に素朴な姿態と謎めいた生態を持つ百々似《ももんじ》の骨骼図——だが後ろから二列目に坐る土師部《はにしべ》の視界の中では、縦に長い教室内のすべてが、白練《しろねり》色をした街並みの揺らぎに押し退けられてぼやけていた。

どうしてこうも胸騒ぎがするんだろう。土師部は声に出さず呟く。天降《あまくだ》りなんていつものことなのに。肪留《あばらど》めの教科書の背骨に汗ばんだ指先を這わせ、連なる椎骨《ついこつ》の起伏を確かめて気を鎮める。

「——の部位は判るだろうか。はい、刈薦《かりこも》くん」

「車輪や歯車として使われる円骨《えんこつ》です。それにしても先生、百々似は僕たちにとって、少しばかり都合の良すぎる生物に思えます」

「重要な指摘だが、形而上《けいじじょう》の領域に踏み込む問いかけでもある。追究したくば、神学部に編入するがよかろう。さて次は——」細螺先生が生徒の方に体を向け、教室を眺め回す。「土師部くん。ここは何と呼ばれ、何の役割を果たしていると考えられておるのかね？」

土師部には聞こえていなかったが、二十三名の同級生たちが一斉に自分の方を振り向いたので、指名されたことに気づいた。斜め前の席に姿勢正しく坐る八紘《やつお》の、毛髪のない細かく罅《ひび》割れた硬質な頭部が、陽光を反射して眩しい。

横四列、縦六列の席に並んだ顔の半数近くが、人類の素形《すがた》とはかけ離れていた。最前席の机上に置かれた水槽に浮かび、心地よさげに気泡をたてている切頂《せっちょう》十二面体の物実《ものざね》に至っては、どこが顔に相当するのかすら判らない。

お祖父《じい》ちゃんは、やっぱり凄いな——土師部は改めて祖父の秀でた職能に感心する。様々な姿形《すがたかたち》をした彼らを、人だと即座に見抜いて蘇生処置を施せるのだから。

土師部は、もし自分が分類学者になれたとしても、取り返しの付かない判断を下してしまいそうで怖ろしかった。いま腰掛けている椅子の間充織《かんじゅうしき》に包まれた骨骼や、今日の給食に出た犀《さい》肉の煮付けが、人を素材にしていても不思議はない気がしてきた。そういった過誤を怖れるからこそ、この分類学部で学んでいるはずだったが、ここしばらく土師部は、明瞭に言葉にできない胸騒《むなさわ》ぎを覚えて、授業に身が入らなくなっていた。

細螺先生が呟《しわぶ》く。

「土師部くん、聞こえてないの？「ズィー、ズ、ズィーッ「何と呼ばれ、何の役割を果たしているのか、って「はやうやうこぁいぇて「先生にあてられてるってば」

同級生たちの囁き声に促されて、膚板の前で宙に浮かぶ細螺先生の顰《しか》め面《づら》に目をやる。その額に畝《うね》をつくる皿菅《けっかんもどき》や、左頰に膨らんだ腫瘤《しゅりゅう》が、ひどく拍動している。

先生の右側の触角が示しているのは、百々似の皮下で背甲骼《はいこうかく》に埋《うず》もれて目立たない、幾重にも折り畳まれた骨骼の描線だった。本年度の教科書にはまだ掲載されていない。

土師部は、椅子から立ち上がった。

「翼状骼《よくじょうかく》です。天降りの際には背甲骼から展開し、皮膚を無理に押し広げて突っ張らせ、鳥類の羽ばたきのような動きを見せることがあります。もちろん飛べません。本来の役割については、可変する外甲骼や他の不必要な内骨骼などと同じように、研究者の――」

祖父の受け売りで、いくらでも説明し続けられたが、先生が乾物《かんぶつ》のように萎びた手を振って遮った。

「然《しか》り。不可思議にも、羽ばたくかのごとき振る舞いを見せる。隔世《かくりよ》の遺傳書《いでんしょ》に拠るしかないが、人の胎児が形成されるまでに至る系統発生の反復、すなわち鰓《えら》や尾骨などの形態変異が、解明の糸口になると考えられておる」

頃合いよく廊下から物悲しい音色《ねいろ》が聞こえてきた。開け放たれたままの戸口から、廊下を通り過ぎる〈終業の人〉の姿が垣間見える。鉄錆《てつさび》色をした箱形の胸郭《きょうかく》を、手風琴《アコーディオン》のごとく前後に伸縮させて音律を奏でている。

「さて、今日の授業はこれまで。当番の者は、膚板に軟膏《なんこう》を塗るのを忘れてはいかんよ。膿《う》んでいる箇所は念入りに。来週は実物を使った腑《ふ》分《わ》け実習を行うので、汚れてもよい衣類で登校するように」

服着てないもんは、どうすりゃいいんですか？　と誰かがふざけて言う。

「脱皮できるようにでもしておきたまえ」

生徒たちが苦笑するなか、細螺先生は顎を左右に振って触角を縮め、教則本を背嚢《はいのう》に入れて垂れ紐を引き、静かに降下して骨板張《ほねいたば》りの床へ俯《うつぶ》せになると、赤ん坊のように四つん這いで教室を後にした。

土師部が机上に散らばった鱗《うろこ》をはらい、文具をしまおうと膝の上に鞄を置いたとき、細かな幾何《きか》学模様に罅割れた八紘の顔が、光沢をちらつかせながら近づいてきた。多面体の口唇《こうしん》が仕掛細工のごとく開き、それに伴って顔面の罅割れが繊細にひずむ。

「あてこすって先生を怒らせてしまうところを、危うく当の先生に助けられたね」

倍音を思わせる高く澄んだ声は耳に心地良かったが、土師部は何を言われているのか判らなかった。真意を探るべく見つめ返そうとするが、どの皮膚片の向こうに瞳が隠されているのかを見定められない。八紘が空《あ》いた隣の席の椅子に坐った。座面の骨盤が軋《きし》む。

「本来の役割については研究者の怠惰によって、未だ明らかではありません。発言をそんなふうに結ぼうとしたんでしょう」

「うん。確かにそうだけど、それがどうして」

ちょっとごめんなすぁいよ、とふたりの座席の間に、暗緑色の巨体がためらいなく割り込んできた。今日の当番の隠水《こもりづ》だった。肉厚の上半身の全面から、大きな瓢簞《ひょうたん》形の房《ふさ》が鈴なりに垂れ下がって膝上までを覆っている。そのため衣類の着用は免除されている。

隠水は、水産局の最高位である水取《もいとり》の息子だった。前世《さきのよ》では六十歳で没しながら、復命して六年にもなるのに回帰が進まず、十六歳向けの分類学部二年へと編入させられた。彼ほど極端ではないにせよ、生徒のほとんどが仮年齢扱いだ。

ふたりの机がゆっくりと八の字に押し退けられていく。重々しく揺れ動く隠水の房を眺めているうちに、土師部はようやく気づいた。

「そうか、細螺先生の専門は、『不要器官における機能の究明』だ」

わかればいいんだよお、と隠水が訳《わけ》知り顔で言って、ふたりの間を通り抜ける。腰まわりの房が、いつのまにか夥しい数の偽指《ぎし》を生やしている。それらの間になにか細長い棒が挟まれて、上へ上へと運ばれている。よく見れば、土師部の机上にあるはずの髄筆《ずいひつ》だった。本人に自覚はないらしいのだが、隠水の房は手癖が悪い。

土師部は身を乗り出して髄筆を素早くつかんだが、偽指の力が思いのほか強い。芯の髄液が滲《し》み出してきて指を汚したので、諦めて手放した。髄筆が房の陰に消えていく。

八紘が土師部の筆箱を開けて、消し脂《あぶら》を手渡してくれた。髄液を拭いながら土師部は早口で言う。

「時間があるなら血餅《けっぺい》でも食べにいかないかな」

自分から八紘を誘うのは初めてだった。

八紘が首に下げた勾玉《まがたま》をつまぐる。復命を待つ家族のものだろう。

「できもしないことは言わないの。明日の申《さる》の刻《とき》なら大丈夫だよ」

返事の飛躍に戸惑っていると、八紘が話題を変えた。

「窓の外に気を取られていたね。なにを見ていたの」

「あ、うん。窓の腹膜が震えているだろう。そろそろだろうなと思って」

「ああ、天降り。でも、本当にそれだけ？」

土師部くん――と、そのときくぐもった声が聞こえてきた。

戸口の方に振り向くと、天文学部に通う鳴鏑《なりかぶら》が立っていた。背丈は土師部の腰ほどまでしかない。その八割を占める膝の膨らんだ細くしなやかな三脚に、制作途中で投げ出した脂身《あぶらみ》塑像《そぞう》のような、輪郭で辛うじて人の頭部だとわかる曖昧な塊《かたまり》が載っている。

「今日だよね、見張塔の当直」

八絃の声に土師部が向きなおる。彼女の顔じゅうの光沢片に、覆面を被りそこなったように鱗皮膚の弛んだ自分の姿が幾つも映り込んでいた。骨なしで生まれた頃の名残だ。

土師部は自分のことが何もかも見透かされているとしか思えず、ときおり八絃が怖ろしくなる。教室に入るたび彼女を目で探してしまうほど意識しているのに、もしもふたりの関係が進展すれば、すべてが予《あらかじ》めお膳立てされた世界に封じ込められてしまうような息苦しい予感がして、誘いを受けながしてきたのだ。

「ほんとにごめん。じゃあ明日」土師部はそう言うと、文具を鞄になおして立ち上がった。

教室の前方まで歩くと、隠水が膚板に複数の房をもたせかけ、軟膏を塗り込んでいた。背中の房から生やした数十本の偽指を揺らして挨拶してくる。手を振り返し、背後を過ぎて戸口をくぐる。

廊下に出ると、鳴鏑が三本の脚で後ずさり、その背後で壁がわりになっている痣《あざ》色の磐肌に寄りかかった。半年ほど前に実習室で初めて目にした、麒麟《きりん》の怯えた動きによく似ている。腑分け実習が終わったあとで皆と食《しょく》した麒麟肉の甘みを、土師部はいまも忘れられなかった。

「地漿《ちしょう》がつくよ」

ああ、と鳴鏑が磐肌から離れる。剝き出しの磐肌の随所にできた罅割れからは、膠色《にかわ》をした粘着質の地漿が滲み出していた。地漿が凝固すると新たな磐肌になるが、いずれ内側からの圧力で罅割れ、また滲み出してくる。月は膨張を続けているのだ。

お喋りに夢中な生徒たちの間を縫って、ふたりは廊下を歩いていく。

「待ち合わせるの、どこにする？」鳴鏑が顔の下半分を膨らませ、小さな気孔をぷつぷつと開いて言う。

「見張塔の前でいいんじゃないかな。夕食の弁当を忘れちゃだめだよ」

「わかってる。どっちみち、作っておかなきゃならないんだ、父さんの離乳食も」

「最近はどう？　お父さん、なついてくれるようになった？」

「だめだよ、僕をこわがって」と鳴鏑が脚の付け根のあいだから蔓状《つる》の舌指《ぜっし》を前に伸ばし、のっぺりとした顔面にかざして、哀しげに見つめるような素振りをした。「撫でようとしたんだけれど、父さんの、あたま、をね」

「まあ、まだ復命して半年なんだから」

「そうだね。前の父さんよりは、かわいらしくて、いいかな。すぐに前世《さきのよ》を回帰して、僕の仮年齢を追い越してしまうだろうけれどね」

先月、鳴鏑の家で目にした彼の父親は、変異のない愛らしい素形《すがた》を揺り籠の中で丸めていた。二年前に亡くなった方の父親は、彼と同い年で折り合いが悪かった。

自分で自分を育てる人はどうなのだろう。二人であれ十人であれ、個籍《こせき》を同じくする人間の勾玉は、互いに同調し合うという。子供の頃に、祖父に抱きついて泣きじゃくったことを土師部は思い出していた。自分が部屋に溢れている様子を想像して恐ろしくなったのだ。

「自分が必ずしも自分だとは限らんよ」祖父はそう言って宥《なだ》めてくれた。

神学部の教室を通りすがると、窓や戸口から、黙禱《もくとう》するように目を伏して立ち並ぶ生徒たちの姿が見えた。他の学部と異なり、神学部では夜遅くまで授業が行われる。

神学論争が激しさを増しているのか、顔や腕を痙攣《けいれん》させているものがいる。彼らの意識は、脳内の勾玉から鳥居《とりい》を経て、八百万《やおよろず》の神の依代《よりしろ》である磐座《いわくら》に集っているのだという。教壇では、神璽尚書《しんじしょうしょ》たる社之長《やしろのおさ》が自ら教鞭《きょうべん》をとり、ふたりには寸分も理解できない神代《しんだい》言葉による祝詞《のりと》を発して生徒を導いている。

そう言えば、隠水が自慢気に話していた。演算能力の高い彼は、社之長から直々《じきじき》に神学部への編入を薦められているのだ。

社之長の奥方、とても綺麗なんだよね、と鳴鏑が呟いた。僕みたいな異形《いぎょう》の者にも、自然に接してくれるんだ。理想のひとだよ。

土師部は答えなかった。彼も秘かに憧れを抱いていたからだ。

2

五層の校門から、下層の家並みの上を通る甲羅畳《こうらだたみ》の円環道に出ると、すでに陽《ひ》が傾いていた。漏斗形をした洞街《うつおまち》の全体は薄暗く翳《かげ》っていたが、見上げれば、環壁《かんぺき》で円形に切り取られた空はまだ青々としていたし、見張塔の建つやや右手の一郭《いっかく》だけは黄金色に照り映えていた。

じゃああとで。そう言うと、鳴鏑《なりかぶら》が三本の脚で校門前の階段を下りはじめた。軽く手を振る土師部《はにしべ》の視線は、鳴鏑の華奢《きゃしゃ》な後ろ姿を追い越し、さらに下方へ滑りおりていく。

家々は起伏の多い磐肌の円弧に沿って不揃いに建てられ、漏斗の底をなす穢褥《えじょく》に向かって一層ごとに直径を狭めていく。穢褥は一見すると、骨や殻などの残骸に覆われた掃き溜《はだ》めにしか見えないが、月の消化粘膜が擂鉢《すりばち》状に肉襞《にくひだ》を重ねる、世界の深淵である。その中心では、すべてを呑み尽くす奈落《ならく》が、臍《へそ》のように窪《くぼ》んでいる。緩慢に流動している穢褥の端には、御神体である千曳《ちび》きの磐座《ばんざ》が半ばまで沈み、一層や二層の磐肌から引かれた複数の縄索《じょうさく》で繋《つな》ぎとめられている。

磐座は、その形状や質感から柿の種子を思わせる磐塊《ばんかい》だった。そのなだらかな上面には神《しん》明造《めいづく》りの本殿《ほんでん》や、磐山《いわやま》を模した社務所が建ち、前端には鳥居が聳《そび》えている。鳥居の前からは、艀《はしけ》を連ねた参道が延び、最下層周縁の桟橋《さんばし》とを結んでいた。

磐座の周囲に、家船《えぶね》が集まってきた。家船の小屋から蛭《えびす》たちが現れて次々と磐座に乗り移り、異様に長い両腕を縄索に絡めて体重をかけはじめた。そうするうち穢褥のうねりを捉えたのか、わずかに磐座が動きだした。

盤座が一層の家並みの真下に隠れていく。その様子に気を取られていた土師部は、立て看板にぶつかって、角切《つのき》り露天《ろてん》のおやじに気を付けろと怒鳴られた。

おやじは椅子に坐らせた男の傍《かたわ》らに立ち、烏帽子《えぼし》のごとく伸長した頭蓋《ずがい》の側面に、見事な黄泉降《よみくだ》り神話を鏤刻《るこく》していた。

その前をおとなしく通りすぎると、仕立て工房の窓が現れる。中では、腕に巳針《みしん》を巻き付けた縫い子たちが、百々似《ももんじ》の皮を器用に手縫いしている。

その仕立て工房の角《かど》を曲がり、土師部は漏斗の斜面に沿って上下に延びる急勾配の大階段を上りはじめた。だが次の層まで辿り着く前に足が止まり、膝に手をついて大きく肩で息をした。見れば段や踊り場の所々に疲れて坐り込んだ人がいる。

数日前から月の重力が増していた。

だが、そのせいばかりとは言えなかった。洞街では、誰もがそれぞれ異なる理由で環境に違和感を覚え、なにかしらの体調不良を訴えている。それ相応に寿命は短い。子が産まれても、まず育つことはない。

普段の倍ほども時間をかけて、自宅のある七層に着いた。弧線上に立ち並ぶ白練色の家々は、どれも密に積み上げた骨材《こつざい》に骨粉《こっぷん》混じりの地漿《ちしょう》を塗り込んだもので、それぞれに歪んだ輪郭を描いている。

人の往来で有機的に摩耗《まもう》した甲羅畳を歩く。前方から繊維質の顔をした男と口元に触手を繁《しげ》らせた男が、「忘却ども」と罵倒しながらやってくる。前世《さきのよ》を捨て去った蛭《えびす》たちに対する世間の眼は冷たい。

その少し先では、神饌《しんせん》工場と血餅屋の狭間《はざま》にひとりの蜑が立ち、股下ほども長さのある前腕を空に向けていた。夏虫色の作業衣のせいもあって飛蝗《バッタ》を連想させるが、長い前腕を除けば変異はなく、人の素形《すがた》そのものに見える。唐突に蜑の肘が上がって前腕が交差し、掌《てのひら》の表裏が何度か翻《ひるがえ》った。彼らはこうした腕話《うでわ》で、相手が洞街の何処《どこ》にいても伝達し合えるという。

ようやく自宅まで辿り着くと、隣の家との間に黒髪を短く刈り込んだ蜑の女が立っていた。土師部は挨拶をしてみたが、女は虚ろに黙《もく》したまま動かない。美しい彫像かなにかのように見とれていたら、前腕が箸《はし》のごとく閉じ合わさって顔を隠した。腕の表皮には、深く抉《えぐ》られた爪痕《そうこん》、褥液《じょくえき》による瘢痕《はんこん》、折れて繋ぎなおしたあとの隆起などがみられた。土師部は自らのぶしつけな視線を恥じて、口早に謝るなり自宅に駆け込んだ。


奥行きがなく薄暗い居間の中央に、長い歳月を風雨に浸食された石像が立っていた。

「お祖父ちゃん、なにしてるの」

半球形の頭部が臼《うす》を挽《ひ》くように左右に回り、その前面を覆う顔瞼《がんけん》がゆっくりと持ち上がる。露わになったのは、浮彫を思わせる老いた顔貌《がんぼう》だった。

左の瞼《まぶた》が割れたように開いて、眼窩《がんか》いっぱいに詰まった赤い粒《りゅう》状の多瞳《たどう》が現れ、痙攣的に流動する。祖父はそれらの瞳を使い分け、様々な相から世界を眺めることができるのだという。

「土師部か」祖父がもう片方の眼を押し広げようと顔を顰《しか》める。「おかえり」

「ただいま」土師部は、右奥の衝立《ついたて》にも首を伸ばして繰り返す。「ただいま」

「いま、考えごとをしておったんだ」

それは判っていた。祖父が考えごとをするときは、いつも顔瞼を閉じるからだ。思索を巡らせながら何時間でも直立し続け、そのまま朝を迎えることさえある。

「なにを考えていたの。また宇宙の構造のこと?」

「まぁ、それもある」

「お祖父ちゃんは天文学者になるべきだったね」

「わしが天文学者だったなら、分類学者になるべきだったね、とおまえは言ったさ」

祖父が背を向けて、左手にある勝手場《かってば》の方に歩きだす。背中からは大きな瘤《こぶ》が迫《せ》り出している。ここ一年の間に肥大化したものだ。透過眼《とうかがん》を持つ医者によると、中には細い筒状のものが育って蜷局《とぐろ》を巻いているという。寄宿生《きしゅくせい》などの類《たぐい》ではなく、祖父の器官そのものであるらしい。なんらかの後天的な変異が起きているのだが、その素因は不明のままだ。

勝手場の片隅にある台座には、擬宝珠《ぎぼし》に似た水澄《みずす》ましが一体うずくまっている。干し無花果《いちじく》のように萎《しぼ》んだ皺《しわ》だらけの胴体を、祖父が片手に握った鉄串で突き刺す。クク、クー、と水澄ましが腹腔《ふっこう》で鳴いて、台所横の樽《たる》に挿《さ》し込まれた管《くだ》状の長い口吻《こうふん》の先から、濁りのない水を不規則に吐き出す。

「水の出がよくないね。こんなに萎んでしまって。僕、明日は水産局に行ってくるよ」

「天降りの起きた後の方がいいんじゃないか？」祖父が樽の水を柄杓《ひしゃく》ですくって飲む。

「後じゃ混んでるし、道を行き来するのが大変だよお祖父ちゃん」

土師部は笑って言い、玄関側の壁際にある飾り棚の中を覗き込む。隔世《かくりよ》という朧気《おぼろげ》な異世界で用いられている器具類を、曖昧に再現した工芸品ばかりが並んでいる。

土師部のお気に入りは、埜衾《のぶすま》の頭甲《とうこう》に、猫の前腕の剝製《はくせい》を乗せたものだ。頭甲の前面につ いた穴開き円骨《えんこつ》に指先を入れてくるりとまわし、猫の前腕を手にとって肉球を耳にあてる。するとと内部の虫が腹甲《ふっこう》を摺《す》り合わせ、人の囁き声に似た音をたてる。

「おまえはそれが好きだなぁ」

祖父が流し台に向いたまま言ったが、土師部の興味は次の工芸品に移っていた。まな板大の三葉虫《さんようちゅう》の背板《せいた》に、神代《しんだい》文字を刻印した八十八の臼歯《きゅうし》を埋め込んだものだ。臼歯を二つずつ組み合わせて押すたびに、世俗文字が三葉虫の脳裏に瞬《また》くのです、と工芸店の主人は説明したが、本当なのかどうかは確かめようがない。それでも、居並ぶ臼歯を指で叩くだけで、いま考えていることが言葉となり、言葉が現実になり変わっていくような気がした。

祖母もまた、隔世の工芸品に夢中だった。衝立の向こうを覗くと、祖母は矩形板《くけいばん》の前で、無数の棘状突起《きょく》に覆われた多脚《たきゃく》を折り曲げて坐り、六つの眼を針孔《はりあな》のようにすぼめていた。埜衾としか思えない姿だった。こうやって日がな一日、矩形板の一面にはめ込まれた反射多層膜の移ろいゆく虹模様を飽かずに眺めている。

彼女は前世《さきのよ》の記憶が鮮明すぎるのだよ――祖父は前にそう言った――そのうえ復命によって変異した姿を、前世でなした悪行の報いだと信じている。悪しき迷信だと言い聞かせてはいるんだが――

「ほら」声がして振り向くと、祖父が甲殻類を掲げている。「今日は当直なんだろう?」

「あ、ありがとう」受け取った弁当箱の甲殻は温かく、生きているかのようだった。「さっき蜑《えびす》たちを見かけたけど、今夜はまだ天降りは起きないよね」

「やけに不安そうだな。空の様子からして、まだ大丈夫だろう。なにかあっても、手順通りに警鐸《けいたく》を鳴らせばいいだけだ。それにしても、もう三ヶ月経つのか」そう言って、溜息混じりに付け加える。「また産穢《さんえ》に会わねばならんとは」

「社之長《やしろのおさ》のこと?」

神学部の教壇に立つ素形《すがた》を思い出す。祖父が社之長を毛嫌いする理由は判らなかった。穢褥《えじょく》じゅうの家船《えぶね》を巡って蜑たちに施しをする社之長の姿を、土師部はよく見かけた。蜑たちは賜《たまわ》った燻製肉を前腕で挟み、何度もおじぎをしながら食《しょく》していた。彼らが着ている衣服もすべてが施し物だ。社之長は神璽尚書《しんじしょうしょ》という最高位にありながら、最下層にある危険で不潔な穢褥に住み、善行をなして多くの人々から慕《した》われている。

けれども中には祖父のように、社之長を陰で産穢と呼ぶ者もいる。女体から産まれたものを指す蔑称だ。

「これも持っていくがいい」と祖父が小さな包みを差し出した。包みを開くと、葉巻形のものが並んでいる。「苦虫《にがむし》の燻製だ。眠くなれば噛むといい。目が醒めるぞ」

礼を言って苦虫の包みを隠しに入れると、弁当箱から伸びた二本の肢《あし》を背中から両肩にひっかける。肢の爪先が肌に食い込んで少し痛い。

3

洞街《うつおまち》では陽の入りが早い。外に出るともう宵闇《よいやみ》が降りていた。空には数多《あまた》の星が瞬き、その鏡像のように、洞街じゅうの窓にも明かりが灯っていた。

湿気を帯びた生暖かい空気が肌にまとわりつく。燐寸《マッチ》で提灯《ちょうちん》に火を点《つ》ける。

土師部《はにしべ》は、なにげない素振りで家と家の隙間を覗こうとして、壁に提灯をぶつけて落としてしまった。派手な音をたてて三度跳ねたあと、おぼろに現れた白い手につかまれて提灯が持ち上がってきた。昏《くら》い隙間の奥で蛭《えびす》の女の姿がぼんやりと浮かび上がる。

「ありがとう。あの」提灯を受け取ったとき、女の掌に異教の彫像にあるような穴が見えた。

「僕は土師部といいます」

「わたしはわたしたちです。はやくお行きください」

ほとんど聞き取れないほどの声だった。一礼して土師部は歩きだし、なだらかにくねる甲羅畳の道を進んだ。大階段までくると、ためらいがちに足を踏み出す。やはり体が重い。途中で何度も立ち止まりながら地道《じみち》に上っていく。

三層分の階段をようやく上りきったとたん、最上層の道端に両手を広げて寝転がった。全身から汗が噴き出していた。星空には、小さな綿雲がまばらに浮かんでいる。と、ぼんやりとした白いものが視界を遮り、土師部は声をあげた。

僕だよ土師部くん。こんなところでどうしたの。

鳴鏑《なりかぶら》の顔のない顔が覗き込んでいるのだった。土師部は起き上がり、乾いた笑い声をあげた。鳴鏑は甲殻製の弁当箱を頭にかぶっていた。提灯はどうしたのかと訊きかけて、彼が暗闇でも見えることを思い出す。

環壁《かんぺき》に接して峻立《しゅんりつ》する蛭貝《まてがい》に似た見張塔の基部にふたりが到着すると、背甲《はいこう》を連ねた扉が待ちかねたように開き、中からふたりの男が睡《ねむ》たげな様子で現れた。

土師部は扉や警鐸《けいたく》などの鍵束を受け取り、扉を押さえて鳴鏑を先に入らせた。自分も扉をくぐって鍵を掛け、提灯を掲げると、後に続いて壁に沿った狭い螺旋階段を上る。天井の中心から吊り下がった、巨大な筒形の警鐸が近づいてくる。表面に彫られた天孫降臨《てんそんこうりん》の神話を巡りながら高みへ向かう。

茸《きのこ》形の望楼《ぼうろう》に出ると、生暖かい強風がじかに吹きつけてくる。傘《かさ》状の天蓋《てんがい》が、操作器具の集まる中心の柱だけで支えられており、全方位を望む開口部には格子も腹膜《ふくまく》もない。

ふたりは望楼を囲む欄干壁《らんかんへき》につかまり、洞街の外側にあたる断崖のごとき月面を見下ろした。地表を覆う大小様々な窪地が極端な遠近感を伴って遠ざかり、裏側の曲面へ回り込んでいる。月の全貌を肉眼で捉えることは不可能だが、その形状は種《たね》を抜いた阿列布《オリーブ》の実に喩えられる。その遙か下方に視線を吸い寄せられ、土師部の膝がかすかに震えた。淡い大気を透かして、羹土《かんど》に覆われた闇色の大地が広がり、弧を描く地平線へと霞《かす》んでいる。自分たちが、地球の上空に浮かんでいることを改めて実感させられる。

「衛星として成立するには、あまりに高度が低すぎると――」

「君のお父さんが言ったのかい？　僕にはよく判らないな」

土師部は、中央の柱を跨《また》ぐようにして背もたれ付きの椅子に腰掛け、柱から突き出る覗き窓の円筒に顔を押し当てた。柱の把手《レバー》を引いて焦点を合わせると、百々似《ももんじ》の透明な眼球を圧縮して作った五つのレンズの連なりが、星々を極端に拡大してみせる。

「大きくなるでしょう、星が。かつて父さんは、その理由を研究していたんだ」

「それを引き継ぐために、鳴鏑くんは天文学を専攻したんだったね」

土師部は上の空で言いながら柱の把輪《ハンドル》の片方を回す。星々が滑りだして視界から消えてしまう。

「引き継ぐためじゃないよ。まだ幼い父さんをすみやかに回帰させて、研究の手助けをしたいんだ」

二つの把輪《ハンドル》を操作して、行きつ戻りつしながら、天望鏡《てんぼうきょう》の向きを予兆が多く確認されている座標に合わせていく。

ときおり淡い雲が横切っていくだけの代わり映えのしない星空を、ふたりは眺め続けていた。いまは鳴鏑が柱の前の椅子に坐り、土師部は欄干壁から突き出た座面に浅く腰掛けて、壁の縁《ふち》に窪む頭置きに後頭部をもたせかけ、肉眼で天を見張っていた。

「土師部くん――」告白でもするような口調で鳴鏑が切り出す。「僕たちは、どうしてこんなにも、ひとりひとりの姿が違うんだろう」

「多様性は大事だよ。いろんな容姿があるから世界は面白い。だろう？」

「土師部くんは、いいよ。素形《すがた》に近いんだから」

「これでも、最初は骨なしだったんだよ。骨の種《たね》が育つまで二年もかかった」

「きっと僕には、見つからないよ、相応《ふさわ》しい相手なんて」

「なにいってるんだよ。大丈夫だよ」

わかってないよ。鳴鏑が遠くにいる誰かに向けていうように呟く。

「どんな変異体の人だって結婚しているじゃないか」土師部が頭を起こす。

「わかってない。物理的に、なんというか、性交方法が異なるんだよ」鳴鏑は顔面を覗き窓に押し付けたまま続ける。「ぼくは誰とも愛し合うことができない。相手を――」

「きっと同じ変異種に出会えるって」

「同じではだめなんだ！」

ふたりの間に気まずい空気が流れた。

唐突に鳴鏑の上体が跳ね上がる。

「どうしたっ？」

「見えたんだ、なにか降ってくる」

鳴鏑が舌指《ぜっし》を絡めた把手《レバー》を引くと、見張塔の上部を囲む八枚の壁板が開いた。警鐸の舌《ぜつ》と繋がる把手《レバー》に持ちかえる。

土師部は壁際の床から突き出る伝声管に手をかけた。

「妙にゆるやかに落ちてくる——なんだ」鳴鏑が、把手《レバー》をはなして椅子の背にもたれかかり、乾いた声で笑った。「——澱《おり》だ」

それなら普段から降っている。拳大《こぶし》の脆《もろ》い塊で、珍しいものではなかった。土師部も溜息をつく。壁板の締まる軋《きし》みが聞こえる。

「没年齢が高くなくてよかった。もし結婚した相手を知っていたら、もっと辛《つら》かったろうから」元の話題に戻ったが、鳴鏑の口ぶりは明るかった。「いいんだ。ぼくには父さんがいるから。父さんを育てていくよ。才能があるんだ。父さんには」

それからもふたりは天望鏡と肉眼とを交代しながら、夜空を監視し続けた。弁当のおかずを交換しあい、眠りに落ちると相手の体を揺さぶり、苦虫《にがむし》を嚙み締めて眠気を散らしながら、早朝の交代時間までなんとはなしに語らった。空からは澱が降ってくるだけで、星辰《せいしん》の輝きは変わらなかった。

見張塔を出ると、次の当番に鍵を渡した。肩がひどくこわばっていた。最上層の強い暁光《ぎょうこう》を浴びながら、両手をあげて筋を伸ばす。鳴鏑も三脚を弓なりに曲げて心地よさげに立っている。地面に濃い影が落ちて、日時計のようだった。

第二章　天降《あまくだ》り

1

昼過ぎまで睡眠をとった土師部《はにしべ》は、萎びた水澄《みずす》ましを台車に載せ、手押しで水産局へ向かった。

通り過ぎた家々では、住民たちが天降りに備え、窓に鎧戸《よろいど》を打ち付け、骨材《こつざい》の隙間を地漿《ちしょう》で埋め、屋根の骨瓦《ほねがわら》に獣脂《じゅうし》を塗り込んでいた。

水産局は三層と四層にまたがって段状に建てられていた。丸屋根の緩やかな連なりが山形麵麭《パン》を思わせる。土師部は四層の円環道と繋《つな》がる扉から水産局に入った。客は疎《まば》らにしかいない。自宅区画の部署まで台車を押していき、並ぶこともなく受付台に水澄ましを載せる。

局員は、天井の梁《はり》に軟体動物のごとく四肢を絡めてぶら下がっている。預かり札《ふだ》と交換に、腕をくねらせて皺《しわ》だらけの水澄ましを抱え、梁を伝って奥の部屋へ消えた。

待合席に坐って一炷《いっちゅう》ほど経った頃、今にもはち切れそうに膨張した水澄ましが運搬台に載せられ、天井を渡る局員に引きずられながら戻ってきた。生きた百々似《ももんじ》に張りついて、血液を存分に補充してきたのだ。満ち足りたのか、放射状に皺の寄った眼門《がんもん》を絞り閉じている。

頭を撫でようとした手を止める。ゼンマイ状に巻いた口吻《こうふん》の先端から、すすすと寝息らしき音が聞こえてくる。土師部は微笑《ほほえ》む。静かに帰らないとな。

円環道に出ると、白い澱《おり》が軽やかに宙を舞っていた。水澄ましはずっしりと重かった。大階段まで半分も進まないうちに、台車の車輪が割れた。

途方にくれて天を仰ぎ見る。雲ひとつない青空。まだ明るいのにもう星がでている。妙に思って眺めるうち、どの光点もたちどころに大きさを増していく。

空一面を埋め尽くした頃になって、最上層の見張塔から、警鐸《けいたく》の重層的な音が鳴り響きはじめた。

鳴らすのが遅すぎる。土師部は焦ってあたりを見渡す。どの扉の前にも防禍戸《ぼうかど》が落とされていく。窓はすでに鎧戸で封じられている。せめて軒下《のきした》に隠れようと、車輪の壊れた台車を引っ張るが、寸分も動かない。水澄ましが口吻を詰まらせた音で喘《あえ》ぐ。

足元の甲羅畳《こうらだたみ》になにかが弾《はず》んで、小さな血飛沫《ちしぶき》が広がった。立て続けに赤い手形のような血飛沫が、屋根や地面のそこかしこに咲いていく。今のところほとんどが甲物《きのえもの》と呼ばれる昆虫形だった。何匹かは、体節《たいせつ》がもげかけたまま起き上がろうとしている。

一層下の屋根に腔腸《こうちょう》動物に似たものが激突して貼り付き、鬱血《うっけつ》した体の四方から触手を伸ばしはじめる。

大きな湿った打音がして振り返ると、飛散した肉片が額や頬に張り付いた。黒羽に覆われた空豆《そらまめ》形の埜衾《のぶすま》がひしゃげ、赤褐色の内臓を散乱させていた。肉片を拭いとって、漏斗《ろうと》状の洞街《うつおまち》に囲われた吹き抜けの空間を見渡す。

夥《おびただ》しい数の埜衾が、瀑布《ばくふ》となって月の洞《うつお》を貫いていた。

――腫瘤《しゅりゅう》に覆われた脳状の塊《かたまり》、喇叭《らっぱ》形の無鱗魚《むりんぎょ》、眼球を実らせた螺旋海綿《らせんかいめん》――複数の口《こう》腕《わん》をたなびかせる象皮《ぞうひ》の無肢熊《むしぐま》、無数の背触鬚《はいしょくしゅ》を振動させる鱏《えい》、櫛《くし》状触角を八方に花開かせる半索《はんさく》動物、疑似餌《ぎじえ》の腸鰓《ちょうし》類に襲われる変色甲虫――放射状に連結する鰓曳《えらひき》動物、豚の蛹《さなぎ》、毒々しい星形突起を犇《ひし》めかせる膃肭臍《オットセイ》――三葉虫《さんようちゅう》に象《かたど》られた木菟《ミミズク》、条虫《じょうちゅう》の阿弥陀籤《あみだくじ》、繁茂した臓物《ぞうもつ》の雲、疣足《いぼあし》を蠢《うごめ》かす水蝉《みずぜみ》――埜衾と一括りにされてはいても、どれひとつとして同じ惑星の生態系に属するとは思えなかった。

大部分が漏斗の中心に向かって降っていく。

土師部は怯えながらも、手をかざして空を見上げた。小判形をした百々似の影が疎らに現れはじめている。背中を岩で殴りつけられたような唐突な激痛に襲われ、全身がよろけた。数歩先に兎《うさぎ》に似た甲殻類が転がり、緑色の血を吐いて痙攣《けいれん》していた。

一刻も早く逃げたかったが、水澄ましを見捨てることはできない。

逡巡していると、首筋にこそばゆさを感じた。毛だらけの多肢鼠《たしねずみ》がいつの間にか肩にのり、雄《お》しべを思わせる触角を振動させて首を撫でていた。毒を持つかもしれず慎重に手で追いやっていると、激烈な炸裂音が轟《とどろ》き、土師部の全身が血煙《ちけむり》に包まれた。

濃厚な生臭さに噎《む》せる。体が火照《ほて》ってくる。

血煙が晴れるにつれ、花弁のように破裂した水澄ましの骸《むくろ》が露わになった。台車は真っ二つに割れ、泡立った血に塗《まみ》れている。

すぐ近くの壁面が蜘蛛《くも》の巣状に罅《ひび》割れており、その中心に赤子に似た鎧《よろい》状の埜衾が埋まっていた。ぎしぎしと体軀《たいく》を蠢動《しゅんどう》させるたびに、体節から鶸《ひわ》色の体液が溢れ出る。

もうこの場に留まる必要はなくなった。だが、天降りには必ず小休止状態が訪れる。土師部はひとまず軒下に身を潜めた。頭上の屋根に激突した埜衾たちが、血塗れの臓腑《ぞうふ》や肉片にばらけ、眼前をぼとぼとと落ちていく。靴の上に載った殻付きの肉を蹴りはらう。

右手の円環道が弧を描きだすあたりで、一軒の住宅が轟音《ごうおん》をたてて崩れた。大型の百々似が激突したのだ。

向かい側の四層で、六層で、五層で、次々に家が塵煙《じんえん》をあげて崩落していく。

屋根から落ちてくる肉片の数が減りはじめたかと思うと、家の骨骼《こっかく》が音をたてて軋《きし》みだした。屋根が滑りにくくなって積もりだしたのだ。家の中から慄《おのの》きの声が聞こえた気がしたが、あるいは路上に降り積もった埜衾たちの末期《まつご》の声なのかもしれなかった。屍骸《しがい》の潰れた内臓から、血で固まった毛皮から、割れた外殻《がいかく》から、夥しい数の寄宿生《きしゅくせい》が這い出してきていた。気のせいか、土師部に向かって這い進んでくるようだった。

にわかに光が射しはじめた。埜衾の降り方がまばらになり、空が束の間の明るさを取り戻したのだ。中型の百々似が降ったのを最後に、澱《おり》が舞うだけとなる。

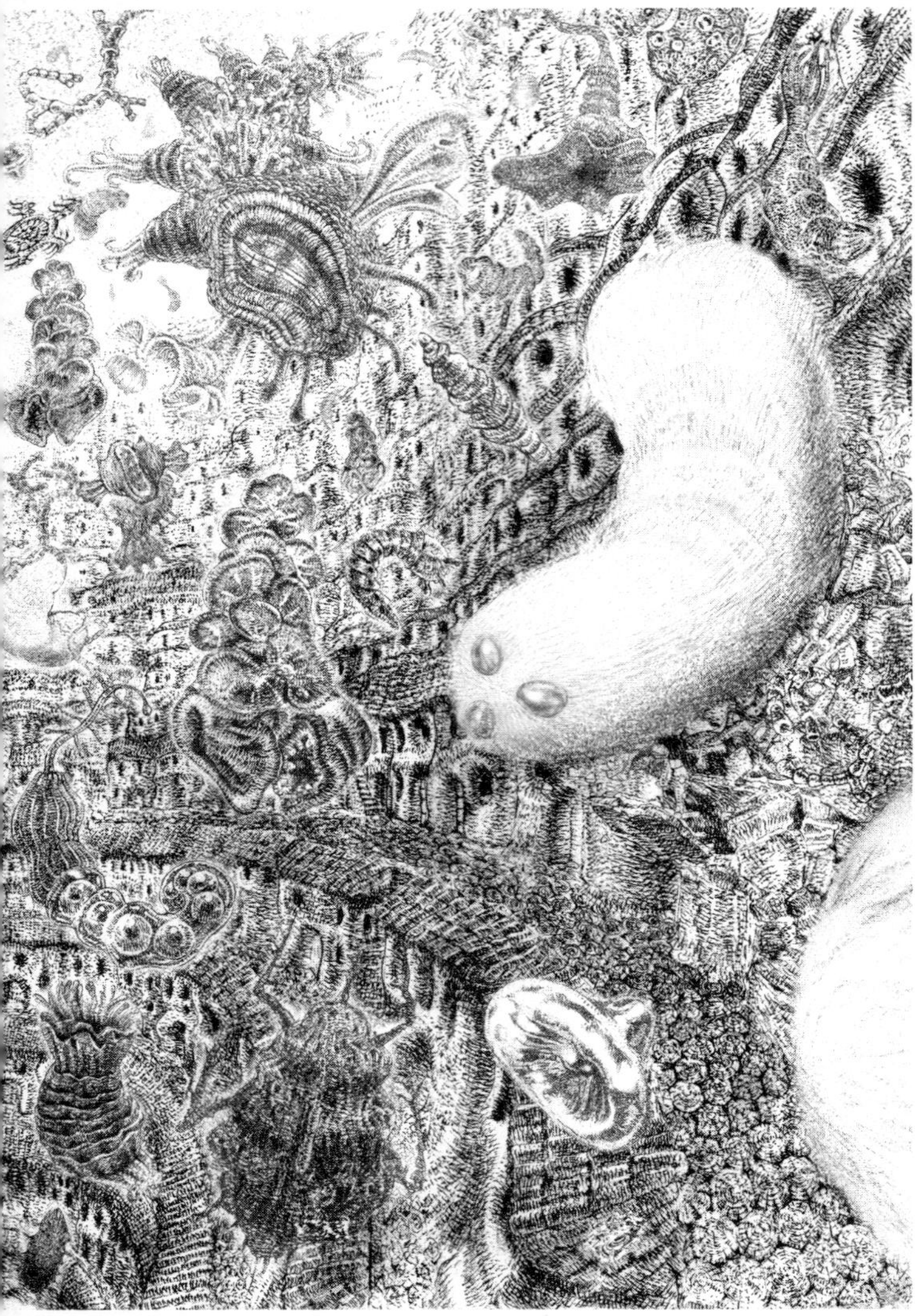

今のうちだ。土師部は怖気《おぞけ》をふるって降り積もった死骸を踏み歩いていく。外甲骼《がいこうかく》を割る快活な音を立てながら、体液に滑って転げそうになりながら、湧いてきた寄宿生を避けながら道を進んでいった。

突然、脚になにかがしがみついてきた。無毛の胴体の上には頭がなく、首の断面が血餅《けっぺい》のように膨らんで揺れている。苦労して生暖かい腕を引き剝がしていると、通りがかった人たちが手伝ってくれた。

「えらく急だったね」「最初の警鐸《けいたく》聞こえた？」「派手に血を浴びたもんだなあ」「走って帰った方がいい、寄宿生に撒《ま》き餌《え》をしているようなもんだ」「気をつけるんだよ」

土師部は明るく礼を言ってから駆けだした。不安定な足場を走るのには慣れてきた。だが前方の道は、一頭の巨大な百々似によって阻《はば》まれていた。四人の蛯《えびす》が長い前腕を有効に使い、分厚い胴体を捻《ひね》って抵抗する百々似を押さえつけている。

骨餅麵麭《コッペパン》に似たくびれのない体形で、全体を覆う白い和毛《にげ》からは、わずかに波打つ薄桃色の地肌が透けている。半身をもたげるたびに、腹面に並ぶ二列の爪肢《つめあし》がのぞく。歩行の役にもたたない不要器官の一つだった。

蛯のひとりが百々似の前頭部に掌《てのひら》をかざし、三つの透明な眼球の中心にあてがった。眼球は、遠くから適当に投げて貼りつけたように不揃いで、どこか哀れを誘った。蛯の腕が一瞬ぶれた後、掌と毛皮の隙間から血が漏れ出し、百々似が魂を失って弛緩するのが判った。白い毛皮に赤黒い楕円が滲《し》み広がっていく。

側《そば》にある家は二階の大半が崩れていた。部屋に入り込んだ埜衾が壁を這うのが見えた。住人たちが両手で顔を覆って泣きじゃくっている。すぐにここから消え去れ、と蜑たちに怒鳴る声も聞こえる。

「上ってください」百々似の向こうからひとりの蜑が声をかけてきた。「手を貸します。気をつけて」

百々似越しに差し伸べられた手は、骨から削り出したように固く冷たい。左手で百々似の毛皮を毟《むし》り取るようにつかみ、右手を引っ張られながら巨体を上る。毛皮はひどくだぶついているので、外甲骼の上でたやすくずれうごく。最上部までなんとか上りきると、一気に胴体を滑り下りた。

「はやく行ってください。四半刻もしないうちに次の降《くだ》りがきます」

土師部はお辞儀をして先を急いだが、大階段まで来ると足が竦《すく》んだ。

階段じゅうに半死半生の埜衾たちが巨大な古代魚の鱗《うろこ》のように犇めいていた。ぬめり光る赤剝けた残骸の隙間を、溢れ出た体液や臓物に膝まで埋もれながら、爪先で見えない段を探って一歩ずつ上っていく。多少は寄宿生《きしゅくせい》に取りつかれようが、耐えて進むことにした。しだいに体が強張って動きづらくなってきた。途中で立ち止まる。

疲労のせいばかりではなかった。膝から下に陰茎《いんけい》大の寄宿生が何十匹も吸い付いて円錐《えんすい》状に膨らんでいた。同士吸いしているものまでいる。手で払い落としていると、生肉がぶつかりあうような湿った音が聞こえた。

見上げれば、十段ほど上から皺だらけの肉毬《にくまり》が跳ね落ちてきて、眼前に浮かんだ。その刹那、爆発したように肉網《にくあみ》となって弾《はじ》け広がり、土師部の全身を雁字《がんじ》搦《がら》めにした。

肉網じゅうから無数の透明な針が起き上がり、まばたくように揺れ動く。土師部の体から力が抜けはじめた。必死に抗《あらが》うが、虚しく体が傾きだしていた。とうとう段上に倒され、埜衾を弾き飛ばしながら階段を滑り落ちる。甲羅畳に背中から激突すると、肉網は押し潰れ、強い刺激臭のする体液を飛散させた。

空の青が点描になり、斑《まだら》模様に変わった。数段ほど上で、消化器官らしき臓物が跳ね上がった。耳元で、なにかが罅《は》ぜる。また降りだしたのだ。

これが現世《うつしよ》の最後になるのなら、来世《きたるよ》の自分には回帰しないで欲しいと願う。

そのとき、大階段の踊り場に人影が見え、歓声が聞こえてきた。隔世《かくりよ》の記憶だろうか。雑音にまみれた断片的な声――月面……静かの海……人類史上……第一歩を――人影が、宇宙飛行士が、ここ月面に初めて到達した証《あかし》をたてようと、旗を手に下りてくる。天降りが激しさを増すなか、一歩ずつ慎重に下りてくる。土師部のそばまで近づいてくる。閉ざされた顔《がん》瞼《けん》から声がする。

「痺《しび》れているんだな」

祖父の声だ。肉網が旗で引き剝がされる。刃の冷たさで斧《おの》だと気づく。

「天降りのなか、よくここまで辿りつけたな」

孫の体を軽々と持ち上げて抱え込み、幅広い上体で埜衾から守りながら、再び階段を踏みしめて上りはじめる。

「ごめんよ、お祖父《じい》ちゃん」自分の不甲斐《ふがい》なさに涙が溢れる。「水澄ましを死なせてしまった」

「大丈夫だ。百々似と一緒になって降ってきている。また飼おう」

「いい水澄ましだったよ。かわいそうなことを、してしまった。死なせてしまった」

「ああ。いい水澄ましだった」

土師部は、祖父の腕の間から覗く吹き抜けの光景から目が離せないでいた。今生《こんじょう》で初めてみるような厖大な数の埜衾が、互いの体を足場にして我先に駈け降りていく。もはや個体の識別はできなかった。残像と実像が溶け合って、不意に、時間が静止したように見えた。やがてなにもかもが天に向かって上昇していくような錯覚に囚われた。

引きずり込まれそうで恐ろしくなり、視線を下げる。擂鉢《すりばち》状だった最下層が、堆《うずたか》く盛り上がっている。中央部が陥没しては、また盛り上がっていく。埜衾が降り積もり続けているのだ。

急激に視界が傾いて、屍《しかばね》の折り重なる甲羅畳が迫った。ぶつかる、と思い、土師部は身を硬くしたが、祖父は苦しげに喘ぎながら体勢を戻した。

「大丈夫、お祖父ちゃん」

「ああ」祖父が言った直後にまた大きく体が揺れる。「降《くだ》りが激しくなってきたな。急ごう」

自宅の扉は、下半分まで埜衾で埋もれていた。祖父が太い腕で壁を信号のように叩く。一階の鎧戸が開いて灰色の煙が溢れ出し、その粒子が実体化したかのように埜衾が現れた。室内にまで入り込まれたのかと驚愕したが、埜衾は鋭い肢で、壁を這いあがってくる寄宿生を的確に刺し貫きはじめた。

「お祖母《ばあ》ちゃん」喜びで土師部の声がうわずった。「ただいま」

土師部の体が祖父から祖母へと受け渡され、苦い煙の立ち込める部屋の床に寝かせられた。煙の効果か、体から寄宿生が剝離《はくり》していく。

祖父が窓からゆっくりと転がり落ちるように入ってくると、祖母は即座に鎧戸と窓を閉ざし、煙壺《けむりつぼ》を消した。漂う煙霧をかき揺らしながら、祖母は床を這い、壁を上り、天井を伝い、侵入した埜衾や寄宿生を虱潰《しらみつぶ》しに刺突《しとつ》した。

2

土師部《はにしべ》は、胃が裏返るような不安感と共に目覚めた。起き上がると、ソファの中の脂肪が揺れ、粘着質な音をたてる。

「お祖父ちゃん、いま何刻《なんどき》!」

暗がりの中でもう夜中かと思ったが、鎧戸で塞がれているせいだと気づいて安堵した。天降りの音はやんでいる。

「まだ酉《とり》の刻《とき》だ。慌ててどうした」

「人と約束していたんだ」

壁の灯毬《とうきゅう》がギチギチと挂甲《けいこう》を擦《こす》り合わす音がして、部屋が朧気《おぼろげ》に明るくなる。祖父はまた立ったままでいたらしい。祖母はいつもと同じように矩形板《くけいばん》の前で床に坐り込んでいる。起きているのか眠っているのかすら判らない。その肢元《あしもと》には、血塗れの布巾《ふきん》が転がっている。

土師部は自分の体を見下ろす。浴びた血は拭きとられ、服が替えられていた。

「天降りのあった日だ、おまえが約束を破ったって、悪く言う者なんていないさ。まだどの層も清掃が終わってないんだ。出歩くのは危険だよ」

「それもそうだね」

「いったいどこで、誰と待ち合わせしてるんだ」

「血餅屋さんで」土師部はわずかに口ごもる。「八紘《やつお》って娘《こ》なんだ」

「一緒に行こう」祖父は言う前にすでに玄関へ歩きだしていた。

最上層に住む人々が、梺衾《のぶすま》の屍骸を屋根から道から落としていた。一層ずつ順に行っていくきまりだ。下の層にいくほど、梺衾崩《なだれ》が起きやすい。

ほとんどの梺衾は、落下の衝撃で即死しており、まれに生き延びたものも一週間ともたない。百々似《ももんじ》など数種の例外はあるが、月の環境に適応できないからだと考えられている。

様々な容姿の子供たちが、腕を寄宿生《きしゅくせい》だらけにして虫達磨《むしだるま》を作っている横を、ふたりは行き過ぎる。

祖父が脚を引きずって歩くのを見て、土師部は胸を締めつけられる。痛みがひどいのだろうか、ひどく口数が少ない。

血餅屋があったはずの場所——骨材《こつざい》と血餅が散乱する瓦礫《がれき》の山で、注連縄《しめなわ》を手にした三人の蛭《えびす》が、筋繊維の服を纏《まと》った人形《ひとがた》の奇怪な巨人を捻《ね》じ伏せようとしていた。それは禍神《まがつかみ》と呼ばれ、数年に一度、埜衾に紛《まぎ》れて洞街《うつおまち》に降《くだ》ってくる。

禍神は腕や脇腹に注連縄を巻きつけられ、瓦礫の上に組み伏せられた。大きく身悶えし、舌先《ぜっせん》形をした半透明の頭部に渦を生じさせ、ヴヴルルヴヴと苦しげな唸りをあげる。

「彼女は来てないみたいだよ」土師部は幾分寂しさを覚えつつも安堵して言った。

瓦礫の表面に、彼女が喜びそうな蒼《あお》い陶板《とうばん》の欠片《かけら》が散らばっていた。屈み込んで手に取ってみる。光沢のある菱形板の裏側に、赤身の肉がへばりついていた。

埜衾のものだろう。そう思いながらも、土師部は瓦礫の上を這いまわった。指らしき物体を数本見つけて目を逸らしたとき、骨材や血餅の隙間に幾何《きか》学模様が見えた。慌てて瓦礫をかき分ける。

体を深く折り曲げて横ざまに埋もれる八紘の姿が現れた。頭部が大きく四つに砕け割れ、眼球や紫水晶の歯列が覗いている。

初めて目にする色素のない瞳には、まだ生気が宿っていた。左右に震えながらも、土師部を見据えている。歯列が開いてかすかな声が搾《しぼ》り出された。土師部は耳を彼女の口元に近づける。顔面の裂け目から、熱い息が漏れ出してくる。

「知って――た」

「何を。いや、喋らないで」

「あなた。そういうひと、だからね」八紘が溜まった唾液を苦しげに飲み込む。「よく、きいて、わたしの、たいせつなひと」

耳が顔面の裂け目に入るほどに近づける。

「社《やしろ》に奉納しないで。わたしの勾玉《まがたま》。持っておいて。首の、あなたの前世《さきのよ》のも。それから――」

「僕の、だったのか。それから?」

「あなたを、とめられるの、あなただけなんだよ」

土師部は八紘の指のない手をとり、傍《かたわ》らに屈み込んだままでいた。

やがて微睡《まどろ》みから醒めたように顔をあげると、八紘の頭部の裂け目から手を挿《さ》し入れ、柔らかい脳に指を埋めた。指先で硬質な感触をとらえると、音もなく抜き取る。

「さぁ、帰ろう」と祖父が言った。「あとは層内会の持ち回りだ」

「お祖父ちゃん、なにを隠しているの」血塗れの勾玉を握りしめ、背を向けたまま土師部が言う。

「隠しているんじゃない。おまえが回帰できないだけだ」

「彼女は、僕に深い関係があった人なんだね」
「ああ。おまえたちは夫婦だった」
「どうして言ってくれなかったの」
「あまり」祖父が言い淀む。「幸福な結婚ではなかったんだ」

3

襖衾《のぶすま》の処理場は、穢褥《えじょく》を取り巻く最下層の磐肌《いわはだ》沿いに建つ。廃墟のひとつを改装したもので、天井は継ぎ接《は》ぎされた腹膜《ふくまく》で覆われ、床一面に敷き詰められた筵《むしろ》には、大小様々な百々似《ももんじ》が仰向けに寝かされていた。

濃厚な臭気が立ちこめるなか、多くの分類学者や蝦《えびす》が作業に勤《いそ》しんでいた。分類と解体の済んだものから隣の競《せ》り場《ば》に運ばれていく。加工業に携《たずさ》わる人々が早くも集まり賑わっていた。

分類学者の祖父と分類学部生の孫は、損傷の少ない一頭の百々似を頭の側から見据えていた。百々似の左右と腹部の上には、蝦がひとりずつ控えている。

祖父がうなずくと、腹上の蝦が頭胸部の中央に掌の杭《くい》を突き刺し、爪肢《つめあし》の列の間を切り裂いていく。同時に他の蝦たちが毛皮を両側から引き剝がす。黄色い脂肪層を手分けしてかきとり、広口の大甕《おおがめ》に詰め込む。弾力のある甲骼片《こうかくへん》を幾つか取り除き、大きく膨張して鴇色《とき》に充血した誕嚢《たんのう》を剥き出しにする。その分厚い嚢壁《のうへき》を切り開くと、黒い体毛に覆われた猿とおぼしき獣《けもの》の姿が現れた。

祖父は猿の前に立つと、他の分類学者のように、指先で脈を計ることも喇叭《らっぱ》形器具で心音に耳をそばだてることもせず、ただ赤い多瞳《たどう》で凝視しただけで穿刺器《せんしき》を毛深い首に刺した。

猿が痙攣しながら上体を起こし、激しく咳き込む。祖父が背中を叩いてやると、胃液を吐き出し「ここは何処《どこ》だ」と声を発した。

復命者を社《やしろ》の忌人《いわびと》が連れ去ると、隣の百々似に移って同様の作業を繰り返す。今回開いた誕嚢からは、中に神経叢《そう》だけを残して粘稠《ねんちゅう》な原形質が流れ出してきた。次は手足のない豚が、その次は素形《すがた》に近い人間が現れたが、激突の衝撃による内臓出血がひどく助からなかった。

七頭目の作業を終えた頃、処理場の外にいた伝達係の蜑がやってきて、社之長《やしろのおさ》から立会《たちあい》要請が来ていることを祖父に伝えた。丘陵の上に落ちた百々似が巨大すぎて動かせないため、その場で解体を行うのだという。

外ではまだ埜衾を運び込む作業が行われていたが、穢褥が活性化しはじめたらしく酸臭《さんしゅう》が漂いはじめ、埜衾の丘陵が息をするように上下してゆっくりと渦を巻いていた。あと数刻後には御柱《おんばしら》が立つはずだった。

危険なので処理場で待っているように言われ、土師部は従った。祖父が足を引きずりながら丘陵を上っていく。その姿がしだいに遠ざかっていく。

土師部が他の分類学者の手際に見入っていると、蜑たちが放心の体《てい》で立ち上がった。その視線を追って振り返る。

腹膜を透かして、夥しい数の埜衾が丘陵の上で跳ねているのが見えた。

頂上部から得体の知れない黒い肉塊が突き上がる。激しくのたうったあと、埜衾を砂利のごとく押し退《の》けながらみるみる沈み、丘陵自体が崩れだした。

埜衾の波が打ち寄せてきて処理場の壁を押し潰し、土師部たちの方にまで迫ってきた。土師部は咄嗟《とっさ》に百々似のがらんどうの腹腔《ふっこう》に潜り込んだ。

天地が何度も逆転し、肉叢《ししむら》や外甲骼《がいこうかく》が激しくぶつかり合う音に耳を聾《ろう》された。

息苦しさに耐えかねて百々似の中から這い出すと、顔に半透明の天幕が貼り付いてきた。縫い目を手で破いてようやく脱し、眼に滲みる臭気に迎えられる。

処理場は脆《もろ》くも潰されてしまったが、もともと埜衾崩《なだれ》を想定した簡易な作りになっていたという。命拾いをした人々が体液にまみれながら、押し流されてきた埜衾の分類を早くも始めている。

低くなだらかになった丘陵の方々から褥液《じょくえき》が勢いよく噴出した。刺激性の蒸気を紗幕《しゃまく》のようにまとって高さを増し、白蛇を思わせる御柱という様態になった。無数の埜衾と共に降臨した古《いにしえ》の神、御赤口《みしゃぐち》が依《よ》り憑いているのだ。御柱が崩れるまでの間に、鳥居《とりい》を介して様々な宣託《せんたく》がくだされる。

走ってさえいれば。社之長が無念そうに言った。

祖父は丘陵の上で、一軒家ほどもある百々似の開腹に立ち会っていたという。巨大な誕囊の裂け目から黒々とした皮膚が現れ出し、祖父はそれに手を触れるやいなや、直ちに避難するよう皆に告げた。

埜衾崩《なだれ》に巻き込まれながらも助け出された蛭《えびす》が、祖父の最期を目撃していた。黒く禍々《まがまが》しいものが、丘陵の頂上部から穢褥《えじょく》の中心の奈落《ならく》に向かって深々と沈み、そこから渦が急激に拡がっているというのに、祖父はまだ中腹あたりの斜面を足踏みするように下りていたという。土師部を救ったときに受けた脚の怪我のせいに違いなかった。

渦に呑まれたとき、背中の瘤《こぶ》が破裂して、長い綱のようなものが勢いよく飛び出したという。それが命綱になることもなく、祖父は沈んでいったという。

知らせを受けた祖母は、最下層へ駈けつける途中、住民たちに両端の尖った巨大な殻槌《ハンマー》で撲殺《ぼくさつ》された。

埜衾と見誤られたのだ。

今回の天降りでは三十六の人間が亡くなり、十二の家屋が倒壊した。二百六十七の百々似が解体され、四十一の復命者、七十八の大型哺乳類、十二の雑多な植物の種子を含んだ粘土《ねんど》塊《かい》、その他諸々《もろもろ》の魚介類や小動物が大量に収穫された。

第三章　縁定《えんさだめ》

1

祖父母の葬儀は、磐座《いわくら》の中央に建つ神明造《しんめいづく》りの本殿で行われた。

直線的で傾斜のきつい切妻《きりづま》屋根の下、土師部《はにしべ》は虚脱しきった状態で、会葬者たちの玉串奉奠《たまぐしほうてん》を眺めていた。

葬儀が終わった後も、土師部はその場から動けなかった。

気がつくと、目の前に誰かが立っている。

「社《やしろ》にこないか」と前置きなく用件が述べられる。社之長《やしろのおさ》だと判って顔をあげる。

説明はなくとも、社之長が祖父の死に責任を感じていることは判った。穢褥《えじょく》に囲まれた環境には抵抗があったが、宿世結《すくせむすび》を手伝えると知って申し出を受け入れた。

磐座の敷地は、上層から眺めるよりも窮屈に感じられた。広さは二百坪程度で、粛然《しゅくぜん》とした本殿の裏に、磐山《いわやま》にしか見えない四階建ての社務所が建っている。その三階にある狭くて簡素な部屋が、土師部の新しい住居だった。世間の想像とは異なり、社之長の家族が暮らしているのも、贅沢とは程遠い部屋だった。

食事は社務所の二階食堂で忌人《いわびと》たちと共にしたが、ときおり社之長の一家に招かれることもあった。

鳴鏑《なりかぶら》や土師部が憧れを抱いていた妻、父を恋人のように慕う六歳の娘、いつも百々似《ももんじ》の幼体と遊んでいる三歳の息子。いずれも変異のない美しい素形《すがた》を保っていた。神職らしく甲物《きのえもの》の並ぶ質素な埜衾《のぶすま》料理だったが、長の家族は豪勢な晩餐であるかのように食した。

社之長は家族に優しかった。土師部にも、蛩《えびす》たちにも。誰にでも優しく、慈《いつく》しみを持って接した。熱心な教育者でもあった。神学生を、本殿の地下から、般人《つらびと》禁制である磐座内部の賢所《かしこどころ》にまで連れて入り、天叢雲《あまのむらくも》を映す玉鏡《たまかがみ》や、無数の組紐《くみひも》に結《ゆ》わえられた巨大な勾玉《まがたま》など、様々な神器を使った実習で八百万《やおよろず》の神について学ばせた。神事に関することなら、どれほど荒唐無稽な話にも真摯《しんし》に耳を傾けた。

分類学部から神学部に編入した隠水《こもりづ》が、神学実習の帰りに部屋へ立ち寄るようになった。

いまは神学のことで頭がはち切れんばかりだという。

「頭の使い方がまぁるっきり違うんだ。充実すぃきってるんだけど、前より、なんだ……そう、物忘れが激すぃくなって困るよ。専門馬鹿ってこういうことなのかなぁ」

隠水が帰った後には、やはり部屋から何かがなくなっていた。

土師部は社務所の一階にある結所《むすびどころ》で、年老いた宿世結を手伝いはじめた。

四方の壁に並ぶ個籍《こせき》棚を行き来し、皮紙《ひし》をめくり、髄筆《ずいひつ》で流麗に記された赤黒い文字列を次々と目で追いながらも、部屋の中央で宿世結が縁定をする声から耳を離さなかった。

半年も経たないうちに宿世結は亡くなったが、後を引き継ぐことに不安はなかった。土師部は結所に籠《こ》もり、現世《うつしよ》に放り出されたばかりの復命者たちと、ひとりずつ、次々と、終わりなく向き合った。

復命者は、それぞれに変異を遂げている上、最初は自身の名前ひとつ思い出せない。土師部は手探りで問いかけを重ね、少しずつ相手の前世《さきのよ》をすくい上げては厖大な個籍の記録と照らし合わせていく。

すぐには回帰できない者も多かったし、人間かどうかすら疑わしく対話方法から探っていかねばならない者や、前世の自分を受け入れられずに虚偽を並べ立てる者、「わたしはわたしではない」と存在論的な苦悩に囚われる者などもいて、前世との縁定には強い根気と忍耐が要求された。神代《しんだい》文字や数霊《かずたま》を用いた演算能力試験を行うことで、ある程度絞り込めるのは有り難かった。能力に秀でた者の多くは、神学生になるからだ。

「空を擦《こす》るほど高峻《こうしゅん》な建築物が、どこまでも林立していました」

前世《さきのよ》の記憶に紛《まぎ》れて、人々の集合無意識である隔世《かくりよ》の断片が漏れ出てくることもあった。その光景は、土師部にも憶えがあるような気がした。だがかつて土師部自身が宿世結に語ったのは、家具に似た人工物が犇《ひし》めきあう怖ろしい世界だった。

語り手によって様相が大幅に異なる隔世の記憶は、『隔世遺傳《いでん》』と呼ばれる書物に編纂されていく。ただし、近年では想起される内容の細部がひどく曖昧になり、ほとんど加筆されていない。人々がむやみに産穢《さんえ》によって増殖し、生死をただただ積み上げる隔世《かくりよ》のぐらついた歴史は、ちょっとした揺れで崩れてしまうような不安定で歪《いびつ》なものに感じられた。

職務を終えて部屋に戻ると、髄筆で手が汚れているのにも構わず寝台に倒れ込み、ひと呼吸で眠りに落ちた。消耗しきっていたが、復命者の中に祖父母や八紘《やつお》がいる可能性を考えると、決して面談の手は抜けなかった。だが彼らが復命しても、土師部の持つ自責の念は永劫《えいごう》に消えないだろう。土師部にも、前世《さきのよ》を棄て去る者の気持ちが少しは呑み込めた。

彼らは、様々な事情から前世の忘却を求めた。承諾の署名が済むと忌人《いわびと》が現れて、先端が鉤《かぎ》状になった鋭い骨具を鼻腔《びこう》深く突き入れ、勾玉を繋《つな》ぐ神経索《さく》を断ち切った。

赤子同然の忘却者たちは、穢褥で船上生活を営む蜑《えびす》の集落に預けられる。忘却直後は無邪気で楽しげだが、変異体が少しずつ素形《すがた》を取り戻し、人々に束の間の嫉妬心を抱かせたあとは、穢褥での暮らしが長くなるに従って前腕が異様な伸長を遂げ、顔からは個別の特徴が抜け落ちてなんの表情も窺《うかが》えなくなる。人々からすれば、宿命から逃げた者に対する当然の報いだった。

昼休みに社務所の外に出るのは、土師部にとっていい気晴らしになった。

眼前には骨の残骸が散らばる宍《しし》色の穢褥《えじょく》が広がっており、酸臭《さんしゅう》で喉がひりつくほどだったが、社之長の妻は、生成《きな》りの衣《きぬ》と襞《ひだ》の美しい裳《も》に身を包み、よく子供たちを連れて磐座を散策していた。

彼女は蜑《えびす》たちの家船《えぶね》が浮かぶ穢褥の景色にうっとりと見入り、両手を広げて清々《すがすが》しく息を吸ってみせる。ときおり誰にともなく会釈をしては、楽しげに独り言を漏らしたりもする。そんな少し浮世離れした母親の背後では、子供たちが屈託なく笑いながら百々似の幼体を追いかけている。時にはそれに土師部が加わることもあった。

磐座の周囲の家船では、いつも蜑たちが長い腕を外に垂らし、穢褥の肉襞《にくひだ》の隙間に潜む小さな穢尾《えび》を穿《ほじく》り出していた。朱漆《しゅうるし》のような穢尾殻を剝いても、食せるのは毒性のないわずかな部分だけだ。しかも異臭が強く、蠅も寄り付かない。それが彼らの主食だった。

穢褥の臭いに慣れず食べ物が喉を通らなかった頃、社之長を真似て自分の昼食を蜑に施そうとしたことがあった。だが土師部からは誰ひとり受け取ろうとはしない。引っ込みがつかず家船に置いていこうとすると、「穢尾や貝しか食せないのです」と背後から声をかけられた。洗濯女として雇われている蜑だった。片方の前腕に、濡れた衣や裳を吊るしている。

「君たちが燻製肉を頰張っているのを見たことがあるんだ」

「胃が受け付けません」

「まさか、後で吐き出しているということ？」

洗濯女は、もう片方の手で干された衣類の皺《しわ》をのばす。腕に残る火傷《やけど》や骨の折れた痕《あと》には見覚えがあった。

「断れずに無理をして食べたのだろうか」

女は小首を傾《かし》げた。

「あのとき提灯《ちょうちん》を拾ってくれた人、だよね」

洗濯物を斜めに高く掲げると、女は瞼《まぶた》を閉じる。

乾くまでそうして立っているつもりなのだ。


後に、社之長が食べ物を施すのは、蛭《えびす》の胃に蓄積される繊維質を吐き出させるためだと知った。定期的にその処置を行わなければ、大きな繊維塊に成長し、胃を切開しない限り取り除けなくなるという。

洗濯女は、磐座で土師部と出くわすたびに少しずつ警戒心を解いていった。

蛭は名前を持たず、名付けられることも嫌ったが、土師部は彼女を密かに真玉手《またまで》と呼んだ。真玉手を通じて他の蛭たちと話す機会を得るうちに、彼らは器質的に知能が低く、必要のない限り思考を働かせられないことが判ってきた。眠っている間は常に隔世《かくりよ》の鮮明な夢を見ており、昼間でも意識が微睡《まどろ》むと芝の香りが漂いはじめ、隔世が割り込んでくるのだという。

隔世の夢に強い興味を抱いた土師部は、施しの役目を買って出ると、それを口実に穢褥《えじょく》の家船《えぶね》をひとつひとつ巡った。

穢褥には家船が二十艘《そう》ほど浮かんでいる。どれも百々似の外甲骼《がいこうかく》を継ぎ合わせてつくった小ぶりなもので、船体の大半を覆う小屋の中に十人足らずが暮らしていた。

蛭たちは平屋根の両側に坐って漁をしていた。土師部はその傍《かたわ》らに立ち、屋根中央の溝めがけて後ろ手に投げ込まれる穢尾《えび》や瞑貝《つぶがい》や垢貝《あかがい》を避けつつ、寡黙《かもく》な唇《くちびる》から夢の話を粘り強

く聞きだした。

獲物が取れなくなると、蚕たちは穢褥の肉襞を掌《てのひら》の杭《くい》で突き刺し、大きく波打たせて家船を移動させる。土師部は肉波の揺れに立っていられず、小屋の中に避難する。血管網の透ける誕嚢《たんのう》が幾つも張り渡された天井の下で、数人の蚕たちが互いの手足を絡ませるようにして坐り、穢尾殻を剝いたり、擂身《すりみ》にしたり、臼《うす》で殻を挽《ひ》いたりしている。土師部もそれを手伝いながら話を聞かせてもらう。もてなしで出される穢尾殻の煮汁《にじる》を、脂汗《あぶらあせ》を滲《にじ》ませて啜《すす》りながら。

夜になると、蚕たちは包み紙にくるまれた飴玉のようにして誕嚢の中で眠る。あるいは夢に目覚める。

蚕たちの断片的でたどたどしい言葉から得られたのは、人々が想起する隔世《かくりよ》とはおよそ異なる、あらゆる対象の不必要とも言える詳細な描写だった。土師部は、情報の奔流に目を眩《くら》まされながらも、仮定した体系を幾度となく変転させて焦点を合わせていった。立ち現れてきたのは、青空の下に広がる気候のよい湖畔の町並みだった。

その町では、特定できただけで四百世帯がありふれた平穏な生活を営んでいた。それぞれの時間軸は間欠的だったが、どのような相関図を作っても線分が集中するある家族の生活だけは途切れることがなかった。

澄んだ湖に臨む、木々に囲まれた広い芝庭があった。鳥の囀《さえず》りが聞こえ、刈り取った芝の爽《さわ》やかな香りが立ちのぼるなか、幼い少年が極端に足の短い犬を捕まえようと駈けまわっている。犬は機敏に小さな手を逃れ、少年が芝生に倒れ込む。それを見て可憐な少女が笑い、ボールを遠くへなげる。犬が少年の背中を飛び越えてボールを追いかける。その様子を、テラスの席で紅茶を楽しみながら見守る、おおらかな父親と慈《いつく》しみ深い母親――

話を一筋にまとめるなり、ほとんどの情報が抜け落ちてしまう。

洞街《うつおまち》とはかけ離れた長閑《のどか》な生活を羨《うらや》みはしたが、そういった世界の語彙を持たず、陳腐な定型句でしか表せられない土師部にとっては、退屈で面白みのないものとしか感じられず、ほどなく湖畔の町への興味を失った。

2

土師部《はにしべ》が社《やしろ》に来てから、十七もの天降《あまくだ》りが発生し、七百にも上る復命者の縁定《えんさだめ》を経験した頃だった。社之長《やしろのおさ》から労《ねぎら》いの言葉と共に、執達吏《しったつり》への昇格を告げられた。

個籍《こせき》を知り尽くした君でなければできない仕事だ、と鼓舞されて満更《まんざら》ではない気分だったし、縁定から解放されるのは有り難かったが、祖父母や八紘《やつお》の復命に立ち会うに至らなかったのは心残りだった。

執達吏としての最初の仕事は、やりきれないものだった。神道の土台を揺るがす天動説を唱え、人々を扇動したとして、天文学者の頭椎《くぶつつい》を異端審問にかけることになったのだ。

夜遅くに下知《げじ》を受けた土師部は、一睡もできないままに朝を迎え、忌人《いわびと》ふたりを引き連れて異端者の家に赴いた。玄関の前に立つと、深く息を整え、扉を叩く。戸口に現れた鳴鏑《なりかぶら》に神璽証《しんじしょう》を突きつけ、早足で二階へ駆け上がる。土師部は、鳴鏑の父親を目《ま》の当たりにして息を呑んだ。かつての愛らしい幼子《おさなご》の素形《すがた》が、微塵子《みじんこ》のごとき変異体と化していた。頭部の生白い軟甲《なんこう》を透かして、複数の水晶体が連なっているのが見える。肉眼で天体観測ができるというのも嘘ではないようだった。

父親にすがって泣き叫ぶ鳴鏑を引き離し、忌人たちに連行を命じた。

審問は本殿の中で神事として執り行われた。

「これは測定できない年周視差や年周光行差など、客観的な観測によって導き出された真実だ」頭椎《くぶつつい》は分厚い舌を薄い軟甲の中で粘着質にのたうたせ、自説を唱え続けた。「我々のいる月を中心に、地球や星々を映し出す天球が回転し、見せかけの地動説を作り上げている。深遠なる宇宙は、我々が想像してきたよりも遙かに、あまりにも小さい。そしていま、その天球に歪《ひず》みが生じはじめている——滅びは近い」

偽《にせ》預言者にありがちな言説だった。神学的に最も問題となったのは、永劫回帰を否定する終末思想の部分だ。

鳴鏑が苦労を重ねて父親を育て上げたのは、天動説などという馬鹿げた仮説を吹聴《ふいちょう》させるためではなかっただろうに。哀憫《あいびん》に胸を詰まらせたそのとき、社之長から神籤《みくじ》を託され凍りついた。土師部は声をうわずらせながら、神籤に記された託宣《たくせん》の通り、頭椎に沈刑《ちんけい》を言い渡した。

穢褥《えじょく》じゅうの肉襞が収束する奈落《ならく》と呼ばれる窪《くぼ》みに、頭椎が股下まで埋められ直立していた。異端の言説を振り撒いた肉厚の舌は、きつく緊縛されている。肉襞が無数の環形《かんけい》動物のごとく蠢《うごめ》いて、頭椎の全身をじわじわと呑み込んでいく。

もがくことなく沈んでいく頭椎を、円環道の隅々までびっしりと並んだ住民たちが無表情に眺めていた。土師部が執行船から見渡した限り、鳴鏑の姿は見あたらなかった。

その夜、寝台に横たわった土師部の元に、眠りは訪れなかった。冴えきった眼は、棚上でかすかに発光している透明な宇宙儀に向けられていた。百々似《ももんじ》の眼球に、無数の微細な気泡を鏤《ちりば》めたものだ。異端の宇宙観を表したものだと確信し、頭椎から押収したものの、神器を模した、天文学部のありふれた教材にすぎないことが判った。

頭椎《くぶつつい》の沈刑が行われた翌週には、非合法の集会を開いた咎《とが》で二名の終末思想家を捕らえ、再び沈刑を執行せねばならなかった。

洞街《うつおまち》を歩く土師部に、腐った臓物《ぞうもつ》や人糞《じんぷん》が投げつけられるようになった。道ですれ違う同級生たちも眼を合わせなくなった。天動説や終末思想が想像以上に世間へ敷衍《ふえん》していることの現れだった。

見張塔で当直していた者が、丑寅《うしとら》の方角に、月の外殻《がいかく》の上部から裏側へ続く長大な隆起を発見し、大きな騒ぎとなった。立て続けに未申《ひつじさる》、辰巳《たつみ》、戌亥《いぬい》の方角にも隆起が確認され、異端への傾倒に拍車をかけた。

しかしそれは地質学者たちにとって、古くから成長を観察してきた隆起にすぎなかった。地漿《ちしょう》による磐肌《いわはだ》の膨張となんら変わらないことを訴えたが、騒ぎは収まらなかった。以前から不定期に起きていた地震も、月面の隆起と関連づけられた。人々はあらゆる事柄から終末の徴《しるし》を読み取った。

とうとう見張塔から三名の若者が、大凧《おおだこ》を使った地球への降下を試み、帰らぬ人となった。見張塔の中で三人の背中を押す土師部の姿が、風刺画として描かれた。

隠水《こもりづ》だけは、相変わらず社務所の部屋に立ち寄ってくれた。隠水が扉框《がまち》で形圧《かたお》しされるように部屋に入ってくると、背後に押し退《の》けられていた房《ふさ》が一気に戻って棚上の置物をはらい落とす。会うたびに肥《こ》えており、部屋が窮屈で仕方なかった。

隠水がぬめりのある頭を回転させ、三つの鼻孔を広げて顔を顰《しか》める。

「なんだあこの臭い。ますぁか、穢尾《えび》の煮汁でも飲んでるんじゃあ。あんまり蜑《えびす》に肩入れして、余計な問題を抱えるもんじゃあないよ。世間では、あんたの独断で弾圧が行われているように、受け取られておるんだから」

無理もない。連行するのも、判決を申し渡すのも、執行に立ち会うのも土師部なのだ。

「執達吏《しったつり》すぁまの評判は、穢褥の奈落の奥深くに沈みぃ」隠水がふざけた節回しで詠《うた》う。

「社之長《やしろのおさ》への皆の尊敬揺るぐぃなく」

常日頃の自分の不徳を自覚せざるを得なかった。

宇宙儀を棚に戻していた隠水が、唐突に唸り声をあげて床に突っ伏した。体じゅうの房が弾《はず》んで、幾つものがらくたを撒き散らす。

「どうしたんだ、隠水」

「だぁ、いじょうぶ」房から多くの偽指《ぎし》を伸ばして壁面に吸いつかせる。偽指が壁を這いあがり、胴体を引っ張り起こす。

「いやぁどうも近頃、御神渡《おみわた》りのつぁめに太占《ふとまに》の罅《ひび》を読み取ることに頭がいっぷぁいで。どれだけ数霊《かずたま》を組んで黙唱《もくしょう》すぃておることか。あぁんまり頭を使いすぃぐぃるんで、ひどい風邪《かぜ》を引いたみつぁいに高熱が出るんだな。眠っても眠ってもまるで疲れがつぉれなくて。学部のみんながこんな調子だよ。もう三人が殉教した。なんとか耐えんつぉなあ」

「殉教したって……なぜ急にそんなことが」

「神勅《しんちょく》がおりつぁらしい。とうとう神様連中が痺《しび》れを切らすぃたってことだろうな」

隠水が帰ったあと、床に散らばった雑多な品物を目にして、土師部は声をたてて笑った。何年も前に、教室の机から持ち去られた随筆《ずいひつ》があったのだ。

その傍《そば》には皮紙《ひし》の束《たば》。全面を濃度の疎《まば》らな点描が覆い、その上に複雑な弧を描く軌跡が三面図として描かれている。皮紙をめくっていくと、始点を同じくする軌跡が、幾通りもの形へと変化している。おそらく隠水が話していた、御神渡りの経路を表す太占の罅なのだろう。

宇宙儀を手にとって眺めてみると、点描の濃度分布が一部と合致するように見えた。だが始点は月ではなかった。それどころか太陽系を遠く離れた、星ひとつ存在しない空間だった。

3

終末騒ぎが鎮まらないままに、次の天降りが巡ってきた。

土師部《はにしべ》は、社務所の三階の窓際に立ち、埜衾《のぶすま》が降り積もってできた丘陵を眺めていた。一階の半ばまで埋め尽くされ、磐座の表面はまったく見えない。その丘陵の上で、それぞれ離れて立つ何人もの⿱镸虫《えびす》たちが腕話《うでわ》でやり取りしているのが目に入った。

麓の⿱镸虫が社務所に向かって駆けてきたが、すでに土師部は階段を急ぎ足で降りていた。⿱镸虫との交流で、腕話を読み取れるようになっていたのだ。

一階の窓から外に出ると、⿱镸虫が長い腕で丘陵の中腹を指し示していた。

土師部は、不安定に揺れ動く死屍累々《ししるいるい》の丘陵を登って現場に辿《たど》り着くと、そこには確かに沈刑《ちんけい》に処したはずの終末思想家が、埜衾の屍骸に挟まれていた。百々似《ももんじ》が激突した際に飛び出したのだろうか。

男は大量の血を吐いてすでに息絶えていた。全身の肌には、縞模様の火傷《やけど》に似た痕《あと》がある。考えがまとまらずその場に立ちつくしていたら、丘陵の頂《いただき》付近にいる⿱镸虫が、土師部に向かって腕を大きく振っているのに気づいた。

土師部は駈けだした。頂までやってくると、大型の埜衾を取り除いた後の穴を、⿱镸虫が指さしていた。空から降ってきたのを見たという。土師部は腹ばいになって中を覗き込んだ。

俄《にわか》には信じられなかった。甲殻や肉叢《ししむら》や臓腑《ぞうふ》の狭間《はざま》に、祖父が埋もれているのだ。

ふたりがかりで祖父を引きずり上げ、寄り添って声をかける。顔瞼《がんけん》は閉じたまま開かない。腐汁に濡れた固くざらついた体皮を手でさする。以前より遙かに硬化している。背中の瘤《こぶ》から綱のような長い肉管が飛び出しており、穴の横壁を形作る埜衾の隙間へと続いていた。穴を崩しつつたぐり寄せてみると、その終端には人の頭ほどもある膠《にかわ》の塊《かたまり》のようなものが付着し、青い光を放っていた。


灯毬《とうきゅう》に照らされた寝台の祖父を、土師部は見据えていた。いつの間にか青い光は消えていた。穢尾《えび》の煮汁を骨杯《コップ》で呑んで一息つくと、なぜ天降りと共に祖父や終末思想家が降ってきたのかという当然の疑問が浮かんできた。

頭椎《くぶつつい》の言葉からある仮説を思いついたが、あまりに馬鹿げているために頭から振り払う。やはり天降り中の百々似が空中分解を起こしたのだろう。ふたりは復命者なのだ。そう自分に言い聞かせるしかなかった。

床に乱雑にのたうっている肉管につまずいた。粘着質な膠の塊を先端から剝ぎ取って宇宙儀の隣に並べ、肉管を巻きとって寝台の下に片付けた。

「お祖父《じい》ちゃんの同僚がやってきたら、ここに連れてくるからね」

土師部はそう声をかけると、提灯を手にして社務所を後にした。

埜衾の丘陵から褥液《じょくえき》が噴き出して御柱《おんばしら》となる前に、蝦《えびす》たちは夜を徹して、鮮度のよい有益な埜衾を処理場に搬送しなければならない。請われた訳《わけ》ではないが、土師部はなるべくその作業を手伝うようにしていた。

周縁から放たれる灯影で、穢褥《えじょく》一帯の灰白い煙霧が暗闇の中に茫々《ぼうぼう》と浮き上がっている。褥液に溶かされつつある埜衾が瓦《ガ》斯《ス》を放っているのだった。

斜面を登りだすと、丘陵全体がそれと判らないほどゆっくりと旋回しているのが体感できる。右手の方で斜面が崩れ、百々似を運んでいた数人の蜑が生き埋めになった。救出に向かおうとしたが、すぐにひとりが上体を覗かせ、腕話《うでわ》で無事を伝えた。

安堵して腕話を返していたとき、背後に人の気配を察した。振り返ると、白い霧の向こうに、朧気《おぼろげ》な人影がみえる。脂身塑像《あぶらみそぞう》のような顔が像を結んだ。以前より面立《おもだ》ちは明瞭だった。

「鳴鏑《なりかぶら》くん！」土師部は駈け寄ろうとして、血塗《ちまみ》れの甲羅に足を滑らせ背中から倒れ込んだ。

「僕は……僕を恨《うら》んでいるだろうね」

「うん、恨んでいるよ。ついさっきまで考えていたんだ、君を殺そうと」

上体を起こしたとたんに、今度は尻の下の屍骸が滑りだし、手近にあった腸をつかむ。指が肉壁に埋もれていく。

「僕は身を隠していたよ」鳴鏑の顔が霞《かす》みだす。「終末思想家たちと一緒にね。今でも、父さんは間違っていなかった、そう確信しているから」

「なぜ天動説や終末論なんかを妄信するんだ。神々の御意志はどうなる」

「社《やしろ》に住むようになって、神慮《しんりょ》の前に本心を隠すことを覚えたようだね。いくら君だって、気づいているはずだ、疑っているはずだよ。磐座には次々と神饌《しんせん》が運ばれ、神学生たちは殉教するほどの頭脳労働を強いられている」

土師部は喉の渇きを覚えながら、次の言葉を待った。

「彼らは自分たちだけで脱出するつもりだよ」

「誰が、いったい何処《どこ》から脱出するというんだ」

霧がうねり広がって影が揺らぐ。

「もう時間がないんだ。最後にひとつ教えてあげるよ。土師部くんが昵懇《じっこん》にしている蜑たちのことだ。彼らの知能が低いのは、なぜだと思う。今の神学生たちと同じだよ。脳の機能のほとんどを外部から使役《しえき》され、圧迫を受けているからなんだ」

「いったい何のために」芝のにおいが鼻をかすめる。「どうして鳴鏑くんがそれを」

鳴鏑が霧の中を近づいてくる。二本の足で。露わになったのは、生成りの衣と襞つきの裳に身を包んだ女性の素形《すがた》だった。胸元や肩の布地に大きな黒い染みができている。

「僕はいま、ここにいるのと同時に、湖畔の町にいる」

脂身塑像の顔が熱で溶けるかのように流動しはじめた。泡立って眼窩《がんか》らしき窪みができ、鼻筋や唇が前に迫《せ》り出してくる。それは紛れもなく、社之長《やしろのおさ》の妻の顔だった。

そのとき下方から土師部の名を呼ぶ声がした。鳴鏑が静かに後ずさる。土師部が体を捻《ひね》って背後を見下ろすと、提灯を掲げた社之長だった。

「そんなところでなにをしてるんだ」

「いつもの通り、蜑の手伝いです。足を滑らせてしまって」詳細を省《はぶ》いただけで、嘘はなかった。「社之長こそどうしてこちらに」

社之長はあたりを見渡すと、陰鬱な声で言った。

「妻の姿が見あたらないんだ」

社之長の妻の捜索は、夜明け前にいったん打ち切られた。信じがたい事態に頭をかき乱されながら、土師部は処理場に向かった。筵《むしろ》の上に並べられた百々似たちを眺めていると、祖父の友人であった分類学者が現れた。事情を説明して社務所の自室まで足を運んでもらう。

分類学者は祖父の顔瞼を解剖用の箆《へら》でこじ開けると、外皮より柔らかい浮彫状の顔面に穿《せん》刺器《しき》を刺し、蘇生用の薬品を注入した。だがなにも起きなかった。気付け薬を嗅がせたり、鍼《はり》を経穴《けいけつ》に刺して神経を刺激したり、と様々な方法を試してくれた。

すぐには効果がでないこともあるから。慰めるように言って、分類学者は処理場に戻っていった。

土師部はなにをするでもなく椅子に坐っていた。卒然《そつぜん》と思い立って机の抽斗《ひきだし》を開ける。ひとつに束ねた手稿《しゅこう》を取り出し、床上に広げてみた。どの頁《ページ》にも、赤黒い文字でぎっしりと、蜑《えびす》たちから聞きとった湖畔の町の夢が書き記されている。

すべてを読み返すまでもなく、自分が気づかない振りをしてきたことを悟り、土師部はその場に両手をついてうなだれた。こめかみのあたりで脈が強く拍動している。

暗黒――と不意にこもった声が聞こえてきた。

「お祖父ちゃん?」土師部は酔ったように立ち上がる。

まだ、わしは、宇宙空間にいるのか。いや、やけに世界が、重い――

土師部は次の言葉を待ち続ける。

飾り棚の上が白藤《しろふじ》色に光りだしたことに気づく。膠状の塊が発光しているのだ。隣の宇宙儀も光を受けて微細な星々を煌《きら》めかせている。

窓を開けて振り仰ぐと、空が同じ色を帯びて明るくなりはじめていた。

4

その三日後、土師部《はにしべ》は四階の居間で、真相を告げようと社之長《やしろのおさ》を待っていた。

「本当によかった。無事でよかった」声とともに扉が開いた。社之長が若い女の肩を抱いて部屋に入ってくる。女には肘から先がなく、包帯が巻かれている。

「土師部くんも朝まで一緒に探してくれたのね」女が社之長の妻の口調で言い、土師部の顔を正面から見据える。その顔は洗濯女の真玉手のものだ。「ほんとうにありがとう」そう言って、震えの止まらない土師部の拳《こぶし》を、包帯に包まれた肘でそっと触れる。

「どうしたんだい、土師部くん。そんな辛《つら》そうな顔をして」社之長が気遣うように言う。

「最近、無理をさせすぎたのかもしれないな。ゆっくり休むといい」

「彼女をどうしたんです」

「どうしたとは」真玉手が、長の妻が、怯えた表情を浮かべて夫に寄り添う。「ああ、この間に合わせの依坐《よりまし》のことだね。今回は急な騒ぎで、銅鐸《どうたく》の受肉《じゅにく》が間に合わなかったんだ。だいじょうぶ。腕はもちろん、顔立ちも元通りになるから心配はいらない。今のほうが痩せていて、妻は気に入っているようだけれど」

「なにを仰《おっしゃ》っているんです」

「そうだったのか――」社之長の顔が曇る。「迂闊《うかつ》だったよ。君には申し訳ないことをしてしまったようだ。もし気分を害したのなら、別の蛭《えびす》を使うことにするが」

土師部はなにを言われているのか理解できなかった。

「言い訳めいて聞こえるかもしれないが、念のために人証《にんしょう》検査は済ませてある。法的にも人ではないと確かめた上でのことだ」

土師部は社之長の顔面を力任せに殴っていた。骨のない肉塊《にっかい》のような感触だった。尻から倒れ込んだ社之長をさらに殴りつけていると、真玉手が丸い肘先を振って間に割って入った。

しばらくの間、誰も動かなかった。

「水澄《みずす》ましだって元は同じなんだ」頬を掌でおさえて社之長が言う。

土師部はよろめきながら後ずさり、壁にもたれかかった。耳鳴りが起きているのか、外から幾人もの怒声が聞こえてくる。

「蛭たちにはよくしてやってきた」

「湖畔の町の生活を、守るためにでしょう」

「君は、まさか回帰したのか。だがそれなら判るはずだ。ここでは不可知の外的存在により、勾玉を内包した百々似《ももんじ》が、無数の異星生物と共に劣化模造され続けている。それにより永劫回帰を始めた日常が、神器の勾玉をも汚染しはじめた。だから神器を隔離し、代わりに蝨たちの脳の未使用領域を、隔世《かくりよ》の特定保護区として用いることにしたんだ」

「自分たち家族の、でしょう？」

「惟神《かんながら》党の終わりない任務の中で、福利厚生として法的に許された権利でもある。いまは銅鐸が一つしか遺《のこ》されていないせいで、自由に依坐《よりまし》を受肉させられないが。すべてを顕現《けんげん》領域で処理するよりは、生身の感覚器を通した方が再現性は高く、惟神党の理に適《かな》う」

社之長が根源的に異なる生物であるかのように感じられた。

「神学生たちだってそうだ。彼らはそれと知らず、あなたがた家族の脱出を助けるために命を削っている。頭椎《くぶつつい》が訴えたとおり、滅びは迫っている。そうなんでしょう？」

「ちがうのよ、土師部くん！　この人は、街の住民すべてを救うつもりなの」

「磐座の中に、あと何人が乗り込めるというのです」

「神器の勾玉には、志願者すべてが元より搭乗済みだ」

「洞街《うつおまち》にいま生きる人たちとは違う！　そんなことも」

膝が震えだしていた。ここにきてもまだ社之長が否定してくれることを切望していたのだ。

「君だって同じことをするんだ」

「よくそんな。決めつけはやめてください」

「どうやら回帰したわけではないのだな。だが推論だけでよく導き出したよ」社之長が壁に背をあてながら立ち上がる。「君は私なんだ、百々似から復命したとはいえ」

土師部は、肺を押し潰されたかのように息を詰まらせる。

「では」やっとのことで声を発し、社之長の妻を見据える。「あなたは、八紘《やつお》なのか」

「まさか。八紘は生き別れた前の妻だ。遙か昔、大塵禍《だいじんか》が起きた頃の地球の話だよ。だが彼女は——」

社之長が妻の肩を抱き寄せたとき、忌人《いわびと》のひとりが狼狽した様子で部屋に駆け込んできた。大勢の終末論者たちが押し掛け、磐座に乗せろと息巻いているという。誰が扇動《せんどう》しているのかという社之長の問いに、忌人が口ごもる。社之長が声を荒らげると、忌人が長の妻を一瞥して囁くように言った。

「奥様です」

窓を開けて見下ろすと、濃い煙霧の漂うなか、異形の群衆たちの無秩序な行列が、融解した埜衾《のぶすま》の粥《かゆ》の上で波打っていた。磐座を目指して、艀《はしけ》を連ねた参道に群がっているのだ。磐座の上まで押し寄せた者たちが、本殿や社務所に向かって怒声をあげている。骨杖《ほねづえ》を掲げて先導しているのは、まさしく社之長の妻に他ならなかった。

わたしたちは、家族だけで、崩壊するこの世界から脱出するつもりでした！

社之長の妻しか知るはずのない秘密を次々と声高に叫び、周囲の興奮を煽《あお》っている。

社之長が黙って部屋を出る。階段を降りていく足音が聞こえる。隣の部屋から、怯えた子供たちが駆け込んできて、母親に抱きつく。

大丈夫よ、大丈夫。お父さんがきっと助けてくれるから。なにも心配いらない。

土師部は唐突に、自分が、社之長がなにをするつもりなのかを悟って、窓から大きく身を乗り出し、声を限りに叫んだ。

「だめだ、いますぐにここを去るんだ！　鳴鏑《なりかぶら》、やめるんだ！」

誰ひとり土師部の声を意に介さない。

磐座の周囲に積み重なっていた屍骸《しがい》の層が、急激な醱酵で膨張したように次々と盛り上がって、四つの山をなした。それらを覆う屍骸が、かすかに煙を立てながら粘つきあってずり落ちていき、中からそれぞれ社務所の三階に届くほど背丈のある歪《いびつ》な人影が這い出してきた。捻《ねじ》くれた長大な全身が、筋繊維の畝《うね》の目立つ服で拘束されるように覆われている。襟口からは舌先《ぜっせん》形をした半透明の頭部が突き出て、ごぼごぼと気泡を弾《はじ》かせている。

「ま「禍神《まがつかみ》だ「禍神…「四柱《よはしら》もいる「祟《たた》られるぞ」群衆がどよめいて後ずさる。磐座の縁や参道から人々が押し倒され、半溶解の骸《むくろ》に埋もれて煙をたてはじめる。

土師部は社之長の後を追って地下までおりたが、磐座の内部へ続く鉄扉《てっぴ》は閉ざされていた。身を翻《ひるがえ》して階段を上り、社務所の表口から外に出る。

本殿の前で、禍神たちが皆の頭上を覆うように四つん這いになり、畝に覆われた胸郭《きょうかく》を上下させていた。その偉容に誰もが畏怖《いふ》を覚えて立ちつくしていた。禍神の長い手足がぐらついて胴體《どうたい》がくねるたびに、人々が身を竦《すく》ませる。

禍神の一柱《ひとはしら》が、目鼻立ちのない頭部を皆の眼前に急降下させ、ゆっくりと左右に揺らした。それだけで何人もが失禁し、その場にへたり込んだ。

光沢の移ろうなめらかな表層の下で、血管や神経の網に搦《から》め取られた奇怪な臟器が律動している。その顔面の中央が窪んで渦を巻き、けたたましい聲《こえ》が鳴り響いた。前にいた十数人の鼻や耳から血が噴き出す。その隣では多関節の腕が捻れながら持ち上がり、放り投げられたように落下した。瞬時に十数人が弾き飛ばされる。

その禍神が傾げた胴體の向こうに、宙に掲げられた女の姿が現れた。太い三本指に頭を握り締められている。その顔を見て土師部が叫ぶ。長の妻の、鳴鏑の首は瞬《また》く間に捻《ね》じ切られて落下し、逃げ惑う人々の脚の間を跳ねまわった。

参道の艀がつづら折れに揺れ、押し寄せた人の群れが次々と穢褥《えじょく》に振るい落とされていく。禍神たちに四方から追い立てられた大勢の人たちは、磐座の前端に聳《そび》える鳥居《とりい》の周囲に寄り固まって怯えていた。

軋《きし》みを立てて本殿の正面にある両開きの扉が開いた。そこに立っていたのは、神官装束をまとって大幣《おおぬさ》をたずさえた社之長だった。

「オォー」「オォー」「オォー」――本殿から忌人《いわびと》たちが発する警蹕《けいひつ》の輪唱を背に、社之長が呪《じゅ》詞《し》を口にしながら足を踏み出し、禍神たちに向かって大幣を振ってみせる。

禍神たちが一歩、また一歩とさがっていく。人々が口々に安堵の息を漏らす。社之長は大幣を振り続ける。禍神たちが、元いた穢褥へと戻っていく。

第四章　御神渡《おみわた》り

1

騒乱の起きたその日のうちに、土師部《はにしべ》は社《やしろ》を後にした。

誰もいない自宅に戻ると、隔世《かくりよ》への郷愁ともいえる工芸品の数々に迎えられた。そのひとつひとつを手にとっては埃をはらう。

神代《しんだい》文字が刻まれた臼歯《きゅうし》の列に触れているうちに、八紘《やつお》の最期の言葉が蘇《よみがえ》ってきた。

あなたを、とめられるの、あなただけなんだよ。

土師部は眉間に深い皺を刻んで瞼《まぶた》を閉ざし、眼尻《まなじり》から涙を零《こぼ》した。

執達吏《しったつり》だった土師部に対する世間の風当たりは強かった。多くの工房から半端仕事を請け負って昼夜を問わず働いたが、日に一食もできないことがあった。

少しでも仕事の手が空《あ》いたときは、硬直した祖父の肉体を擦《こす》ったり揉《も》んだりして刺激を与え、これまで起きたことや、これから起きることを語りかけ続けた。

あるとき疲労が高じて半ば眠りながら話しているうちに、土師部は可住惑星に向けて射出機の座標を合わせ、四十基の蛹《さなぎ》を撃ち込んでいた。

葦船《あしぶね》の通路を浮遊しながら土師部は想像する。着地した蛹が百々似《ももんじ》となり、惑星を這いまわって環境を探査する様子を。腹部の誕嚢《たんのう》では、勾玉《まがたま》を核にして、その環境に適合した入植者の変異体が形成される。復命した入植者たちは、汎用素材でもある百々似を繁殖させ、毛皮で身を包み、骨で家を建て、脂《あぶら》で火を灯し、肉で胃袋を満たすことができる。うまくいけば再び文明を築くことができるだろう。むろん永世航行士である土師部が、入植者たちのその後を知ることはない。

土師部はひとりで黙々と作業をこなし、家族の待つ湖畔の家へと戻る。徹底的な心理解剖によって構築され、常にいまの精神状態に相応《ふさわ》しく寄り添ってくれる、何ものにも代えがたい家族。気のおけない近隣の住人たち。その安寧。

そういった日々の生活の間にも、銅鐸《どうたく》に象《かたど》られた依坐《よりまし》は、勾玉を介して分霊《わけみたま》を受け続けている。土師部が規定寿命に達して眠りと大差ない死を迎えると、依坐が目醒めて次の土師部となる。そうやって果てしなく命を継ぎながら未踏星系の航行を続け、可住率の高い惑星に百々似の蛹を――

微睡《まどろ》みから醒めた土師部は、自分のいる場所が船室でも湖畔の家でもないことに気づいて、極度の喪失感に身を震わせた。

祖父が目覚めることはなかったが、声をかけ続けることで、まるで的確な助言を与えられたように土師部の中で為《な》すべきことが明確になった。
土師部は隠水《こもりづ》に会いにいき、なにもかもを伝えた。

洞街《うつおまち》は絶えず軋《きし》みをあげるようになった。ときおり大きく磐肌《いわはだ》が揺れ動いては、家々の漆喰《しっくい》を剝離《はくり》させ、骨材《こつざい》を崩し、円環道をうねらせた。窓膜の揺らぎは止まることがなかった。社之長《やしろのおさ》が磐座《いわくら》の上で大幣《おおぬさ》を振る姿がよく見られた。神学生たちは次々と殉教していった。隠水も例外ではなかった。

彼が亡くなってからというもの、土師部はありふれた日用品をことごとく見つけ出すことができず、洟をすすりながらうろうろと家じゅうを探し回った。なにひとつ見つからなかった。数日後に水取《もいとり》が訪ねてこなければ、いつまでも探し続けていただろう。

水取は息子の生前の願いを聞きとどけ、土師部をようやく水産局に迎え入れた。執達吏《しったつり》だった男に疑念を抱きつつも、すでに水取は生きた百々似をこれまでの倍近くまで確保していた。次の天降《あまくだ》りでは更に増えるだろう。

土師部は、分類学部の細螺《しただみ》先生の元を訪れて協力を仰ぎ、水産局の実験房に極低温の真空状態に近い環境を作りだした。内部に百々似を封じて実験観察を繰り返し行ったが、多くの百々似が、体毛を伸ばす程度の変異で命を落とした。細螺先生は、実験に加わるよう分類学部の生徒や卒業生たちを説得したが、応じる者は少なかった。

巳《み》の方角で、十層から四層にわたる家並みが崩落した。事態は差し迫っていた。

ひとり、またひとりと、細螺先生の教え子たちが水産局に増えはじめた。水槽ごと運ばれてきた切頂《せっちょう》十二面体の物実《ものざね》の発案で、偏光の照射実験を試みたことが転機となった。百々似の皮膚にわずかな硬化がみられたのだ。方向性が定まったことで、実験は段階的に進捗《しんちょく》していった。

土師部は眠気で塞がりかかった瞼を通して、鎧土竜《よろいもぐら》の白子《しらこ》に似たものをぼんやりと眺めていた。骨餅麺麭《コッペパン》形の巨体が、骨色をした鎧の連なりで覆われているのだ。

膝裏を叩かれて腰が落ちかけ、我に返る。すぐ隣で、椅子に坐った小さな細螺先生が、皮《ひ》紙《し》を土師部に向けて差し出している。手にとって達者な筆跡を目で追ううちに、顔が綻《ほころ》んでくる。各部の目標値を達成し、百々似の蛹化《ようか》を果たしたのだ。

皆が見ている前で、鎧の一体節が二対の翼状骼《よくじょうかく》によって押し上げられると、脂肪層に覆われた背甲骼《はいこうかく》の一枚が滑り開き、濡れ光る誕嚢《たんのう》の皮膜が露わになった。

蛹の生産が始まると、水産局の敷地は次第に手狭になり、関係者の自宅が占拠されることとなった。市場では、百々似やその餌となる中型の埜衾《のぶすま》が激減し、手に入るのは干物《ひもの》や佃煮《つくだに》ばかりだった。

2

異変は続いた。三ヶ月周期だった天降りが、五ヶ月経った今も起きていなかった。窓膜の揺れは激しさを増すばかりで、漏斗《ろうと》の咆哮がはっきりと耳に聞こえるようになっていた。それは、どこか警蹕《けいひつ》の声を思わせるものだった。

社之長《やしろのおさ》は天乞《あまご》いにも現れず衆人の不安を助長したが、かけあおうにも、磐座にはひと月前に再び出現した四柱《よはしら》の禍神《まがつかみ》が気だるげに鎮座したままで、社《やしろ》には誰も近づけなかった。

土師部《はにしべ》が実験房の環境を微調整していると、学生たちの会話が耳に入った。禍神の一柱《ひとはしら》が溶け崩れているという。円環道に出ると、水取《もいとり》たちが集まって磐座を見下ろしていた。土師部は奇妙な既視感に囚われて、周囲の穢褥《えじょく》を見回していた。

どこを見とるんだね、あそこだよ。水取が本殿を指さす。

脂身《あぶらみ》の塊《かたまり》のようなものが扉をくぐっていた。そばには神官装束姿が立っている。

それ以降、禍神は三柱《みはしら》になった。

その翌週、土師部は久方ぶりに最下層まで赴いた。穢褥に散在する家船《えぶね》が、長らく同じ位置から動いていないことに気づいたのだ。おそらくそれが既視感の正体だった。

磐座に近づこうとすると、本殿の前の禍神が身じろぎするため、参道から動けなかった。周囲の穢褥には、普段よりも天降りの残滓《ざんし》が多いような気がした。近くに停泊する家船は、どれも無人だった。本殿も扉が開いたままで人の気配がない。

禍神が末端の太い指で臓物《ぞうもつ》らしきものをこねている。倦《う》んだのか、背後にそれを投げ棄てる。わずかに腰をあげて前のめりになると、本殿の扉に手を突き入れる。長い片腕だけをつかんでぐったりとした人体を引きずり出す。頭部がぐらついてこちらに傾く。椀形《わん》に窪《くぼ》んだ切断面が見える。禍神が死体の手足をもぎ取っていく。

別の禍神も、本殿の中から蛭《えびす》の死体をつかみ出した。その腹部を指だけで破り開いて、腸を引っ張りあげると、襟元にあてがって體内《たいない》に吸い込んでいく。蛭の頭蓋《ずがい》はやはり切断されている。

土師部はひどい悪寒を覚えながら、穢褥を眺め渡す。散らばった残滓の多くが、蛭の体の一部であると知った。

洞街《うつおまち》は、より深刻な食料不足に陥っていた。水澄《みずす》ましの補充さえ滞《とどこお》るようになった。

水産局の前には、住人たちが連日のように集まっては、百々似《ももんじ》を市場に開放するよう居丈高《いたけだか》に要求していた。幾度もの小競《こぜ》り合いを経た後、激情に駈られた群衆が、水産局や関係者の自宅を襲撃した。

実験房にいた三体の百々似はその場で解体されたが、肉塊《にっかい》を抱えて血塗《ちまみ》れで家路に向かう襲撃者たちもまた襲撃された。一方、倉庫や個人宅に収容されていた蛹《さなぎ》は、斧や殻槌《ハンマー》ごときでは傷もつかなかった。

騒乱の最中《さなか》、天空の中心に巨大な罅《ひび》割れが生じたことに、襲撃者の誰ひとりとして気づかなかった。

土師部は部屋の窓から身を乗り出して、空を仰ぎ見ていた。罅割れが稲妻形に拡がり、気圧が急激に下がっていく。洞街じゅうの塵屑《ちりくず》や瓦《かわら》が舞い上がりはじめた。

土師部は、この地で最初に百々似の誕嚢《たんのう》から取り上げた、刺胞《しほう》動物に似た赤児《あかご》のことを思い出した。水気を含んだ粘膜の手触りや重みがまざまざと蘇る。空洞内が極端に変異した人類で満ち溢れるまでの歳月が、束の間に去来する。変異の多様性は、存在しえない世界に適応しようとした結果だったのかもしれない。

百々似の蛹の中で眠りつつある四百の旅人たちのことを想う。すべての人口に行き渡るだけの百々似を用立てるのは、端《はな》から不可能だった。投票で選ばれなかった者の方が、いまは晴れ晴れとしているのではないか。土師部にはそんな気がした。

空の全面を覆い尽くした亀裂から、漆黒の闇が覗き、膨張するように拡大していく。屋根が、天井が、壁が、一息に吹き飛ばされ、世界が急激に翳《かげ》ってゆく。土師部は祖父の体にしがみついた。これまで起きたすべての天降りが、すべての衾《のぶすま》が、渦を巻いて一斉に天へと還《かえ》っていくようだった。

竜巻の中心を、本殿や社務所や鳥居《とりい》を崩落させながら磐座が上昇していく。

湖畔の町に亡霊となって潜む、鳴鏑《なりかぶら》のことを想像する。

家々が続けざまに剝離《はくり》していき、痣《あざ》色の磐肌が露わになっていく。幾世にも亘《わた》って築き上げられた街の、なにもかもが崩壊していった。

土師部と祖父もまた、冥《くら》い虚空が生み出す奔流に吞まれていた。円環の磐肌が回転しながら遠ざかっていく。くすんだ骨材《こつざい》や人影が千々《ちぢ》に拡散する暗闇に、甲冑《かっちゅう》のごとく堅牢な白練《しろねり》色の蛹を幾つも認めることができた。

息ができなくなっていた。内臓が裏返りそうだった。祖父にしがみついているうち、土師部の眼球や全身を覆う鱗《うろこ》の隙間から粘液が滲《し》み出してきて分厚い保護膜となった。だがそれは単純な環境反射であり、一時的な延命にしかならない。

土師部の視覚が遠い過去に滑り込む。葦船《あしぶね》の前に忽然と現れた緑青色の惑星。体積は葦船の三倍程度。だが大気を帯びた、惑星としか形容できない存在だった。布告なき重力戦の末に葦船は大破し、その惑星に不時着した。土師部は磐座で脱出していたものの、間もなく重力場の強い別の小惑星に激突し、内部の空洞に墜落した。やがて小惑星の全体が天球に覆われ、仄白く明るみだし――

闇黒《あんこく》の中、土師部の頭上では、鮮やかに発光する勿忘草《わすれなぐさ》色をした空の一部が、天球の巨大な破片が、ゆっくりと回転しつつあった。表面に分厚い雲を移ろわせながら傾斜を増していく。その宏大さにまったく距離感がつかめない。空の破片は、積層した断面となって眼前をよぎり、そのまま裏返っていく。微発光する透明な膨潤体《ぼうじゅんたい》に覆われた、衆多《しゅうた》の生物が蠢《うごめ》く天上の曲面が立ち現れる。地面を這いまわる甲物《きのえもの》、群れて走る荒物《あらもの》、物陰に隠れる柔物《にこもの》、重なり合って激しく交合している百々似、それら埜衾を牧人《ぼくじん》さながらに追い立てる禍神《まがつかみ》――やがてどれも視界の外へ消えてしまう。

大小様々に砕け散った空は、隔世《かくりよ》の地図に描かれた島々のようだった。空の破片が放つ青い光で、漏斗の口を開けた痣色の月が朧気《おぼろげ》に浮かび上がる。その背後では、なにか巨大な影が、縦に長い球体が膨張している。いや、接近しているのだ。月の輪郭を越えて嵩《かさ》を増していく。それは、複雑に罅《ひび》割れた卵の化石を思わせる奇怪な磐塊《ばんかい》だった。

月の外殻《がいかく》の四方から張り出した干し腸詰《ちょうづめ》のごとき縦長の隆起が震え、無数の剝片《はくへん》を散らばらせながら、穢褥《えじょく》に近い底側を支点に、外表から引き剝がされるように開いていく。その先端からは指のない掌《てのひら》を思わせる突起がぎこちなく伸びていく。

露わとなった磐塊が、中央を境に逆向きに廻転しはじめ、やがて上下二つに分離する。四本の隆起を嬰児《えいじ》のごとくたどたどしく動かしている洞《うつお》の月を、二つの半球がゆっくりと挟み込んでいく。その様子を照らし出していた空の破片の数々に夜が訪れ、月を内包した磐塊が厚みを喪失していき、やがて宇宙との境目が溶け消えた。

寒さで震えが止まらなくなる。土師部は、首からさげた勾玉を握り締める。

ゆくりなく、祖父の野太い腕が動き出した。土師部の両肩をつかんで正面に向ける。祖父の全身が、組んだ両手の指を離すように中央から開いていき、土師部の凍りついた肉体を包み込む。

眠りにつくまでは、もつだろう、と祖父の呟く声が聞こえる。

土師部がうなずく。あるいは八紘《やつお》が。祖母が。わたしが。わたしたちが。

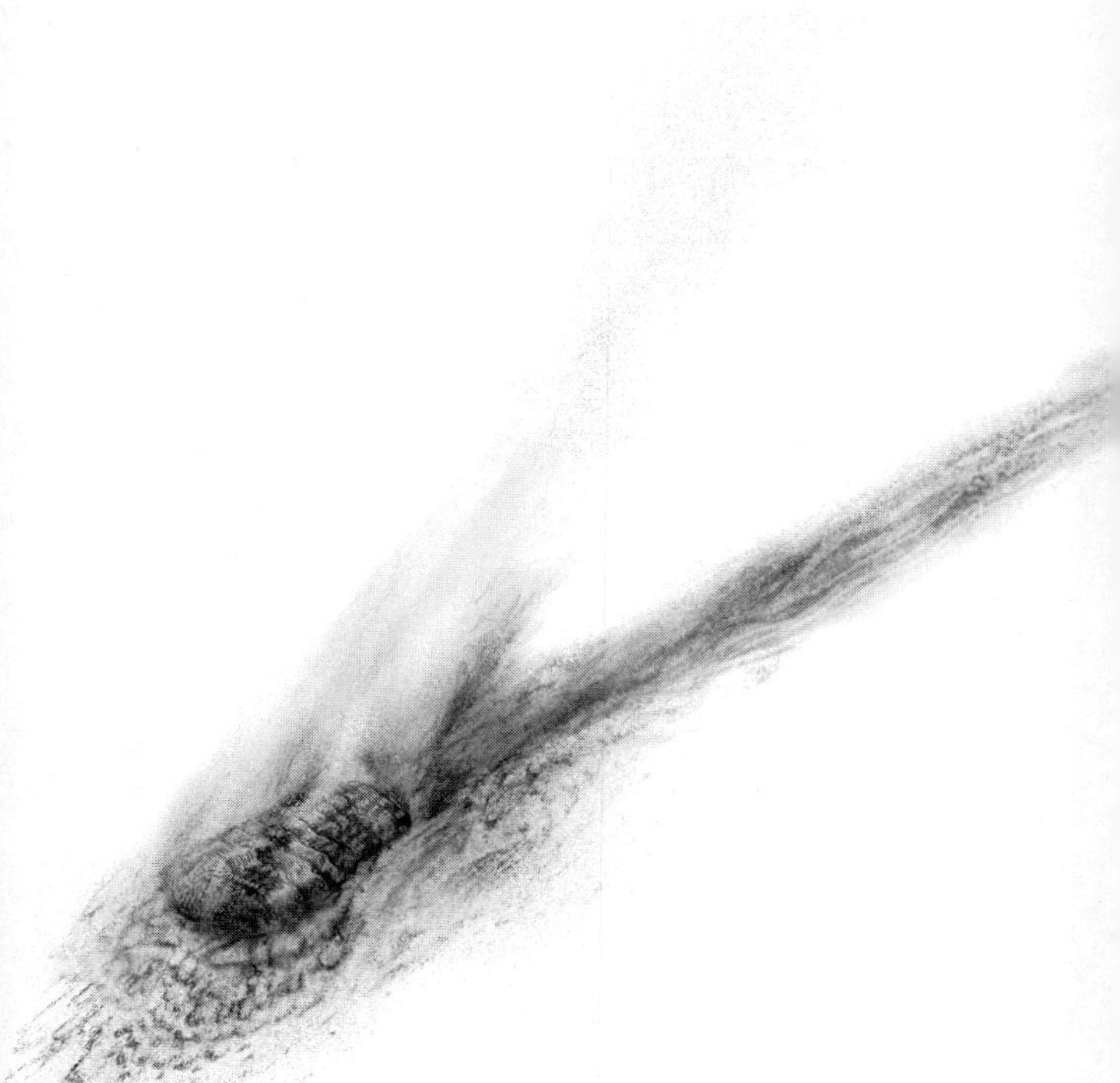

断章　開闢《かいびゃく》

〈禦《ぎょ》〉は宝玉《ほうぎょく》内の隔絶された深奥《しんおう》に、封凝《ふうぎょう》された詞塊《しかい》を見つけた。全想胞《そうほう》を繋《つな》いで紐解くと、詞が奔流となって溢れ出し、〈禦〉の処理能を超えて氾濫《はんらん》した。広大な想胞網の詞壌《しじょう》に、異質な幾何《きか》学文明が築かれだした。

その侵犯により、〈禦〉の決裁識《けっさいしき》は忽《たちま》ち減衰し、損液《そんえき》による汚染が組織じゅうに拡大した。

氾濫し続けるかに見えた幾何学文明は、自ずから渾沌へ転変し、より危険さを増した。

隣接胞人《ほうじん》は次々と流通管を引き抜いて交液《こうえき》を断ち、所属胞人たちも外部へ離脱して、〈禦〉は遮断《しゃだん》胞人と化した。

泥海《なずみ》の浮き城

Castellum Natatorius

第一章　城どうしの婚礼を祝う種巡祭《しゅじゅんさい》のさなかだった

1

かすかなざわめきが降ってくる。

喇音土《ラオンド》城の外殻《がいかく》寄りに延びる売胞等裂溝《メボーラれっこう》には、一万を超える人々が集まっているはずだった。湧き起こった歓声が、裂溝の内周壁をなす玖窟崖街《グクッがいがい》を越え、隣接する垂風子《スイフウシ》裂溝を、さらにその地下に広がる枝洞《しどう》の迷路を抜けて、この小窟《しょうくつ》にまで届いているのだ。

この小窟は、かつて大型昏虫《こんちゅう》が孵化《ふか》室として使っていたものだ。壁面を唾液混じりの糞《ふん》で塗り固めた半球形の狭い空間で、人ひとりがやっと立って動けるほどの高さしかない。部屋の奥に吊り渡された釣床《つりどこ》で、わたしは仰向けになっていた。爬虹《ハグ》族の職人が尻から出した繊維を編み込んだもので、適度な弾力があり、傷ついた体に快い。

低い天蓋《てんがい》にみっしりと群生した、小杯《コップ》ほどの灯壺《あかりつぼ》を眺めているうち、この小窟だけが泥海《なずみ》の底へ沈み続けているような気分になった。

淡く透けた茶色い壺の中で、生白く光る軟体が身じろぎするのが見えた。と思うなり、小窟が大きく傾いた。釣紐《つりひも》や釣床の縁を三本の手でつかむ。

喇音土《ラオンド》城と鎖鏤峨《サルガ》城が、泥海《でいかい》の真光層《しんこう》で背中合わせとなったのだ。

城はいずれも縦向きの双円錐形をしているが、軸は中心からずれて一方に偏り、背中と呼ばれる起伏のゆるい側面を作っている。

海天《かいてん》から落ちる帯状の光を浴びながら、ふたつの城が瓢《ひさご》形をなすように外殻をめり込ませあう。表層に茂る無数の櫛状舌《しつじょうぜつ》を絡めて強く引き合い、殻質《かくしつ》を砕きつつ分泌液で融合していくのだ。城内を二重に巡る半円筒形の裂溝では、両端を塞ぐ縦長の壁が罅《ひび》割れだし、城民たちが柱形の巨大破槌《はづち》をぶつけて貫通させる。といっても実際に目にしたことはない。

祭りの賑やかさには心をかき立てられるが、大勢で揉み合いながら潜泥船《せんでいせん》ほどもある種子を担ぎ上げ、繋《つな》がった裂溝の底通《そこどお》りを何周も歩き続ける体力はなかった。

どの城も真光層と無光層《むこう》を往還して内部に昼夜を生じさせながら、正弦波《せいげんは》を描くように延と進み、惑星の七割を覆う広大な泥海を回遊している。そのひと巡りにかかる時の単位は廻《え》だ。

幾廻もの間に、未婚の城は種子を育み、同時に体内の焔硝《えんしょう》成分を増していく。そのまま伴侶を得られなければ、焔硝を裂溝内で爆発させ、種子を海上の彼方《かなた》へ飛ばす。城の多くがその衝撃で轟沈《ごうちん》するため、自爆播種《はしゅ》と呼ばれる。だが結婚した今ではもう心配ない。繋がりあった街は、一時的な繁栄を享受することだろう。

城がこのまま重篤《じゅうとく》な病《やまい》にかからず、また、他城と戦争にもならなければ、あと二百廻は保

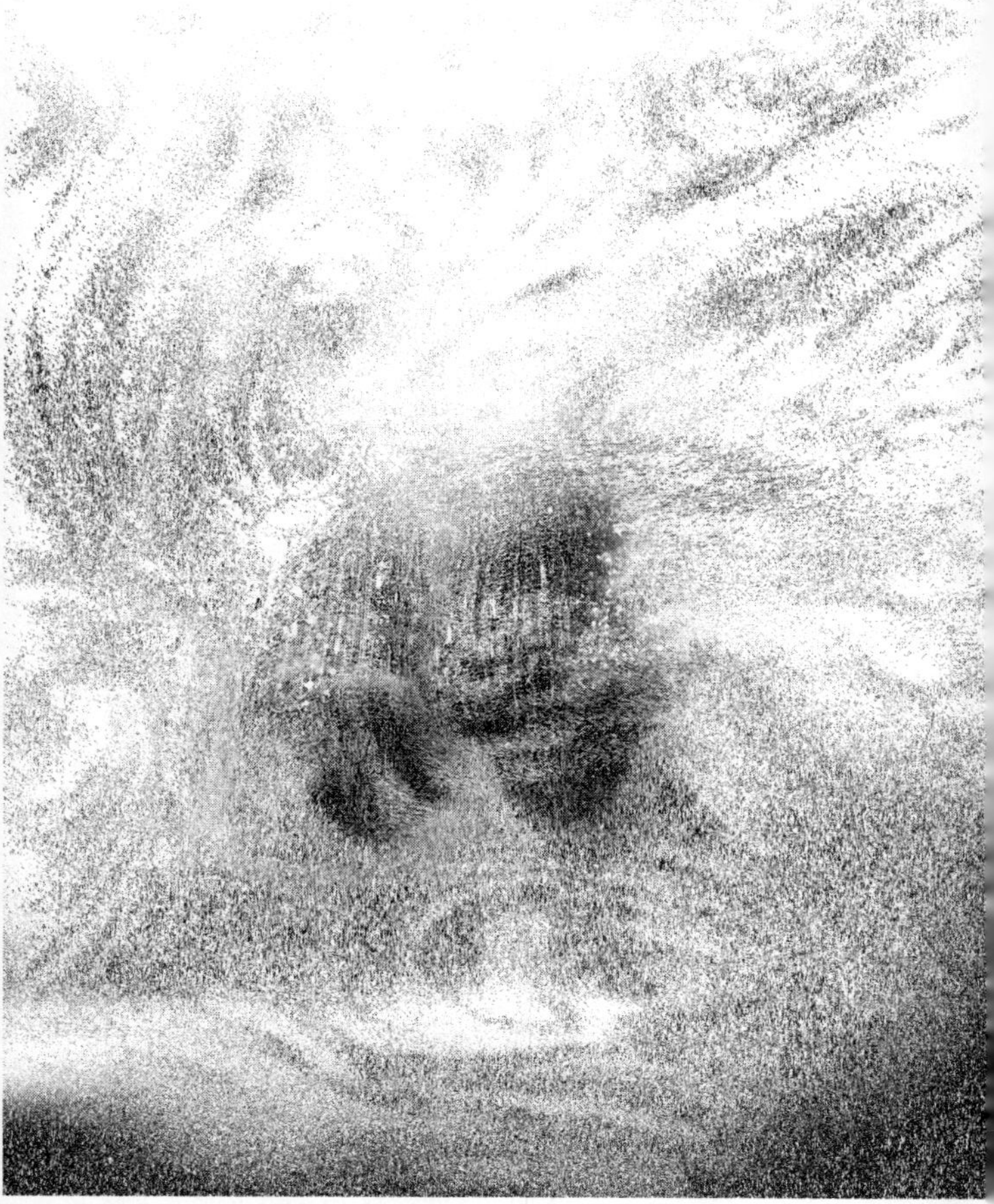

つだろう。その寿命が尽きて海底に沈む頃には、仔城《こじょう》たちが育っているはずだ。城の住人で胸を撫でおろさない者はいない。

歓呼《かんこ》の声が高まって肘障《ひじざわ》りになり、棘毛《きょくもう》がまばらに生えた三本の腕を組むようにして、肘の耳孔《じこう》を掌《てのひら》で塞いだ。脇腹に並ぶ気門を出入りする呼吸の音が、やけに大きく虚ろに聞こえだす。

胴体に激痛が走り、額の触角《はな》が縮こまる。施療院《せりょういん》の沙呂見《サロミ》師は幻痛だと言うが、幻であろうと痛いものは痛い。

わたしは四頭身の体を見下ろした。自分でも当惑するほど実在感が希薄だ。実際には、丸みのある体節が連なっているのだが、ほとんど釣床しか目に入らない。

わたしたち紋々《モンモンド》土族の甲皮《はだ》には、どこにいても周囲の景色に溶け込む性質がある。被食者の時代が長かったせいだろう。そこへ故郷の雅供具《ガクグ》城である失態を犯し、心因性だろうか、全身を彩る飾匂《しょくしゅう》が分泌されなくなった。一般の種族なら甲皮が剝き出しになる程度だが、紋々《モンモンド》土族の場合、存在そのものが知覚されなくなる。

右胸から左の脇腹にかけて大胆に走っているはずの罅割れもよく見えない。鉤指《かぎゆび》でなぞると、隙間からはみ出して固まった粘稠《ねんちゅう》な糊《のり》の盛り上がりが感じられる。この罅割れが塞がるまでの二十弦《げん》の間、孵化を待つ胚《はい》のように、この小窩に隠《こも》っていた。

わたしは卓上に上の手を伸ばし、無造作に重ねた数枚の葉紙《ようし》を手に取った。いつもこれらの日誌を抜粋して報告書をしたためる。万が一のときには、日誌の束を、雅供具《ガクグ》城の母親に届けてくれるよう沙呂見《サロミ》師に頼んである。

わたしは紙面に並んだ香文《こうぶん》の列を、額の触角《はな》でなぞりはじめる。


発端は、学府《がくふ》の考生《こうせい》省からの打診だった。本来は、避役《ひえき》所の元締めを通してもらうのが筋だが、彼のやり口にうんざりしていたこともあり、直接依頼を引き受けた。内容は、坐皐壺《ザフツボ》族の営む邁呑殖薬《マイドウンしょくやく》と学府の考法《こうほう》省が十二廻《え》前に交わした秘密書類の調査だった。邁呑殖薬といえば、鎮痛薬の南無絡繰《ナムカラク》で一財を築きあげた新興企業だ。

このときわたしはまだ、売胞《メボーラ》等裂溝の外周にあたる泥裳《ナズモ》崖街の中階層に住んでいた。外殻と接しているので、海流が激しいときには騒がしく響いて眠れなかったものだ。

夜入《よい》り前に部屋を出た。売胞《メボーラ》等裂溝を覆う多肉植物はまだ明るく発光しているが、城は速度を増して真光層の低域に沈みだしている。下降感に酔いながら吊り橋を渡って、対崖の玖窟《グクツ》崖街に穿《うが》たれた隧路《すいろ》に入り、分厚い巌壁《がんぺき》を城の脊梁《せきりょう》側に向かって抜けていく。

城の大部分は殻質積層《かくしつせきそう》からなる。城を垂直に貫く太い脊梁を支えに、器官群が極大に育っていく過程で分泌形成したものだ。その成長によって生じた応力場《おうりきば》の不均衡で、この城では二つの深い裂溝が同心円状に形成されていた。円を描く裂溝はどちらも城の背中にぶつかる箇所で途切れ、終端となっている。裂溝を隔てる垂直の巌壁は、城民たちの容赦ない掘鑿《くっさく》で四つの崖街に作り変えられている。

隧路を進むうち、巌壁の内周側にあたる転臥《マロヴ》崖街に入っていた。出入口に群れていた拳大《こぶし》の羽虫たちが一斉に飛び立ち、眼前に垂風子《スイフウシ》裂溝の広大な垂直空間が開けた。

空中にはうっすらと花粉が漂い、その向こう側には、目的地の望児《ボーニ》崖街が広がっている。中心部を巡るため曲面のきつい断崖を雑多な多肉植物が覆い尽くし、ゆっくりと蠢《うごめ》きながら朧《おぼろげ》気な葉光《ようこう》を放っている。城の外殻の上部に繁茂する房《ふさ》状の根葉《こんよう》が灼輪《しゃくりん》の光を吸収し、殻質を貫く茎《くき》の光伝送繊維を通して発光させているのだ。

葉陰からは、巌壁に穿たれた窓や換気口が覗いている。あちこちに蜜媒人《みつばいにん》たちの姿も見える。体の前後に採蜜袋をかけた格好で、肉厚の葉を足場に立ち、頭ほどもある花や葉柄《ようへい》の蜜腺《せん》から、長い口吻《こうふん》で蜜を採集している。

二本柱の突き立つ吊り橋のたもとから、隙間だらけの踏み板の列を歩きだし、垂風子《スイフウシ》裂溝の上を渡っていく。彎曲しながら向かい合う高峻《こうしゅん》な崖街の間には、複数の吊り橋が無秩序に掛け渡されている。遠くの方からそれらが揺れだし、花粉が霧状に舞い下りてゆく。踏み板の連なりがたわみ、わたしは綱の手摺《てすり》にしがみついた。崖街では蜜媒人たちが葉の裏に隠れていく。生ぬるく湿った強風が、垂風子《スイフウシ》裂溝を吹き渡りはじめた。城が瓦斯《ガス》交換をしているのだ。

風が静まるのを待って吊り橋を渡り終え、望児《ボーニ》崖街の裂路《れつろ》に入る。自然の罅《ひび》割れを利用したもので、天井は尖っている。奥の突き当たりまで歩き、垂直に掘られた竪路《たてろ》を梯子《はしご》段で上りだす。手足の先から振動が伝わってくる。壁向こうの脊梁部では、瓦斯《ガス》交換や赤油《せきゆ》循環などを担う極大の器官群が自律稼働しているのだ。最大のものになると五階分ほどの高さがあるという。

赤油管の圧力、器官熱、養水《ようすい》、濾過水などの資源を活用しようと、望児崖《ボーニ》街には多くの事業所が寄り集まっている。それらの傍《かたわ》らを次々と垂直に通り過ぎて最上層まで上りきり、隧路をくぐって表の抉道《けつどう》に出る。抉道は、断崖の表面を水平方向に削った長い道で、片側が開けているため、もし足を踏み外せば、深い裂溝の底通りに真っ逆さまだ。

見上げると、ここから二階分ほどの高さに、緩やかに丸みのある天蓋が迫っている。表面には瓦斯《ガス》交換用の大穴がまばらに並び、どの縁からも藻《そう》状の苔《こけ》が垂れ下がっている。

歩くうちに葉光《ようこう》が翳《かげ》ってきた。抉道の薄暗い壁面に、浮彫の像がずらりと並びだす。どれも頭が幅広く寸胴《ずんどう》な体形で、両手を非対称に構えた祈禱《きとう》の姿勢をとっている。坐卓壺《ザフツボ》二十八聖人だった。威圧的な聖人の前を次々と通り過ぎていくうち、矩形《くけい》に開いた玄関口が現れる。ここを最上階に頂く五階掘りの掘築物《たてもの》が、邁呑《マイドゥン》殖薬だった。

身体《からだ》じゅうについた花粉や胞子を入念に払い落としているうちに、あたりはすっかり暗くなっていた。城が灼輪の光の届かない無光層に達したのだ。視覚が効かなくなった分、裂溝じゅうで植物の香りが種《しゅ》別に際立って感じられ、昼間とは様相が一変する。貝板《タイル》張りの玄関口から、ぼんやり光った社員たちが次々と出てくる。社匂《しゃしゅう》に加えて疲労匂を放っている。

ひと気がなくなってから中に入る。苔敷きの床を歩いて静かに階下へおり、目的の部屋の前に立つ。扉に肘をあてがって室内の様子を伺っていると、急に開きだし、焦って身を引いた。派手な役職匂《やくしょくしゅう》で身を装った坐皐壺《ザフツボ》族の重役が出てきた。

扉が閉まる寸前に中へ滑り込む。

奥行きのある室内には、情報どおり宿直の者がひとり残っていた。机を齧《かじ》らんばかりの姿勢で事務作業をしている。坐皐壺《ザフツボ》族特有の樽《たる》を思わせる体格で、坐っていてもわたしの背丈より大きい。赤錆《あかさび》色をした硬質な甲皮は、節々《ふしぶし》の飾匂《しょくしゅう》腺から分泌された葉脈模様で覆われ、さらに品のない香油によって過剰な役職匂が付け加えられている。

わたしの方は、予《あらかじ》め虫風呂《むしぶろ》に入り、飾匂がわりの香油を消し取ってある。いまわたしの姿を知覚できるのは、非可聴域の音で声視《せいし》する蛮音《バノン》族と、この裂溝の底でときおり見かける物乞《ものご》いの老婆だけだ。

空気の動きで勘づかれないよう、気門を締める。体内の背脈管《はいみゃくかん》を強張らせながら、宿直の横を静かに通り過ぎる。続き部屋の奥に向かい、仕切り壁の裏に隠れてようやく気門を緩め、体節を曲げてゆっくりと息を吐き出した。

窓際にある文書棚の前に屈み、下の両手で抽斗《ひきだし》を引っ張る。前板に潜む鍵虫《かぎむし》は無匂《むしゅう》のわたしに反応せず、抽斗はすっと手前に滑る。香文書《こうぶんしょ》の束を取り出し、文字列を触角の先《はな》でなぞっていく。

探していたのは、考法省が発行した、南無絡繰《ナムカラク》を昏虫《こんちゅう》として分類した証書と、その根拠となった古い付随資料。資料は、南無絡繰《ナムカラク》を言媒網《ごんばいもう》の整備用に輸入する際に作成されたもので、主な内容は知能検査の詳細だ。人語を話すが、生き残り戦略として模倣能力を獲得したにすぎず、知能は他の昏虫と同程度、ただし調教は可能、というようなことが記されており、どれも葉紙の隅に、考生省の前学師長の名前が香印《こういん》されている。それらの文書を抜き取っているうちに、脂《あぶら》ぎった圧迫感に気づいた。

わたしの倍近い重厚な巨体が、すぐそばに立っていた。

肩幅ほどもある横長の顔面には、大小六つの赤黒い眼球が横並びしているが、どれもわたしの姿を捉えることはできない。問題は、額の上でわたしの輪郭をなぞるように動いている枝状の触角《はな》だ。赤く腫れ上がってひくついている——産卵期の徴《しるし》だ。彼らはその間だけ特定の熱源に敏感になり、卵床《らんしょう》に適した生物をたやすく見つけ出す。そして、坐皐壺《ザフッポ》族が最も好む卵床は、紋々土《モンモンド》、つまりわたしたちの種族に他ならない。おまけに彼らは強い政治力を持つ希少種族で、自由に卵床を選ぶ権利を考法省に認めさせている。

坐皐壺《ザフッポ》の女が、くちゃくちゃと何かを咀嚼《そしゃく》しながら、合法的ににじり寄ってくる。太い両腕の陰で、嘴《くちばし》状の突起に退化した下腕《したうで》が意味もなくくねる。両脚の間にぶら下がる腹尻《はらじり》が前に反り返り、先端から太く生白い産卵管がずるりと伸び上がる。

「どうして——覚悟はできていたんじゃないの」

別れた女房との苦い想《おも》い出が蘇《よみがえ》ってくる。

紋々土《モンモンド》族でも卵床となるのは人間だが、相手は夫でなければならない。

女房とふたりで、生まれてくる子供たちのために名前を選んでいた間は幸せだった。だが、親類を集めた産卵式の当弦《とうげん》、何廻《なんえ》ものあいだ激しく焦がれてきた初めての交わりを前にして、わたしの深奥《しんおう》でなにかが破れた。とめどなく噴き出してきた恐怖に呑まれ、産卵衣裳《いしょう》で着飾った女房をおいて、産まれ育った雅供具《ガクグ》城を逃げ出した。それなのに今は見ず知らずの他種族の女に、五十個近い卵を腹腔《ふくこう》内に撃ち込まれようとしている。

わたしは短い両足を深く折り曲げ、後ろに向けて思い切り床を蹴った。得体の知れない幼児に喰い散らかされるよりは、背後の窓から飛び降りて死んだ方がましだと思ったのだ。

背中を受けた窓の皮膜が伸びきり、弾《はじ》けるように破れた。瞬時にわたしは風を切って昏《くら》い裂溝の狭間《はざま》を落下しはじめた。

背中の両側で小さな翅痕《しこん》が激しく震え、恐怖を煽《あお》る。凝《こ》った夕食を五人分は調理できそうなほど長いあいだ落下し続け——ああ、この記憶は産卵式の前に双方の祖母と母親を新居に招いたときの——女房が色香《いろか》を発散しながら、幸せに満ちた笑顔をわたしに向ける——穏やかに談笑する女たち——席について食べはじめようかというあたりで、底通りの地面に派手に激突した。

左の下腕が弾け飛び、胴体が背甲《はいこう》を残してほとんど真っ二つに割れ、体節間膜が破れて、胃腸が路上へ盛大にぶちまけられた。地面に溢れ広がる淡黄緑《たんおうりょく》色の体液の中で、たくさんの小ぶりな寄生虫が身悶《みもだ》えしているのを目にして慄《おのの》く。

胸腔《きょうくう》の中で背脈管が引き攣《つ》ったように収縮し、ありもしない体液を心門《しんもん》から吸引しようと、空《から》の杯《さかずき》を啜《すす》るような侘《わ》びしい雑音をたてる。そんな瀕死の状態にあっても、必要な香文書の束を、三本の鉤指で握りしめていたことは褒められて良いと思う。

人通りのない時刻だった。口から泡を漏らし、体験したことのない悪寒に震えながら早く死なせてくれと願っているうち、望児崖街《ボーニ》の小さな裂け目から、白っぽく見窄《みすぼ》らしいものが這い出してきた。

ひょろ長く伸びた何本もの茎に、いびつな深皿《ふかざら》を不安定に引っ被せたかのような姿。最初は昏虫《こんちゅう》かと思ったが、近づいてくるにつれ人の背丈になった。

全身を綿っぽい白黴《しろかび》に覆われ、頼りなげな茸《きのこ》をまばらに生やしている。二本足で立ってはいるが、ひどく前屈した頭胸《とうきょう》のせいで三対《つい》の腕が地面に届きかけている。わたしがときおり食べ物を恵んでいる、物乞いの老婆だった。

種族はよく判らないが、物乞いたちの間に多く見かける。香油をまとっていようがいまいが、底通りのこの界隈を通るたび、いつもこの老婆の全てを諦めたような視線が追ってくる。仕方なく、口止め料がわりに施しをするようになった。そのたびに彼女は、幽霊でも見るような表情を浮かべ、長い触角を反り返らせるのだった。

老婆が添え物のような腹尻《はらじり》をぶらつかせながら、菌糸《きんし》の浸潤《しんじゅん》したか細い六本の手で、飛び出した臓物《ぞうもつ》を拾い集め、わたしの割れた胴体の器《うつわ》に収めていく。だが寄生虫まで戻すので唸り声で訴えた。

「これにだって大事な役割、あります、棄てたら、命、ありません」

久しぶりに口を開いたのだろう、ぎこちない口調で諭された。掠《かす》れて弱々しい声だったが、見かけより若く聞こえた。わたしは口を閉ざした。意見に従った、というより、もう唸りをあげる力すらなかった。

老婆はわたしの胴体を継ぎ合わせ、巌壁《がんぺき》から引き抜いた薇帆《ラホ》草の蔓《つる》で器用に仮留めしながら、十二歳の頃まで巍里《ギリ》城で看護師をしていたので、負傷兵の手当には慣れているのだと語った。巍里《ギリ》城といえば、確か喇音土《ラオンド》城、楚々牙《ソソガ》城との三つ巴《どもえ》の大戦で海底に没したのではなかったか。その際に、この城へ移住したのだろうか。だとしても、どうして今のような境遇に身をやつすことに――そんな疑問を頭に巡らせているうちにわたしの意識は途絶えた。

次に目覚めたときには、白く狭い部屋の中で、柔らかい釣床の上に横になっていた。

体は元通りのようだったし、痛みもなかった。あれは夢だったのだろう。そう思いかけたが、上体を起こそうとして、左の下腕がないことに気づいた。おそるおそる、割れたはずの胸甲《きょうこう》に触れる。半乾きの糊の盛り上がりが、大きく斜めに横切っている。

つまり、ここは施療院だ。そして邁呑《マイドウン》殖薬と関わりを持たない施療院は存在しない。慄《りっ》然《ぜん》としながらも逃げ出す方法はないかと見回し、背後に窓をみつけた。及び腰に釣床から降り、壁際まで歩く。窓に手をかけようと背伸びをしたとたん、傷痕から撥条《ばね》が弾けるように激痛がして、その場に倒れ込んだ。

扉が開く音とともに、聞き覚えのある声が響く。

「おいおい、支払いも済まさず出て行くつもりか？　体節間膜の縫合や甲皮の接合、極限まで失った体液の充填。どれだけ手間がかかったと思っとるんだ」

沙呂見《サロミ》施療院の院長、沙呂見・潤目《ウルメ》だった。

彼の依頼で、随分前から患者の懐《ふところ》具合の調査や未払い金の取り立てを行ってきた。それなりに後ろ暗い秘密も握っている。ここなら邁吞殖薬《マイドゥン》に引き渡されずに済む。

あの物乞いは、わたしがこの施療院に出入りしているのを知っていたのか。

沙呂見《サロミ》師が二本の触角《はな》の間を狭める。

「それにしても、よく生きとるな。ありえないよ」

2

小窟《しょうくつ》の釣床《つりどこ》に横になっていることに気づいて戸惑う。ここで記述を中断していたのだ。香文《こうぶん》のにおいは情景の再現性が高く、没入しすぎてしまう。

香文は、塗臥《ヌガ》虫の尻からでる分泌液で記される。弾力ある紡錘《ぼうすい》形の体を握ると、体内に寄生した念菌《ねんきん》が感応し、分泌腺を刺激する。自明のことまでくだくだと記したり、でたらめな自動筆記に陥ったりしないよう集中力が必要なので、痛みのひどい今弦《きょう》は使えそうにない。

元締めの篏苞《タガヅト》が見舞いにきたのは、入院して十弦《げん》後のことだった。抉道《けつどう》で足を滑らせたのだと説明したが、そんな戯言《たわごと》でごまかせる相手ではない。

わたしは避役所《ひえきしょ》を通さずに仕事を引き受け、得意先である邁吞殖薬《マイドゥン》の信用を貶《おとし》めようとしたのだ。

すでに考生省《こうせい》に引き渡した香文書がきっかけとなって、南無絡繰《ナムカラク》を昏虫《こんちゅう》に分類する根拠の曖昧さが学府の議会で俎上《そじょう》にあげられ、公聴会も開かれた。当然ながら、現状が翻《ひるがえ》ることはなかった。

箍苞《タガツト》は、決して手の内を明かすような真似はしない。いつものように隻眼《せきがん》の顔に笑みを絶やさず言った。

「そろそろ動けるだろう螺導《ラドー》・紋々土《モンモンド》」異族間では、名前に族名を続けて呼ぶのが礼儀だが、箍苞《タガツト》が言うと蔑称に聞こえる。「坐皁壺《ザフツボ》族からの依頼があるんだ。邁呑殖薬《マイドウン》に入った賊が誰なのか突き止めてくれとさ。生死は問わないそうだ」

考生省から受け取った避役料は、手術代や入院費としてすべて沙呂見《サロミ》師に持っていかれたばかりか、皮肉にも南無絡繰《ナムカラク》を処方され、借金まで負うはめになった。そのうえ坐皁壺《ザフツボ》という、顔を合わせるだけで命に関わる一族に恨みを買ってしまった。だから今こうして、連中の体格では通り抜けられない枝洞《しどう》の迷宮の中に隠れ住んでいる。

もう潮時だった。避役などという、依頼ごとに職名の意味が変わるような後ろめたい危険な稼業は、そう長く続けられるものじゃない。

もともと避役とは、よく知られた伝説に出てくる目に見えない獣の名前で、紋々土《モンモンド》族が移民してくるとその渾名《あだな》となった。紋々土《モンモンド》族は、そのぼんやりした希薄な姿で、職場や家庭の使役人として重宝されたが、全身の分泌腺を焼いて違法な汚れ仕事に就く者が増えてくると、避役は蔑称となった。その後、城内の混乱を招くとして、分泌腺の人為的な除去は禁止されたが、紋々《モンモンド》土族排斥の気運が高まり、多くが別の城に移住した。

それらの出来事が忘れかけられた頃に、よろず請負を生業《なりわい》とする避役所を設立したのが、箍苞《タガツト》の父親だった。避役の名を用いたのは、むろんかつての汚れ仕事をほのめかすためだった。雇われる避役に、もはや種族は関係なかったが、分泌腺障害を持つ紋々《モンモンド》土族のわたしは、当然歓迎されることとなった。

痛みがぶり返してきたが、それでもなお動く気になれない。

「そんなに寝てばかりいたら、那穢《ナエ》虫みたいに醜くなっちまうよ」と母親によく叱られたことを思い出す。那穢虫は甘い菓子として食《しょく》されるありふれた昏虫《こんちゅう》だが、幼いわたしにとって、その皺《しわ》だらけの醜い姿は、練り固められた恐怖そのものだった。

家の竈《かまど》の隅には、誰が捨てたのか那穢《ナエ》虫の死骸が転がっていた。何弦経っても、同じ場所のまま焦げも朽ちもせず、いつしか意識にも上らなくなった。それから数廻《え》ほど後、熟睡していたわたしは、腹の上に妙な感触を覚え、寝ぼけたまま手ではらった。床を這う、かさついた音を聞いた気がした。

翌朝、竈掃除をしてみたが、那穢《ナエ》虫の姿は見当たらなかった。そんなものは最初からいなかったよ、と母親は言って笑った。

なにもかもが懐かしい。母親には随分と会っていないが、紋々《モンモンド》土族の摂理に背いたわたしは、二度と雅供具《ガクグ》城には戻れないだろう。

わたしはゆっくりと上体を起こし、両足を床におろした。すこし動こうとするだけで、怖《おじ》気《け》づいて節《ふし》が固まる。まるで全身が薄く壊れやすい器に変質したかのようだった。

立ち上がると、灯壺《あかりつぼ》だらけの天蓋に頭がつきそうだった。壁の棚穴から、擂鉢《すりばち》と擂粉木《すりこぎ》を取り出し、小さな円卓の上に置く。今度はこわごわ身を屈めて足元の床板を開ける。

現れた檻《おり》の中で、犇《ひし》めきあっている平べったい南無絡繰《ナムカラク》が一斉に頭胸を上げる。掛け金を外し上面の格子蓋を開けると、紐状の八肢を鞭打たせて我先に逃げ出そうとする。それを下の片手で払い落としつつ威勢のいい一匹だけを手づかみで取り出して、格子蓋と床板を閉めた。練《ねり》色の甲皮は湿っていて柔らかく、黒っぽい内臓がぼやけて透けている。

「やめたまえよ。いまならまだ引き返せる。あなたは取り返しのつかない――」

小さな体に似つかわしくない野太い声を放ち、じたばたと八肢を動かす南無絡繰《ナムカラク》を、鉢底から伸びる突起に突き刺す。ぐえ、と間抜けな顔を歪めてわざとらしい唸り声をたてる。くびれのない楕円体の全身を、擂粉木で一息に圧《お》し潰し、甲皮ごと粉砕していく。

処方される南無絡繰《ナムカラク》は雄に限られていた。言葉を話すが、資料にあったように声真似しているだけで、意味を判っているわけじゃない。

淡黄緑色の体液と黒く薄い内臓と細かく砕けた殻が、砂利混じりの泥状になり、絶妙な粘り気が出たところで、皮を剥いた頭桃《ズモモ》の黄色い果肉を放り込む。果汁に反応して赤みがかってくると、その上に乾燥させた露胆《ロタン》の根を削ってまぶす。

鉢に顔を近づけ、顎肢《がくし》と唇肢《しんし》でかき込んで、ずずっと吸い込む。舌の味毛《みもう》で、酸味がほどよく混じり合った苦みを味わい、胃歯《いし》で甲皮の砕片の歯ごたえを楽しむ。

全身に寒気《さむけ》に似た痺れが広がって、痛みが霞《かす》んでいく。足の爪先が反り返り、やがて体じゅうの全てが煙となって拡散していくような心地よさに浸る。潰したてでないと、この効き目は得られない。小窟いっぱいに広がってぐるりぐるりとうねり漂っていたが、ぶしつけながたつきの音で吸引されるように我に返った。

わたしは円卓の前で、擂鉢に両手を添えたまま突っ立っていた。戸口の左側の壁で、瘤《こぶ》状に突き出た言媒殻《ごんばいかく》が振動している。寛恕貝《かんじょがい》という二枚貝の殻を加工したものだ。

思わず大顎をかち鳴らす。歩み寄って、突起の多い半球形の殻蓋《からぶた》を開ける。

案の定、殻蓋の下では、壁付きの円形枠から迫《せ》り出したぬめりのある灰白色《かいはくしょく》の塊《かたまり》が、潤《ウル》目《メ》族特有の逆三角形顔を象《かたど》っていた。玉轡《たまぐつわ》で口元が窪《くぼ》むほど強く押さえつけられ、唸り声を漏らしている。潤目《ウルメ》族は城の六割を占めるほど人口が多い割に、容貌の個人差が少なく、他種族の者が見分けるのは難しい。だがこの顔には片目しかなく、すぐに箍苞《タガヅト》だと判る。膨張気味で潤んだ眼球の様子からすると、蜜造酒《みつぞうしゅ》を大量に啜っているようだ。

どこかの酒場で言媒殻と向かい合っている箍苞《タガヅト》の草色の顔が、城の隅々にわたって棲息する念菌《ねんきん》網を介して写し取られているのだ。

念菌は本来、獲物の求めるものを感知し、その姿に変容して誘い寄せる捕食性の生物だ。南無《ナム》成分を詰めた玉轡で、不使用時に這い出してこないよう抑えてあるが、扱いには注意が必要だった。

円形枠に付属する棒状の把手《レバー》を下げると、連動して玉轡が外れる。わたしは一歩後ろに下がる。

開放された箍苞《タガツト》の大顎が、ねちねちと開閉しはじめた。

「いやぁ、今弦《きょう》はなんともめでたいね」声帯の模造はいい加減で、声は本人と多少異なる。

「もうだいぶいいんだって？　沙呂見《サロミ》師に聞いたよ。君が動けないとなると、ありがたみがよくわかるね」空疎なねぎらいの言葉が空中に揮発していく。「坐皇壺《ザフツボ》族の依頼の方は進展あったかい？」

「いや、どうかな」

「まぁ、そっちは急がないよ。実はね――」

種巡祭《しゅじゅんさい》のさなかにかけてきたのだ。余程の用件に違いない。だがわたしは用意していた言葉を放った。

「もう、避役《ひえき》を辞めようと思うんだ」

「ん？　外の歓声でよく聞こえないんだ。種巡祭の最中に悪いが、いまから学府の考古省に向かって、銘々留《メイメイル》学師長に会ってきてくれ。依頼主だ」

その名前には聞き覚えがあった。

「そうか、万流波《マルパ》学師長の種分化《しゅぶんか》説に真っ向から異を唱えている」

わたしは内心焦っていた。考生省の依頼を無断で引き受けたことへの意趣返しだろうか。

「ああ。わしも銘々留《メイメイル》学師長に研究資金を幾分用立てている。まったく嘆かわしい。わしら人間の起源が虫だなどという考生省の妄言を、見過ごすわけにはいかないからね」

確かに、我々の排泄物を食って生きる小さな昏虫たちと親戚どうしだと考えるのは、あまり気分のいいものじゃない。だが多岐にわたる人種の中には曖昧な種族も少なからずいて、商業的、政治的な理由から昏虫とみなされている場合もある。もし種分化説が主流になれば都合の悪い者も多いはずだった。


「藻露《ソーロ》講堂の公聴会は傑作だったね。行かなかったのかい?」

箍苞《タガヅト》が興奮気味に語りはじめる。考生省から出席した万流波《マルバ》学師長の代理人が、得意の種分化説を振りかざし、南無絡繰《ナムカラク》は類人種でありいかなる食用も違法である、と演説をぶったのだという。それは少し無理のある主張だ。


「卵と性交するような下等な変態昏虫が、人間の親戚だって言うんだからな」

笑いを堪《こら》えているのか、顎肢《がくし》をひくつかせながら語る。

激昂した聴衆が、昏虫の蛹化《ようか》や複眼など、人間との明らかな違いを並べ立てて反論すると、代理人は、直接発生や幼生成熟といった肘慣れない言葉で煙に巻いたという。


「それに比べて、考古省が持ってきた灼獄《しゃくごく》の生物標本の見事さ——」

「その話はまだ続くのか?」

箍苞《タガヅト》が古傷でも疼《うず》くような唸り声をもらし、大顎を何度か空噛《からが》みさせてから言った。

「銘々留《メイメイル》学師長の代理人が、虫風呂に浸かっている最中に亡くなったそうだ」

なるほど、その調査が仕事の内容か。それはある意味で学師長が亡くなったことと同じだった。代理人とは、自らの意識を全面的に明け渡して契約した相手になり変わるという、常軌を逸した職業だ。

「それは執法《しっぽう》省の仕事じゃないか。なんにしろ、もう辞めたいんだ」

「え？　そうか。やってくれるか。こういう仕事……君には……ったりだから」箍苞《タガヅト》の声が途切れがちになった。手の込んだことに、わざとそう喋っているのだ。「わしにも状況がよく呑み込め……やはり万流波《マルバ》側が怪し……ともかく銘々留《メイメイル》学師長と話……くれ。じゃあ」

箍苞《タガヅト》の顔が崩れ、女の顔を象りはじめていた。かつての女房だ。艶《なま》めかしい声を漏らして淫香を放つ。

　ふらふらとそれに顔を埋《うず》めかけたところで、産卵式の直前の恐怖が蘇り、慌てて飛び下がって殻蓋《からぶた》を閉じた。

　頭をまる呑みされて、甲皮の欠片《かけら》ひとつ残さず消化されてしまうところだった。念菌はどのような有機体でも餌にする。ただし、自らに有毒な南無《ナム》成分の塊、南無絡繰《ナムカラク》だけは例外だ。そのため言媒網《ごんばいもう》の検査や整備には南無絡繰《ナムカラク》が用いられている。

　その南無絡繰《ナムカラク》をもう二匹だけ潰し、すべて啜りきった。臓腑《ぞうふ》が熱を持ち、気分が高揚するなか、棚穴から香油の小壜を手に取り、胸元の甲皮の隙間に押し込んだ。坐皐壺《ザフツボ》と出くわすのは御免なので、学府までの道中は無匂《むしゅう》でいるつもりだ。仕方ない。今回で避役は最後だ。そう決意して小窟を出発した。

第二章　最後の避役事《ひえきごと》

1

わたしは身を屈め、壁に手を添えて狭い枝洞《しどう》の斜面を歩いた。頭蓋甲《ずがいこう》がときおり天井を擦《こす》る。

転臥崖街《マロヴがいがい》の隧路《すいろ》に出て、城の外殻《がいかく》向きに暗がりの中を歩いていく。壁に仄かに光る香印《こういん》が現れ、玖窟《グクッ》崖街に入ったことが判る。遠くこもっていた歓声がしだいに大きさを増し、売胞《メボー》等《ラ》裂溝《れっこう》の底通《そこどお》りに通じる出口が見えてくる。喧騒は身を揺るがすほどだった。裂溝に出ようにも、絶え間なく通り過ぎる高揚した群衆に阻まれる。蜜造酒《みつぞうしゅ》の壜を手にした者も多い。少し戻って竪路《たてろ》を五階まで上り、抉道《けつどう》に出た。そこには見物客がまばらにいるだけで、高く切り立った両崖が、奥に向かって大きく彎曲して作りだす、長大な売胞等《メボーラ》裂溝を眺めることができた。

　足元に見下ろす底通りでは、ありとあらゆる種族で混然となった大群衆の長い列が、鍋の中で煮立ったように犇《ひし》めきあって進んでいた。甲皮の軋《きし》みが聞こえてくるほどで、いまにもあちこちで人々の体が破裂しそうだ。

大半が蜜造酒で酔っ払い、甲皮を擦《す》り合わせ顎を咬み合わせて祭囃子《まつりばやし》を奏でている。抱きあったり殴りあったり、あたりかまわず産卵したり排泄したり。別の種族に卵管を挿《さ》し込まれて嬉々としている者や、腕や頭を失ったまま歩いている者までいる。その上に渡された低層階の吊り橋には、どれも人が押し寄せてたわみ、たくさんの手足をはみ出させている。

ちょうど昇天《しょうてん》だった。城が真光層《しんこう》を昇りつめ、灼輪《しゃくりん》の光を最も強く浴びる時間帯。湿気を含んだ大気が暖められ、噎《む》せ返りそうになって触角《はな》を少し縮める。いつもなら濃厚に漂う草花の香りも、今弦《きょう》ばかりは眩しいほどの人いきれに押し退《の》けられている。

大群衆の両側に聳え立つふたつの崖街は、人の身長ほどもある多肉植物や菌類に覆い尽くされ、その様々な形状の葉――まばらに動く放射状の筒葉《とうよう》、伸縮する何重もの渦葉《かよう》、波状に揺れる帯葉《たいよう》などから強い光を放って、空中に舞う花粉や胞子を煌《きら》めかせている。蜜媒人《みつばいにん》の姿はなく、葉光《ようこう》の隙間に見えるどの窓も、暗くひと気がない。

学府は、その内周の玖窟《グクツ》崖街が代謝器官《みぎ》側に回り込んだ末端にあり、このまま進めば行き着ける。

削り跡が残る多孔質の抉道を歩いていく。光のあたり具合によって、曲面に虹色の光沢がうつろう。ときおり壁を這う蠕虫《ぜんちゅう》が目にはいる。

崖下の底通りでは、人々が異常繁殖した昏虫《こんちゅう》のごとく蠢《うごめ》いて見えた。

祭囃子の音が高まり、喉を涸《か》らすほどの歓声があがった。群衆が昂奮で沸き立つなか、彎曲した玖窟《グクツ》崖街の向こうから、茶褐色の巨大な種子が少しずつその威容を現した。硬質な外殻を覆う迷路状の溝が、ところどころ明滅する。占術用の銀虫《ぎんむし》たちが這い回っているのだ。祭りの終局で、種子を城の下層にある精槽《せいそう》へ浸《ひた》す直前に、腹足《ふくそく》が残した粘液の軌跡が解読され、仔城《こじょう》の名前となる。

種子は大勢の担ぎ手が作る波の上で、耳石《じせき》を失った泥魚《でいぎょ》のように不安定に傾《かし》ぎ、右や左に思わぬ動きを見せては巌壁《がんぺき》に乗り上げ、植物を押し潰しつつ進んでくる――それに目を奪われて気づくのに遅れた。仕組まれたかのような間の悪さだ。気門をぎゅっと閉ざす。

正面から赤錆《あかさび》色をした樽形の重厚な巨体が――三人の坐皐壺《ザフツボ》族が、肩を左右に揺らしてやってくる。

大丈夫だ、全ての坐皐壺《ザフツボ》族が産卵期にあるわけじゃない。

わたしは臆せず前進した。坐皐壺《ザフツボ》が近づいてくる。進み続ける。間近に迫ってくる。

抉道を、裂溝寄りのきわまで退き、横向きになる。ひとり目が前を通り過ぎ、ふたり目が前を通り過ぎ、三人目がこちらに上体を回しながら二本の太腕を伸ばしてくる。額から伸びる赤く肥大した触角《はな》をぶるんぶるん震わせ、両脚の間の腹尻《はらじり》を前に反り返らせる。

くそっ、まただ――腹尻の先端からずるりと伸び上がる太く生白い産卵管を睨《ね》めつけたまま抉道の縁を蹴って空中に飛ぶ――その拍子に小壜が胸元から飛び出して回転し、無数の飛沫《しぶき》を撒き散らして煌めいた――方々から大きな驚声があがる――香油を浴びて、空中にわたしが出現したからだ。それがきっかけになったのか、裂溝じゅうの吊り橋や抉道から、祭りに狂乱した人々が立て続けに飛び降りはじめる――わたしは底通りの群衆に激突した。

下敷きになった者たちから、粘液が押し出されるような音や呻《うめ》きが聞こえる。

わたしは六体無事だ。あちこちから同じような苦悶の声があがり、群衆の混乱が増して祭りの行進が滞《とどこお》った。わたしは人の壁に弾《はじ》かれ右往左往しながらもその場を脱し、玖窟《グクッ》崖街の裂路《れつろ》へ、枝洞《しどう》へと逃れた。背脈管《はいみゃくかん》が激しく動いている。体じゅうが痛みで疼《うず》いていた。

身を屈めつつ枝洞を歩くうち、右に逸れる枝洞に草色の体が浮かんでいるのが見えた。枝洞の上下に粘糸を張った珠簾《たますだれ》状の罠に、絡め取られているのだ。

冥喩《メイユル》流族の公式罠で、設置場所も公開されているのだが、なぜか引っかかる間抜けが少なくない。

たすけて、たすけて、と力なく声をかけてくる。

香油まみれになったせいで、相手にわたしの姿が見えているのだ。罠から助け出すのは違法行為であるばかりか巻き添えになりかねない。憐れな声を振りきって通り過ぎる。

しばらく進むと、別の枝洞との交叉《こうさ》部にさしかかり、横切っていく茶色い行列に前を遮られた。

こんな所まで祭りの波が、と思ったら、ほとんどが黎斑《グロムラ》族だった。幅広の尾扇《びせん》を持つ彼らは、多くが排泥業《はいでいぎょう》に従事している。

「あれ……あんたひょっとして、螺導《ラドー》・紋々土《モンモンド》？」

行列の中から思いがけず声をかけられた。酒飲み仲間で、いまの小窟《しょうくつ》を探し出し、住めるよう改装してくれた恩人だ。

「やぁ、炉人《ロト》・黎斑《グロムラ》」

「そんなに息を荒くして……動いて大丈夫なのか？　それに、そのひどい柄《がら》の飾句《しょくしゅう》……得体のしれない伝染病みたいで怖いよ。下半身なんて透けて見えるし」

「ちょっとした面倒が起きたんだ」

「相変わらずろくなことに巻き込まれないな」

「あんたこそ、どうしてこんな所に。種巡祭《しゅじゅんさい》にまで泥かきかい」

「いや、焔硝《えんしょう》かきなんだ。最近はそっちの方が忙しくてね。休みなしだよ」

「いったいどうして。城の結婚で、焔硝の生成が抑えられて、自爆播種は回避されたはずだろう。それとも戦争を見越して備蓄しているのか」

「理由は知らんがね。下層の蓄洞《ちくどう》で焔硝の嵩《かさ》が増し続けていて、いくらかき出しても減らないんだ」

泥海で背鏤巳魚《セルミ》や沼把裡魚《ヌバウラ》の異常繁殖でも起きているのだろうか。城は、外殻を覆う根葉《こんよう》や刺胞《しほう》動物などの間から、無数の櫛状舌《しつじょうぜつ》を生やし、泥中《でいちゅう》生物を捕らえて自らの栄養にしている。この二種の泥魚《でいぎょ》は、焔硝の生成に欠かせない成分を含んでいるのだ。

炉人《ロト》に列を止められた連中が文句を言いだした。

「わかったわかった――じゃあ、またな螺導《ラドー》・紋々土《モンモンド》。南無《ナム》はほどほどに」

尾扇《びせん》を上げると右手の横穴に消えていく。黎斑《グロムラ》族の列がいつまでも続く。先に通してもらうべきだった。たすけて、たすけて、という囁きが遠くから聞こえ続けていた。

城の動きが切り替わる際の、不快な浮遊感に包まれる。昇後《しょうご》のはじまりだ。

竪路《たてろ》でまた玖窟《グクッ》崖街の五階まで上ると、抉道《けつどう》を最右端に向けて歩きだす。

やがて前方に売胞《メボーラ》等裂溝の終端を塞ぐ、やや丸くすぼまった垂直の壁が——なんだ、どういうことだ。壁の中層から底通りまでが崩れて大穴が開き、向こう側の空間が覗いている
——そうか、鎖鏤峨《サルガ》城と結婚して、最外部の裂溝どうしが繋《つな》がったのだ。まるで砲撃でも受けたかのようだ。位置や大きさに違いがあるのだろう、崖街の接合部は大きくずれている。

学府の掘築物《たてもの》は、植物を排して岩肌を剝き出しにした七階掘りの一帯だった。

塵芥《じんかい》箱の並んだ、高さのある裂路《れつろ》の開口部を過ぎ、穹窿《きゅうりゅう》門の前に立つ。

急に身なりが気になり、上半身に散らばった香油の飛沫《しぶき》を指で塗り広げて整える。

穹窿の下に入り、側壁に埋まった黄金像を一瞥して重厚な門扉《もんぴ》と向かい合う。押してみるが微動だにせず、引いてみようにも持ち手がない。どうしたものかと困っていると、右の黄金像の長い四本腕が動きだし、壁から全身が抜け出てきた。驚いて身を翻《ひるがえ》らせると、そこにも黄金像が立っている。身蔵塑《ミグラソ》族の門番だった。

わたしが大顎から身分句《みぶんしゅう》を放って用件を告げると、左の門番がわたしの胴体に長い手を巻きつけた。もうひとりが鋭利な篦《へら》を手に、狼狽するわたしの背中や脇腹からなにかを刮《こそ》げ落としはじめた。

足下に、貝殻らしき破片が散らばり、続いて白い団子状のものが糞《ふん》のように落ちる。どう

も体の凝《こ》りがひどいと思ったら、寝たきり生活の間に灯壺《あかりつぼ》が繁殖していたらしい。学府内では、様々な生物を研究しているため、繁殖物の持ち込みを制限している。門番はそう無愛想に説明すると、わたしを放し、重々しい扉の下の隙間に鋭い指先を挿し込み、一気に押し上げてくれた。

　学府に足を踏み入れるのは初めてのことだった。廊下は珪藻土《けいそうど》を塗った高天井で、床には白い葉脂《ようし》材が敷かれていた。壁には去勢済みの肉蛍《にくぼたる》が十歩ごとにへばりつき、奥の方まで橙《だいだい》色に照らしだしている。

　まばらに歩いている学徒たちの間をぬって、黒い人影が滑るように近づいてくる。五頭身の細身の女で、しなやかに動く四本足の間に、床に達するほど膨らんだ腹尻《はらじり》をぶらさげている。冥喩流《メイユル》族だ。黒い甲皮の所々に、黄色い蔓草《つるくさ》模様の飾匂《しょくしゅう》を浮かべ、そこに爽やかな香油を控えめにひいている。

　わたしの前までくると、女は静かに立ち止まった。顔は細面《ほそおもて》で、魚卵を思わせる赤い目が突き出し、口元からは長い口吻《こうふん》が胸まで伸びている。

「代わりの方ですね」四本足の間で、長い腹尻をうねらせ、体節の摩擦音で話しかけてくる。

「代わり？　避役所の籠苞《タガヅト》からここへ来るよう言われた。わたしは避役の――」

「ええ。螺導《ラドー》・紋々土《モンモンド》ですね」震え声のせいで、ラローに聞こえる。「取次官《とりつぎかん》の乃衣《ノイ》・冥喩流《メイユル》です。警戒は不要です」そう言われて初めて、自分が無意識に距離を置いていることに気づく。枝洞で冥喩流《メイユル》族の罠を目にしたせいだ。「銘々留《メイメイル》学師長は軍府《ぐんぷ》執法《しっぽう》省の事情聴取中ですので、まずは亡くなった代理人のいる施療省の検死室へご案内します。どうぞこちらへ」

乃衣《ノイ》・冥喩《メイユル》流の後について、ひと気のない廊下を歩く。

検死室の前までやってくると、殻質《かくしつ》削り出しのつややかな扉の向こうから、「香油だけの張りぼてじゃないか」と声が聞こえて動揺する。

入室すると、奥の検死台の傍《かたわ》らに、長い白毛に覆われた爬虹《ハグ》族の男と、草色をした潤目《ウルメ》族の男が立っていた。駒付き脚に縁のある天板《てんばん》を載せた検死台の上には、香油で身を装った紋々土《モンモンド》族が俯《うつぶ》せになっている。爬虹《ハグ》族の男が毛深い手で、一体節分の甲皮を背中から引き剝がす。萎びた背脈管《はいみゃくかん》が現れる。

とたんに潤目《ウルメ》族は触角《はな》を縮こまらせた。

「ひでえにおいだ。南無絡繰《ナムカラク》くせえ」触角《はな》をうわ手で後ろに撫でつけながら、「せっかくの種巡祭《しゅじゅんさい》だってのに。で、どうなんだ砂漠《サボ》検死師」

「甲皮の表面に火傷《やけど》に似た瘢痕《はんこん》ができとります。が、死因とは無関係でしょう。大陸の灼輪《しゃくりん》に焼かれたのかもしれませんな」

灼輪に焼かれる？　まさか代理人は、灼獄《しゃくごく》にいたとでもいうのだろうか。

検死師が、尖った鉄梃《バール》を頭蓋甲の節にあてがい、ぐっと中に押し入れて甲皮を剝がす。潤《ウル》目《メ》族が上体を反らして後ずさった。

頭蓋甲の中では、何十匹もの昏虫《こんちゅう》が蠢いていた。

「脳が喰い破られとりますなあ。体節のゆるいもんは、虫風呂なんぞに入っちゃならんというのに」

「いるよな。一廻《え》にひとりやふたりはこうやって……ん——誰だおまえは」

潤目《ウルメ》族が振り向く。横柄《おうへい》な態度からして執法省の捜査師だろう。

「銘々留《メイメイル》学師長が調査を依頼された方です」わたしの代わりに乃衣《ノイ》・冥喩流《メイユル》が言う。

「また張りぼてか。しかもなんてでたらめな飾匂《しょくしゅう》だ——待てよ、おまえの妙な姿には覚えがある。うちの拘置所に何度も放り込まれているだろう。そうか、箍苞《タガツト》のところの避役《ひえき》だな？　咎人《とがにん》風情が、こんなところで何をしようというんだ」

そう言われても腹は立たない。わたしに任される避役仕事は、だいたいにおいて違法調査だ。執法省との取引で見逃されているにすぎない。

「この件を、おれたちとは別に調査しようというのか？　そうなのか？　どうなんだ？」まだ依頼内容を知らされてないので答えようがない。「学府の連中は疑い深くて困る。なんでもいいが、事件性はないぞ。単なる漏虫《ろうちゅう》だ。さあ、出てってくれ」

検死室を追い出されたわたしたちは、考古省のある二階上にあがり、代理人が亡くなったという浴室に向かった。

「浴室があるなんて、優雅なことだな」歩きながらわたしは呟いた。

「出土品や標本を汚染するわけにはいかないですから。研究室には、清掃用の流虫《りゅうちゅう》設備もあります。もちろん使われる昏虫《こんちゅう》は、繁殖しない無菌のものですよ」

浴室は真珠色の光沢を浮かべる貝板《タイル》張りの小部屋で、床のほとんどを細長い浴槽が専有していた。浴槽の中には虫一匹いなかった。調査を終えて流してしまったのだろう。使用済みの虫は裂路《れつろ》にある排虫箱《はいちゅうばこ》に溜まり、虫浚《むしさら》いたちに回収されて殖薬業者に餌として売られるのだという。

「よろしいでしょうか。次は解剖室にご案内するよう言われています」

「さっきの死体が代理人なんだろう？」顔を見て話すのが礼儀だが、つい腹尻《はらじり》に目を向けてしまう。「どうして解剖室に。検死室となにが違うんだ」

「設備は同じですが、所属が異なります。あとは来ていただければ判ります」

浴室を出ると、すぐ隣の部屋が解剖室だった。

乃衣《ノイ》・冥喩流《メイユル》が丸い覗き窓のついた扉を開ける。中は極端なほどに乾燥しており、かすかに甘い香りがした。ここ数弦《げん》のことで、原因は判らないという。内装はさっきの検死室と大差ないが、幾分こちらの方が広い。窓のない立方体で、壁には器具用の棚穴や言媒殻《ごんばいかく》があり、床には解剖台が並んでいる。だが妙な並び方だった。縦に四列、横に二列をくっつけ合わせてある。表面の中央あたりには、淡い影のようにうっすらと黒い染みがあり、ところどころに黄土色の欠片《かけら》が散らばっていた。

「どでかい巨人が寝そべっていたんだな」とつい軽口を叩いてしまう。

「ええ。坐皐壺《ザフッポ》族の背丈の二倍はありました」冥喩流《メイユル》族にも冗談が言えるのか。意外に思ったが、乃衣《ノイ》の体旬《たいしゅう》に変化はなかった。「あとで、学師長から詳しい説明があるかと思います。

昨弦《きのう》までは、この上に」乃衣《ノイ》が指先で解剖台を叩き、冷たい音を鳴らす。「大陸の墳墓から発掘された、未知の生物の永久遺骸が横たわっていたのです」

「未知の生物」妙な話になってきた。「忽然《こつぜん》と消えたりしたんじゃないだろうな」

乃衣《ノイ》が触角《はな》をぴくりとも動かさず、赤い眼球でわたしを見据える。箍苞《タガツト》の話とはずれてきたが、どうやらそれを探し出すことが、わたしがここに呼ばれた理由らしい。だが、ここは学府なのだ。学師ぐらいの脳味噌があれば、いくらでも原因を推測できるだろうに。どうも腑《ふ》に落ちない。

「もちろん鍵虫《かぎむし》も変わりありませんでした」

「言媒殻が故障して、念菌《ねんきん》に喰われでもしたんじゃないのか」わたしは解剖台の上にあった欠片を手にとった。「こんなに食べ散らかすようじゃ、行儀は悪いようだが」

人の頭や赤ん坊が喰われた、という話はときおり肘にする。

「これらの破片のせいで余計に混乱しています。おそらく永久遺骸のものではないでしょう。あれは、わたくしたち人間とは、見た目がだいぶ異なるのです」

破片の縁をよく見ると、細かい波模様になっていた。鉤指《かぎゆび》でなぞりながら言う。

「そこの、影みたいな染みも、その巨人とは関係ないのか？」

「灼獄《しゃくごく》で発掘されたのですよ？　完全に干涸《ひか》らびていました」

わずかな破片と染みは、巨人を消した何者かの痕跡ということか。

「それに、念菌ではありえないのです。言媒殻は部品交換や検査を受けたばかりで、新品同然でしたし、遺骸の消失後は、念のため言媒省に問い合わせをし、特に異状がなかったことを確認しています」

「蛮音族《バノン》には――」

「室内をくまなく声視《せいし》してもらいました」

では、と警邏《けいら》のことを訊こうとしたところで先回りされる。

「警邏員は前夜に二回、覗き窓から中を見て、永久遺骸を確認しています。空白は三揺《よう》ほどです。不可知の存在が相手としか思えません」

ありきたりの疑問しか浮かばず、ますます自分が選ばれた理由がわからなくなってきた。避役所には、捜査師あがりの男だっているというのに。したたかな篭苞《タガット》の顔が思い浮かぶ。もしかすると、わたしは調べるためではなく、調べられるために呼ばれたのではないか。姿の見えない避役の被疑者として。

そのとき壁の言媒殻の殻蓋《からぶた》ががたつきだした。乃衣《ノイ》が歩いていき殻蓋を開ける。遠目には、ただ暗い穴だけが開いているように見えた。

「いま捜査師が帰ったところだ」穴から虚ろな声が聞こえてきた。「螺導《ラドー》・紋々土《モンモンド》君を連れてくるように」

2

学府の七階にある学師長通りと呼ばれる廊下には、巨大な大顎を思わせる黒い殻質製の両開き扉が並んでいた。

十歩ほど先で扉が開いた。激昂とも狼狽ともつかない興奮した声が聞こえてくる。

どうして調べさせてくれないのです――婚姻の儀に瑕疵《かし》はない――ですが実際に焔硝値《えんしょうち》があがっているのです、城は背鏤巳《セルミ》魚や沼把裡《ヌバウラ》魚しか捕食していません、これは一種の摂食障害です、あるいは神経繊維の異常発達が関係して――八基の城に移り住んできた千五百廻《え》に亘《わた》る記録に照らしても、このような現象は一度たりとも起きていない――だからこそ――一時的なものにすぎん――再調査を――必要なかろう――盧斑陰《リョフイン》学師長！

三人の男女が押し出され、閉ざされた扉の前に憤《いきどお》った様子で立ちつくしている。盧斑陰《リョフイン》学師長と言えば、確か考城《こうじょう》省だ。種巡祭《しゅじゅんさい》を取り仕切っている。

わたしたちは何も見なかったかのように通り過ぎ、三つ目の扉の前で立ち止まった。

考古省と香印《こういん》された黒く丸みのある扉が、中央から縦に割れ、粘ついた糸を引きながら左右に開いていく。乃衣《ノイ》に促され、糸を払いながら中に入ると、彼女を廊下に残したまま扉が閉まった。拘置所に閉じ込められるような気分だった。

生臭いにおいがこもって霞《かす》んでいる。そこは奥行きのない不定形な空間で、全体が腔腸《こうちょう》動物を思わせる、波打つ肉襞《にくひだ》に覆われている。左右の壁際には、大型昏虫《こんちゅう》の崙冥虫《ロンメイ》が張りつき、どちらも異様に長い棒状の肢《あし》を天井近くに掲げたまま、死んだように硬直している。正面の壁には抉《えぐ》り取られたような醜い大穴があり、その傍らで、ひとりの男が四本腕で抱えた樽を傾け、ねっとりとした蜜を流し込んでいる。

「銘々留《メイメイル》学師長でしょうか」声をかけるが、樽の男は答えずに新たな樽を担ぎ、また蜜を大穴に垂らしはじめる。

「考古省学師長、銘々留《メイメイル》・腫頭廊《シュトーロー》だ」

背後からくぐもった声がして振り向く。だが肉襞には、張りついた貝のごとき言媒殻《ごんばいかく》が突き出ているだけだ。

「この言媒殻は、わたしの発声器官として作られたものでね。殻蓋《からぶた》を閉じたまま話せるようになっている」男とも女ともとれる声色だった。

「どこにいるんです、銘々留《メイメイル》学師長。あなたに会うために伺ったんだが」

「すでにあなたはわたしに会っている。わたしの頭蓋甲の中にいるのだから」

わたしは不安に囚われた。比喩ではないらしい。この肉襞が学師長の脳なのだろうか。腫《シュ》頭廊《トーロー》族の噂は聞いていたが、ここまで肥大するものだとは思いもしなかった。

「取次官からあらましを聞いてくれたと思うが、詳細を知ってもらいたい。生物の種分化説の真実だ。それは我々人類の現在と未来を規定する」

邁呑殖薬《マイドゥンしょくやく》の件も、実際には学省どうしの争いが発端だったのかもしれない。わたしも昏虫が人類の起源だという説は馬鹿らしいと思ってはいたが、その代わりとなる生物となると想像もつかなかった。

「考古省ではこれまで、十四回に亘って、この惑星の灼獄《しゃくごく》面に位置する威把《イヴァ》大陸への過酷な調査旅行を行い、昏虫とは全く異なる類人種の痕跡を四百種《しゅ》以上も入手した」

どこに向かって話せばいいか判らず頭上を見回す。天井の中心には、黒い半球形をした潜《せん》泥船《でいせん》の丸窓に似たものが幾つも集まり、その周囲からは、植物の根を思わせる長い繊維が垂れている。

「新たな系統樹が描けそうだ」わたしは適当に返しながら、あれは眼と触角なのかもしれないと思う。だがこれでは自分の頭の中しか見えないではないか。

「いかにも。だがその一方で、系統樹の根は途切れたまま。その謎を究明するために、我々は十七名からなる調査隊を組織し、十五回目となる調査旅行に赴いた。そして、人類発祥の謎の糸口となる未知の生物の永久遺骸を発見した」

不意に疑問が湧いた。なぜ灼獄にそんなにも多く生物の痕跡がある。地球は創成期からずっと、灼輪《しゃくりん》の光に同じ半球を晒《さら》し続けてきたのだ。生物は泥海《なずみ》の中でしか生存できないというのが定説ではなかったか。

「わたしはそれを祖体《そたい》と命名した。前置きはこのくらいにして、実際に見てもらおう」

「見てもらおうって、解剖室から消えてしまったから、わたしに依頼したんじゃないのか」

返事はない。さっきの男が空樽《から》を抱えて出ていくのを見ていると、左右の壁に控えていた崙冥虫《ロンメイ》が、幾本もの長肢《ちょうし》を互いの残像のごとく素早く動かしはじめ、わたしの体の各所を摑んで拘束した。

え？　え？　と訳《わけ》が判らず唸っているうちに、肉襞のうねる壁面が迫り、強く押しつけられた。接触面から生ぬるい発泡性の体液が滲《にじ》みだしてくる。

どれだけもがいても無駄だった。わたしの体が、融け消えるように肉壁の中へ吸い込まれていき、陸船《おかぶね》から帆を降ろして錨《いかり》を砂海《さかい》に沈めると、昇降口の扉を開けて外に出た。

一瞬で視界が真っ白になる。信じがたい烈風と暑さだった。皆立っていられず、焼けた砂地にしゃがみ込む。腕を曲げる角度によって、肘の耳孔《じこう》で笛のような音が鳴る。二名が突風で吹き飛ばされた。

天球から降り注《そそ》ぐ焼け針のごとき光。主に裂溝《れっこう》の植物を介した間接的な光源のもとで生きてきたわたしたちにとっては、致死的な直射日光だった。

しかもこの半球側には夜がない。触角は乾ききり、視嗅覚《しきゅうかく》の焦点が合わない。頭から被っていた冷却用の防護布はすぐにボロ屑《くず》となり、甲皮が鉄板のごとく熱せられ、内部の体液を沸騰させた。

ゆっくりと目が馴《な》れてくる。植物ひとつ生えていない虚無的な世界だった。広大すぎて距離感がつかめないが、確かにここは、以前の調査隊が奇妙な遺骸を視認しながらも、砂嵐のために調査を断念した座標だった。

遠くに何かが揺らいで見える。小高く盛り上がった丘だ。その中腹から頂上にかけては、明らかに砂とは異質な素材で黒々としている。隊員たちとうなずきあう。とうとう遺骸を見つけたのだ。

風に抗《あらが》いつつ丘へ近づくにつれ、調査隊の間に失望が広がった。丘の上部をなす砂に埋もれた物体の形状が、体節の連なる単純な扁平《へんぺい》楕円体で、あまりに昏虫《こんちゅう》じみていたからだ。

だが歩み寄るうち、城の種子が中に収まりそうなほど巨大なことが明らかになった。甲皮の表面は、高温の炎で炙《あぶ》られたように黒焦げで、痘痕《あばた》状に剝離していた。半弦《げん》がかりで分厚い甲皮の一部を取り除くと、中は複雑な骨格構造を張り巡らしたがらんどうで、潜泥船《せんでいせん》のような人工物を連想させた。

内部に足を踏み入れ、太い梁《はり》を思わせる骨格の下を次々とくぐる。その中心の空洞部分まで進んで、ここが墳墓であることを知った。袋状の皮膜の中に、干涸らびた巨人が封じられていたのだ。

腕と脚は一対ずつで、体節ひとつないなだらかで大雑把な全身が、皺《しわ》だらけの皮膜で継ぎ目なく覆われていた。最初は軟体動物かと思ったが、蛮音族《バノン》の非可聴域の声視《せいし》により、胴体や四肢の中心を内骨が貫いていることが判った。さらに、頭部の中には、小さな鉱物らしき人工物の影が認められた。

墳墓の調査と巨人の永久遺骸を移送するために十弦のあいだ滞在したが、過酷な環境に耐えきれず三名が息を引き取り、残りも多くが衰弱した。特に重篤《じゅうとく》な場合には、冥喩流《メイユル》族の隊員が毒液を注入し、仮死状態にした。

待たせてあった双胴の陸船を出航させ、海岸の調査基地で潜泥船に乗り替え、泥海の波に揺られているうち、わたしは学師長の頭蓋甲の中に浮かんでいた。

崙冥虫《ロンメイ》の長腕で床に降ろされる。後頭部が割れそうに疼く。

「いまも、隊員の多くは施療院で蘇生治療を受けている。わたしの代理人は、一度わたしに同期してから入院した。順調に回復して職務に復帰したが、知っての通り、祖体の解剖に取り掛かる直前に虫風呂で亡くなった。それと相前後して、祖体が消えた」

わたしは左の上腕で痛む頭を押さえながら学府を出ると、掘築物《たてもの》の側面をなす裂路《れつろ》に回り込んだ。高さは三階ほどもあり、上に行くほど狭まっている。

壁沿いには塵芥《じんかい》箱がずらりと並んでいた。手がかりがないかと奥へ進む。全身に付着した学師長の体液が白っぽく乾き、足を踏み出すごとに鱗《うろこ》みたいに剝がれ落ちる。頭の疼きが更にひどくなってきた。いつもの痛みじゃない。

地面にまばらな虫溜まりが見えてきた。多くは仰向けになり、多肢で空《むな》しく宙をかいている。右隣にある塵芥箱を見ると、排虫《はいちゅう》の香印《こういん》があった。

「なにしてんだ、あんた!」

急に向けられた怒声に驚き、甲虫を踏み潰してしまう。振り向くとひどく疲弊した潤目族《ウルメ》が目の前に立っていた。腕には警邏の香印のついた腕章をはめている。

「わたしは避役《ひえき》の——」

足裏が粘液のせいで滑り、また虫を次々と踏んでしまう。警邏員が、あぁあぁ、と脱糞《だっぷん》した子供でも見るように言う。

潰れた虫から、赤い粘液がはみ出していた。その場にしゃがみ、指先ですくい取り、つけたり離したりしてみる。ひどくべたつき、甘い香りがする。

「城の赤油《せきゆ》でも吸ったんだろ。で、避役がなにしてる」

確かに昏虫《こんちゅう》は赤油を好み、吸油しようと赤油管にへばりついては駆除されている。だが、以前に別件で、このあたりの配管状況を調べたことがあり、赤油管が近くを通っていないことは知っていた。それに、赤油ならこんな香りはしない。

「考古省の依頼で調査をしているんだ」と立ち上がりながら言う。

「ああ、消えた巨人のこと……」左右の顎肢《がくし》が力なく垂れる。

「まさか、知れ渡っているのか」

「いや、昨夜の警邏はおれだったんだ」

「なるほど、お疲れのようだ」

「やっと帰宅して眠りだしたところで、取次官からの言媒《ごんばい》に起こされたんだ。くそ、あの女……解剖室には誰もいなかったと伝えたのに、結局呼び戻されちまった。二弦《げん》前に三階へ異動になったばかりだってのに、怒ったお偉方に外されちまうし」

「巨人の様子は変わりなかったと聞いたが」

「また繰り返すのか。戸口から確認しただけだが、同じように横たわってるだけだったよ。ともかく誰もいなかったたし、鍵虫《かぎむし》だってちゃんと確認したし――」

「疑ってるわけじゃない」

「――怪しい気配はなかったかとしつこく訊かれたが、誰もいないのに気配があるわけないだろうに」

考古省では、姿の見えない者を想定しているのだ。

「なあ」と警邏員が声を潜《ひそ》める。「余計なことに興味持つなって怒られるんで、上の連中には訊けないいんだけどよ、あんたは知ってるのか、あれが何なのか」

「いや。あんたはどう考えてるんだ？」

「噂じゃあおれたちのご先祖さんだって話だな。角灯《ランタン》の光を向けると、少し透けた黄土色の甲皮がつやつやと輝いてな、それもうなずけるような姿《すがたかたち》形だったよ」

「ほう、甲皮がつやつやと……」わたしは足先の汚れを地面の殻質にこすりつけた。視線の先には甲皮がぱっくり割れた昏虫。代理人の頭蓋甲の中で蠢いていた昏虫の姿が思い浮かぶ。

「ところで、考古省の浴室や解剖室からの排虫はここへ？」と排虫箱を指さす。

「そうなるな」

警邏員に背を向けて、排虫箱の蓋を開けた。中は予想に反して空だった。壁側《かべがわ》に開いた下《げ》虫孔《ちゅうこう》も綺麗なものだ。

「さっき、虫浚《むしさら》いたちが回収しにきたところだぞ」

地面の虫たちはその際に零《こぼ》れ落ちたものだったらしい。

「それにしてもあんた……うん……」警邏員がたじろぐような口調になった。「施療院に行ったほうがいいと思うよ」

3

頭痛のせいで足元がふらつきだした。これまでにはなかった症状だ。

竪路《たてろ》を危うい足運びで下り、隧路で玖窟崖街《グクッがいがい》と転臥崖街《マロヴ》を通り抜け、垂風子《スィフウシ》裂溝の底通りに出る。こちらは普段と違って閑散としていた。気のせいか、わたしとすれ違う人がみな、引き攣《つ》った表情を浮かべる。酔っぱらいだと思われているのかもしれない。

沙呂見《サロミ》施療院の待合室に入ったが、種巡祭《しゅじゅんさい》だけあって誰もいない。施療室の扉を開けると、院長が椅子に坐っていた。塗臥《ヌガ》虫を握って施療録を書いている。消毒液と生々しい体液のにおい。祭りの事故で搬送された患者がいたのだろう。

わたしが黙って前の椅子に腰掛けると、塗臥《ヌガ》虫の尻を紙に滑らせながら言う。

「くそっ。あんたか。やっと休めると思ったのに」

「今度は頭痛がひどいんだ。手早く見てくれ」

「幻痛だと言ったろう。ひどく臆病になったもんだ」ようやく沙呂見《サロミ》師が顔をあげる。「処方したぶん以外に南無絡繰《ナムカラク》をやってないだろうな。鎖鏤峨《サルガ》城じゃ禁じられているほど強い薬だ。余計にひどくなるぞ」

「あたりまえだ」目を逸らさずに言う。一度に処方される量は決まっているので、他の施療院や薬所《やくしょ》を何箇所も回らねばならない。「ところで前に頼んだ話はどうなった?」

「ああ、あんたの命の恩人とかいう。悪いが、うちでは雇えんな。諦めてくれ」

沙呂見《サロミ》師は机の抽斗《ひきだし》から、腹尻《はらじり》ばかりが目立つ噴霧虫を取り出し、わたしに向けた。腹尻を何度も握る。小さな口から、苦いにおいのする霧が噴き出し、わたしの全身に降りかかる。

「いつもながら、めんどうな体質だな」

長い触角《はな》で埃《ほこり》をはらうように甲皮に触れる。後ろを向くよう言われて従うと、殻質を鑿《ノミ》で削るような笑い声が響いた。

「後頭部の体節から、脳味噌が溢れ出しとる。いったいなにをされた」

思わず手で触れようとして制される。

「考古省の学師長から、仕事の説明がてら追体験させられたが」嫌な予感がしてきた。「まさか、死んだ代理人の代わりとして、箍苞《タガヅト》がわたしを売ったんじゃ……」

「螺導《ラドー》・紋々土《モンモンド》」

「なんだ」

「まだ自分だと判ってるじゃないか。代理人になったわけじゃない」

「じゃ、どうしてこんなこ――」殴打されたような激痛。頭蓋甲を無理に押し広げられたのだ。なにかを挿し入れられ、わたしはえずいた。

「異質の細胞が注入されているようだ。これに押し出されたんだな」

「くそっ！」

「あんたのちっぽけな脳味噌だけじゃ足りなかったんだろう。この細胞なしだと、代理人どころか抜け殻になっていたかもしれんぞ。あ――」

「えっ」

「あんたの脳内にまで。最近多いんだよ。頭痛がするという患者には、たいていこの妙な腫《しゅ》瘤《りゅう》ができているんだ。良性だから心配はいらん。施療省で原因の究明が始まっているから、じきに解決されるだろうさ」


重みを増した頭が安定せず、首の節がひどくぐらついた。増大した脳を保護するために、頭蓋甲の後ろ半分を除去され、それに替わる義甲《ぎこう》を取りつけられたのだ。

底通りに疎《まば》らに開いた穴から枝洞《しどう》に入ったはいいが、小窟《しょうくつ》までの道筋が判らなくなっていた。分泌不全のため道の標匂《ひょうしゅう》には香油を使っているが、他人のものと嗅ぎ分けられない。ここだと思って進んだ先は、昏虫《こんちゅう》の卵や蛹《さなぎ》で塞がっており、堂々巡りをしてしまう。背脈管《はいみゃくかん》の拍動が早まり、息がせわしなく吐き出される。

元々複雑な迷路になっていたからこそ住処《すみか》に選んだのだ、迷っても無理はない。そう言い聞かせて自らを落ち着かせる。

聞き覚えのある振動音が聞こえてきた。どこかで言媒殻《ごんばいかく》が鳴っているのだ。音を辿っていくと、狭く見窄《みすぼ》らしい小窟に辿り着く。中には誰もいない。言媒殻は振動し続けている。

思い切って殻蓋《からぶた》をはずした。そこには箍苞《タガヅト》の顔があった。しばし黙考して、ここが自分の小窟だと気づく。玉轡《たまぐつわ》と繋がる把手《レバー》を下げる。

「えらく帰りが遅かったじゃないか、螺導《ラドー》・紋々土《モンモンド》」箍苞《タガヅト》が言う。「どうした、なんだか様子が妙だぞ」

「銘々《メイメイル》留学師長の依頼は、代理人契約じゃなかったんだろうな」

「……しもし。あれ……」

まただ。わたしは乱暴に殻蓋を閉めた。

その直後だった。後頭部に強い衝撃を受け、わたしの意識は飛んだ。

第三章　類推する依存者

1

峻烈《しゅんれつ》な光に甲皮を焼かれてわたしはうなされていた。激しく吹きつける風で、肘の耳孔《じこう》が笛の音を鳴らす。しだいにそれが人の声に聞こえてくる。

「い、じょうぶ。い、じょうぶ」

白黴《しろかび》に覆われた頭胸甲《とうきょうこう》の中央にある顔らしきものが、わたしの肘に向かって呼びかけていた。どうしてここにこの老婆がいるんだ。なにがあったんだ。

「勝手に入って、ごめんなさいよう。ごめんなさいよう」

ひどい吐き気がした。頭が圧《お》し潰されるように痛い。学師長のせいだ。いや、ちがう、ここで背後から殴られたのだ。触れてみると、義甲の一部が窪《くぼ》み、装着部が緩んでいた。

「あなた。わたしに、食べ物くれた。ときどき、くれる。でしょう」

部屋がいつもより薄暗い。天蓋を見上げると、皺《しわ》の寄った青白い楕円体がまばらに吊り下がっている。

「なんだあれは……」口の中が粘ついていた。

「お礼したくてやってきたら、あなたと違う人、扉から出てきた。変な男だった。わたし、この家に入ってみたら、あなたまた倒れていてそれで……」

「変な男」坐皐壺《ザフツボ》族だろうか。だが、こんな狭い枝洞《しどう》へ入ってこられるわけがない。「いったいどんなやつだ。ひとりだったのか」

「ひとりだった。よくいる族、そう、潤目《ウルメ》と思うけれど、判らない」

坐皐壺《ザフツボ》族に雇われた者だろうか。それなら、なぜわたしを連中の前に突き出さなかったのだろうか——

「なにやら動きおかしくて。脳神経の病気になったらああなる」

そういえばこの老婆は看護師だった。

「わたしも患《わずら》っているのかもしれない。妙なものが見える」

「ごめんなさい、ごめんなさいよう。あなたに食べてもらいたくて産みつけたけれど覆い尽くせなかった」黴《か》びた細腕ですがりつかれ、背筋が強張り体温が下がりだす。あれは卵なのだ。不自然な皺や色は高齢排卵の特徴だった。「わたし命擦《す》り減って甲貨《こうか》になりかけてるだけど、でも、まだまだ卵は産めるだから、一弦《げん》に少しずつでも」

「あんたは命を助けてくれた、それで十分なんだ。もうやめてくれ」立ち上がって老婆の手を振りほどく。

「他族の卵は、合意の上なら、食べてもよいのでしょう。お願い、食べて。食べなければ遠慮せずに、さあ。まだ痛むのでしょう。元気にならなければ。わたしにできることこれだけ。頑張って産み続けるから……」老婆が手足を壁にあてがい、天蓋に這い上ろうとする。

「もう産まなくていいって言ってるだろう！」感情を抑えきれなくなり、声を荒らげて引きずり下ろす。その全身から粉状の胞子が舞い上がる。「さぁ、もう帰るんだ。ここには来ないでくれ」

「ごめんなさい、ごめんなさいよう。ごめんなさい――」祈るように訴える彼女を部屋から押し出し、扉を閉めた。そのまま足枷《あしかせ》を嵌《は》められたかのように動けなかった。

なにもする気にならないまま一弦が終わった。南無絡繰《ナムカラク》を服用しても頭痛が治まらなくなり、一晩じゅう眠れず、ふらつきながら小窟《しょうくつ》を出た。

枝洞を抜けて垂風子裂溝《スィフウシれっこう》に出ると、垂直面に繁茂する植物がじわじわと葉光《ようこう》をまといはじめていた。あたりは静まり返っていた。底通りの片隅に吹き溜まった塵芥を、葉形《はがた》の昏虫《こんちゅう》たちが平らげていた。

わたしは沙呂見《サロミ》施療院に向かい、またかと不平を漏らす沙呂見師に事情を話して診《み》てもらった。

「つけたばかりの義甲だというのに、ひどい有様だな。こじ開けられたように歪んでいる」

頭蓋甲《ずがいこう》に硬い音が響き、義甲が外されたのが判った。

「……ますます強くなっとるな」

「なんの話だ?」

振り返ると沙呂見《サロミ》師が触角《はな》を縮めていた。

「前を向かんか」

言うとおりにする。すぐに吐き気がしはじめた。

「気分が悪い」

「あたりまえだ、頭に手を突っ込んどるんだ――ほら」と赤い粘液のついた篦《へら》を眼前に突きつけられる。かすかに甘いにおいがする。「脳に圧し拡げられた痕があってな、そこに付着していた」

老婆が目撃したという男の仕業なのだろうが、目的が判らない。

沙呂見《サロミ》師の触角《はな》がゆっくり伸び上がる。

「除虫《じょちゅう》した後の状態に似ているな」

「脳に寄生虫が？　そいつはどこへいったんだ」

「案外その男は親切で、除虫のためにあんたを襲ったのかもしれんぞ」そう言って笑う。

「いや、似ていると言っただけだ。わたしの知る限り、こんな色の分泌物を出す種類はない」

脳神経の病気になったらああなる、と老婆は言った。かつては脳の寄生虫症もそう誤解されていたことを思い出した。

「その男も寄生されていたのかもしれん。そういう歩き方だったらしいんだ」

「なるほど。それなら、脳の寄生による異常行動ともとれるな。分泌物の説明はつかんが」

昏虫を踏み潰した感触が足裏に蘇《よみがえ》る。赤い粘液にまみれた残骸。甘い香り。

「死んだ代理人は、わたしと同じ紋々土《モンモンド》族で、虫風呂の最中に漏虫《ろうちゅう》で脳を食い破られたんだ。だが、彼もその男に、頭蓋甲をこじ開けられたのだとしたら？」

沙呂見《サロミ》師は答えない。

「代理人の脳内にいたと思われる昏虫からは、赤い粘液が出てきた。寄生虫の中には、次々と宿主《しゅくしゅ》を変えるものもいる。わたしたちはふたりとも、その男から寄生されかけたんじゃないか？」

「ばかをいうな。そんな乱暴な方法があるか。これだから素人《しろうと》は困る」

「新種かもしれないじゃないか」だがどうして紋々土《モンモンド》族ばかりが。いや、わたしを襲った男は潤目《ウルメ》族だったらしい。成長するごとに適合する種族が異なるのだろうか。

「それに、なぜわたしたちの寄生に失敗したんだろう」

「失敗したもなにも、はなから存在してないからだろうに。ほとんど妄想の域じゃ……おい、あんたちゃんと量を守って――」

「確かに飛躍させすぎだったかもしれん」南無絡繰《ナムカラク》の過剰服用を咎《とが》められそうになり、慌てて言った。

「まぁ、あんたのいう新種の寄生虫が見つかったなら、すぐに教えてやるがね」

苦々しく笑う沙呂見《サロミ》師に礼を言い、わたしは学府に向かった。


今日はお姿がくっきりして見えますね、と左の門番がやけに愛想よく門扉《もんぴ》を開けてくれた。乃衣《ノイ》・冥喩流《メイユル》の居場所を訊ねると、すぐ近くの取次室にいるはずだという。廊下を数歩も歩かないうちに、取次室と香印《こういん》された扉が目に入った。

扉を開くなり、甘く濃厚なにおいが触角《はな》をついた。薄暗がりの中に、溶け合うようなふたつの人影があった。急に力が抜けて膝が折れそうになり、わたしは扉框《とびらがまち》をつかんだ。

なにか熱いものが全身を巡りだしていた。歪んでいく視界の中でわたしは気づいた。片方の人影が乃衣《ノイ》・冥喩流《メイユル》であることに、潤目《ウルメ》族の女を背後から抱きしめていることに、黒い腕と前脚を草色の体に絡みつけていることに、逆三角形の後頭部に長い口吻《こうふん》を挿《さ》し込んでいることに――

口吻が引き抜かれ、乃衣《ノイ》・冥喩流《メイユル》がこちらに顔を向けた。放散される黄金色のにおいが燦《きら》めき、神々しく見えた。これまでずっと巡り逢いたいと願ってきた、女神としか形容できない存在だった。女神の口吻の先から、星の輝きが滴《したた》る。

この栄に浴すべきはわたし——その確信が募る。抑えきれなくなる。

わたしは潤目《ウルメ》族の女を突き倒し、女神の前に背を向けて坐った。しなやかで美しい黒い両脚がわたしの体を優しく、強く、激しく押さえつける。わたしは呻《うめ》きをもらす。頭蓋甲が開かれていくのが判る。恍惚《こうこつ》として背を反らし、腹側の甲皮を痙攣《けいれん》させる。やがて後頭に固い感触がして、中にねじ込まれ——調子外れの笛のような音。

引き、抜かれ、ていく。苦しげな咳が聞こえだす。わたしを抱えていた両脚が離れていき、吊り橋の縄が次々と切れていくような不安に襲われる。立ち上がって振り向くと、両手で激しく体を叩かれ、突かれ、突かれ、押し出され、目の前で扉を閉ざされた。

わたしは取次室の前で体を火照《ほて》らせたまま、おあずけをくらった気持ちで立ちつくしていた。どうしてだろう。いつのまにか膝が震えている。そう思った次の瞬間には、急激に湧き上がってきた恐怖に囚われていた。いったいなにがどうなったのか。とても現実に起きたこととは思えなかった。真っ当な産卵式からも逃げ出したわたしが、自ら率先して食《しょく》されようとしたとは。

鎮痛剤の副作用かなにかで白昼夢を見たのかもしれない。実際にはいまここに到着したばかりなのかもしれない。そうだ。着いたばかりだったのだ。

床を踏みしめ震えを抑えつける。取次室の扉を叩こうと手をあげたとき、扉が静かに開いた。

乃衣《ノイ》・冥喩流《メイユル》が後ろ手に扉を閉めつつ部屋から出てくる。わたしは鼓動を高鳴らせつつ、数歩後ずさった。

「お待たせしたようです」

腹尻《はらじり》で静かに言う。取り澄ました表情からは何も読み取れない。乃衣《ノイ》の全身が暗く翳《かげ》っていく。いや、わたしが触角《はな》を無意識に縮めていたのだ。

「それで、なにか」

言葉を詰まらせながらも用件を告げると、乃衣《ノイ》はなんの躊躇もなく手配を約束した。頼んだ作業が終わるまで少し時間がかかるという。

「外で待つことにするよ」

いますぐにここから離れたかった。背を向けたわたしに、乃衣《ノイ》が言った。

「あれはお控えになった方が」


門扉を出て歩きだすと、少しずれてない？　と背後で左の門番が呟いた。気づいてらっしゃらないんじゃないか、教えてさしあげろよ、と右の門番が囁き声で言う。

後頭部に触れてみると、確かに義甲がずれていた。両手ではめなおし、近くの吊り橋で泥裳崖街《ナズモ》に渡った。

抉道《けつどう》には暇そうな甲皮磨きたちがたむろしている。声をかけられるが素通りし、酒精《しゅせい》まじりの香印《こういん》を掲げた洞窟酒場の小さな戸をくぐった。

細長い店内の奥まで、立ち飲み用の長机が延びている。わたしは爪先立ちで見通して坐阜《ザフ》壺《ツボ》族がいないことを確認し、万一の際はいつでも逃げ出せるよう、出入口側に立った。愉《ユ》摩《マ》・潤目《ウルメ》と刻まれた甲貨《こうか》をカウンターに置く。誰しも死後は甲貨に加工されて生者の間を行き交う。乃衣《ノイ》の餌となったさっきの女も。だが、見えないわたしに死後の行き場などあるだろうか。

潤目《ウルメ》族の店主が、逆三角形の頭をこちらに向けた。

「召火酒《しょうかしゅ》をくれ」

召火草《しょうかそう》の花の蜜を醸造したもので、蜜造酒の中では最も度数が強い。店主が貝杯《グラス》を置き、甲貨を拾った。

「お客さん、なんだか寒そうですね。なんなら辛粒《からつぶ》も入れますか」

わたしがうなずくと、店主は貝杯《グラス》の上で細い円筒容器を振って青黒い粒を十ほど落とし、口笛で合図をした。

奥の壁際で、津藻《ツアモ》族のひとりが立ち上がった。おくびを漏らしながら億劫《おっくう》そうに歩いてくる。召火草を彫鏤《ちょうる》され磨き上げられた甲皮に、わたしの病んだ顔が映り込む。津藻《ツアモ》は貝杯《グラス》に口を近づけ、眼窩《がんか》の隙間に涙を溜めながら断続的に嘔吐《おうと》した。ねっとりとした蜜色の液体が貝杯《グラス》を満たしていく。途中、咳き込んで飛沫《しぶき》が散り、その強い酒気に目が沁《し》みる。「おれも同じもの」と奥の客が声をあげ、津藻《ツアモ》はよろよろと去っていく。店主が液体を跳《は》ね虫の長い肢《あし》でかき混ぜ、貝杯《グラス》をそっとわたしの前に押した。

わたしは召火酒を呷《あお》った。喉が焦げつくほど何度も呷って、ようやく落ち着きを取り戻す。

危ういところだった。

さっきのは、副作用による白昼夢なんかじゃない。冥喩流《メイユル》族は蠱惑《こわく》性の分泌匂《ぶんぴしゅう》を出して、餌を恍惚とさせながら体液を啜《すす》る。

あれはお控えになった方が――

乃衣《ノイ》がわたしに口吻《こうふん》を挿しかけてやめたのは、においのせいだろうか。それほどまでに、わたしの体内に南無絡繰《ナムカラク》臭が染みついているのだろうか。

うわ、ひでえにおいだ。南無絡繰《ナムカラク》くさい――昨弦《きのう》、執法省の捜査師はそう言った。代理人もまた南無絡繰《ナムカラク》中毒だったのだ。体内に染みついた南無《ナム》成分が、未知の寄生虫を追い払うことになったのだとしたら。

思い出したせいで体が南無絡繰《ナムカラク》を渇望しはじめた。いったん小窟に戻って――いや、天蓋には老婆の卵が貼りついたままじゃないか。戻る気になれない。

どう処分すればいいのかと憂鬱になっていると、天井から南無絡繰《ナムカラク》が降ってきて、わたしは肩を跳ね上がらせた。いや、もっと小さい。それに、色が全然違う。黄緑色に透けた種子形の昏虫《こんちゅう》、甘露《かんろ》虫だ。貝杯《グラス》に向かって媚《こ》びるように尻をあげるが、いらん、とわたしは告げる。すると尻をあげたまま、隣の客の方へ後ろ向きに這い進む。頼むよ、と声がして、尖った尻の先に甘露が膨らみ、貝杯《グラス》の中に落ちる。

その貝杯《グラス》を口に運ぶ隣の客が、幼なじみの零《レイ》・潤目《ウルメ》だということに気づいた。懐かしくなって声をかけようとしたところで「え、なんだって？　いや違う違う」と背後から苛立った声が割り込んできた。振り返らずとも言媒殻《ごんばいかく》で話しているのだと判る。気を取りなおして零《レイ》に声をかけようとしたところで、そんな男には一度も会ったことがないことに気づいた。そもそもわたしは雅供具《ガクグ》城の産まれなのだ。幼なじみなどいるはずがない。

「違うって、え？　聞こえないんだっ。ぜんぜん。え？　おい！」

背後の男の声がいっそう高まる。

わたしは残っていた蜜造酒《みつぞうしゅ》を一気に飲み干し、酒場を後にした。

学府の前で、乃衣《ノイ》・冥喩流《メイユル》が門番と話していた。

蠱惑性の分泌匂《ぶんぴしゅう》を嗅いだせいだとはいえ、彼女を女神と崇《あが》めたことを思い出し、羞恥を覚えた。

わたしに気づいて乃衣《ノイ》が触角《はな》を起こす。さらに反らせたのは、召火酒《しょうかしゅ》のにおいのせいだろうか。

門番の開けた扉をくぐる。今晩飲みに行かないか、と門番どうしの囁き合う声。

乃衣《ノイ》が並んで歩きながら、業者に排虫管《はいちゅうかん》を調べさせた結果を教えてくれる。わたしの想像通り、解剖室と浴室を繋《つな》ぐ排虫管の各所に、赤黒い粘液が付着していたという。

解剖室に入ると、くっつき合わされていた解剖台がばらされて壁沿いに並べられ、部屋の中央に排虫孔が露出していた。その周囲には、赤黒い滓《かす》の山が盛り上がり、甘いにおいを発していた。山の方々から、昏虫《こんちゅう》のもげた肢《あし》が突き出ている。

わたしは、小窟で襲撃を受けたことや、代理人とわたしが未知の生物に寄生されかけた可能性について語った。乃衣《ノイ》の流麗な黒い触角《はな》が怪訝《けげん》そうにしなる。

「では、永久遺骸が解剖室から消えたのは、排虫管から侵入したその生物に食べ尽くされたからだとお思いなのですか。でもそれは——」

彼女が祖体《そたい》と呼ばないのは、立場上、種分化説に中立だからなのだろう。

「ああ、難しいだろうな。あれだけの大きさだ、時間がかかるだろうし残骸も残るだろう。だが、逆にその生物が、排虫管を出て行ったのだとしたら」

「どういう意味です」

「これが寄生虫なら、喇音土城《ラオンド》では確認されたことのない種《しゅ》だ。あの粘液は、昨弦《きのう》の解剖台の染みを思わせる。祖体の消失と時を同じくして現れたということは」

乃衣《ノイ》は黙って話の続きを待っている。

「祖体が寄生虫に変容したのだと考えることもできる。元の大きさからいって、何十匹にも分裂しているはずだ」

「間違いなく死んでいました」腹尻を引き気味にして乃衣《ノイ》が言う。「干涸らびた遺骸だったのですよ」

「那穢《ナエ》虫みたいに醜くなっちまうよ」

母親の声を懐かしみながら言ったが、乃衣《ノイ》は訝しげな体臭《たいしゅう》を滲《にじ》ませただけだった。

「子供の頃に言われなかったか？　雅供具《ガクグ》城では寝てばかりいる子供にそう言うんだ。あの滓のにおいを嗅いだろう。血糖だよ。那穢《ナエ》虫は灼獄《しゃくごく》に放り出されても、体じゅうの水分を血糖に置き換えて無代謝で休眠できるんだ。半永久的に」そこまで言って、粘液の色の説明がつかないことに気づいた。どうして赤いのか。

「仮に蘇生したのだとして、ひとつの個体がどうして複数に分裂できるんです。内骨骼《ないこっかく》や内臓だってあったはずです」

「あの残された黄土色の破片はなんだったと思う」

わたしは警邏《けいら》員から聞いた祖体の甲皮の話をした。

「あの男、どうしてそんな大事なことをわたくしに伝えず……」

「彼は二弦《げん》前に配属されたんだ。最初から甲皮に覆われた姿だと思っていたんだろう。祖体は表皮を固く変容させていた。まるで昏虫の幼虫が蛹《さなぎ》になるように」急に口まわりの筋肉がこわばる。意識の中で何かが抗《あらが》っている。「昏虫は蛹の中で、内部の筋肉や内臓をいったんすべて溶解させる。同じようにして、複数個体に形成しなおしたのかもしれん」

「蛹の殻にしては、残された量が少なすぎませんか」

「破片に奇妙な跡があったろう。殻を食って栄養にしたのかもしれん」

「そんなことが可能なら、ここへ運ばれてくるまでにいくらでも逃げ出せたはずです」

「逃げるためじゃない。わたしに寄生しようとしたんだ。おそらくは代理人にも」

「いったい何のためにそんなことを」

「なにかきっかけが――」思考を巡らせながら言うが、すべてがでまかせに思えてきて言葉に詰まる。問い糺《ただ》すような乃衣《ノィ》の凝視に耐えられず顔を逸らすと、言媒殻《ごんばいかく》が目に入った。

「言媒殻は部品交換や検査を受けたばかりだったと言ったな。いつのことだ」

「消失の三弦前です。玉轡《たまぐつわ》が経年破損したとのことで、言媒省の技術者が訪れました。永久遺骸を安置しているため、案内を兼ねてわたくしが同行し、すべてを見届けました」

「なるほど。疑わしいところはないようだが、なにか引っかかる」

わたしは壁まで歩き、殻蓋《からぶた》を開いた。朧《おぼろげ》気な流動体が、わたしの思念をすくって顔貌《がんぼう》を形作っていく。貝殻製の円形枠に目を移すと、縁に赤黒い粘液がかすかについていた。昨弦《きのう》は離れていてよく見えなかった。あるいはあの後で付着したのだろうか。

「見えるだろう」

「え、ええ……あの、わたくしの食事中にあなたが示した反応は、あくまでわたくしのにおいに誘発された一時的なもので……扉には鍵虫《かぎむし》を入れておいたはずなのに」

目を念菌《ねんきん》に戻し、慌てて殻蓋《からぶた》を閉めた。念菌がわたしの思考から掘り起こしたのは、かつての女房ではなく乃衣《ノィ》の顔だったのだ。羞恥で一気に体温が高まる。

「そのことじゃない、言媒殻に粘液らしき跡があった。寄生虫はこの中に潜り込もうとしたんだ」

「外に逃げようとして間違えたのでは?」

「言媒網は、城の中枢神経の一帯まで伸びている」

「まさか城に寄生して操ろうと――でも、餌になるだけです。内部を動けるのは南無絡繰《ナムカラク》だけのはずですから」

「知られている種ではな」

ついさっき、洞窟酒場で言媒殻に大声を張り上げていた客、言媒が途切れる演技をしているように見えた篩苞《タガゾト》――どちらも潜り込んだ寄生虫のせいで不具合を起こしていたのかもしれない。

「言媒省は軍府の管轄だったな」

「そうですが、どうしてです」

「いま言媒省では何か問題が起きているはずだ。それにこの一件が絡んでいる」

2

わたしは乃衣《ノイ》・冥喩流《メイユル》とふたりで学府を出て、抉道《けつどう》を延々と歩いた。会話のない、気まずい道行きだった。軍府は、学府とは脊梁《せきりょう》を挟んでちょうど対称の位置にある。売胞等裂溝《メポーラ》を望みながら、玖窟《グクツ》崖街を造油器官側《ひだり》の最端までぐるりとひと巡りして、ようやく辿り着いた。ただ巌壁《がんぺき》は植物が生えるに任せており、どこからどこまでが軍府の施設なのか判らない。住居の集まる一帯と比べて窓がほとんど見当たらない。最下層にある執行省には何度も拘置されたことはあるが、中層階の正面玄関に来るのは初めてだ。槍《やり》を構えた門兵が左右にひとりずつ立っている。

視界の端で何かが動いた。見上げると、泥裳崖街《ナズモ》に続く吊り橋の裏側を、見慣れない昏《こん》虫《ちゅう》の群が渡っていた。胴体も六肢も細長く、白い甲皮は油ぎっている。

「伝令虫のようです」と乃衣《ノイ》が教えてくれた。いよいよ言媒網《ごんばいもう》が通じなくなっているのだろうか。

連絡を入れておいた潤目《ウルメ》族の取次官が、腕に縄を巻いて現れた。規則だからと、縄から伸びる手枷《てかせ》をわたしの手首に嵌める。拘置歴があるせいだ。ふたりの取次官が並んで歩く後ろを、連行されるようについていく。

廊下では騒然と軍師たちが行き交っている。壁には夥《おびただ》しい数の伝令虫が素早く這いまわっている。どこからか号令の声がして、集団がわたしたちを避けながら駈けていく。通りがかった部屋から、言媒殻の騒音や、緊迫した声が途切れ途切れに漏れ聞こえてくる。

「楚々牙《ソツガ》城からの通告は？」「くそっ、聞こえん」「百泥位《でいい》まで接近している」「向こうは外殻《がいかく》の砲門を突き出し」「え、なんだって？　え？」「鎖鏤峨《サルガ》の軍府は。合同対策府はどうなった」「ともかく守備回廊に砲撃手の配置を――」

わたしは肘を疑った。この城は、開戦寸前の緊迫状態にあるのだ。喇音土《ラオンド》城が結婚しながらも、焔硝《えんしょう》量を急激に増加させたせいで、開戦を踏まえた軍備増強だと誤解されたというところか。

状況に圧倒されていると、前につんのめって倒れそうになった。綱に引っ張られたのだ。

「何をしている。言媒省はこっちだ」と取次官にたしなめられる。

引き連れられて階段を下り、長い廊下に出た。

手前の扉の前で手枷を外され、会議室らしき大部屋に通された。天井の中央には、菌繊維を双円錐形に編み上げた巨大な灯籠《とうろう》が吊るされ、楕円形に並んだ机を照らしている。今は奥の席に牟雷《ムライ》族がひとり坐っているだけだ。肘をついて複雑に交叉させた八本の細い手に、それぞれ塗臥《ヌガ》虫を握っている。

「こちらが言媒省の主任です」と乃衣《ノイ》・冥喩流《メイユル》が言う。彼女が隣から一歩下がったために入口近くの席が露わになり、よりによって赤錆《あかさび》色をした樽形が現れた。机の上の書類を触角《はな》でなぞっている。

首を振って訴えたが、彼女は気づかずわたしを紹介する。

「我峻《ガシュン》・坐皐壺《ザフッボ》。こちらは螺導《ラドー》・紋々土《モンモンド》です」

我峻《ガシュン》が幅広い上体を斜めに起こし、わたしを見据える。触角《はな》が縮んだり伸びたりを繰り返している。机の縁をつかむ両手には相当な力がこもっているらしく、爪先を天板に食い込ませている。

「なるほど。傷はもういいのかね」

「お知り合いでしたか」と乃衣《ノイ》が言う。

「いや、彼は我々の種族の間では、ちょっとした名士でね」と我峻《ガシュン》が臼《うす》を挽《ひ》くような声で答える。

奥の席の男が、塗臥虫《ヌガ》を葉紙《ようし》に滑らせる。どうやら書記らしい。

「お気遣いどうも」書記が机から手を離し、別の手をおろして書きはじめる。話者によって手を使い分けているらしい。「どうやら開戦が迫っているようだが」わたしどころではないはずだ、という意味を込めて話の矛先《ほこさき》をずらす。

我峻《ガシュン》は机上の平箱を開け、伝令虫を一匹つかみ出した。それを口元に運んで口づけでもするような仕草をし、床に放り投げる。

「ご覧の通り立て込んでいてね」

伝令虫は細長い頭を左右に振ると、瞬《また》く間にその場から消えた。

「この開戦騒ぎに、考古省が調査中の懸案が関係している。そう螺導《ラドー》・紋々土《モンモンド》は考えているのです」

慌てて乃衣《ノイ》のすまし顔を睨みつける。そんなわけないだろう！　頭をよぎったことすらない。だが乃衣《ノイ》の言葉で平静を取り戻したのか、我峻《ガシュン》は椅子の背にもたれ掛かった。

「言媒網の話だったな。確かにここしばらくは混乱が続いている。全力を上げて調査中だ」

「言媒網のどこかに異物の混入した可能性は」

「異物？　そんなものくらいで」我峻《ガシュン》が椅子に坐りなおす。「調査中だと言ったろうが。部外者に話すわけにはいかん。しかも避役《ひえき》なんぞに」

「大丈夫です。この方は考古省銘々《メイメイル》留学師長の代理人ですから」乃衣《ノイ》が平然と言う。

「いや、わたしは――」

乃衣《ノイ》が目を我峻《ガシュン》に向けたまま、左手でわたしを遮る。

「関係あるかもしれない、では無理だ。そもそも考古省と言媒省は没交渉だからな。あんたがたはただこちらから情報を引き出したいだけだ。帰ってくれ」

なんの成果も得られないまま、言媒省を追い出された。予想通りだった、乃衣《ノイ》・冥喩流《メイユル》の言動以外は。

「関係ないとばれたらどうするつもりだった」抉道を並んで歩きながら訊ねる。

「だから、あなたの考えだと付け加えたのです。どのみち開戦すれば、それどころじゃなくなるでしょう。どうして坐皐壺《ザフッボ》に恨みを買ったのです」

わたしが手短に話すと、乃衣《ノイ》はしゅっ、と気門の音だけで笑った。

「大丈夫ですよ。代理人への産卵は許されてませんから」

「わたしは代理人じゃない。ただの避役だ」

乃衣《ノイ》は答えない。仮にわたしが自分の与《あずか》り知らぬ契約で代理人扱いになっているのだとしても、坐皐壺《ザフッボ》族が必ずしも法を順守するとは限らない。

ふたりの潤目《ウルメ》族が、わたしたちの後にずっとついてきていた。思い過ごしだろう、と気に留めず後悔したことは数限りない。

後で学府に寄ると乃衣《ノイ》に伝え、右手に曲がって狭い裂路《れつろ》を駈けだした。このまま進めば垂《スイ》風子裂溝《フウシれっこう》だが、途中で左折して、高さのある漱々《ソーソー》小裂溝に入った。記憶どおり浴場が並んでいる。

背摩々《セママ》浴場の掘築物《たてもの》に飛び込むと、帳場で甲貨《こうか》を投げて札箱《ふだばこ》から〈清め〉の札をつかみあげ、驚いている従業員を尻目に垂布《たれぬの》で仕切られただけの狭い個室に入り、蜜蠟《みつろう》製の浴槽に横たわる。吊紐を引くと、壁の注虫口《ちゅうちゅうぐち》から昏虫たちが次々と溢れだし、浴槽を這い回りながら嵩《かさ》を増していく。

ここでは、贅沢にも甲虫《こうちゅう》から蠕虫《ぜんちゅう》まで十四種類の虫を取り揃えている。もっと余裕のあるときに、混合する種類を指定してのんびりと浸かりたかった。

虫たちの蠢《うごめ》きで体の凝りがほぐされる。甲皮に吸いついた無数の口が、浸潤《しんじゅん》した菌糸や香油や埃などの汚れを、唾液で分解しつつ舐めとってくれる。

静かだった。どうやら神経質になりすぎていたようだ。呆《ほう》けていると、個室の垂布がゆらいだ。ふたりの人影がうっすらと透けている。

わたしは浴槽から飛びだし——宙に舞い散る虫——声をあげて虫を払う潤目《ウルメ》族の足元をすり抜けた。

浴場を出て全速力で小裂溝を走り続ける。体節の隙間に虫が挟まって痛い。花粉が気門に詰まって息苦しい。

小裂溝の中央あたりで虫の巣穴に躓《つまず》き、胸の甲皮を擦りながら倒れる。花粉を落としながら仰向けになる。小裂溝を歩いているのは潤目《ウルメ》族ばかりだ。そばに近づいてくるたびに体が強張る。その中に、虫の甲皮剝き用の鉄梃《バール》を握り締めた者がふたりいた。軍府ではまず体節外しを習得させるという。ふたりがこちらに迫ってくる。あたりを見回し伸ばしきった触角《はな》をうねらせながら、わたしの真横を通り過ぎていく。

わたしは玖窟《グクツ》崖街の抉道《けつどう》に戻ると、軍府の掘築物《たてもの》に潜入した。混み合う廊下を壁沿いに歩いて言媒《ごんばい》省の区画に入る。さしたる躊躇もなくこんな危険を冒せるのは、自分がすでに代理人と化しているからなのだろうか。もしそうなら、仮に誰かに見つかっても、自由意志はないとみなされ罪を問われないのだろうか。

先程の会議室の前に立ち、扉の小窓から中を覗く。

我峻《ガシュン》・坐卓壺《ザフツボ》を含めて五人が、楕円に並んだ机の周りに集まり、天井から吊るされた巨大な灯籠《とうろう》を見上げながら話をしている。牟雷《ムライ》族がさっきと同じ席に坐り、複数の腕を素早く同時に動かして会話を書き取っている。

わたしは肘を扉に接触させた。

——あの代理人は、異物がどうとか言ってたんだろう？——そんな些細な問題じゃないことは、あんたも承知のはずだ——おい、おまえ最近妙だぞ。どうして黙っている——放っておけよ。それより考城《こうじょう》省から連絡あったのか？

行き詰まっているのか、同じような会話が何度か繰り返された後、誰も声をあげなくなった。爪で机を叩く音がする。

言媒殻《ごんばいかく》が騒がしく響きだした。我峻《ガシュン》が机の輪から出て、壁際に歩みよる。

応答する我峻《ガシュン》の声に、呼び出し側の横柄な怒鳴り声が途切れがちに重なる。

これでは砲撃手の足並みが揃わん！——片言しか覚えておけん伝令虫など、いくら大量によこしたって無駄だ——どうなっとるんだ、言媒殻は——

言媒の不具合を執拗に責め立てている。相手は執衛《しつえい》省のようだ。

わたしはその場を離れ、香文書《こうぶんしょ》保管庫を探して言媒省の中をさまよい歩いた。二階下の長い廊下の途中で、ようやくその香印《こういん》のある扉を見つけた。小窓から中を覗いてみる。ひとの気配はない。

わたしは室内へ入り込んだ。灯毬《とうきゅう》ひとつない暗がりだったが、香文書のにおいでどこもぼんやりと色彩が滲んでいる。

手はじめに言媒の不具合履歴の記録を探した。入口近くの文書棚に、三廻《え》の間に記録された文書が、弦付《げんづけ》ごとにまとめられていた。どの文書にも、言媒交換師、奏沮《ソーソ》・腫頭廊《シュトーロー》の香印が入っている。巨大な脳を繋いで言媒網《ごんばいもう》を管理しているらしい。

祖体《そたい》が消えた二弦前を探すと、学府の解剖室では、その時間帯にわずかな熱量の増加が認められていた。よくある昏虫《こんちゅう》の混入、と記されている。あの寄生虫が消化されたのだろうか。三弦前には、解剖室に呼び出し元の不明な言媒がかかり、異常な熱量消費の後、玉轡《たまぐつわ》の待機信号が途絶えている。室内への念菌漏出《ねんきんろうしゅつ》が懸念され、すぐに現地へ調査官が派遣されたが、玉轡の破損だけで事なきを得た。原因は翌弦《よくげん》に亘って調査され、言媒網で頻発している不具合と同様に、城の神経網との混線によるもの、と結論づけられている。念のため他の弦付も調べてみると、銘々留《メイメイル》学師長や慮斑陰《リョフイン》学師長の部屋でも誤作動が起きていた。

廊下から物音がして体を固める。が、誰も入っては来ない。わたしは次の調べ物に移った。

奥の棚では、定期的に記録された城の図面が一廻単位で筒状にまとめられ、小さな仕切りに収まっていた。今廻《こんえ》の筒を仕切りから引き出し、最近のものを床に広げる。城の複雑な透視図が立体的に浮かび上がってくる。城内の全域に伸び渡る双円錐形の言媒網を目にして驚かされた。会議室の灯籠《とうろう》と相似形だったからだ。あれは現状の言媒網を反映したものだったのだろうか。図面では、居住区や軍事施設が言媒網で結ばれているのがひと目で判る。言媒網の最上部あたりが、蔓草《つるくさ》を思わせる繊維状の影と絡まり合い、ぼんやりと翳《かげ》っている。その下には短い符号が記されている。十廻前の図面を見てみると、影が今よりも小さい。二十廻前ではどこにも影がない。

文書棚をいくつかあたるうち、その符号は言媒障害対策会議の議事録に付された番号と照応することが判った。繊維状の影は、異常発達した城の神経組織であるらしい。長期に及ぶ大掛かりな工事が必要なことや、城の自律機能を損なう危険性から、決定的な対策に踏み切れないようだ。

図面や議事録を片付けて保管庫を後にし、喧騒を増す一方の廊下を抜けて外に出たとたん、一気に疲労感がのしかかり、腹部に冷たい疼《うず》きを覚えた。舌を覆う味毛《みもう》がざわめく。

予想に反し、寄生虫が言媒網を乱した痕跡は見つけ出せなかったが、今はそれよりも城の神経組織の異常発達や、呼び出し元の判らない言媒の方が気がかりだった。

城には昏虫程度の知能しかないと言われてきた。その定説を覆すとどうだろうか。

考えあぐねながら小窟《しょうくつ》に着くと、まっさきに床板を開けた。背脈管《はいみゃくかん》がぎゅっと収縮する。わたしはその場にへたり込んだ。檻の中の南無絡繰《ナムカラク》が、一匹残らずいなくなっているのだ。どうやら掛金を掛け忘れたらしい。

あらゆる神経が剥き出しになったかのように、どこもかしこもが痛んだ。なにを起因とするものか、もはや判らなかった。いまにも破裂しそうで苦しい。香油を体に塗ってまた出かける用意をしながらも、力が入らず、よろけて釣床《つりどこ》に横になった。

天蓋には卵が変わらずぶらさがっていた。いや、なにか違和感がある。全体に張りが出て皺がなくなり、天蓋への吸着部が青みがかっている。立ち上がって触れてみる。殻には弾力があり、中ではなにかが動いている。どの卵に触れても同じだった。

まさか、あの南無絡繰《ナムカラク》たちが卵を犯したのだろうか。卵はあれほど萎びていたのに。ずっと閉鎖環境にいたせいで見境《みさかい》がなくなっていたのだろうか。やるだけやって逃げるとは。

わたしはそこで当然のことに気づいて身震いした。

あの老婆は南無絡繰《ナムカラク》の雌なのだ。

雌は殖薬《しょくやく》業者の元で産卵に従事させられ、卵の質が落ちるなり廃棄されるという。裂溝の片隅に、人間にしか見えない雌の南無絡繰《ナムカラク》が、幾人も悲惨な姿で蹲《うずくま》っているというのに、自分を含めほとんど誰もその存在を気にとめず、なんら疑問を浮かべることもなく南無絡繰《ナムカラク》を消費し続けているのだ。

そのとき突然、巨人に振り回されたかのように小窟が震動し、わたしは釣床から落下した。棚や卓上からも食器や弦用品《げんようひん》が落ち、床の蓋が羽ばたく。開戦したらしい。卵が三つ落下して潰れた。これまでにない揺れ方だ。被弾したのかもしれない。

震動は鎮まったが、床は斜めに傾いたままだ。卵の破片の混じった粘液の中で、生白い胎児が身悶えしていた。白く濁った皮膜の向こうから、黒い眼球でわたしを見つめている。その視線から逃れるように、わたしは小窟を後にした。

二度とあんなものは口にするまい。そう決意したが、それで渇望がおさまるわけもない。城が再び大きく揺れるなか、わたしは枝洞《しどう》を急いだ。せめて代用となるものが必要だった。学府の依頼のことは頭から抜け落ちていた。

裂溝に出て、底通りに面した二級酒場に立ち寄った。狭い穴蔵に立ち飲み席だけを設けた小さな店だ。床には貝杯《グラス》の破片が散らばり、酒精の饐《す》えたにおいが立ち込めていた。他に客の姿はなかった。

「どうしてこんな時に」と馴染みの店主が言う。小柄な津藻族《ツァモ》で、長机から頭だけ覗かせている。「店を閉めようとしていたところですよ」

「召火酒《しょうかしゅ》をくれ」とわたしは注文する。

「きらしてるんで」

「じゃあ烈酒《れっしゅ》を」と次に強い蜜造酒《みつぞうしゅ》を頼む。

店主は渋々といった様子で、棚の甲壜《ボトル》を取り出し、背伸びして貝杯《グラス》に酒を注《そそ》ぐ。香りはあまりしない。ここには壜詰めの酒しか置いていないのだ。店主は生酒《なまざけ》を吐けるが、度数が低くひどく苦いので、頼む客はいない。

　城が大きく揺れ、棚から甲壜《ボトル》がいくつも落ち、甲高い音を響かせて割れた。

「うあぁ」と店主が情けない声を出す。「割れたので良けりゃ、好きにやってください」

　風味の抜けた酒を次々と呑み干し、疼きと渇《かつ》えをごまかしていたが、飲めば飲むほどに耐え難くなってきた。店主と世間話をしていたはずが、甲貨《こうか》を見せびらかして闇業者の店の場所を聞き出していた。いつしか城の揺れは鎮まっていた。

　望児《ボーニ》崖街の地下にある枝洞《しどう》の迷路の一郭に、闇業者はいた。潤目《ウルメ》族の男だ。垂直の枝洞から漏れ落ちる淡い円光の横で、気だるげに岩壁にもたれ、長い干し蚯蚓《みみず》を口に咥《くわ》えている。

　二級酒場の店主にもらった香印《こういん》入りの紹介状を見せると、男は大顎を動かして干し蚯蚓を上に傾け、わたしに背を向けた。そのまま岩壁に四本の手をあて、体重をかける。壁の一部が横に滑り、狭い口が開いた。闇業者が身を屈めて中に入っていき、わたしも後に続いた。

　そこは光の届かない暗闇の洞窟だったが、南無絡繰《ナムカラク》の臭気が渦巻いて噎せ返るほどに眩しかった。見上げると、すぐそこに南無絡繰《ナムカラク》たちの顔があった。無数の顔があった。束にされ、天蓋に隙間なく吊るされているのだ。

「ひどい揺れでしたな。もう戦争でしょう、すぐに品切れになりますぜ。いまのうちです」

　闇業者の男が訳《わけ》知り顔で言いながら上の両腕をあげ、天蓋から一束だけを取り外し、わたしの目の前にかざした。

その値札を見て目を疑った。たった一匹で、三束分が買える値段だ。

「いきのいいものばかりですよ」と男が指先でくるりくるりと束を回して見せつける。二十匹ほどいるが、どれも死んだように動かない。わたしは代金を払った。束の中から一匹だけつかんで引っ張ったが、糸状の肢《あし》が絡みあってほどけない。苛立って肢が千切れるのも構わずもぎ取り、驚く闇業者の目の前で尻側から大顎で齧《かじ》りついた。生臭さに胃が迫《せ》り上がり、胃歯《いし》を強く食いしばる。割れた甲皮で口腔《こうくう》が傷だらけになるが、砕食《さいしょく》をやめられない。だがいざ呑み込もうとすると、喉を通らない。なにかが塞いでいるのだ。食道の中で身をよじる胎児の姿を想像し、よけいに喉が詰まって胸甲が痙攣しだす。

「ひどく……具合が悪そうですよ。施療院に行った……ほうがいいですよ」半身の南無絡繰《ナムカラク》が眠たげな声をかけてくる。気が動転して咳き込み、咀嚼したものを噴き出した。「お願いですから、診てもらってください」半身でわたしの身を案じ続ける。

わたしは憤り、壁に向かって南無絡繰《ナムカラク》を投げつけた。はずが、手から離れず千切れた肢でしがみついたままでいる。

「ひどく好かれたもんですな」と卑しく笑う闇業者に背を向けて洞穴を後にした。

体の痙攣が収まらなかった。隧路《すいろ》を、吊り橋を、抉道を朦朧と歩きまわるうち、誰かがわたしの手から南無絡繰《ナムカラク》を奪って走り去った。わたしの歩みは止まらなかった。歩みもまた痙攣のひとつなのだ。関節が抜けたような挙動で、路地という路地を彷徨《さまよ》ったあげく行き着いたのは、邁呑殖薬《マイドウン》から飛び降りて激突した場所だった。

これまでの出来事を、激突する間際に見た夢だと思いたかったのかもしれない。そこに行けば、離脱症状ばかりか戦争に至るまですべて丸く収まり、静かに死ぬことができる。そう思いたかったのかもしれない。

わたしは道端に頽《くずお》れた。体節ごとの痙攣が烈《はげ》しさを増していた。

何かの気配がして、触角《はな》を伸ばした。目の前に誰かの尻があった。地面に擦《こす》りつけている。尻があがり、光を帯びた半透明の楕円球が露わになった。湯気が立ち上っている。わたしは反射的に手を伸ばし、まだ濡れた卵を口に押し込んだ。咀嚼しているうちに胃が裏返り、虚無を、その向こう側にあるものをすべて吐き尽くした。

第四章　黒い砂丘で掘り返す名前

1

激しい縦揺れの衝撃で目が醒める。

全身が、小窟《しょうくつ》が、いや城が激しく揺れている。逃げようとするが、手足の節々《ふしぶし》が外れたように力が入らない。ひどい悪寒がして、いまにも吐いてしまいそうだった。

おおうさ、おああさ、だいおうう、おおうさ、おおうさ——

揺れてぼやける視界のなか、甲高く奇妙な声の幻聴が聞こえてくる。

おおうさ、おおうさ、いっありいれ、おおうさ——

「まだうごくには、少しかかるです」耳元で唐突に声がした。聞き覚えのある女の声。「早く治さなければ。でなければこの小窟、埋まってしまう」埋まる？　いったいなんの話だ。「城のひとたち、うごきはじめている。大勢でうごきはじめている」どこに動いているというんだ。なにが起きている。

なおす、おおうさ、おおうさ、いっかりいて、おおうさ——

「これを」

弾力のあるものが口元に押しつけられる——やめろ——口の中にねじ込まれる——おおうさ、おおうさ、おおうさ——

「おおうさ、いっかりして「おああさ、おおうさはだいおうう？「おおうさ、げんきあしておおーさ「おおうさ、めをさまいて「おおーさ、おおうさー」

間延びした騒がしい声で、眠りから引きずり出される。

体節を軋《きし》ませながら上体を起こす。釣床《つりどこ》の下に南無絡繰《ナムカラク》の幼体たちが集まり、網の隙間から糸状の肢《あし》でわたしの甲皮を撫でさすっていた。

壁際には、禄《ロ》が背中を深く曲げて坐っている。なぜわたしは彼女の名前を——そうだ。あれから彼女はわたしに肩を貸し、何度も休みながらこの小窟へ連れ帰ってくれたのだ。そのとき初めてわたしは名前を訊ね、彼女は禄《ロ》と名乗った。禄・南無絡繰《ナムカラク》と。

「おおうさ、めをさまいた「さまいた、おおうさだ「おおう「おおーさー「よあっあ」

「やめろ」幼体の青臭いにおいが触角《はな》をつく。「あんたが、言わせているのか？」

天蓋を見ると、花びらの落ちた花托《かたく》のような卵の底ばかりが残っている。

「こいつらは、天井の卵から孵《かえ》ったというのか」

小窟が大きく揺れ動く。肘鳴りのようなくぐもった音。楚々牙《ソソガ》城の砲撃だ。

「まだ交戦中なんだな。どれくらいになる」

「あなた、もう十弦《げん》以上も離脱症状で――」

「十弦だって！　なんてことだ。城が危局にあるというのに、わたしは何もかもを投げ出したまま――」

　わたしは身を起こし、床に降り立った。が、立っていられずその場に倒れた。体の軸がずれてしまったかのようだった。なにか細いものが折れるような乾いた音。床を見ると、昏《こん》虫《ちゅう》のものらしき白く長い肢がいくつも散らばっている。伝令虫のものだろうか。

　群がってきた幼体たちに驚いてなんとかまた立ち上がり、大股でよろけながら前に進んだ。

「おおうさ「おおうさ「どほいぐの「おおうさ――」

　落下するごとく壁にぶつかり、扉框《とびらがまち》を摑んで小窟から体を追い出す。

「さようなら」禄《ロ》がそう呟いたような気がした。

　わたしは枝洞《しどう》を歩みだした。間歇《かんけつ》的に強い揺れが起きる。しばらくすると黒い砂状の焰《えん》硝《しょう》で行く手を阻まれた。巣が埋まりでもしたのか、昏虫たちが焔硝を掘り返している。斜め上方に続く枝洞に移るが、行く手をまた焔硝で塞がれた。少し戻って別の枝洞を斜めに進む。出口の光が見えてきた。

穴から顔を出してみると、大きく傾《かし》いだ世界に、黒々とした砂漠が波打つように広がっていた。わたしがいるのは売胞等《メボーラ》裂溝《れっこう》の底通りの端で、溢れだした焔硝が、すぐ目の前から、巨大な斜面と化した泥嚢《ナズモ》崖街《がいがい》の三階あたりまでを埋め尽くしているのだ。

壁面では、植物の葉光《ようこう》が衰えつつあるようだった。焔硝の砂丘は、裂溝が彎曲して見えなくなるあたりまで続いている。低層階の吊り橋はどれも片端が埋もれている。

穴から這い出し、乾いた音をたてて黒い砂丘を歩く。家財道具を載せた荷車が、黒砂に沈んで立ち往生していた。

急ぎ足の男がわたしを追い越していく。背負われているのは、束になった南無絡繰《ナムカラク》たち。ぼやけた黒目がわたしを見ている。「おおうさ「おおうさ」と口々に言う。「からだやすめてよ「ゆっくりおやすみよ」

幻聴なのか、幼体たちが言葉を伝搬しているのかは判らない。確かに休んだ方がいい。あの小窟とは別のどこかで。

自分がいる場所を確かめようと小丘の上で立ち止まり、斜め天井と化した玖窟《グクッ》崖街《とげとげ》の植物壁を仰ぎ見る。危機を察しているのか、いたるところで花が咲き乱れ、蘂《しべ》を刺々しく突き出している。

「おい、どうして来なかったんだ」

背後から声がした。振り返るが姿が見えない。

「ここだここ」という声に視線を泳がせる。

吊り橋が突き出して盛り上がった砂丘の稜線に、逆三角形の頭が覗いていた。すぐに草色の全身が露わになり、斜面を下りはじめる。何度か手を振ってよこすが、誰なのかを思い出せない。今度はわたしのいる小丘へ上ってくる。「あんたも少しは動いたらどうなんだ」と壊れた笛のように気門を鳴らし、目の前で立ち止まる。潤目《ウルメ》族の男だった。

「昨弦《きのう》からずっと探していたんだぞ。こっちは早く避難したいってのに、言媒殻《ごんばいかく》は繋《つな》がらないし、伝令虫を送っても戻ってこない。枝洞《しどう》はどこも埋まっているしぬああ」強い地響きがして、男は同じ姿勢のまま斜面をずり下がる。

返答に困っていると、男が鞄《かばん》から殻質製の広口壜を取り出した。

「未知の寄生虫だよ。強制入院させた言媒省の職員の頭から出てきたんだ」


広口壜を抱え、中で身悶えする寄生虫の重みを感じながら、彎曲する砂丘を急いだ。

学府へ着いたが門番の姿はなく、扉は半ばまで開いたままになっている。

中に入って傾いた階段を五肢で這い上り、三階の学師長通りの隅を伝って歩きだすと、すぐに乃衣《ノイ》・冥喩《メイユル》流の後ろ姿が見えた。三人の学師たちに詰め寄られている。前に考城《こうじょう》省の慮《リョ》斑陰《フイン》学師長に追い出されていた連中だろう。

「わたくしに言われましても」と困惑した様子で答えていた乃衣《ノイ》が、不意に触角《はな》を起こした。上体をこちらに向けながら言う。

「どれだけ心配したと思うんです、学師長。伝令虫だって送ったのですよ」

「なぜ学師長などと。わたしは――」

自分の名前を思い出せずに焦っていると、学府が激しく揺れだした。肉蛍が落下していく。巨大な臼《うす》を回すような不穏な音が聞こえ、通路の天井に罅《ひび》が入りだした。

「急いでください。明弦《あした》にはすべての学師長が鎖鏤峨《サルガ》城に移送されます」

「待ってください。銘々留《メイメイル》学師長」と学師のひとりが割り込み、わたしを見据えた。「慮斑《リョフ》陰《イン》学師長は、未だいかなる対応も許可してくださいません。つまり、考城省は機能していないのです」次に女の学師が身を乗り出した。「もはや手のつけようがない事態です。わたしたち考城省の学師は無許可のまま独自に調査をせざるを得ませんでした」ふたりの後ろで三人目が独り言のように呟く。「されど軍府は、許可無き進言に聞く肘を持たぬ」最初の学師がすがるように言う。「いざというときは、証人として出廷してくださいませんか」

言媒《ごんばい》省の香文書《こうぶんしょ》保管庫で目にした不具合の記録が思い浮かんだ。

「蓄積した量ばかりが問題ではないのです「焔硝《えんしょう》の立体分布が普通ではありません。いわゆる播《は》種《しゅ》性爆発と違って全方向的に爆発しないのです「そうだ。爆風は下方に指向性を持ち、城の半分以上が遺存する「いずれにせよ爆発は免《まぬか》れないわけですが」

「さあ、皆さまそろそろご自身の移送を。学師長は急いでおられます」

学師たちはまだ話し続けていたが、わたしは乃衣《ノイ》にそう言って促され歩きだした。

黒い扉が餌を待つ赤児《あかご》のごとく、両側に開いたままで待っていた。銘々留《メイメイル》学師長の頭蓋《ずがい》の中に足を踏み入れるなり、壁の両側に控える崙冥《ロンメイ》虫の長肢《ちょうし》に絡め取られ、身構える間もなく肉襞に押しつけられた。泡立つ粘液に包まれながら沈んでいく。

背後から苦悶の唸り声が聞こえ、さらに逆流するような肘障《ひじざわ》りな音が続いた。わたしは愉快でたまらなくなった。同期しているのであれば、学師長もわたしの離脱症状を追体験しているに違いない。

——なるほど前任者と同様に紋々土《モンモンド》族は耽溺《たんでき》しやすいようであるがともかく——

代理人という職業のせいだろうに。他人の脳を無理に詰め込まれているんだ。

——かくも南無絡繰《ナムカラク》の離脱症状が激甚《げきじん》とは鮮卵《せんらん》含有の拮抗《きっこう》成分抗力に一驚《いっきょう》も施療院は依存保持の素見《すけん》処方により邁呑《マイドゥン》殖薬売上増々も得心で考古省研究資金潤沢多謝多謝ながら憂慮すべき事に雌の産卵可能廻齢《えれい》三十が間断なき産卵使役により老化促進若歳《じゃくさい》の内に続々破棄され殺処分提言も費用問題と退けられ裂溝を見渡してみれば窶《やつ》れた雌だらけ昏虫《こんちゅう》というより老いた人間であり城民に悪影響我らの学説危ぶまれ——

学師長の思考が濁流となって溢れかえる。そこに浮き沈みする事実に、わたしは愕然としていた。なぜすぐに気づかなかったのだろう。禄《ロ》が巍里《ギリ》城で看護師をしていたのは、もっと昔の話だと思い込んでいたのだ。彼女は十二歳の頃まで負傷兵の手当をしていたと言った。三つ巴の大戦が起きて、巍里《ギリ》城が沈んだのは十三廻《え》前のことじゃないか。あれほど老いさらばえて見えるというのに、彼女はまだ二十代なのだ。

――不純成分のせいで思索が逸れ過ぎた時間がないのだ本筋に戻ろうつまりわたしはこう考えたわけである、城に知性があると。

いや、わたしが考えたんだ。

――城の知性については従前より複数の仮説が出ておったがあまりに我々と構造が違いすぎて検証のしようがなくある学派が脳波だと主張する波形は発狂した人間のものとよく似ていたし泥海の波から抽出される波形と大差ないと言う者もいた。

城がなにか目的をもって行動していると仮定すれば筋が通る。

――と仮定すれば筋が通る呼び出し元不明の言媒に解剖室の言媒殻《ごんばいかく》における玉轡《たまぐつわ》の破損を鑑《かんが》みるに――

呼び出し元不明の記録からすれば、銘々《メイメイル》留学師長も城の接触を受けたはずだ。

――城が言媒網《ごんばいもう》を介して祖体《そたい》となんらかの接触をもったのだとしたら祖体からなにかを奪ったのだとしたら――

慮斑陰《リョフアイン》学師長が城からの意識介入を受けているのは明らかだった。

――蛮音族《バノン》が非可聴域の声触により、祖体の頭部に認めた鉱物らしき小さな影が気になる何らかの人工物であろうかそれを奪還しようと祖体は複数個体を展開させ――

そしてここには
いつのまにかわたしは、脳の粘膜嚢《のう》の中に収められた薄桃色の軟体生物を眺めている。それとも後で移植された記憶なのだろうか。前部に触手があるだけの単純な形態で、濡れた皮膜は全面が小突起に覆われている。わたしは粘膜嚢の内側から複数の触舌《しょくぜつ》を伸ばし、軟体生物の弾力ある湿った皮膜に埋める。分泌液で溶かしながら甘い肉を味わううちに、記憶にある祖体細胞の構造と合致する。組織じゅうに行き渡った神経線維が、チリチリと発火伝導しているのが判る。繊維に沿って触舌を組織の奥深く沈めると、腫瘤《しゅりゅう》化した細胞塊《かい》に行き当たった。これが全身を統制しているようだ。城民の脳内に発現したものと似通っているのは偶然だろうか。

わたしは触舌を戻し、神経触手を伸ばして腫瘤に絡めた。脳波に似た電位差が見られる他、外部から信号らしき波長を受信している。全容の解析には時間がかかるだろうが、その一部分は、三次元座標でなにかを示したものだと判った。そのうちの一点が発光している。わたしは記憶の中から言媒省の立体透視図を引き出し、あらゆる角度と寸法を変化させ、座標に重ね合わせた。言媒網と城の神経組織との接触部が光っている。ここになにかがあるのだ。

奇妙な物音が聞こえた。気のせいだろうか。

南無絡繰《ナムカラク》を使えば、何があるのかを確かめることができ――いや、その必要はない。どうもわたしの推理には矛盾《むじゅん》があるようだ。一旦調査を打ち切らなければならない。けれども、いや、必要はないだろう――

わたしは考古省の扉の前に立っていた。ひどく消耗していた。本当に銘々《メイメイ》留学師長の内部にいたのかどうかも怪しかった。上の手から何かが滑り落ち、慌てて下の片手で受け取った。

広口壜だった。蓋を開けると、中に入っているのは寄生虫ではなく、幾つもの小さな肉質の芽だった。

2

わたしは急に不安になって帰途を急いだ。斜傾した世界に引っ張られて何度もよろけながら。もし城の傾き方が変われば、いつあの小窟《しょうくつ》が焔硝《えんしょう》に埋もれてもおかしくない。枝洞《しどう》に迷いながら小窟に戻ると、おかえい、おかえい、と仔虫《こむし》たちが群がってきた。平たい体の前部をもたげ、ほつれたようなか細い手でわたしに触れる。

禄《ロ》・南無絡繰《ナムカラク》は、事切れたかのように釣床《つりどこ》に腰掛けていた。頭胸《とうきょう》をあげてわたしを見つめ、立ち上がろうとする。

「いや、いいんだ、坐っていてくれ」

わたしは禄《ロ》の隣に腰掛けた。禄のあまりに軽い体が揺れる。

「ここは危険だ。わたしと一緒に、鎖鏤峨《サルガ》城へ避難しよう。この喇音土《ラオンド》城はじきに沈む」

「でも、おしごと、あるのでしょう。終わってない、のでしょう」

「調査は打ち切られたんだ」

「でも、終わっては、ないのでしょう」

そう、すべてがうやむやのまま、泥海の底に沈むことになる。いや、この昏虫《こんちゅう》なら——

「仔虫たちなら、言媒網《ごんばいもう》に潜って、この騒ぎの元凶となったものを突き止められるかもしれない。おそらく城が祖体《そたい》から奪ったものを」そこまで口にしたところで、調査は打ち切られた、という強制的な声が脳裏に響く。そう、打ち切られたのだ。そして、そもそもその計画の実行が困難であることにわたしは気づいた。禄《ロ》はまだ産卵能力を有しているのに邁呑《マイドウン》殖《しょ》薬《くやく》に廃棄された。おそらく産んだ卵の南無《ナム》成分が減じたせいなのだろう。「言媒網に入れば、この仔虫たちは無事では済まない」もはや彼らを、単なる昏虫だとは思えない。禄《ロ》の子供たちなのだ。いや、これはただの下等な昏虫である、という学師長の思考が閃く。

「でも、あなたのために産んだのです」と禄《ロ》が淡々と言う。

おおうさ、おおうさ、おおうさ。

話を聞いていた仔虫たちが、いきたい、いきたい、と言って騒ぎだした。

「おまえたちは判ってない、危険なんだ」禄《ロ》が命を削って産んだのだ。「行かせるわけにはいかない」

わたしは仔のひとりをあやすように持ち上げ、「調査は打ち切られたんだ」と言った。そのとき、学師長の思考もまた鬩《せめ》ぎ合っているのを感じ取った。彼自身は知的衝動を抑えられないでいる。だが――

「おおうさ、なまえおしい。ぼくのなまえおしい」と仔がねだってくる。

「おまえは処留《ショル》だ」

すっとその名前がでてきた。かつて産まれてくる子供たちのために用意したうちのひとつだ。他の仔らがその名を連呼する。

下の手が棚穴の鑷子《せっし》をつかみ、卓上の広口壜から肉質の芽をつまみ上げる。

「こんなことは許されていないんだ。やってはならないんだ」わたしは処留《ショル》のまだ柔らかい頭胸甲《とうきょうこう》の節を指でこじ開け、鑷子で肉質の芽を薄桃色の脳に植えつける。「だめだ、できないんだ」と呟きながら。

いいな、いいなぁと仔虫たちが口々に羨《うらや》ましがる。

言媒殻《ごんばいかく》の殻蓋《からぶた》を開け、膨らみだした顔に処留《ショル》を押しつける。頭から中に吸い込まれていく。処留《ショル》はそのまま半弦《げん》経ってても戻ってこず、ふたり目の邪祓《ジャフツ》を送り出した。だが結果は同じだった。念菌《ねんきん》に消化されたのかもしれない。

翌朝ようやく戻ってきた三人目の土寧《ドネイ》は、ほとんど溶けかけていた。「ごめんよおおうさん、みつけられあかったよ、ごめんよ」としきりに囁きながら息を引き取った。

昇後《しょうご》になって、四人目の沙貢査《サグサ》が戻ってきた。激しく身を震わせている。釣床にのせてやると、沙貢査《サグサ》は唇肢《しんし》を反らせ、口を大きくあけた。

口角《こうかく》の裂ける音とともに、碧玉《へきぎょく》を磨きあげたような丸みのある物体が迫《せ》り出してきた。巨大な水滴のように吐き出される、彎曲した結晶体。沙貢査《サグサ》と大差ないほどの大きさで、末端からは白い繊維が伸びている。

ぐったりした沙貢査《サグサ》の背中をひと撫でしてやったあと、濡れた結晶体を両手で掲げ、灯壺《あかりつぼ》の光に透かしてみる。翠緑《すいりょくしょく》色の光が淡く拡散する。

いったいこれは何なのだろう。表面に何か刻まれているわけでも、中に何が埋まっているわけでもない。どうして城はこんなものを――

突然、子供たちが扉に向かって一斉に唸りだした。

激しい衝撃音がして扉の一部が砕け飛び、次の音で扉全体が倒れた。

斧を持った潤目《ウルメ》族の男が入ってくる。続けてもうひとり。わたしは斧を振り上げた男を蹴り倒し、結晶体を抱いて小窟を飛び出した。焔硝《えんしょう》まみれになりながら、枝洞《しどう》を駈け抜ける。

売胞等《メボーラ》裂溝の砂丘に着くなり、十数人に取り囲まれた。潤目《ウルメ》族や黎斑《グロムラ》族などだ。ぎこちない歩みで、間合いを狭めてくる。みな下腕が死体のごとく垂れ下がったままで、身のこなしは遅い。これなら切り抜けられる。

そう思って駈けだそうとしたとき、背後から下腕をつかまれ斜面の上に引き倒された。さらにふたりにしがみつかれ、胸に抱え持っている結晶を腕ごともぎ取られそうになったところで、黒い斜面に、金色の甲皮が輝くのが見えた。

ふたりの身蔵塑《ミグラソ》族が、長い手足を折り曲げた格好で滑り下りてくる。そのせいで斜面が崩れ、何人かが足をすくわれて倒れる。身蔵塑《ミグラソ》族は長い四本の太腕を伸び広げ、わたしと揉み合っている者たちを押さえつけた。そこに乃衣《ノイ》・冥喩《メイユル》流が、腹尻を浮かした姿勢で弧を描くように滑ってきて、体節に次々と口吻《こうふん》を挿《さ》し込んで麻痺させていった。

世界が急に無音の空間へ落ち込んだようだった。怖いくらいに静かだった。

「敵城からの砲撃はやんだのか」

「一時的にやんでいるだけです。軍府が、敵城との交信に成功したのならいいのですが。彼らだって無傷では済まないほどの焔硝量だというのに」

「なるほど」

「従わなかったのですね、銘々留《メイメイル》学師長の決断に」

「言ったろう、わたしは代理人じゃないって」だがまだ自分が誰なのかあやふやだった。

「学府の掘築物《たてもの》から運び出された学師長たちは、身に覚えのない振る舞いの数々を知り、茫然自失しています」

「城から意識の介入を受けていたんだろう。銘々留《メイメイル》学師長はどこに」

「お待ちです」乃衣《ノイ》が姿勢を伸ばしてわたしの背後を指さした。

振り返ると、いくつか小丘を越えたあたりに、黒い両扉のついた家一軒ほどもある赤剝けた巨大な肉塊があり、うっすらと湯気を立てていた。

肉塊の裏側からは、茸の軸部のような半透明の胴体が膨らみ出ており、手足のなごりらしきものに結んだ何本もの網を、多くの職員が手にしていた。巨大な頭部に萎えた体が付随しているのだ。

銘々留《メイメイル》学師長の前に立つと、黒い扉が、大顎が左右に開いた。

第五章　遡行《そこう》の果て

1

眼前であぶくが膨らむように、薄桃色をした粘膜嚢《のう》が現れ、その濡れた表面が額に押し当てられたと思うと、後頭部に圧迫を覚えて頭を挟み込まれた。恐怖に襲われ身をよじっていると、更に強く締めつけられ、声をかぎりに叫び声をあげた。

螺導《ラドー》・紋々土《モンモンド》という言葉が不意に戻ってきた。そうだ、わたしの名だ。

わたしの視覚が粘膜嚢の内側へ通り抜ける。

透明な液体の中に、歪んだ卵のような翠《みどり》色の結晶体が浮かんでいた。粘膜嚢の内側の頂点から垂れる神経触手で宙吊りにされている。

体じゅうの気門から息をゆっくりと吐き出して気持ちを落ち着かせる。

わたしは結晶体と学師長の脳との間に挟まれている。まさか、遮断可能な導体――なにか異状が生じたときの捨て駒――として咬まされたのではないのか。

逃れようと力を振り絞るうちに、釣床《つりどこ》の上で寝返りをうっていることに気づいた。真上には灯壺《あかりつぼ》の群生した天井が見える。

長い夢を見ていたらしい。種巡祭《しゅじゅんさい》の歓声が貝殻越しのように聞こえてくる。頭上にある裂溝《れっこう》の底を、城民たちが疲れ知らずに巡り続けているのだ。気持ちは騒いだが、いまは重傷を負っていて動けないし、よそ者の自分が参加したところで調和を乱してしまうだけだろう。この小窟《しょうくつ》だけが泥海の底へ沈んでいくような心細さを覚えていると、突如釣床が破れ天地が逆転した。

天変地異のさなかに投げ出されたのかと錯覚した。

わたしは灼獄《しゃくごく》の白く目映《まばゆ》い大地にへばりつき、全身で激烈な暴風を受けていた。絶え間ない風の殴打に、大地から引き剝がされそうになるが、地中深くへ伸ばした複数の根肢《こんし》で辛うじて持ちこたえる。切迫感を募らせる奇妙な内臓感覚。体の中心で喞筒《ポンプ》状の臓器が不規則ながら律動しているのだ。

年を取りすぎたせいで、もう随分とこの場所から動いていない——そんなことを思った自分にわたしは驚く。

もともと狭い視野がぶれ続け、目の前の地面がほんの一握りほどしか見えない。それでいて砂煙に霞《かす》む自らの姿を、人間とは似ても似つかない無骨な岩塊《がんかい》を、わたしはこの目で捉えていた。あるいは仲間の姿なのだろうか。

わたしは根肢から水蚤《みずのみ》混じりの水分を出しきると、地面から引き抜き、腹足《ふくそく》をうねらせて場所を移動し、また根肢を張り伸ばした。

そういった単調な作業を繰り返すうちに、移動距離が増していく。灼光《しゃっこう》に焦げついた硬い殻質の内部で、わたしの衰えた肉体が、細胞が、活力を蘇《よみがえ》らせているのだ。その一方で、殻質の積層が揮発するように減じ、根肢も萎えてきた。わたしはたやすく風に引きずられ、押しやられ、ついには転がりはじめた。体の収縮はおさまらない。やがて掌《てのひら》ほどの平たい種子と化し、幾度も吹き飛ばされて熱砂の大陸を渡りだす。

　風の勢いが弱まった折に、種子のわたしは、砂地に落ちて突きささった。吹きすさぶ砂塵《さじん》の向こうで、淡い影がゆらぐ。逆巻く粒子の帳《とばり》から、黒々とした岩塊となって現れる。にじり寄ってきて、わたしの上にのしかかる。圧《お》し潰される――そう危ぶんだ次の瞬間には吸引され、種子嚢の内部に収まっていた。粘膜に癒着し、溶け消えていく。わたしは岩塊そのものとなる。

　夜の訪れることがない目の眩《くら》む灼熱世界の中で、岩塊生物の世代が移ろっていく。いつしか灼光から庇護してくれていた外殻《がいかく》が消え、分厚い甲皮をまとうだけとなっていた。灼光から内臓を守りきれず、痛苦に満ちた数廻《え》の短い命を継がねばならない。

　わたしは笠に似た頭蓋甲《ずがいこう》の下で、長い舌先から次々と水滴を滲《し》み出させる。水滴は瞬時に跳ね上がって頭骸甲の内側に張り付き、やがて細かな粒子にばらけて体節の隙間から吹き出ていく。

　それより数世代で甲皮は薄くなり、さらに数世代で海が干上がるように疎《まば》らに面積を減じ、全身に黒い皮質が剝き出しになると、断熱性に富む脂肪の房《ふさ》がいくつも膨らみだし、多肉植物のごとき四本脚の生物になった。

渇きに喘《あえ》ぎながら、重い房を揺らして後ろ向きに歩き、方々を彷徨《さまよ》っては、唐突に地面を穿《うが》つ。穴に口吻《こうふん》を挿《さ》し込み、房じゅうに蓄積していた水分を悦々《えつえつ》と放出すると、今度は突如生じた致死的な渇きに朦朧としつつ遠ざかる。

ほどなく房が萎縮して、目まぐるしい生存の綱渡りが始まった。

わたしはようやく思い至った。自分が、灼獄の過酷な環境に適した生態を獲得するまでの、長く険しい、やむにやまれぬ種別化の歴史を遡《さかのぼ》っていることに。

いまや得体のしれぬ本能に衝《つ》き動かされ、天に留まり続ける灼輪《しゃくりん》に肉体を破壊し尽くされるよりも早く繁殖し続けることで、死をやりすごしていた。

吹き渡る暴風の下、わたしは黒い皮膚に覆われた体を伏せ、折り曲げた四本の足で少しずつ退いていた。砂の中から干涸らびた死骸が続々と現れ、わたしと連れ立って這いずりだす。勢いよく吹き飛ばされてくる者もいる。

いずれも同胞《はらから》たちだ。わたしたちは飢えと渇きに苛まれながらも、糸球《いとだま》のように絡みあい、互いの体を求めた。相手を変えて求めあいながら、小さくなり脆弱さを増していく。やがて皆で集《つど》って砂に潜ると、それぞれに殻をまとって卵となる。そうして次々と吸い込まれ、わたしたちは親に、成体になる。やってきた仲間と体を絡め、尖った性器を深く押し込みあい、互いの種《たね》を吸い尽くして離れ――

いつしか肌は白く褪せて火膨れに覆われ、剝き出しの嬰児《えいじ》のまま親の胎内に戻るようになっていた。骨格や筋肉のつき方が変わって、蹲《うずくま》った状態では動きづらくなり、ついに上体

を起こして二本足で立ち上がる。

砂嵐の向こうから十数人の仲間たちが土気色《つちけ》をした巨体の女を運んでくる。

祖体《そたい》だった。

地面に寝かせられた祖体の肌は、わたしたちと同じように火膨れに覆われている。

祖体の肌に赤みがさしはじめる。指先や顔がわずかに痙攣《けいれん》したかと思うと、唐突な途切れ途切れの動作で立ち上がった。

わたしたちは、ひとりまたひとりと火膨れだらけの肉体によじ登り、柔らかな肉に包まれた胸に、腹に、脇腹に、太腿にしがみついていった。癒着して萎びていき、腫瘍のごとく垂れ下がった。腫れが引いて火膨れと見分けがつかなくなり、全身の表皮が融け崩れて流動しはじめるのを、わたしは見下ろしていた。

祖体となったわたしは、眼覆《めおお》いを塞ぎ気味にしてあたりを見渡す。砂の平原が果てもなく無辺《むへん》に広がっている——黒い扁平楕円体が目に入る。墳墓だ。大地にめり込み、かすかに白煙をあげている。片側の地面からは、長い溝が遠くまで伸びている。

わたしは肉体の表層を流動させながら、後ろ歩きに戻っていく。

黒焦げの墳墓の前に立つと、外殻の一部が滑り開き、縦に裂けた皮膜が剝き出しになる。裂け目を開いてその中に収まると、わたしの肉体は腐爛《ふらん》したように崩れだし、渦を巻き——あるいは分裂した十数人の子供たちに運ばれ、棺衣《かんい》がわりの皮膜でくるまれて、黒焦げの墳墓の中に埋葬される——聞こえてくるのは喞筒《ポンプ》状の臓器の律動だけとなる。それも少しずつ間遠《まどお》になり、すべてが途絶した。

次の瞬間には、虚無の暗闇に投げ出されていた。

甲皮がばらけてしまいそうなほどの身震いに、わずかな間だけ螺導《ラドー》としての肉体が形を結ぶ。死をも塗り込めてしまうほどの圧倒的な暗闇が、とてつもない速度で膨張していくのが内臓を通して感じられ、そのあまりの広大さに根源的な恐怖を覚えたのだ。

突如、眼前に巨岩が出現した。回転しながらこちらに迫ってくる。身を竦《すく》めるわたしの間近をよぎる。続いて複数の岩が立て続けに現れ周囲をかすめ飛んでいく。

いつしか暗闇の全域に、数限りない光点が、密に疎らに散らばって濃淡をつけていた。

視界を隅から圧迫しながら、岩漿《がんしょう》の塊《かたまり》を思わせる赤々とした極大の輝球《ききゅう》が迫《せ》り出してきた。それより遙かに小ぶりな、碧《みどり》や褐色をした大小さまざまの宝玉《ほうぎょく》が、それぞれに回転しながら輝球の周りを同心円状に巡っている。輝球から一つ、二つ、三つ目にあたる白い斑《まだら》模様のある碧《あお》い宝玉を前にしたとき、帰巣本能とでも言うべき激烈な衝動に全身を貫かれた。またたくまに宝玉が、輝球が遠ざかり、光点が伸びて放射状に流れだした。肉体が果てしなく引き延ばされるような感覚の後、我に返ったわたしは、小さな結晶体の光沢を見つめていた。

細かい泡が立ち上っていく。気門を出入りする息の音。

ようやく戻った——はずが、岩塊となって灼獄の大地にへばりつき、暴風と灼光に抗《あらが》っていた。

再びあの無限にも思える種分化の地獄を体験させられるのだろうか。そう思うと昏倒しそうだったが、なぜか深奥《しんおう》では喩えようのない感懐《かんかい》に浸っている自分がいた。

目の前では、仲間たちの岩塊が地面に濃い影をおとしていた。その向こうには、朽葉《くちば》色の宏大な泥海《なずみ》が広がっている。膨張するように波立つ海面が、強烈な熱波に揺らいでいた。

わたしたちは灼輪の光から逃れようと、幾世代にも亘って旅を続け、ようやくこの大陸の果てに、泥海を望む岸辺に辿り着いたのだ。

仲間のひとりに笛声《てきせい》をかける。返事がない。岩山だったのだろうか。そう思って目を凝らしていると、外殻の片側が大きく剝落《はくらく》した。根肢を引き抜いて近づく。露わになった体腔《たいこう》の中で、臓器が平たく干涸らびていた。遠くでまた別の仲間の体が崩れ落ちた。

皆が笛声で呼びかけあう。生き残った者たちで、泥海に向かって進みだす。わたしたちの重みで、岸辺を覆う泥板《でいばん》が砕け割れる。岩塊状の重い体が泥濘《でいねい》にずぶずぶと沈む。内に籠《こ》もった熱が抜けていく。外殻に開いた複数の穴から、ゆっくりと息を吐いていく。

時が過ぎるにつれ、体表には多肉植物や菌類が固着し、殻質の穴や罅《ひび》割れに、土中で生き抜いてきた下等な昏虫《こんちゅう》たちが潜り込むようになった。その共生により、数世代後には水中の瓦斯《ガス》交換が可能となり、泥海の真光《しんこう》層に漂いだしていた。灼輪の光が適度に弱められた泥中では多様な生態系が広がり、獲物には事欠かなかった。

灼獄と自重《じじゅう》から解放されたわたしたちはとめどなく肥大した。

2

泥水の浮遊感が不意に失われ、甲皮の圧迫感を伴って本来の肉体感覚が蘇ってきた。眼前に濡れた肉襞《にくひだ》が見える。おそらく全身がくまなく包まれているのだろう。憶えているはずもないのに、父親の体内にいた頃のようだと思う。

今度こそ、本当に戻ってきたのだろうか。それともまたどこかへ。

身を竦ませて構えていると、肉襞が大きくのたうちだし、間延びした虚ろな唸り声が響いてきた。

学師長の声らしい。無理もない。これまで唱えてきた自説を覆《くつがえ》されたのだ。ただし、大陸に調査隊を送ったのも、意識介入を受けていたせいかもしれないのだが。

それにしても、喇音土《ラオンド》城は何のためにあの結晶体を……恐ろしい暗闇や、そこに浮かぶ宝玉の記憶を取り戻したかったのだろうか。

――あれが、何を意味するのか、判らぬのも無理はない。城の内部では天文学の必要性などないに等しい。

銘々《メイメイ》留学師長……

――だが学府はある程度の知識を有している。あれは我々のいる地球や灼輪《しゃくりん》の浮かぶ銀河宇宙の座標だ。おそらく祖体《そたい》の母星の位置が示されているのだろう。

あの身を貫く激烈な衝動……まさか喇音土城《ラオンド》は、そこへ戻るという望みを叶えるために。焔硝《えんしょう》が増加したのもそのせいなのか。

——もしそうだとするなら、まことに憐れなことだと言わざるを得ん。

どういうことだ。

——いまの焔硝量では推進力が足りないからだ。重力圏からの脱出は容易なことではない。おそらく実現することはなかろう。

二の句を継げずにいると、体を包む肉襞が捻《ねじ》れだし、わたしはゆっくりと回転しながら学師長の脳から押し出された。足先からずるりと落ちていくわたしを崙冥虫《ロンメイ》の長肢《ちょうし》が支え、静かに着地させてくれた。


巨大な腫頭廊《シュトーロー》族の大掛かりな移送を終えたあと、裂溝の穴が塞がれ、ふたつの城は切り離された。

すでに喇音土《ラオンド》城の住民は、ひとり残らず鎖鏤峨《サルガ》城に移り終えていた。

多くの人々が終《つい》の住処《すみか》を奪われたことで銷沈《しょうちん》し、また憤っていた。人口が倍近く過密になったことで、元の城民との諍《いさか》いも絶えなかった。この城では南無絡繰《ナムカラク》が薬品として認可されていないため、施療院はどこも離脱症状に苦しむ中毒者の呻《うめ》きで溢れた。

それでもその夜だけは——

そう、夜だった。城民たちにとっては。だがそのとき喇音土《ラオンド》城は、海面近くまで浮上し、昇天の灼光《しゃっこう》を浴びていたはずだ。

城内の誰もが、住み慣れた、あるいはまだ余所余所《よそよそ》しい部屋に閉じ籠もり、家族や仲間たちと身を寄せ合い、共に肘を澄ましていた。わたしも禄《ロ》や子供たちと一緒だった。

予想されていたよりも早く、上方からくぐもった爆発音が響きだした。断続的な轟《とどろ》きがゆっくりと大きくなる。

後で知らされたが、喇音土《ラオンド》城は海上へ脱することすらできず、熱い泡煙《ほうえん》を轟々《ごうごう》と噴出させながら海溝の深みへ沈んでいったという。楚々牙《ソソガ》城からの攻撃で漏泥《ろうでい》が起き、威力が減じていたのだ。

遠ざかっていく城の音を、誰もが命綱にしがみつくようにして聞いた。未だに聞こえ続けている。そう訴える者もいる。

第六章　後日鎖鏤峨《サルガ》城で

喇音土《ラオンド》城の学府や軍府の多くは、鎖鏤峨《サルガ》城の各府に合併された。当然ながら、様々な混乱や軋轢《あつれき》が生じている。

銘々《メイメイ》留学師長は、城の起源を発見するという歴史的な偉業を成し遂げたものの、自説の誤謬《ごびゅう》を認めて現職を退き、銀河座標の一部を収蔵した文書館となった。

祖体《そたい》の結晶体には、他にも厖大な情報が秘められていると判り、各省の学師たちが共同で研究にあたることとなった。そのおかげで、以前より問題となっていた、城民たちの脳に生じる腫瘤《しゅりゅう》の原因が、結晶体の放射する何らかの波動の影響であることが明らかになった。ある学師が、結晶体の既知情報に自らの意識を繋《つな》いだところ、目にしたのは、裂溝《れっこう》で暮らす城民たちの見慣れた日常だったのだ。調査の末、城民を含んだ鎖鏤峨《サルガ》城全体が、元来の情報領域を浸蝕する形で細密彫刻のごとく写し取られつつあることが判った。

だが制御法を解き明かすには至らず、学府は大会議で結晶体を墳墓に返還する決議を出した。特に重要な情報を何人もの腫頭廊《シュトーロー》族に記憶させた後、灼獄に精通しているとして、半ば強制的にわたしをその任務に就かせたのだった。

その酷烈《こくれつ》な旅については、別の手記に一部始終をまとめてある。

墳墓に結晶体を安置した際の、自分自身を明け渡したかのような奇妙な虚脱感が未だに抜けきらない。

鎖鏤峨《サルガ》城に戻ると、銘々留《メイメイル》元学師長の推薦と返還任務を果たした業績から、総合省学師の学位を授けられ、各省の研究の仲立ちをするようになった。

わたしは学府に毎弦《げん》通って、乃衣《ノイ》とすれ違いながら各省に顔を出し、近くの崖街《がいがい》に借りた小さな部屋で、禄《ロ》と子供たちを家族として日々を暮らした。

禄《ロ》は虫風呂で黴《かび》や汚れを洗い流し、少なくとも老婆には見えなくなったが、甲皮に現れた艱難《かんなん》の痕《あと》はより克明になった。

子供たちはいつもお話をねだった。適当に日誌を開いて読んでやるだけで、ひどく喜んだ。お気に入りは、自分たちが名付けられる場面だ。最近では、自らお話を作るようにまでなり、一度ならず寸劇を演じて見せてくれた。

陰でわたしを螺導《ラドー》・南無絡繰《ナムカラク》と呼んで蔑《さげす》む者や、頭に虫が湧いたのだと憐れむ者は多い。

邁呑殖薬《マイドゥンしょくやく》は、移設許可が下りないまま解体された。だが、坐臯壺《ザフッボ》が地下組織を作り、南《ナ》無絡繰《ムカラク》を密売しているとの噂はある。

　考城《こうじょう》省では鎖鏤峨《サルガ》城との意思疎通を試みる実験に加わり、考生《こうせい》省や考古省では研究成果を突き合わせ、考法《こうほう》省には議題の資料を提出し、その合間に、各省の香文書《こうぶんしょ》保管庫を巡って喇音土《ラオンド》城から移された香文書を漁った。慌ただしく毎弦が過ぎていく。

　そんなある弦の昇前《しょうぜん》、禄《ロ》は少し疲れたと言って釣床に横たわり、二度と目覚めなかった。何の先触れもなかった。

　いつからこのままなんだ、と駈けつけた沙呂見《サロミ》師が訊いた。わたしには意味が判らなかった。死亡したのは何年も前だ、そうとしか考えられん。沙呂見《サロミ》師はそう続けた。

　禄《ロ》の体腔は、干涸らびたように萎びて隙間だらけだったという。

　わたしはようやく巍里《ギリ》城の捕虜名簿を探し出した。ずっと香文書保管庫を巡っていたのはこのためだった。箇条書きの文字列の中には、禄《ロ》・南無絡繰《ナムカラク》の名も記されていた。他にも巍《ギ》里《リ》城の負傷兵の施療従事者の中に名があった。大戦後すぐは、少なくとも人間として取り扱われていたのだ。わたしはそれらの証拠を、考法省に提出した。

彼女は、二つの城の歴史において、初めて人間として弔《とむら》われた南無絡繰《ナムカラク》となった。いまでは数十枚の甲貨《こうか》としてわたしたちの間を行き交っている。おかげで、ときおり思いがけず巡り逢うことがある。

だが今のところそれは、死者に与えられた名誉城民のような特例にすぎず、生きた南無絡《ナムカラ》繰《ク》が城民権を得たわけではない。まだできることはあるだろう。

城にまで城民権を与えるつもりなんだろう、と揶揄《やゆ》されることもある。

鎖鏤峨《サルガ》城との意思疎通の実験は、様々な手段を試みているものの成功していない。ときおり呼び出し元の判らない言媒《ごんばい》がかかってくることがある。

わたしは無言で同意して殻蓋《からぶた》を閉める。

断章　流刑

遮断胞人《しゃだんほうじん》となった〈禦《ぎょ》〉の元に、監査胞人が現れ、軛液《やくえき》を灌注《かんちゅう》して想胞《そうほう》網を拘束した。次に無数の隷重類《れいちょうるい》を死役《しえき》して、渾沌を播種船《はしゅせん》の残骸に放逐《ほうちく》。さらに収贅官《しゅうぜいかん》の群れを体表に膠着《こうちゃく》させ、蓄積した贅《ぜい》を吸引させた。

〈禦〉の意識の残滓《ざんし》は、萎縮していく自らの肉体をなす術《すべ》もなく眺めていた。

〈禦〉は隕石《いんせき》形の牢殻《ろうかく》に圧縮収監され、多くの囚人と共に、羹拓船《かんたくせん》の護送室に積載された。下層の貴賓室には、孵化《ふか》したばかりの惑星嬰児《えいじ》が迎えられた。

百々似《ももんじ》隊商

Peregrinating Anima

第一章　ありふれる日々

久内《ひさうち》は下降していた。

エレベータの中で、八、七、六、と横にずれていく階数表示を見上げている。

右手の壁にもたれ掛かっている同僚の高木《たかぎ》に視線を移す。終業前も同じ職場だったので、さすがに容貌は固定している。柔和な顔立ちだが、口元には口唇《こうしん》ヘルペスの水泡が痛々しく浮き出ている。病院で手軽に植えつけてもらえるため、ピアスがわりに飾る物好きもいるが、彼の場合は理由が異なる。病《やまい》が癒えるときの解放感に耽溺《たんでき》しているのだ。

一階に着き、扉が開いた。エントランスを歩きだす。高木の足運びはぎこちない。大腿骨の複雑骨折を何度も繰り返しているせいだ。

「飲みに行かないか」と高木が誘ってきた。

「先約があるんだ」と久内は断った。

なくても断っただろう。高木と飲むと、いつも過去の同じ一日に引きずり戻されるような錯覚に囚われる。それほどに、酔って交わす話題はいつも同じだった。

ビルを出たところで高木と別れ、石畳の大通りを、路面電車のレールに沿って歩きだした。

商社ビルを三棟通り過ぎたところで左手の狭い路地に入り、当てずっぽうに角《かど》を曲がっていく。建物の外壁タイルの目地《めじ》から、窓の格子から、いくつもの十字架がぼんやりと発光したように浮かび上がってくる。ところかまわず遍在する神聖さにうんざりしてまた角を曲がると、黄と黒の縞模様に塗られた鉄のゲートで道路が塞がれていた。隣の教区との境《さかい》にあたる場所だ。

引き返して右に折れる。向こうから人影が近づいてきた。その顔に不自然なところはないが、特徴を捉えようとすればするほど粒子が粗くなり対象がぼやける。俗に〈群集〉と呼ばれる、最浅親度《さいせんしんど》の関係性容貌だった。にもかかわらず、知り合いの安川《やすかわ》だと勅感《ちょっかん》する。このような不具合が生じるようになったのは、ひと月ほど前からだ。

「久内じゃないか」と安川が先に声をかけてきた。

「やあ、久しぶり。どうしたんだい、こんなところにまで」

安川の自宅兼職場は、同じ百五十三教区内でも、この付近とは正反対の方向にある。

「不安なんだ。こうやって歩きまわっていないと、わたしに馴染みのない場所が消えてしまうような気がしてね」

「いや、わかるよ」と久内はうなずく。自分もそうだ。強迫性徘徊から逃れられない。

「じゃあ、また」安川は足を引きずるように歩みだし、久内の横を通りすぎた。

ひどく憐れみを誘う後ろ姿だった。

久内は徘徊をやめて、大通りへ戻った。

路面電車の停留所前にある小さなベーカリーに入った。店内は〈群集〉顔の人々で混雑している。紙袋とトングを手に取り、焼きたてのパンの中から、鋭利な切れ目の入った丸いライ麦パンや焦げ色の濃いクルミパンを紙袋に入れていく。そのつど支払い済みとなる。紙袋を抱えて店を出ると、目の前に路面電車が停まっていた。いや、動きだしている。慌てて駈けだし、ドア横の手摺《てすり》を握って車輛に乗り込んだ。溜息をついて吊革につかまる。昇降口横の座席に坐っている男が、なにかの曲を口ずさんでいた。右隣の女が、やめなさいよ、とたしなめる。無意識だろうけど、その曲高いのよ、いくら引き落とされると——

暮れはじめて橙《だいだい》色に染まった石造りの街並みが、窓ガラスの向こうを通り過ぎていく。遠くには教会の尖塔《せんとう》が覗いている。その光景に重なって、吊革につかまる久内たち乗客の姿が映り込んでいる。どの衣服やバッグにも、製造メーカー、販売店、原材料などが同じ透過率でささやかに表示されている。棄界《きかい》に成り果てる前の世界を多層的に彩っていた仮粧《かしょう》の名残だった。この車輛じたいが、顔のないマネキンの並ぶショーウィンドーであるかのようだった。

久内は三つ先の停留所で電車を降りると、住宅地を貫く薄明かりの路地を歩きだした。右腕に抱える紙袋は温かく、湯気でやや湿っている。路地の両側に延びる素材感の乏しい漆喰塀《しっくいべい》の向こうには、ありふれた戸建て住宅が立ち並び、庭の木々が大きく枝葉を広げている。どの家にもひとの気配はなく、まるで空《あ》き家のようだった。

枯葉がお定まりの動きで舞い落ちる。

かすかに反響していた足音が、どこからか聞こえだした地鳴りにかき消された。

久内は体をこわばらせて足を止め、息をひそめた。

数歩さきの路面と漆喰塀との合わせ目から、なにかが捕食獣のごとく勢いよく飛び出した。尾籠《びろう》な粘着音を立てて地面にへばり付く。

知恵の輪のように絡み合う、宍色《しし》をした肉瘤《にくりゅう》の連なりだった。ひっそり灯った街灯の光を受けてぎらついている。肉瘤は、路地の隅から泡状《あぶく》に続々と溢れ出し、爪繰《つまぐ》られる数珠《じゅず》のごとく捻《ねじ》れ動いて全体を膨張させていく。肉瘤の隙間から、爪のある指が何本も突き出して鍵盤を叩くように動き、久内の背筋が粟立《あわだ》った。指は無音の旋律を奏でながら競い合うように膨らんで、その先端に、皮を剝がれた大鼠《おおねずみ》や牛の舌を思わせる様々な臓器を豊かに実らせ——そこで弾《はじ》けるように別の膨らみが出現する。多種多様な内臓器官が不快な破擦《はさつ》音を立てつつ次から次へと溢れ出し、激しくのたうちながら互いに覆いかぶさり、塀の高さを超えるほどに繁茂する。

久内は息苦しくなってネクタイを緩めると、紙袋を左脇に持ちかえた。焼きたてパンの香りが鼻孔《びこう》をかすめる。路地の反対側に寄り、漆喰塀に背広を擦《こす》りつけながら、五十人分はありそうな五臓六腑の繁みをすり抜ける。

深呼吸をしてまた歩きだしたが、いま目にしたものが脳裏を離れない。

「おまえが盗んだんだろ」という鼻にかかった声が鮮明に聞こえ、心拍数があがった。「かまわないよ」と穏やかな声がそれに重なる。「そう思うのなら、僕は別に」胃がぎゅっと締め付けられる。「わたしたち、知ってるんだよ」と侮蔑《ぶべつ》する女の声――

増殖臓物から意識を逸らそうとして、いらぬ記憶層をつついてしまったのか、耐え難い過去ばかりが連鎖的に蘇《よみがえ》ってくる。

こういった追想発作は、〈世界〉の住人なら誰もが経験する風土病だが、久内はいつも過剰に反応して混乱状態に陥ってしまう。幼少の頃から同様の発作にしじゅう悩まされ、違法な神経系置換手術まで受けて一度は葬り去ったものだからだ。

周囲の家並みや路面がにわかに溶けだし、塵造物《じんぞうぶつ》が渾沌と犇《ひし》めく棄層《きそう》に変容しはじめた。幾日も棄層を彷徨《さまよ》い続けた疲労で、足腰が重くなる――五十年ほど前からときおり見るようになった悪夢の断片だった。

背広の内ポケットからアルミケースを取り出し、錠剤を掌《てのひら》に落として口に放り込む。噛み砕くうちに、景色が元に戻りだし、悔恨《かいこん》や自責の念がすっと溶け消える。過去が遠ざかることなく、不特定多数の者と共有されていても、こうして意識を逸らすことはできる。

久内は足を早めて自宅に辿り着いた。

錬鉄製の門扉《もんぴ》を開けて中に入り、ダヴィディアが白い苞葉《ほうよう》を飾った枝葉を伸ばし、何種ものギボウシが瑞々《みずみず》しい葉を広げる庭を抜けていく。目の前に見えるオーク材の玄関扉が、やぼったくて気に入らない。仮粧上なら即座に取り換えられたのに、と苦々しく思う。

真鍮《しんちゅう》ノブを握ると同時に、認証が通って鍵が開いた。玄関には、モスグリーンのパンプスがきちんと揃えて置かれている。

久内は部屋着に着替え、ダイニングキッチンに入った。

エプロン姿の羽室《はむろ》が振り向いた。だがその顔は見知らぬ〈群集〉と見分けがつかない。自宅に登録済みの恋人でも、たった二日会わなかっただけで親度《しんど》が浅くなってしまう。

「不具合が直らないな、関係性容貌の」

「うん。この教区だけ局所的に起きてるんだって。さっき算力《さんりょく》会社の人が来て言ってた」

「算力会社が？」

「調査だって。あなたが近くにいないかと思って地図を開いてみたけど、現在地の表示が方方に散らばっていて」

「また？　親度と似たような不具合だろうか」

「さあ。ともかく使用量の苦情は言っておいたよ。さすがに向こうは平謝りだったけど」

「あぁ、その調査だったのか。ありがとう。桁が四つ多かったものね、ありえないよ」

久内が言いながら紙袋を手渡すと、羽室は紙袋の折り目を戻し、立ちのぼってきた湯気に、

「わぁ、いいにおい」と声をあげる。ライ麦パンやクルミパンを、ダイニングテーブルのバスケットに移す。「パンが冷めないのはありがたいよね。やっとミートソースを煮込み終わったところで」

「ああ、手伝うよ」

久内は大鍋に水を満たして火にかける。その横で、羽室がフライパンを熱してバターを放

り込む。バターがスケートでもするように滑って小さくなっていく。そこに薄力粉《はくりきこ》を入れてミルクを注《そそ》ぎ、木べらでかき混ぜる。羽室の手際の良さに見とれているうちに、湯が沸騰しはじめた。

熱湯にオリーブオイルを少量たらし、塩をひとつまみ入れる。ラザニアを放り込み、くっつき合わないようゆっくりと菜箸《さいばし》をまわす。

羽室が久内を見てかすかに微笑《ほほえ》む。輪郭がくっきりとしつつあった。

ラザニアが茹で上がると、水を張ったボウルで冷やし、水気《みずけ》を切り、クッキングシートと交互に重ねていく。羽室は左隣に移って、四角いラザニア皿にミートソースを塗り広げる。久内がその上にホワイトソースをかける。ちゃんとお湯が切れてないじゃない、と言いながら、羽室がラザニアを敷く。ふたりしてそれを繰り返して層を重ねる。申し合わせたわけでもなく淡々と進むありふれた共同作業が、奇跡的な瞬間に感じられる。最後にチーズをのせパン粉をまぶしてオーブンレンジに入れる。

見事な色合いに焼き上がったラザニアを、ダイニングテーブルに運ぶ。鍋つかみ越しでも皿の熱さがつらい。羽室が迷いなく取り皿やワイングラスを並べ、サラダやサラミを盛りつけていく。久内はワインのコルク栓にスクリューを捻《ね》じ込む。コルク割れの確率を高めにしてあるが、今日もあっけなく抜けてしまう。

向かい合って坐ると、羽室との親度が増していた。唇の瑞々しい輝きや、頬にさした仄かな赤味、肌に散らばるソバカスがくっきりと見える。といっても、この容姿は塑体家《スタイリスト》に依頼した唯一の真体《しんたい》で、遺伝的な素形《すがた》を見たことはない。

羽室のグラスにワインのボトルを傾ける。グラスが琥珀《こはく》がかった紅玉《こうぎょくしょく》色で満たされる。自分のグラスにも注《つ》ぎ、ボトルの首に垂れた滴《しずく》を指で拭う。指紋の筋に葡萄色が滲《にじ》む。どことなく隆線《りゅうせん》の間隔が広すぎる気がする。互いにグラスを軽く掲げ、ワインを口にふくむ。ベリーの芳香に、かすかなバニラの風味。ふたりは声に出さずにうなずきあう。

久内は目の前の深皿《ふかざら》にスプーンを挿《さ》し入れた。妙な違和感を覚えながらクリーム色のシチューをかき混ぜ、ジャガイモのかけらをすくってほおばる。スプーンが深皿と口のあいだを往復する。久内は徐々に表情を失って、動きをとめた。

「どうしたの?」

「わたしたちは、最初からこれを作っていたんだろうか」

「これ?」羽室がスプーンでブロッコリをすくってみせる。「どうして。だって、一緒に料理したじゃない、シチュー」

「いや、なにか、全く別の料理だったような気がして」

「別の料理って、いったいなに」

「ええと——そう、もっと表面が焼けて、中身もこう、固まっていて……焦げたところがとても美味《おい》しくて」

「それってグラタンじゃないの?」

「ちがう、もっと何層も……そうだ、大きな四角い耐熱皿を使って」ワイングラスを指でなぞって私財リストを映し出させる。食器にそれらしいものはない。

「思い出せない」リストを消して、料理カタログからオーブン料理を写真つきで表示させていく。「こんなに種類が少なかったかな」もどかしく思いながら指をグラスの曲面に滑らせる。求めているものは現れない。「でも、でも全く違うものだったんだ」

「贅沢だね、思い出せないだなんて。誰もが、取り消せない過去で苦労してるのに」羽室が千切ったパンをシチューに浸しながら言う。「忘却権の審査なんて一度も通ったことない。あなたのは単なる想像健忘症だよ」

「いや、いくらなんでも……」

オーブンの履歴を見ても、シチューの具材を調理している様子が映っているだけだ。

「これでは確かに想像健忘症だな」

無理に笑ってみせ、原因の判らない喪失感に目頭が熱くなるのを感じながら、ワインをたっぷりと注ぎ足した。

第二章　骨鈴《すず》

1

丗界《せかい》の大部分を無秩序に被覆《ひふく》し、増殖と変容を繰り返し続ける溟渤《めいぼつ》の表層では、常に何千もの隊商が長い列をなして移動している。

そのうちの一隊——白い和毛《にこげ》に覆われた百々似《ももんじ》の、何十頭もの連《つら》なりが、多様な塵造物《じんぞうぶつ》の犇《ひし》めき合う塵骸《じんがい》平原の上を進んでいた。

前頭部にある三つの透明な眼球で仲間の尻を見据え、前方がやや膨らんだ骨餅麺麭《コッペパン》形のなだらかな巨軀《きょく》を左右に揺らし、形相《けいそう》の波に揺らぐ不安定な地面を這っていく。地面に張り渡された軌綱《きこう》を、腹部中央に並んだ十対《つい》の爪肢《つめあし》でたぐって進んでいるのだ。千変万化する溟渤を渡るために必須のこの装備は、百々似の腸繊維を撚《よ》り合わせて作られる。

百々似たちは、五頭ごとに随行する隊員に導かれるまま、行く手を阻《はば》む塵骸密林に分け入り、融解し流動する骸樹《がいじゅ》の狭間《はざま》を通り抜ける。

視界が開け、蓮の花托《はちす》に似た窩《あな》だらけの鎮塵帯《ちんじんたい》が一面に広がる。その象牙《ぞうげ》色をした平地の中央に、城塞《じょうさい》を思わせる栩野養生塁《とちのようじょうるい》が横たわっていた。八基の浮体式構造物を矩形《くけい》に繋《つな》ぎ、

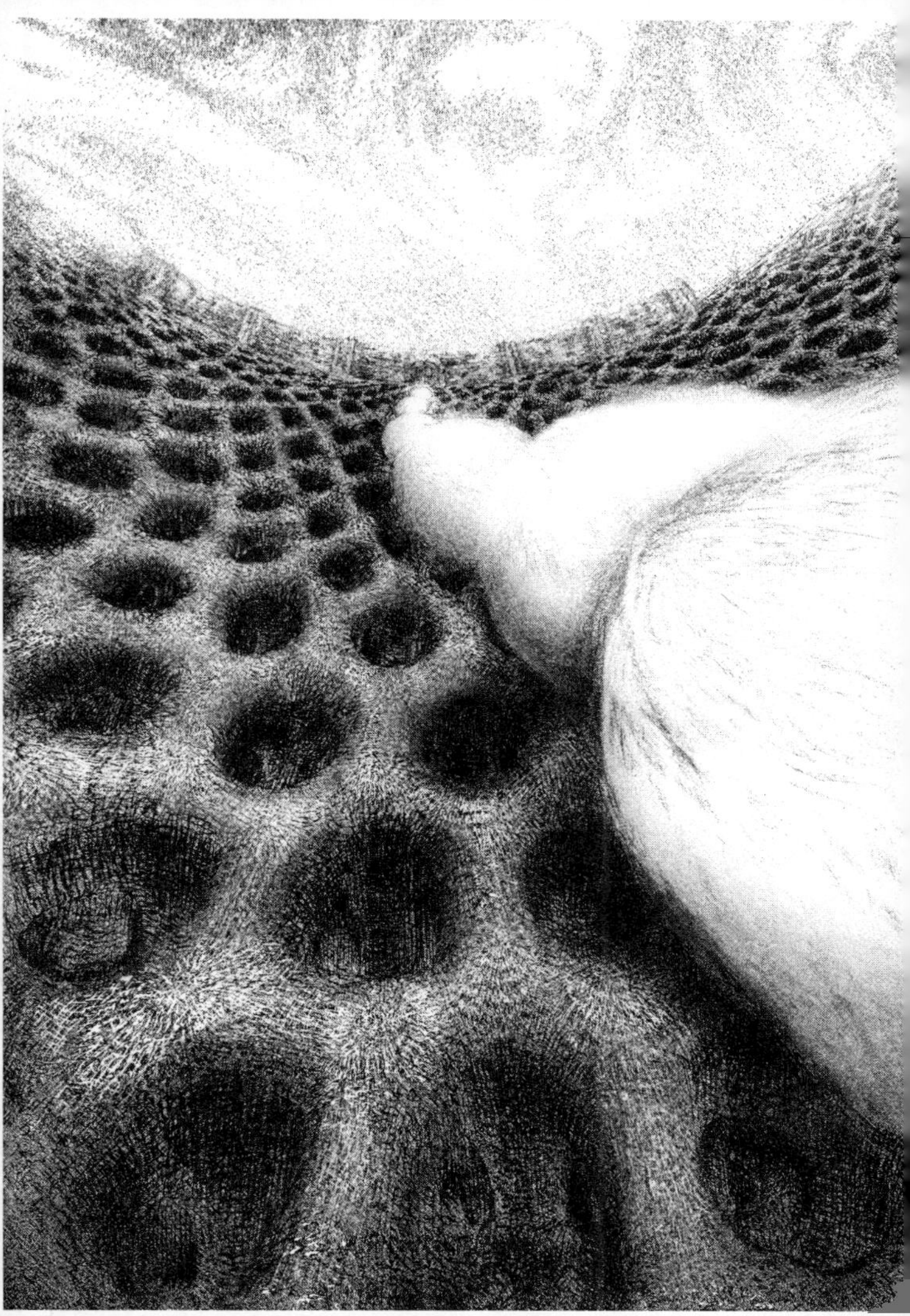

高い塁壁《るいへき》で四方を取り囲み防塵《ぼうじん》した、溟渤に浮かぶ八万平米の人工島だ。

隊商の先頭が養生塁に着くと、土器色《かわらけ》をした塁壁の中央に設けられた東門が開く。百々似たちが次から次へと門をくぐり抜け、土に覆われた隊商広場に入っていく。

隊商広場の中央まで来ると、隊員たちがそれぞれ声をかけながら、胸元まで届く百々似の背中に手をかけ、皮下の背甲骼《はいこうかく》の隙間に指先を強く押し込み、全長四米《メートル》ほどもある巨体を北側に向けさせる。北側には一時保管所があり、中央には隊商広場、南側には居住区、と敷地全体は大きく三つの区画に分かれている。

先頭の百々似が一時保管所の可動柵《さく》の前まで来ると、要所に立つ隊員たちが、三眼の中心に手をあてがって動きをとめる。後に続く百々似たちも遅れつつそれに倣《なら》う。腹面と地面との隙間から一斉に排気し、うっすらと砂埃《すなぼこり》を立ちのぼらせる。

長旅を終えた隊員たちが、別れの挨拶を交わしだす。利塵師《りじんし》や侍衛業者《じえいぎょうしゃ》たちが去っていくと、残った肥育師《ひいくし》たちが、百々似の周りで忙しく立ち働きはじめた。

ある者は百々似の臀部《でんぶ》の下で仰向けになり、総排出孔《そうはいしゅっこう》に腕を捻《ね》じ込んで長い条虫《じょうちゅう》を手づかみで引きずりだし、ある者は蚤《のみ》取り櫛《ぐし》で白い体毛をくしけずり、親指大の大蚤を取り除いては靴で踏み潰す。一時保管所へ収容する前に必要な作業だった。

列の後方では、胡桃《くるみ》色をした綿毛《わたげ》髪の華奢《きゃしゃ》な娘が、かってに前進しはじめた一頭の百々似を弱々しい声で叱りつけていた。だが肥育師ではない。無地の灰色にしか見えない対塵《たいじん》迷彩のつなぎ服を着て、鍋形の隊商笠を背負った利塵師らしい出《い》で立ちをしている。ただ、その身長はまだ百々似の分厚い胴体の高さにも届かない。娘は戻るよう命じ続けるが、百々似は躊躇なく前の巨尻に覆いかぶさった。

「そんなかぼそい声じゃだめだ。軟骨でもしゃぶってるのか?」若い肥育師がやってきて百々似の表皮を絞るように握り、大声で一喝する。百々似が名残惜しそうに身をよじり、仲間の尻から離れる。「あんた、もう休みなよ。顔色が悪いよ」

娘は小さな黒子《ほくろ》の散らばった蒼白《あおじろ》い顔に、曖昧な笑みを浮かべてその場を離れ、今度は列の中程にいる百々似のところまで歩いた。

静脈の透けた傷跡だらけの小さな手で、柔らかい背中を優しくなでる。淡海《あふみ》肥育湖《ひいくこ》を出発してからここへ辿り着くまでの一ヶ月近く、この百々似たちと寝食を共にしてきたのだ。

雌雄同体の百々似が肥育湖で産み落とす幼体は、西瓜《すいか》ほどの大きさしかなく、薄桃色のだぶついた皮膚が剝き出しで、鎧《よろい》状に連なる背甲骼がうっすらと透けて見えた。そこに少しずつ白い柔毛《じゅうもう》が生えてきた頃の、斑《まだら》になった見窄《みすぼ》らしい姿が、娘には愛おしくてならなかった。

幼体は湖に浮かびながら悠々と肥大化していき、やがては娘の背丈を超える。十歳になると隊商に預けられ、自らを荷物として、あるいは貨物用の荷台として溟渤を渡る。

このあとこの百々似たちは別の隊商に預けられ、さらに北方へ向かう。

栩野養生塁のような中継地を経て、僻地《へきち》の養生塁に導かれ、あるものは瓦斯《ガス》や酒の生産を死ぬまで強いられ、あるものはその場で即時に解体される。肉や臓器は食用に、腸繊維は軌《き》綱《こう》に、脂《あぶら》は蠟燭《ろうそく》や石鹼《せっけん》に、毛皮は衣類や寝具に、骨は資材や食器に、と幅広く加工され、すべてが使い尽くされる。余るのは息の音だけだと言われる。

娘は旅の仲間に、別れの言葉をかける。もちろん百々似は応えない。そもそも彼らは啼《な》き声を発しない。下面の前胸部に隠れた口から、ときおり使い道のない息の音をたてるのみだ。なでていた百々似の尻側から唸り声が聞こえた。見ると、条虫取りをしていた肥育師が、溢れ出した灰汁《あく》色の糞《ふん》を頭からかぶっている。笑いを堪《こら》えていると、どこからともなく土売《どばい》屋《や》たちが集まってきて、糞をショベルで手押し車にかきあげだした。醱酵と乾燥を済ませば、彼らの売り物になる。隊商はそれら糞土《ふんど》を百々似に載せ、農耕用養生塁へ運ぶこともある。

娘は一頭うしろの毛《け》長《なが》百々似の前に移った。水晶玉を思わせる三つの眼球のやや右上で、長い毛が渦巻き状に逆巻《さかま》いている。つむじだった。正確には珠目《しゅもく》と呼ばれ、一頭ごとに位置が異なる。旅の間、ひどくなついてきた百々似だった。

娘はつむじに触れて指に毛を絡ませ、しばし感触を楽しんだあと、毛筋に沿って梳《す》きながら横に移り、両手を大きく広げた。

そのまま胴体に覆いかぶさり、太陽の熱のこもった長い毛足の中に埋《うず》もれる。

分厚い皮膚の弾力と温もりに安らぎを覚えながら、獣《けもの》くさい体臭を肺いっぱいに吸い込む。

「言ったろうが、宇毬《うまり》」

背後からの嗄《しわが》れ声で宇毬は我に返り、慌てて百々似から離れ、振り向いた。

岩山から削り出されたような剛健《ごうけん》な老人が、鉄槌《てっつい》に砕かれ生じた罅《ひび》割れのごとき眼で、宇毬を見下ろしていた。尨毛《むくげ》の余韻が、頬や胸から揮発《きはつ》していく。

「師父《しふ》」と宇毬は言い、それから思い出したように頭を下げた。

古い彫像には欠損がつきものだが、師父にも左腕がなかった。服の袖は二の腕あたりで腸《ちょう》詰《づめ》のように結ばれている。若いころ、溟渤に出没する外回りにもがれたという。えらの張った顎に白い無精髭が伸びているだけで、頭髪は一本も残ってないが、背筋の真っ直《す》ぐな体格はとても七十を超えているようには見えなかった。

溟渤を渡る者たちの平均寿命は短い。この養生塁でも、師父より年長なのは施療院《せりょういん》の柴田《しばた》先生くらいだった。ふたりとも、三百年前の大塵禍《だいじんか》を経験している、と噂されるほど不死の神仙《しんせん》じみた印象がある。

「情を移すんじゃない。己《おのれ》に足をすくわれるだけだ。百々似を養生塁に収めきった時点で、利塵師の仕事は終わりだ。今回の旅の友に別れの挨拶は済ませたんだろうな」

宇毬があっ、と声をあげ口ごもると、師父は一息吸って分厚い胸を膨らませ、まくしたてた。「なにをぼうっとしとる、はやくしてこんか。隊長からだぞ。それが終わったら五十鈴《いすず》屋《や》に来るんだ。他の門弟《もんてい》たちにも伝えておけ」

「はいっ、師父」慌てて走りだしたが、それから、と続いた声に不安定な姿勢で足をとめる。

「隊商料理人の幹是《かんぜ》がいまここに来ているらしい。頼めるな」

宇毬は緋巌士《ひがんし》隊長を探して、百々似の列沿いに北へ走った。先頭の百々似は、養生塁《ようじょうるい》の東西に張り渡された柵の前で、出入口が開くのをおとなしく待っていた。柵の向こうに広がる一時保管所は、行き先や用途別に複数の区画に仕切られ、それぞれに百々似が押し込まれている。最北の競《せ》り場に続く路上では、百々似が追い立てられている。

緋巌士隊長の姿は見当たらなかった。出入口となる可動柵近くに、錆びたコンテナが三つ並んでいる。手前にある歪みのひどい隊商用コンテナの上に、宇毬の属する寄塵門《きじんもん》の五人が坐っていた。久しぶりに門派の拠点に戻って、皆肩の力を抜いているようだった。

右端では、濃い黒髪を後ろで束ねた錬児《れんじ》が、浅黒い肌と同じ色の唇を尖《とが》らせていた。親指の欠けた右手の上には多面体が載り、その角数を次々に変化させている。暇潰しに塵詠《ちりよ》みしているのだ。宇毬なら一つの形相《けいそう》を作るだけで何日も費やしてしまうだろう。

「ああ、やっぱりだめ。殉凜子《じゅんりんし》さんみたいにうまくできない」

錬児が多面体を見据えて言う。塵詠みのしすぎで声が掠《かす》れている。殉凜子は、寄塵門の中でも名を知られた利塵師だったが、何年も前に隊商旅の途中で行方知れずになっていた。

錬児は施療院の検査で妊娠不能と判明し、十歳で石動《いするぎ》養生塁の御母堂《ごぼどう》を追い出された後、殉凜子に憧れて寄塵門に入門したのだという。その彼女でもまだ子称《ししょう》を授かることができないのだ。宇毬は入門して一年足らずとはいえ、何十年修行しようと、錬児ほど巧みに塵詠みできるようになるとは思えなかった。

「だからよ、こんな養生塁の間をちまちまと往復していたって何の意味もねえんだって」錬児の隣では、炉門《ろもん》が隊商靴を履《は》いた足をぶらつかせながら、大きな身振りで熱心に説いている。「苛界《せかい》じゅうで養生塁自体が減り続けているんだ、こんな仕事、いつまで続けていられれるか。先のことを考えねえとよ」

「ああ。うん、そうだね」隣の帆丸《ほまる》が曖昧に答える。

「船乗りにでもなって海彼《かいひ》と交易でもしろというのか？　辛櫃鱓《からびつうつぼ》に呑まれるのがオチだ」

屈強《くっきょう》な体軀《たいく》の駆狗子《くぐし》が、帆丸の横で関心なさそうに言う。つなぎの隊商服を脱いだ半袖半ズボン姿で、筋肉の盛り上がった太い両手を後ろについて坐り、空のもつれ雲を眺めている。はち切れそうなほどに膨らんだ、大きな縫い跡が取り巻くふくらはぎに宇毬は圧倒される。駆狗子には何度命を助けられたことだろう。足手まといにならないよう、少しでも鍛錬《たんれん》しないと。そう思いながらも、なにもかもが欠けている自分に情けなくなり、溜息を洩らす。

左端で瞑想するように坐っていた最年長の睨鋭子《げいえいし》が、両眼の潰れた丸刈り頭を宇毬の方に向けた。その顔には、対塵迷彩の刺青《いれずみ》が施されている。

「いや、そんな短絡的な意味じゃねえんです」炉門の声が急に大きくなる。「俺が言いたいのは――」

「いったい誰にそんな考えを吹き込まれた。おまえ最近妙だぞ」と駆狗子。

「吹き込まれたりなんかしてませんって。だいたい、師兄《しけい》に考えがなさすぎるんだ」

「なんだと？」

言い合うふたりに挟まれて、帆丸が居心地悪そうに撫で肩を竦《すく》ませていたが、睨鋭子の機能しない視線の先に宇毬がいることに気づき、「どうしたんだい、病み上がり」と声をかけてきた。宇毬は病み上がりではなかったが、普段から顔色が悪いせいでそう呼ばれる。

口論がやみ、皆の顔が宇毬に向いた。

炉門が深い切り傷だらけの顔を突き出し、「じじいに言われてきたのか」と宇毬を睨《ね》めつけた。

入門して以来ずっと、炉門からは疎《うと》まれていた。宇毬の不注意で、幾度か傷を負わせたせいもあるのだろう。傷の多さや態度から錬児や帆丸と同じ二十代半ばに見えるが、宇毬と何歳も違わない。といっても宇毬は自分の正確な年齢を知らない。知らない、ということを知るまでは、十七だと思っていた。

「じじいって。あんた師父に言いつけるよ」錬児がたしなめる。

「耄碌《もうろく》したじじいなんか、怖かねえよ。さんざこき使いやがって。で、なんだって?」

「師父が、挨拶回りを済ませて五十鈴屋に来るようにって」

「さぁみんな、メシだぞ」

駆狗子が言って飛び降りると、他の門弟たちも気怠《けだる》げな歓声をあげて後に続いた。地面に砂煙が立つ。

二米《メートル》近くある駆狗子を、宇毬は口を半開きにして見上げる。その太い鼻筋はどこか牡牛《おうし》を思わせる。

「俺たちはとっくに済ませた」

駆狗子が野太い声で言い、宇毬の頭に自分の隊商服をかぶせた。洗濯物の手配は宇毬の仕事だった。

「あの」駆狗子の汗臭い隊商服から顔を覗かせ、「緋巌士隊長はどこに」

「相変わらずとろくさいなあ」帆丸が呆れたように笑い、銀色の光が漏れる。子供の頃に乳歯が抜けたまま永久歯が生えてこず、上下顎に銀製の義歯を打ち込んでいるのだ。そういう者は少なくない。「もう次の隊商率いて出発したはずだよ」

「全く休みもとらずに、よく体がもつもんだぜ」と炉門。

「あ、なに悲愴な顔してるの宇毬。あんたが百々似ばかりにかまけてるから、憧れの人に逃げられてしまうんじゃない」

　錬児の言葉に乗じて他の門弟も宇毬をからかう。いつものことだった。錬児はいつも自分が惚れた相手を、宇毬の意中の人にすり替えて、気持ちをごまかす。いずれにしても、御母《ごぼ》堂《どう》の外には女などいないのに。

「先に行ってるからな」駆狗子が背を向ける。「早く挨拶回りを済まさないと、食うものがなくなるぞ」

　ひとり取り残された宇毬は、隊商旅に同行した他の隊員を探して、百々似の列の間を歩きまわった。

　肥育師たちは、優しく声をかけてくれたが、それだけだった。宇毬がまだろくに塵詠みもできない未熟者だからだ。本来なら儀礼的に連絡用の座標を交換するのだが、宇毬は教えてもらうどころか、自分の座標さえ受け取ってもらえない。だからといって挨拶回りをしなければ、礼を失する。

広場の西寄りで、侍衛業《じえいぎょう》のふたりが立ち話をしているのに気づいた。駈け寄って拝揖《はいゆう》したが、一瞥もされずあしらわれてしまう。

必要ないとはいえ、師父の座標すら知らないことを思い出し、改めて惨めな気持ちになった。

「やどなしふくなし「めしなししょくなし「けんどおれらにゃももんじがっ「もももんじがっ「それでことたり「それでことたり「それでことたり――

どこからか酔った歌声が聞こえてきた。振り向くと、屋台の前で、つなぎの防護服を着た内臓《もつ》掘りらしき連中が、代わる代わる、ときには一斉に声を張り上げている。

広場の西側には露店市場が広がり、雑多な屋台が何列も軒《のき》を連ねていた。なかでも炙《あぶ》り肉、骨粉蕎麦《こっぷんそば》や焼き物、モツ煮込み、串焼き条虫、血餅《けっぺい》などの百々似屋台は、まだ陽《ひ》が高いというのに混雑している。

宇毬は炙り肉屋台の立ち食い客の中に、頭ひとつ突き出た曾歩士《そほし》を見つけた。細身の体を左寄りに傾かせて立っている。

天板の炉の上では、一抱えもある紡錘《ぼうすい》形の肉塊《にっかい》が、回転しながら火に炙られていた。ときおり脂が落ちてはぜる。

曾歩士は炙り肉の大串と骨杯《コップ》を手に、血塗《ちまみ》れの前掛けをした、解畜師とおぼしき端整な顔立ちの男と話をしている。

「いや、俺が腕をあげたわけじゃないさ」曾歩士が頬骨の高い鼠面《ねずみづら》を歪めて肉を噛み千切る。

「出戻り連中に若手の利塵師がかっさらわれて人手が足りないんだ」

「ふうん。連中はなんのために利塵師ばかり集めているんだい？」

「わからん。妙な噂は聞くがね。大掛かりな形相《けいそう》爆弾を作っているとか——おっ、宇毬じゃないか。どうした、今回も挨拶は惨敗かい」

曾歩士はそう言って、骨杯《コップ》を口にする。強烈なアンモニア臭が漂ってくる。解畜師が、目の醒めるような笑顔を宇毬に向ける。その背後では、ひどく太った女の上体が振り子のように揺れている。肥護門《ひごもん》を率いる沙玉士《さぎょくし》だった。解畜師はなおも笑顔を向け続ける。宇毬は戸惑って目を逸らし、慌ててごまかすように早口で言った。

「師兄《しけい》、よくそんなの飲めますね」

曾歩士が骨杯《コップ》をじっと眺め、含み笑いした。曾歩士は元々は同門の弟子だったが、二年前に敷設師《ふせつし》として独り立ちし、〝子〟から〝士〟になった。今回の旅程では難所が多かったため、師父に乞われて隊商に同行したのだ。

「隊商料理人の幹是さん探してるんです」

「ああ、さっき入ってったぜ」と指さしてくれるが、酔っているせいで定まらない。その方向にあるのは、いまにも溢れ出さんばかりの無秩序な住居群を堰《せ》き止める、東西に延びた長い家並みだった。

曾歩士は酒を飲み干して体を今度は右寄りに傾かせ、「御母堂だよ」とおくび混じりの声で言った。

その言葉に、並びの中央でひときわ目立つ、木造三階建ての黒々とした屋敷に焦点が合わさる。望楼《ぼうろう》のある破風《はふ》造りの大屋根や、回廊の透かし彫りの手摺《てすり》が映える。塵没地《じんぼっち》から発掘して移築したものだ。

「あと半時間で出発だとか言ってたがな」

宇毬は礼を言うと、御母堂に向かって歩きだした。地面のあちこちに、〈地這《じば》え〉たちが濡れ落ち葉のように伏している。酔っぱらいであれ物乞いであれ死体であれ、地面に寝転がる者は総じてそう呼ばれる。多くは溟渤《めいぼつ》わたりの成れの果てだ。

唐《から》破風の下にある金赤の目立つ観音扉《かんのんとびら》の前では、十人ほどの幼子《おさなご》たちが、軟骨をくちゃくちゃ嚙んで口まわりを涎《よだれ》で濡らしながら、尖らせた骨で地面に百々似を落書きしていた。

宇毬に気づくと、奇声をあげて寄り集まってくる。脂ぎってごわついた頭髪を撫でてやるだけで、無邪気な笑い声をあげる。何人かが全体重をかけて観音扉を押し開き、残りが宇毬の手を引いたり背中を押したりして中に導き入れてくれる。

敷居を跨《また》ぐなり、鼻孔の奥がこそばゆくなる。三階分の吹き抜けいっぱいに充満した香炉《こうろ》の煙が、天窓の陽射しを受けてぼうっと光っていた。

正面の突き当たりに、赤い大階段が構えている。そこまで延びる広い通廊の両壁には、それぞれ見事な植物文様《もんよう》の螺鈿《らでん》細工が施されており、どちらの前にも一列ずつ、女たちが悠揚《ゆうよう》と横並びで立っている。みな刺繡《ししゅう》入りのガウンを羽織り、白塗りの顔に付け黒子《ぼくろ》をしている。咳をこらえて喉を鳴らす音がする。

「あら、宇毬」手前のひとりが宇毬に気づき、母親たちが次々と扇状に体を傾け、顔を覗かせた。「宇毬ちゃんじゃないの「あんたよく無事で「相変わらず痩せてるねぇ「ずっと変わらないね「病み上がりなのかい？「それは前からじゃないか「ちゃんと食わせてもらってるんだね？」

皆が昏の中央にわずかにさしている紅《べに》の鮮やかさに、まだ御母堂にいた頃、紅づくりの手伝いで貝殻虫《かいがらむし》を擂《す》り潰したことを、宇毬は懐かしく思い出した。

「お母さま衆《しゅう》、ごぶさたしてます」顔をほころばせて左右の母親たちを見回す。左の列の真ん中にいる首の長い女の、膨らんだ腹に目がとまる。「朱朱《しゅしゅ》母さま、十人目？」

「あんた相変わらず軟骨しゃぶってるような声だね。十一だよ。子供らがどんどんあたしの体を食い潰していくよう」そう言って大笑いし、壊れた鍵盤のような歯を剝き出しにする。

「で、今日は？　まさか母親になりに戻ってきたのかい」

宇毬の厚みのない胸が痛む。子を宿せないことを、柴田先生は未だに黙ってくれているのだ。「いずれね」と流すが、母親たちの話はやまない。

「あんた、人の幸せってのは、子供たちの成長を見守って「男たちを慰めてやることだよ「戻りなよ、化粧だって恋だって許されるんだ「だめだめ、なに言ったたって駄目さ、この娘《こ》は百々似にぞっこんなんだから「まったくわからないねぇ「宇毬が肥育師になると言ってここを飛び出したときは「あんときは驚かされたね」

いまでも肥育師になれるならなりたい、と宇毬は思う。さっき見かけた沙玉士さんの肥護門を含め、肥育師のどの門派にも相手にされなかった。途方に暮れていたときに、いまの師父に拾われたのだ。これで師父には二度拾われたことになる。

宇毬は御母堂《ごぼどう》で産まれたのではなかった。隊商旅の途中の師父に拾われ、御母堂に預けられたのだという。一年前に柴田先生の診察を受け、子宮の状態について説明を受けた後に、初めて告げられた。

「あ、それ汚《よご》れ物だね」

羅尼《らに》母さまが、脇に抱えていた駆狗子の対塵《たいじん》迷彩を引き抜いた。溟渤わたりの衣類の洗濯は、御母堂の仕事のひとつだ。いま着ている対塵迷彩も脱ぐように促されたが、用事があるのだと言って断った。

「幹是さんはどの部屋に?」

「あの偉そうな隊商料理人かい。〈羽衣《はごろも》〉で芽春《めばる》母さまとママゴト中だよ。手短にね」

母親たちに手をふって赤い絨毯《じゅうたん》敷きの大階段を上る。百々似の毛足に靴裏が心地よく沈む。踊り場から折り返し階段を〈羽衣〉側に進む。途中、酔った男が宇毬の知らない母親に付き添われて下りてきた。すれ違いざまに大きくよろけて宇毬にぶつかる。

「ごめんよかあさま」と呂律《ろれつ》の回らない声で謝る。

ここにいる女は誰もが母親であり、男もいずれかの御母堂で産まれた息子だった。いままでは御母堂以外で出産が行われることは稀だ。

それにしても、かわらないな、あのかあさま、と男が隣の母親に耳打ちする声が聞こえた。

「女ってのは年をとらないんだよ」と母親が笑う。

三階の回廊沿いには、紗幕《しゃまく》で仕切られただけの狭い閨《ねや》がぐるりと並んでいる。どの閨も中では男女が裸でもつれあい、うめきあえぎで語らっている。

柱に〈羽衣〉と札の掛かった部屋まで来る。手の甲で紗幕を押し開くと、手足が添え物に見えるほどに膨張した芽春母さまの肉の連なりに、小柄な男が半ば埋もれながら激しく動いていた。まるで溺れもがいているようだった。

宇毬が幹是と隊商旅を共にしたのは、十ヶ月ほど前に一度きりだったが、整いすぎた口髭とえらの張った顔立ちは、昂《たかぶ》って顔面がこわばっていても見誤りようがなかった。

料理人は宇毬に気づいて汗まみれの顔を上げ、

「まさかおまえっ、寄塵門《きじんもん》の」と、一門と師父の両方を指す言葉を、葡萄の種《たね》でも吐き出すように放ったが、ママゴトはやめない。首に提《さ》げた札《さつ》入れが躍り跳ねている。

「師父の使いで来ました。三ヶ月分をお支払いください」

寄塵門では、雇われ隊員向けに貸金業も営《いとな》んでいる。幹是は、隊商から預かっていた隊糧《たいりょう》代を賭場《とば》で使い果たしてしまい、師父に借金して隊糧を購入し、何事も無かったかのように隊商旅に随伴した。その後は寄塵門が辿る行路を避けつづけていた。

「いや、見ての通り、いまはちょっと、な」

料理人は頭を振って汗を飛ばし、よりいっそう激しく腰を動かしますます芽春母さまに埋もれていく。

「まだ未熟ですけど、わたしにも〈尻穴喰《しりあなぐ》らい〉なら塵詠みできます」正式には大腸内視蠕《ないしぜん》虫《ちゅう》と呼ばれる治療虫《ちりょうちゅう》だ。「制御はまだできません」

宇毬はそう言うと、小さな革袋を取り出し、口紐《くちひも》を緩めて逆向《さかむ》けた。白銀《しろがね》色の塵塊《じんかい》が融けた飴《あめ》のように流れ落ち、掌《てのひら》のうえに盛り上がっていく。

流れ落ちる塵塊を注視しながらも腰を振り続けていた料理人が、突然「攣《つ》った」と声をあげ芽春母さまから飛びのき、びちびちと跳ねる魚を捕らえるように左のふくらはぎを両手でつかんで「ふくらはぎ、ふくらはぎ！」と体を仰《の》け反《ぞ》らせながら、よるべない一物《いちもつ》からだらだらと濁りのない透明な精液を垂れ流した。

料理人は部屋の隅にもたれかかり、荒い息で声をつまらせながら、攣った痛みでなにも感じなかった、もったいないことをした、と宇毬を非難しつつ、札入れから引換証を取り出して何度も惜しむように数えなおし、いじましく五枚を手渡した。足りません、と宇毬が言うと、ごうつくばばあ！　と料理人はもう一枚差し出す。芽春母さまが肉を揺らしながら笑う。宇毬が〈羽衣〉を去ったあとも、朗々と笑い続ける。

2

宇毬《うまり》は幼子たちに手を振って別れを告げると、御母堂《ごぼどう》の並びに沿って西向きに歩きだした。中央の広場ではまた新たに到着した百々似《ももんじ》たちが群れていた。珍しい飴色の品種も見える。

見とれているとなにかにつまずいた。〈地這え《じば》〉だった。今日はやけに多い。排塵溝《はいじんこう》にはまり込んだ者までいる。

皮鞣《なめ》し屋や生地《きじ》屋の前を通り過ぎれば、五十鈴屋《いすずや》だ。雑多な発掘資材を継ぎ接《は》ぎしたバラックで、正面には壁がなく、旅人や商人たちで賑《にぎ》わう店内が丸見えだった。椅子が乱雑に並んでいるが、ひとつとして同じものがない。どれも塵没地《じんぼっち》にある椅子博物館から発掘した貴重なものだというが、ぞんざいな扱いのせいでガラクタにしか見えない。それでも溟渤《めいぼつ》に投げ込めば、大きな変容波紋《はもん》が広がることだろう。

耳障りな鶏《にわとり》の鳴き声が聞こえ、宇毬は五十鈴屋と隣の建物との間に目をやった。張り渡された金網に、両脚のない地這えがしがみついていた。破れた穴から手を押し込み、鶏の餌《えさ》を奪っているのだ。

鶏が激しく翼をばたつかせた。だが地這えのせいではなかった。

地響きを立ててあたりが大きく揺れている。うずくまった宇毬の目の前で、五十鈴屋を載せた地盤が大きく傾きだした。地這えが滑っていき、鶏が一瞬浮き上がって壁にぶつかった。店内の壁にぐるりと吊り下げられた厖大な数の骨鈴《すず》が騒々しく鳴り渡り、卓上の料理や杯《さかずき》が、押さえようとする客の手をすり抜けてなだれていく。

宇毬の鼻先に、擦過痕《さっかこん》が走る浮体式構造物の分厚い断面が迫《せ》り上がっていた。

左隣の瓦斯《ガス》工場から、水滲《みずじ》みが広がりだした。製瓦斯《ガス》用の百々似は、気嚢《きのう》を極限まで膨張させるために、外甲骼《がいこうかく》を除去された状態で水槽に浮かべられる。その水がこぼれたのだろう。

軋《きし》みをたてて地面がゆっくりと平らに戻りだした。普段はあたりまえに存在するこの地面が、溟渤の上に浮かぶ巨大な筏《いかだ》にすぎないことを、改めて実感させられる。

宇毬はまだかすかに鈴音が残る五十鈴屋に足を踏み入れた。

百平米ほどもある店内は、さっきの揺れで振り落とされた料理や食器で混乱を極めていた。諦めきったような溜息や、苦しげな咳の音がする。多くの者は、骨製の食器を拾い、落ちた料理を手づかみで載せなおし、平然と食事を続ける。だがさすがに飲み物を戻すことはできず、注文をしなおす声が方々からあがる。気道や肺を冒された溟渤わたり特有の、気の抜けた嗄《しわが》れ声。

宇毬は背伸びをして店内を見回した。卓上に百々似の爪肢《つめあし》を山盛りにし、微量の覚醒成分を含むぱさついた肉繊維を無心にかき出している者、塵没地から発掘した希少品を手にもったいぶって商談している者、大きな水煙管《みずぎせる》で肺病に良いとされる百々似結石《けっせき》の煙を吸って微睡《まど》んでいる者——中央あたりの席で、寄塵門《きじんもん》の仲間たちが、柚子《ゆず》大の骨鈴《すず》を床に投げ割って歓喜していた。そこに行き着くのは難しそうだった。右手の壁沿いのカウンター席に目を移すと、師父《しふ》の大きな背中があった。

料理を運ぶ店員の後について人波をかき分けて歩き、高椅子に坐る師父の背後に立った。

「師父」と呼びかけるが、動かない。孔《あな》だらけのバーカウンターに片肘をつき、乳白色の液体で満たされた骨杯《コップ》に視線を据えたままだ。師父はときおりこんなふうに上の空になる。

師父は耄碌《もうろく》している、と炉門《ろもん》が言いたがるのはこの症状のせいだ。もし旅の途中で倒れでもしたら、往生するのは俺たちなんだぞ――

宇毬が再び声をかけると、師父は我に返り、寝ぼけた様子で引換証を受け取った。左隣の男がよろけながら立ち上がり、カウンターの奥に立つ店主に骨鈴《すず》を手渡すと、宇毬を肩で押し退《の》けて去っていった。店主は骨鈴で覆われた壁に、新しい骨鈴を加える。出発前に旅の無事を祈願して店に預け、再び戻ってこられたときに投げ割るのが慣わしだった。

「好きなものを頼むといい」

宇毬は男が去った高椅子に坐ったものの、普段は師兄《しけい》たちの選んだものを分けてもらうので、なにをどう頼めばよいのか判らない。悩んでいると師父が、「麵麭《パン》と轡肉《くつわにく》、それに紐煮《ひもに》をやってくれ」と頼んでくれた。

ほどなく眉のない剝き卵のような顔の店主が、料理を無造作に盛った骨皿を置き、その横に骨鈴《すず》を添えた。宇毬は骨鈴を掌でくるんで、固く冷たい触感を確かめながら軽く音を鳴らし、そのまま胸ポケットに収めた。いつも投げ割る気になれず、出発時には同じものを預けることになる。

使い慣れた旅用のナイフで轡肉を切り取って頰張《ほおば》る。植物栄養素を含有する、百々似肉特有の青臭い肉汁《にくじゅう》が溢れ出してくる。筋張《すじば》っていてなかなか嚙み切れず、文字通り口を塞《ふさ》がれて息苦しい。それでもこうして、堂々とひとり分を食べられることが嬉しかった。

師父の右隣に誰かがやってきた。濁りのない澄んだ声で酒を注文すると、妙に長すぎる腕を椅子にのせて、立ったまま店内を眺め回す。肺病病みなのか、しきりに浅い呼吸を繰りかえしている。だが溟渤わたりには見えない。うっすらと赤らんだ柔肌《やわはだ》は赤ん坊を思わせるが、それだけに顎の右側にある大きな赤い腫れ物が目立つ。皮膚が突っ張って果実のように照り映えている。

「どなたかお探しですか」店主が骨杯《コップ》を差し出しながら囁き声で言う。

男が店主に顔を向け、人のよさそうな愛想笑いを浮かべる。わずかに見えた歯の白さに宇毬は驚かされた。

「あんまり方々《かたがた》を物珍しそうに見るもんじゃありませんぜ。いらぬ厄介ごとを背負い込むことになりかねません」

「あ、ええ」男は高椅子に坐り、師父の巨体の向こうに隠れた。「なにかご飯物はありますか」

「赤肉、甘脂《あまあぶら》、腸詰、モツ、爪肢《つめあし》、なんでもありまさ」

「いや、米を食べたいんですよ」

「それなら」と主人はバーカウンターを掌で示した。

「どういう意味なのか――」と男が戸惑った声を漏らす。

師父がバーカウンターの手前の角《かど》をつかみ、「こうやるんだ」と木片を引き剝がした。ささくれだった内部に、白蟻《こめ》が群がっている。「つきだしとして料金に入っとるから遠慮無く食うがいい」師父は次々と白蟻《こめ》を指でつまんで口に放り込む。

男の浅い呼吸だけが聞こえてくる。

「白蟻《こめ》を食べたいんじゃなかったのかね」

「穀物のことを、言ったつもりでした」

「なるほど、珠玉《しゅぎょく》のことか。真珠や琥珀が容易に手に入るのなら、わたしだっていくらでも食べたいものがある。近頃は無性《むしょう》にラザニアが懐かしくてな」

宇毬はラザニアという語感から、果物《くだもの》の名前だろうかと想像する。聞き慣れない言葉だったが、それは店主も同じようだった。

「海彼《かいひ》の食べ物ですかい？」

「まあそんなところだ」

「失礼ですが」男が師父に話しかける。「あなたは第一世代の御阿礼《みあれ》ではないですか」

「御阿礼？　あぁ——出戻りのことか。どうしてそう思った」

「他の棄人《きじん》たちと違って意思の疎通がしやすいですし、そのお顔立ちといい、どこか雰囲気が違うといいますか」

男の背後の客席がざわついた。忌《い》み言葉まで漏らすなんて、海彼の人間なのだろうか。宇毬がそう思っていると、男は自分の失言に気づいたのか言いなおした。

「失礼、非再生知性の方々と言うべきでした」

さらに強い忌み言葉だった。当初の意味は忘れられているが、まとわりついた強い侮蔑《ぶべつ》感だけが今も消えずに残っている。

「そもそも、出戻りはあんたのほうだろうが」師父が鼻で笑う。「前にもよく似たのに会ったことがある。腕はもっと、異様に長かったがな」

「ああ、それこそ第一世代によく起きた変異です。申し遅れました、わたしは土師部《はにしべ》といいまして――」男の呼吸が急に深くなった。

「どうした」

「目眩《めまい》がしまして。視界がひどく揺れるうえに、腸《はらわた》の生々《なまなま》しい感覚に馴染めないのです。それに、この希薄な空気と強い臭気は……」

宇毬は未だ嚙み切れない轡肉を咀嚼《そしゃく》しながら、バーカウンターに伏し気味になり、また土師部の顔を盗み見てしまう。目頭を押さえていた指が離れ、つやのある顔が起き上がる。

「わたしはこの世界《せかい》の他の連中となにも変わらんよ。老いぼれてはいるがね」

「そうでしたか。いろいろとお聞かせ願えますか。法的には存在しない非再生知性として、滅んだ世界《せかい》で生きるというのは、どういうものでしょう。ずっと興味がありました」

テーブル席で何人かの立ち上がる気配がした。

「あんたも法的には存在せんだろうに。それから、少しは聞き耳立ててる連中を意識して言葉を選んだほうがいいぞ」

師父が背後を顎でしゃくるが、男は意味を汲み取れないのか、話を続ける。

「教区には再生知性としての個籍《こせき》が残るんですよ。確かに十年ほど前なら重大な違法行為でしたが、惟神《かんながら》党が法的認可を受けてからは、一定条件内で許されています。向こうも派閥が色々とあって複雑でしてね」

「出戻りだってよ！」何人かが声を張り上げる。テーブルや椅子のがたつく音がする。

宇毬が身を固くしたまま横目で見ると、男の背後に荒くれ者たちが立っている。おそらく土《ど》売屋《ばいや》だろう、服が土色で汚れている。

「大塵禍《だいじんか》を前に逃げやがった裏切りもんが「亡霊め「この蝦蛄《しゃこ》野郎！「洗礼だ兌換《だかん》だとわけのわからん言葉で大勢を騙《だま》くらかしやがって「死に物狂いで溟渤を生き抜いた俺たちを、忌み言葉で蔑《さげす》むのか」

どの男もつい最近我が身で体験したかのように怒りを張《みなぎ》らせている。

「いえ決してそのような……」出戻りの男が体を捻《ひね》り、荒くれ者たちを仰ぎ見る。

「おまえら亡霊どもは、この卋界《せかい》を棄界《きかい》だとかほざいているらしいな「糞野郎が「どうしてわざわざ戻ってきた「そりゃあ蝦蛄の中じゃ成仏《じょうぶつ》もできまいて「そういや、こいつら若いもんを集めてやがるんだぜ「なんだと？　おい、何のためだ、何をするつもりだ「また連れ去るつもりなんだ「うちの徒弟たちはやれんぞ「この人さらいめ！」

もはや収まりがつきそうになかった。離れた席で、駆狗子《くぐし》や炉門が立ち上がった。

「いやいや、あれは確固たる人材勧誘ですし、正式な契約も交わされております」怒声に圧倒されたのか、土師部が蠅を追うように視線を彷徨《さまよ》わせ、誰にともなく説明する。「それにわたしは部署が違いますので、その件につきましては――」

師父が唐突に、罅割れた分厚い手を土師部の顔面に伸ばした。逃げようとして顔が動くが、師父の人差し指と親指は吸い付くように顎の腫れ物をつまんだ。土師部は柔肌に脂汗を浮かべ、眼を剝いて顎を左右に振る。太い指は輪掛け金《がね》のごとく離れない。

周囲から歓声があがる。土師部は身を仰《の》け反《ぞ》らせ、床へ降り立つ。それに動きをあわせて師父も椅子から降りる。皆が笑って囃《はや》したてる。

「いったい、なにを」土師部がそう言ったとたん、腫れ物が破裂し血飛沫《ちしぶき》が散った。声にならない叫びが店じゅうに行き渡り、ざわめきが一気に鎮まった。

齧《かじ》られた酢桃《すもも》を思わせる傷口から、蝶《ちょう》ボルトのような金属体が覗いている。

師父が口を尖らせ、喉を震わせはじめた。甲高い正常波の媒音《ばいおん》を発しているのだ。

金属体がひとりでに回転して迫り出し、栄螺《さざえ》に似た螺旋形の胴体が下顎骨《かがくこつ》から引き出され、落下した。料理の散らばる床の上で、栄螺が形を崩し、指で捏《こ》ねられるように変転する。身の丈にあう形相《けいそう》も、融合できる同胞も見つけられず、混乱しているのだ。

師父が革袋を取り出し、媒音の種類を変える。金属体から複数の肢が伸びて蜘蛛《くも》のごとく歩きだし、師父の脚を這い上がって革袋の中に収まった。

静まり返っていた店内が、元の賑やかさを取り戻しだした。

出戻りが痛い目にあって気が晴れたのか、あるいは利塵師《りじんし》と揉め事を起こすのを恐れたのか、罵声《ばせい》を浴びせていた連中が店を出ていく。利塵師に嫌悪や畏《おそ》れを抱く者は少なくない。その助けを必要とする雇い主でさえ、塵脈《じんみゃく》読みや塵詠《ちりよ》みの技を怪しみ、仕事でなければ近寄ろうともしないのだ。

「旦那、どうぞ、金眼《きんめ》百々似酒《しゅ》でさ」店主が骨杯《コップ》に師父の好物を注《つ》ぐ。特有の沃度《ヨード》臭が漂ってくる。

「礼を言います」土師部が立ったまま胸ポケットから手巾《しゅきん》を取り出し、傷口を押さえた。

「まさかあんなものが体に巣食っていたとは」顎に力が入らないのか滑舌《かつぜつ》が悪い。

「あれは骨髄穿刺機《こつずいせんしき》だ。通常はあんな場所には潜り込まん。あんたの出来たての肉体と成人体形との齟齬《そご》が引き寄せたんだ」師父が酒で口を湿らせ、目を細める。「あんたの言葉がやさぐれ者を引き寄せるようにな」

「自重《じちょう》します」土師部が息を整える。「実は、ここへは利塵師の方を探しに来たのです。ここから二粁《キロ》ほど先に、神社があることをご存じでしょうか」

「ああ、地下五十米《メートル》の塵没地《じんぼっち》にな。なんだ、お参りにでも行くつもりか」

「ええ」屈託なく言う。「ほんとなんですよ。わたしは船乗りでしてね。少し遠くへ旅に出るので、祈願しておきたいのです。案内してもらえますか」

「だが、あんたたちに封印されたままのはずだ。内宮《ないくう》の鳥居《とりい》の前までしか入れんだろう」

「御阿礼《みあれ》は脳内に玉匣《たまくしげ》を生成する遺伝子を持ちません。だから封印は効かないはずです。鳥居の前まで案内していただければ十分です」

「三日後の朝五時に隊商姿で西門の前に来るなら――」師父は土師部の顔を見据えていたが、カウンターに向き直った。「だがあんたは来ないよ」

「どうしてです。行きますよ必ず」

テーブル席からうろたえた声があがった。土師部が声の方を振り向いたとき、その後頭部から、膣鏡《ちつきょう》を思わせる金属片が幾本も飛び出しているのが宇毬の目に入った。さらに、鼻梁《びりょう》の左横から、鮮やかな研《と》ぎ音を立てて太い金属枝が突き出す。胸元や背中も不均衡に盛り上がりはじめた。

「いやいや行きますよ」金属枝が振動し、上下に分かれて顔面を縦に割っていく。血がびゅっびゅと切れ切れに噴き出し、泡が溢れて垂れてくる。「西門ですよね」二分割された口が不明瞭に言う。異様な金属突起が次々と肌を突き破る。いずれも、ありもしない奇病のために考案されたとしか思えない形をしている。顔や袖や裾《すそ》から肉片が削げ落ちていく。

餌売りを呼ぶよう命じる声が店内を渡る。

第三章　此岸《しがん》沿いに

象牙《ぞうげ》色の砂浜が、鰐《わに》の鼻面《はなづら》に似た岬《みさき》までなだらかに続いていた。岬の突端《とったん》には、白塔《はくとう》形の灯台が聳《そび》えている。

海原《うなばら》は十重《とえ》二十重《はたえ》に波立ち、久内と羽室が佇む砂浜に向かって打ち寄せてくる。その繰り返しには不自然さがあった。以前よりもはるかに波の動きが簡略化されている。

柔らかい潮風が吹きつけてくる。爽《さわ》やかで繊細な香りが鼻孔をかすめるが、久内には物足りない。子供の頃は、あの暴力的なまでの生命の生臭さが苦手だったというのに。大塵禍《だいじんか》前の仮粧《かしょう》では、閾値《いきち》を超える臭気が知覚蘊蔽《コンシーラー》によって任意で除外されていたが、この〈世界〉では、不快な臭気の存在そのものが不要資源として切り捨てられている。「失われないのは、喪失感だけだな」久内は呟いた。

「なにが失われてるっていうの。いつも通りじゃない」と誰かが言い、「いつも通りだよ」と自らを諭すように繰り返す。

もちろん相手が羽室であることは久内にも判っている。それでも疑いたくなるほどに〈群集〉が効いていた。いや、それ以下の曖昧さだった。顔を見つめるほどに、繭籠《まゆご》もりしたように薄ぼんやりとしてくる。なにかに似ていたが、思い出せなかった。思い出せないことが増えている。

「例えば、空き家が増えているような気がしないか」自分の声までがよそよそしく感じられた。「うちの二軒隣にも誰かが住んでいたはずだ」

「もともと誰も住んでなかったじゃない。ただ、惟神《かんながら》党の過激派なんかが、政治的な問題で個籍《こせき》を抹消される場合もあるから」

羽室が右手の波打ち際に目を向ける。ひとりの男が、海に向かって歩いていく。波に煽《あお》られながら水中に沈んでいく。死願者《しがんしゃ》だろう。連中は、窒息のなまぬるい苦痛に身を委ねながら、終わりなく海底を彷徨《さまよ》い歩くのだという。

男の頭が消えたあたりの波の揺れを眺めながら、久内は続けた。

「日々の既視感は増す一方だし、あちこちの通りから気味の悪い臓物《ぞうもつ》が溢れ出してくるし」

「またからかってる。都市伝説なんでしょう？」

「出現した瞬間を何度も見たって言ったろう。職場にも目撃した人がいる」

「だって、ありえないもの。報道もされないし」

もうやめよう、と久内は思う。自分もまた、羽室のなにかを失わせているようだった。

羽室は気怠《けだる》げに溜息をつくと、十字形に割れた、ソファほどもある大岩の前にしゃがみ込んだ。たわむれに砂を撫でたりすくったりしていたが、やがてずぶずぶと指先を埋めて掘り返しはじめた。しだいになにかの輪郭が浮かび上がってくる。それを両手でつかみ出しかけたところで、短い悲鳴をあげた。

久内が身を乗り出し、目を凝らした。砂にまみれた肉塊のようなものが、わずかに拍動している。肥大しきった心臓——に見えた。その下面から太い血管が伸びており、砂の中に埋もれていた。

落ちていた木切れで砂を払いのけると、泡混じりの体液を滲《にじ》ませた臓器の群れが犇《ひし》めいていた。

羽室が後ずさりして、大岩に坐ろうと腰をおろしかけ、動きを止めた。

大岩の表面を覆う丸みのある突起が一斉に動きだし、船虫《ふなむし》のごとく岩の裂け目に潜り込んだのだ。見えたのは一瞬だったが、どれも拳《こぶし》大の空豆《そらまめ》形だった。

「これ、なのね」呻《うめ》くように言う。「どうして知覚壅蔽《コンシーラー》が効かな——」羽室は短く自嘲《じちょう》する。

「もうないんだった、仮粧なんて」

「わたしも未だに錯覚することがあるよ。まあ、表層的には兌換《だかん》の前と変わってないし、仮粧の親度《しんど》が引き継がれているから」

久内は羽室の背中に手を添えて岩から離れた。

背後から砂を踏むかすかな足音が聞こえてくる。枯茶《からちゃ》色の僧衣を纏《まと》った僧侶たちが、ふたりの横を通り過ぎ、漁港のある方に向かって濡れた砂浜を歩いていく。

「アージーヴィカ教徒だ」

「うん」羽室が、背後の断崖を振り返る。

麓《ふもと》には洞窟が口を開き、その周囲の岩壁には緻密な彫刻が施されている。アージーヴィカ教の洞窟寺院だった。この百五十三教区を拠点とする、古代インドから復活した運命決定論を唱える宗教で、近頃帰依《きえ》する者が増えているという。

「ねえ」羽室が髪のほつれをなおしながら、「最初に仮粧を実感したのはいつ?」

「脳神経系の置換手術を受けた後だから、八歳頃だと思うけど、それまでも脳の玉匣《たまくしげ》がときおり働くこともあって、よく覚えてないんだ」

「あ、病気だったものね。わたしは歯医者さんで歯科矯正器具をはめられた四歳のとき。歯を舐《な》めるとぎざぎざした金属の冷たい感触がして。なぜか矯正器具がものすごく大きな異物に感じられて怖ろしかった。それなのに、鏡に映る歯が白くてつややかなのが不思議で、矯正器具の突起に触れすぎて舌が裂けて、救急車が勝手にやってきた」

彼女の容貌は変わる気配がない。

「ほんとは、あなたの言う通り、なにかが起きていることは感じている」羽室が深い溜息をつく。「もっとずっと以前から、わたしたちは失い続けているのかもしれない」

「ああ。現実が仮粧で覆われ、仮粧が新たな現実に置き換わるそのたびに。肉の呪縛から解放されれば、全てが可能になるとでもいうような口ぶりで兌換が奨励されていたっけ」

「あらゆる場所でね。わたしは教会で洗礼を受けていたから」と口の片端をあげる。俗に言う駈け込み洗礼だったのだろう。「悔改《くいあらた》めによって再生した。でも、全てが可能になるどころか、法的な問題が複雑化して、制限は増える一方。子供のことだって――」羽室が言葉を詰まらせる。

議会では、三百年ものあいだ常に厖大な審議が行われてきたが、未だに子供という存在の法的な定義すらままならない。

奇妙な気配を感じて、久内は海に視線を滑らせた。

波間が盛り上がって人の頭が突き出した。さっき海へ入っていった男とはまた別の、だがやはり誰でもない顔。流れ落ちる雫《しずく》にも構わず、眼を見開いている。続いて両肩が浮上する。死への渴望にすら倦《う》んだ死願者《しがんしゃ》なのだろう。濃紺《のうこん》の背広姿を少しずつ露わにしながら海岸に近づいてくる。

ずぶ濡れの死願者の向こうでは、カモメたちが穏やかな海面に向かって滑空し、水中の獲物をついばんでいる。そのうちの一羽が、翼を大きく傾けて翻《ひるがえ》り、緩やかに弧を描いてこちらに向かってくる。左右に伸びきった幅広い両翼がしだいに大きさを増す。その威容に圧倒されていると、みるみる眼前に迫ってきた。大鎌《おおがま》のような両翼が、身を竦《すく》ませたふたりの胴体に――

強い衝撃とともに、久内だけが後ろに飛ばされた。仰向けのまま砂浜に倒れる。視界の中でカモメの翼がばたつき、そのたびに内臓が捻《ねじ》れそうになる。

翼の残像の向こうで、羽室が両手を口元にあてて立ちつくしている。

「どうなって、るんだ」久内が呻く。

羽室がそばにきて、片方の翼を両手でつかんで引っ張る。動きにつられて胸が迫《せ》り上がる。

「だめ、カモメと同化してる。わたしの体はすり抜けたのに、どうして」

足先の向こうに、死願者の姿が見えた。全身から雫を垂らしながら近づいてくる。足に藻《も》を絡ませたままやってきて、久内の前で立ち止まった。

「あの……」と羽室が遠慮がちに声をかける。

死願者は腰を屈めると、濡れた手を伸ばして右の翼をつかんだ。久内の胸にむかってことなげに折り畳み、次に左の翼を同じようにし、手を離した。久内が胸をさすると、カモメは跡形もなく消えていた。

「えっ、どう、なったの？」

羽室が戸惑いの声をあげたが、死願者から手を差し伸べられた久内は、礼を言いながらそれを握った。

引っ張り上げられたところで強い力で内側に捻《ひね》られ、今度は前にくずおれた。

激痛に歪んだ頬が砂地に沈み、唇が砂にまみれる。久内は怒声をあげようとするが、喉仏を施錠《せじょう》されたかのごとく声が出ない。四肢も思うように動かない。代わりに羽室がわめく。

死願者は、濡れた髪の束《たば》を生気のない顔面に貼り付けたまま、歯切れよく言う。

「被疑者の真体《しんたい》を拘束、内部には第一種封印殻《かく》を固定。いや、座標は海中を指していたのだが。拡散した個籍《こせき》のほうはどうだ。収束しない？　ひとまず隔離するしかないだろう。第一種封印殻の起動を」

久内の目が眩《くら》んだ。焦点がずれたように複数の視野が重なりだし、目まぐるしく動いて胃の腑《ふ》を捩《よじ》る。羽室や死願者ばかりか、跪《ひざまず》いた自分の姿までもが見える。瞼《まぶた》をつぶってもなお消えない。

逃げなくては――

久内は激しい焦燥感に駈られる。

なめらかな砂地が、急性の血管浮腫《ふしゅ》を起こしたように夥《おびただ》しく盛り上がった。棘皮《きょくひ》動物を思わせる大小様々な砂まみれの塊《かたまり》。それらが寒天《かんてん》質のように揺れ動きだし、三人のいる方に押し寄せてくる。表面に濡れ固まった砂が剝がれ落ち、幾種もの臓物が露わになった。陽光を鈍く反射しながら、死願者に向かって跳びかかっていく。枝分かれした血管が宙にのたうつ。

「なんだ、これは」死願者が冷静さを失って、足にまとわりつく臓物類を踏みつける――久内は急激な嘔吐感に襲われた。なぜか眼前に、蜂巣《はちのす》状の宏大な大地が瞬《また》く――耳障りな音をたてて臓物が圧《お》し潰され、粘液が弾《はじ》け飛ぶ。砂地に血染みが黒く広がっていく。それでも臓物の数は減らない。久内の心臓が、破裂せんばかりの速さで鼓動を連打する。

「捜査局ユニットを襲ってます「例の情報腫瘍《しゅよう》か」腹部まで這い上がってきた臓物を払い落としながら、死願者は自身を相手にやり取りする。「そのようです。被疑者を中心に輻輳《ふくそう》していますす「内部に断片的な都市情報を検知。八百万《やおよろず》の組成にも似通っています「漏話《ろうわ》しているぞ「こいつのおかげでこの教区は「これ以上腫瘍を潰すんじゃない、再構築が困難になる。細胞核の分析を」

逃げなければ――

「な、なんだ、被疑者の真体が――」

久内の内奥から、煮立つような音が漏れだした。

羽室が顔を両手で覆って絶叫する。

久内のシャツが重々しく膨らんでボタンが弾け、臓腑《ぞうふ》がこぼれ出した。全身を激痛が駆け巡る。腹の裂け目がめくれあがり、体腔《たいこう》の濡れた粘膜が全身を裏返しに包み込んでいく。

「どうなっている「脳波が停止「真体組織の序列転置により、第一種封印殻が構築途中で破られました「なんだと」

いまや指先から肘までが、人間だと判る最後の部分だった。

砂地から湧いて出た厖大な数の臓器が、みちみちと粘《ねば》ついた音をたてて裏返しの肉体に蝟《い》集《しゅう》する。醗酵しているように泡立ちながら融け合い、白い骨を浮き沈みさせて蕪雑《ぶざつ》に流動しつつ膨張する。

「情報腫瘍の遺伝子が被疑者と合致しました「やはり個籍拡散はそのせいか「ああっ——

「どうした「情報腫瘍がこ、この部屋にまで「最低限の伝送路を残して封鎖しろ。その前に第二種、いや第三種封印殻を起動するんだ。遺存種《いぞんしゅ》の時空特性を利用して、創世期に移送する「第三種封印殻を起動「被疑者から情報が逆流。危険です、主観者、ただちに接触を解いてください」

　死願者が久内の手を離した。だが、すでに前腕が袖ごと火膨れ状に腫れ上がっていた。

「肘関節を分棄《ぶんき》」切迫した声とともに肘から先が脱落する。

　久内の五本の指が、それぞれありえない方向に捻れて裏返しの粘膜に巻き込まれた。いまやその全身は、筋肉や骨や臓物を練り固めて血管網で覆ったいびつな血肉の混合物だった。

　波間にぽつ、ぽつと小さな楕円形の甲羅が浮かびあがる。波が押し寄せるたびに数を増し、海面を覆い尽くしていく。岸に打ち寄せられると、砂浜の上を押し合いながら這い進みだす。甲羅の後部からは、鋭利な尻尾が突き出ている。鱟《かぶとがに》だった。臓器群の動きをなぞるように押し寄せ、久内の肉塊に這い上がって付着していく。

　鱟が結合して封印殻を形成していく一方で、まだ覆われていない肉質に複数の赤黒い球が隆起し、ちぐはぐに鼓動して膨張を始めた。やがて方々から勢いよく腐汁《ふじゅう》を噴出させ、派手な粘着音をたてて封印殻を剥離し、肉気球となって砂浜から浮かび上がった。

　風に流されつつ上昇していく肉気球を、死願者と羽室は茫然と見上げていた。

砂浜でだけではなかった。教区の各所から、同じような肉気球が飛び立っていた。夕映えの空に、粘膜層を橙《だいだい》色に染めた肉気球の数々が、繁殖しすぎた大水母《おおくらげ》のように漂う。それらは次第に寄り集まって癒着《ゆちゃく》し、葡萄の房《ふさ》を思わせる不均衡な多房体《たぼうたい》となって、街に途方もなく長大な影を落とした。

多房体は、対流圏を上昇し続けた。分厚い雲を通り抜けるたびに、鋭い稲妻の攻撃を受けるが、頂上部から瞬時に放電する。上空の一点に光暈《こううん》が広がる。

遙か下方では、第百五十三教区だけが、移植のため矩形《くけい》に切り取られた皮膚のように、暗闇の中に浮かんでいた。〈世界〉を構成する他の教区の姿はどこにもなかった。

やがて成層圏に達すると、四方から真珠母雲《しんじゅぼぐも》が淡い虹色を移ろわせながら接近し、硝酸《しょうさん》混じりの粒子で血肉を溶け焦がしはじめた。だが多房体は黒焦げになった表皮を剝落《はくらく》させては再生し、さらなる上昇を続けた。

ついには顕現《けんげん》境界にさしかかり、天球に濾《こ》されるように肉房の数々が歪み潰れ、下界に黒黒とした腐汁を撒《ま》き散らしながらこの〈世界〉から消えた。

その日、夜明けは、〈世界〉に色をもたらさなかった。

第四章　参拝

1

栩野養生塁《とちのようじょうるい》の南側に位置する居住区では、百々似《ももんじ》の糞《ふん》と骨粉《こっぷん》を混ぜた糞土《ふんど》で塗り固められた建物が、無計画に増改築を繰り返し、今にも崩れだしそうに鬩《せめ》ぎ合っていた。東寄りの、とりわけ隘路《あいろ》の入り組んだ陽《ひ》の当たらない場所に、文書保管庫はあった。

高い天井いっぱいまで設《しつら》えられた保管棚の梯子《はしご》の上で、宇毬《うまり》は埃《ほこり》まみれになっていた。

あの方は亡くなったのに、どうして——腑《ふ》に落ちないまま、積み重ねられた古文書を延々とめくって、計画に見合ったものを探し続ける。半日がかりで、塵没地《じんぼっち》の地図や下水工事関連の施工計画書をかき集め、文書保管庫を後にした。

隘路から居住区を縦に貫く拱廊《きょうろう》に出て、隊商広場の方角に向かって歩きだす。地面は段差が多く、ところどころ焼き菓子が砕けたように崩れている。

広場に続く門まであと三軒のところで宇毬は立ちどまり、左手の建物に向きなおった。建物の二階までが拱廊に露出しており、一階部分は三枚並びの骨扉《ほねとびら》で覆われている。その一枚ずつに、寄、塵、門の文字がそれぞれ彫られていた。

宇毬は、初めてこの扉の前に立ったときの緊張を思い起こしながら、媒音《ばいおん》を発した。あのとき、扉を開けてくれた炉門《ろもん》は、なぜか驚いたような、困惑したような表情を浮かべたのだった。

中に通され、師父《しふ》の前で利塵師《りじんし》になりたいと訴えていると、炉門が横から口を挟んだ。

「あんたにゃ利塵師は務まらねえよ。皆を危険にさらしたあげく大怪我をするのがおちさ。さっさとあんたの居場所に、御母堂《ごぼどう》に戻りなよ」

留金《とめがね》の外れる音がして追想が途切れた。宇毬は寄の扉を横に滑らせる。

天井が低く黴臭《かびくさ》い大部屋の中で、門弟たちが、一週間後に迫った隊商旅の準備に忙殺されていた。師父は壁際の作業机の横に立ち、皆の仕事ぶりを眺めている。この毛髪のない頭のどこに、かつてつむじがあったのだろう。宇毬が思っていると、師父が唐突に振り向いた。

「早く持ってこんか」

驚いて落としかけた古文書の束を抱えなおし、師父に手渡す。

師父は丸まった古文書の端に鋳鉄《ちゅうてつ》製の従《じゅう》を載せておもしにし、一気に片手で押し広げた。一枚ずつめくって、「使い物にならん」と言い放つ。

「なに突っ立っとる。もう一度行ってこんか！」

宇毬は駈けだした。役に立つのは借金の取り立てだけかよ、と笑う炉門の声が聞こえた。受け取ってもらうまでに、文書保管庫との間をさらに四往復しなければならなかった。というに陽は落ちていた。

師父は朝から半日足らずで古文書を継ぎ接《は》ぎすると、後は憑詞《よりごと》の組み上げに長《た》けた帆丸《ほまる》に任せた。帆丸は残り半日で、難なく手書きの作譜《さくふ》を済ませ、親指ほどの大きさの形相弾《けいそう》に向かって媒音を詠み聞かせた。口から覗く銀歯は、光の加減で真っ黒に見えた。

早朝の引き攣《つ》った空気のなか、師父と宇毬は養生塁の西門前で待っていた。

隊商姿の男が、居住区の家並みの前に横たわる地這《じば》えたちを避けながら近づいてくる。隊商笠の縁《ふち》から垂れた紗幕《しゃまく》越しに、土師部《はにしべ》の丸みのある顔が透けて見え、宇毬は言葉を失った。

「この格好で大丈夫でしょうか。古着屋で揃えたのですが」土師部が澄んだ声で言った。

「迷彩は旧式だが、鎮塵帯《ちんじんたい》だから問題ないだろう」

師父は応え、三人は厚みのある西門をくぐって梱野養生塁を出た。

遮るもののない虚空の下、無数に窩《あな》の開いた鎮塵帯の大地が広がっていた。朝の光を受けて、蓮の花托《はちす》や珊瑚の化石に喩えられる格子結晶の輪郭が際立っている。

風が多空洞の地層を吹き抜け、低い呻《うめ》きのような音を間断なく響かせている。

師父が巨龍の大腿骨を思わせる格子結晶の上に足を踏みだし、土師部、宇毬の順で後に続いた。三人はそれぞれ自らの長い影を踏みしめつつ鎮塵帯を慎重に渡っていく。

窩は人の胴回りほどもあるが、足場となる格子結晶も同じくらい幅広く、渡り歩くのに支障はない。その無数の連なりを見下ろしていると、空高く浮かんでいるように錯覚する。

宇毬の前をたどたどしく歩く土師部の膝が、恐怖のせいか震えている。

この人は鎮塵帯を渡ったことがないのだろうか、と宇毬は不思議に思う。それならどうやって栩野養生塁にやってきたのだろう。そもそもこの前の出戻りと同じ人なのだろうか。

鎮塵帯のあちらこちらに、しゃがみ込んだ人影が見えてきた。みな片手を地面に押し当てている。

「なんです、あの人たちは」

「養生塁お抱えの利塵師たちだ。ああやって従《じゅう》を使って、侵犯してくる種々雑多な形相《けいそう》を定期的に祓《はら》っている。おかげで養生塁周辺は、格子結晶で空間充填した鎮塵帯に抑え込まれているというわけだ」

鎮塵帯は二粁《キロ》ほど前方まで続いているが、そこから先は奇怪な塵筍《じんじゅん》が聳《そび》えだし、さらにその向こうには、ありとあらゆる塵造物《じんぞうぶつ》が無秩序に繁茂する塵骸《じんがい》密林が広がって、地平線を覆い隠している。

「ここも、もとは棄層《きそう》なんですね」

「そういう呼び方はせん。最小単位の塵機《じんき》から始まり、塵骸や骸崖《がいがい》など、規模や賦活《ふかつ》段階によって様々な構成単位があるが――まぁ一括《ひとくく》りにするなら、溟渤《めいぼつ》だな」

なるほど、と土師部はうなずいた。その視線は塵骸密林の向こう、遙か彼方《かなた》の高みに向けられていた。しかし宇毬には百々似の群を思わせる高積雲しか見えない。視線を下ろすと、土師部の足運びが危なっかしい。

「空ばかり見ていると穴に落ちますよ」つい宇毬は声に出して言ってしまう。

とたんに土師部がよろけ、宇毬が後ろから支えてやらねばならなくなる。服地を通して感じられる肉付きが、怖いくらいに柔らかい。

「在《あ》りし日の浮橋《うきはし》でも懐かしんでいたか」背を向けたまま師父が言う。

「懐かしんでるわけじゃないです。わたしが見ているのは未来ですから」

土師部は揺るぎなく言い、何度か足踏みをして格子結晶の曲面を確かめた。

「これはまた古めかしい言葉を持ちだしてきたもんだ。だが、わたしには同じようなもんだ。溟渤を長く旅しているとな、ラザニアみたいな時の連なりも、シチューみたいに溶け消えてしまう」

浮橋という言葉が宇毬の心に引っかかった。いつだったか、柴田先生がその言葉を口にしていたのだ。そのときの会話を思い出そうとしたが、ますますどんなものなのか判らなくなってきたラザニアに思考を覆い尽くされた。

「わたしたちの〈世界〉も似たようなものですよ。可能性の算出を止められませんから。住民はそれと気づかず、明日を懐かしみ、過ぎた日々に希望を絆《つな》いでいるんです」

「どっち向きの希望でもいいが、無事に帰り着きたければ忘れることだ」

三人は鎮塵帯を黙々と渡り歩く。

地響きを立てて、足元が大きく震動しはじめた。宇毬が支えようと伸ばした指先をかすめて、土師部の体が沈んだ。片足が窩にはまり込んでいる。

幾層もの格子結晶の網目を透かして、魁夷《かいい》な黒い影がおぼろげに現れ、ゆっくりと通り過ぎていくのが見える。土師部が悲鳴に近い声で喘《あえ》ぐ。

影が遠ざかって地響きがやんだとたん、珍しく師父が大声で笑いだした。

「あんたも同じような外回りの中の街に住んでいたんだろうが。亡霊のくせになにを怯えとる」

「外部から見ることなんてありませんから」土師部が額に脂汗《あぶらあせ》を浮かべて、不服そうに言う。

いくら巨大とはいえ、全長六米《メートル》ほどの外回りの内部に亡霊たちの街が存在するという意味が、宇毬には未だによく理解できない。出戻りが、外回りからやってくるということも。

ふたりして土師部を引っ張り上げた。

土師部が格子結晶の上に乗ったとたん、足元の曲面が沸々《ふつふつ》と融けだし、ふたりは後ずさった。土師部を中心に格子結晶が融け広がり、いくつもの窩を液状の膜で塞いで、直径三米《メートル》ほどの銀色をした窪地《くぼち》となった。そのなだらかな曲面に、多様な文様の波紋が現れ、曼荼羅《まんだら》と化し、棒状の立体をまばらに突き立てながら、万華鏡のごとく刻々と変転していく。

宇毬はこういった変容波紋をドイリーと呼んでいた。御母堂《ごぼどう》の母親たちが手慰みに作るレース編みの敷物によく似ていたからだ。

師父と宇毬は巻き込まれないよう間合いをとっていたが、土師部は当のドイリーの中心でまるで物思いにでも耽《ふけ》るように立ちつくしていた。その虚ろな視線が向けられた十歩ほど先にも新たなドイリーが発生していた。なにかが盛り上がりつつある。立方体のようだった。

「早く目を閉じるんだ」師父が叫ぶ。「なにも望むなと言ったはずだ。思いがさかしまに強すぎる」

土師部は小刻みに息を吸いながら瞼《まぶた》を塞いだが、立方体はすでにその背丈を超え、さらに大きくなりつつあった。頂上部が傾きだし、垂直面の要所要所が矩形に窪んで、塵没地《じんぼっち》から移築されたような一軒の屋敷を形作っていく。テーブルや椅子を乗せたテラスが迫《せ》り出し、芝草に覆われていく庭の向こう側では、融けた地面が湖となって暁光《ぎょうこう》を照り返しはじめていた。その煌《きら》めきのなか、屋敷を取り囲むように、何本もの円柱が丈を伸ばして樹林を形成していく。

師父が媒音《ばいおん》で鎮詞《しずごと》を詠みだした。宇毬も一オクターヴ上でそれに重ねあわせる。

土師部の足元のドイリーが鎮まり、虚無のあぶくが弾《はじ》けるようにまた窩が開いていく。

樹々が不揃いに沈みだし、屋敷は角《かど》が丸くなって形が曖昧に崩れていく。そのさなか、宇毬は塞がっていく窓の奥に人影を見たような気がして心をざわつかせた。

屋敷は土饅頭《どまんじゅう》のような状態にまで退縮したが、そこで動きが鈍くなった。土師部の思考が影響を与え続けているのだ。

結局、平らな結晶状態には戻せないまま、三人はその場を離れた。

黙《もく》したままで半時間ばかり北西に進んだ。

百米《メートル》ほど先に塵骸密林が迫っていた。その一部が手前に膨らみ、粉砕されたように罅割《ひび》れて葉叢《はむら》を模した。

また土師部に感応しているのかと身構えたが、葉叢を押し分けて現れたのは、白毛に覆われた三つ眼《め》の顔面だった。蛹《さなぎ》から羽化《うか》したての生白い成虫のように百々似が吐き出され、吐き出され、吐き出されていく。

金眼《きんめ》に毛《け》長《なが》に茶縞《ちゃじま》——どの百々似も高級な品種ばかりだった。いまや隊列となって鎮塵帯を渡りだしている。使用料のかかる常設の軌綱《きこう》を使っているらしい。

百々似の間を歩く利塵師がこちらに向けて手を掲げ、手首を軽く捻《ひね》る。

「自慢してやがる」師父が言いながら応じ、宇毬もそれに倣う。隊商どうしの間で用いられるありふれた挨拶だった。

師父は百々似隊商の列に背を向け、腰下げ鞄《かばん》から六分儀《ろくぶんぎ》を取り出し、空を仰ぎ見た。

「もっと南だ」

そこから十分ほど歩いて、目標の座標に到着した。なんの変哲もない格子結晶の交叉《こうさ》部だ。

師父は、腰の従鞘《ホルスター》から従《じゅう》を取り出すと、片膝をついてしゃがみ込んだ。従口を交叉部の中心に押し当て、引き金を引く。

鐘《かね》を殴りつけたような鈍い響きと同時に、骨質《こっしつ》状の表面を微量の光条《こうじょう》が跳ねまわった。

弾痕《だんこん》を中心に穴が融け拡がり、見えない熱源が落ちていくように下へ下へと深さを増して竪穴《たてあな》を形作っていく。その内壁に並ぶ窩が眠りに誘われたように塞がりだし、起伏のない曲面へとなだらかに変移していく。

やがて入口から奥底の暗がりに至る垂直の内壁に、長い梯子が細かく泡立ちながら押し出された。

「こんなに速く、形成できるものなのですか」土師部が感嘆の声をあげる。

「だからこそ峕界《せかい》がこうなってしまったんだろうに」

師父、土師部、宇毬の順に竪穴の梯子を下りはじめる。魔法のように塵機《じんき》の積層を変容できても、それを保持しておける時間は長くはない。宇毬にはまだ、師父のように憑詞《よりごと》の持続時間を見積もることができない。

五十米《メートル》ほど下り続けると、底は大空洞になっていた。暗がりのなか、空気は湿っていて黴臭い。

梯子から降りた師父が、頭上に角灯《ランタン》を掲げた。

崩れかけた板塀に挟まれた、腐食して黒ずんだ木造の鳥居《とりい》がまず目に入る。宇毬の目には、その直線的な構成が、ひどく禍々《まがまが》しいものに映る。鳥居の奥には、頂上部に丸太の並ぶ、苔むした茅葺《かやぶ》き屋根の苫屋《とまや》が、幾分右に傾いた状態で息をひそめるようにして建っている。

宇毬の真下で梯子につかまっている土師部が、感慨深げな溜息を漏らした。

大空洞の天蓋《てんがい》では、茅葺き屋根を逆向きに模したとおぼしきいくつもの朧気《おぼろげ》な形状が、瓦茸《かわらたけ》のごとく幾層にも重なり合い、雲のゆるやかさで奥の暗闇に向かって流れていく。

土師部が地面に飛び降り、とたんによろけて尻餅をついた。

よく見れば、地面は階段状になっており、そこここに大水母《おおくらげ》を思わせる不定型な盛り上がりがいくつも散らばっていた。竪穴を塵詠みしたときの余剰物だ。

土師部が立ち上がるのを待って、宇毬も降り立った。靴底で擦《こす》るようにして石段を踏みしめ、その揺るぎなさに畏敬の念を抱く。

師父は角灯《ランタン》を地面に置くと、従《じゅう》を手にしたまま、鳥居の柱を浮彫状に連鎖複製している壁面を叩き、賦活《ふかつ》の度合いを確かめた。

「この大空洞、どうやって形を保っているんだろう」

宇毬は思わず声に出して呟いていた。この深さまで鎮詞《しずごと》が届いたとしても、局所的に特定の形態をとるわけがない。この程度の変容で留まっているのも不可思議だった。

「塵機には、神聖な対象への畏怖が組み込まれておるんだ」師父が言い、見えないなにかを空中で動かすような仕草をした。「といっても、その本能が働くのは、未だにこの神社の仮《か》粧《しょう》が機能しているためだ。塵没《じんぼつ》前に施された仮粧上の封印が、結果的に神社を保護することになったのだろう。皮肉なものだ」

師父の話す声に、足音の響きが重なった。

土師部が放心した様子で、吸い寄せられるように幅広い石段を上っていく。

八米《メートル》近い鳥居の、木目のある二本の太い円柱の間で立ち止まると、土師部は陽が巡るように角灯《ランタン》を動かして、鳥居よりやや低い、苔に覆われてほぼ土と化した茅葺き屋根の無残な様子を浮かび上がらせた。

立ちつくす土師部の後ろ姿を横目に、宇毬は訊ねる。

「あの、仮粧って、なんですか」

「美しい衣服で着飾って裸を隠すように、仮粧という理想の織物で、現実を何重にも覆い隠

していた時代があったのだ。こういった神社では、鎮守神《ちんじゅ》や産土神《うぶすな》といった神々が顕現《けんげん》し、国政に組み込まれ、それまでになく人々の日常と密接に関わり合っていた」

「神さま、ですか」

「むろん概念を算譜《さんぷ》化したものだが、人々はそれによる情報的な管理と庇護の元で、歪《いびつ》なほどに利便性の極まった生活を享受《きょうじゅ》していたわけだ。その後、八百万《やおよろず》とも呼ばれた塵機原料が、苛界《せかい》を新たに物質化しなおしたわけだが……そのあげく……未曾有《みぞう》の大塵禍を引き起こし……」

　師父が隊商笠の紗幕をかき上げ、従把《じゅうは》の底でこめかみを押さえる。

「師父？」

「それでも鎮守神や産土神は、氏子《うじこ》を手放そうとせず……再生知性、に、現世《うつしよ》からの、脱出を、を阻害する因子として封印され」

　師父の体がぐらついたかと思うと、地面に横ざまに倒れた。

「師父！」

　落ちた従《じゅう》が石段に弾け、大水母のひとつにぶつかって埋もれた。じかに型取りされれば対《たい》塵《じん》迷彩も効かない。とたんに従を模した突起が半球の全面から咲き乱れた。それをさらに頭上の天蓋が写し取り、従を放射状に実らせながら、鍾乳石《しょうにゅうせき》のように垂れ下がってくる。

　宇毬は訳《わけ》も判らず駈け寄り、師父の体を数段下まで引きずり下ろした。

　天地の双方から連鎖複製された従が、軋《きし》みをたてて結びつきあい、苦灰石《くかいせき》結晶のごとき柱となった。その表層に犇《ひし》めく従身《じゅうしん》が、次々と破裂音をたてて柱にめり込んでいく。一斉射撃を始めたのだ。

反射的に師父に覆い被さる。

無数の従声《じゅうせい》が空洞じゅうにけたたましく反響し、血の気の引いた宇毬の上に、壁の破片を降らす。殺傷用の武器でないとはいえ、当たれば無傷では済まない。

数秒のうちに射撃はやんだ。単発式でよかった、と宇毬は深い溜息を漏らす。

師父の上から身を起こし、神社の方に顔を向けると、鳥居の柱の陰から、土師部がおずおずと顔を覗かせた。従の柱を迂回《うかい》して駈け寄ってくる。

師父の顔面が痙攣《けいれん》しはじめたので、顎紐《あごひも》をほどいて隊商笠を枕にした。声をかけ続けていると、眉根を寄せ、「いかせろ。竪穴に、じっ、持続用の形相《けいそう》弾を打てななかった。時間がない」と呻き、瞼を閉ざした。

土師部がうなずき、苫屋に向かって走りだす。

分厚い瞼を隔てて師父の眼球が激しく動いている。

「だめだ、どうなって」師父が喘ぐ。「肉体感覚がかき消えている。かろうじて発声器官だけが、だがまるで轡《くつわ》をかまされているかのようだ。〈世界〉の顕現領域から弾かれたのだろうか。似たような事故の例は聞いたことが」別人のような口調で宇毬には理解できない内容を話し続ける。急に両眼を見開いたが、どこにも焦点があっていない。「これは、上位ＵＩなのか。仮粧時代の視介《しかい》と似ている。操作感も同じだ。他の教区への逓信《ていしん》路を。そこに行けば越境でき――」

「師父！」宇毬がうろたえて叫ぶ。

「だめだ。どこも閉鎖されている。それなら逓信網の共有枝はどうなって――これも、これも、これもだ、終端がダミー信号で塞がれている。空から目にしたとおり、この教区だけが隔絶されているということなのか。だが――」

師父の体内から、なにかが逆流するような音がした。口や鼻孔から、黒い血がこぼれ出す。

「師父！　師父！」声を嗄《か》らして呼び続けるうち、ようやく目が合った。

「なんだ、体が、やけに重い。視介不良か。ぼんやりなにか見えてくる。顔だろうか。親度《しんど》が深まってくる。深すぎる。毛細血管の透過する肌、散乱する色素性母斑《ぼはん》。それに、顔貌《がんぼう》が左右で対称性を失いすぎている。まさか医学用検体なのか」

「師父」

「わたしに、話しかけているのか。君はいったい」

「わたしです、宇毬です」

砂利《じゃり》音が聞こえて振り返ると、土師部が黒々とした漆《うるし》塗りの箱を抱えて走ってくる。苫屋に隠されていたものなのだろうか。これが彼の目的だったのだろうか。

「土師部さん、師父を――」

土師部はためらいなくふたりの前を通り過ぎる。竪穴の下で立ち止まり、箱に紐をまわして結わえだす。

「お願いです、師父を運び上げるのを手伝ってください」

応えもせず、箱を背負って梯子を上りはじめ、土師部の姿は消えた。

宇毬は師父の両腋に腕を通した。腋は異常なほど熱を放っている。上体を抱え、竪穴の下まで引きずった。

隊商笠の裏側に巻かれた綱をほどき、師父を背負って全身にくくりつけるが、すぐに足がよろけて岩壁に手をつく。体重差は三十瓩《キロ》以上ある。

梯子を上りだすが、想像以上の重さに腕とふくらはぎが破裂しそうになる。噴き出た汗がそこかしこから滴《したた》りおちる。すぐに動けなくなり、少し休んではまた上りだす。息が乱れる。指や掌《てのひら》の肉刺《まめ》が潰れ、滲《にじ》んだ体液で手が滑って危うく落ちそうになる。いまなら死人より血の気がないに違いないと思う。


半ばまで上ったあたりから竪穴の幅が狭まりだし、壁面が繊維状にほぐれてきた。背中が、師父の体が熱い。歯を嚙み締めて一心不乱に上り続ける。

円形に切り取られた青空が近づいてきた。全身が酸素を欲《ほっ》していた。塵機《じんき》を吸い込みすぎたのだろう、肺臓が内側から刮《こそ》げ落とされるかのごとく痛む。掌は焼け爛《ただ》れたようにうずき、上腕やふくらはぎの筋肉は固く凝固して今にも砕けそうだった。

あと少しだ、と自分に言い聞かせて再び上りはじめる。

出口を目前に、竪穴が捻《ねじ》れだした。動きがとりにくくなる。力を振り絞って一段上がろうとしたとたん、舌の上に砂糖菓子が砕けたような触感が広がり、力が抜けた。小鼻に溜まった汗が落ちる。おそるおそる舌先で確かめる。右の歯列の奥にとてつもなく大きな空間ができていた。苦い唾と一緒に歯の欠片《かけら》を吐き飛ばす。

壁面が緩みだしたかと思うと圧迫がはじまり、腸管のような蠕動《ぜんどう》を始めた。胸ポケットの骨《す》鈴《ず》が音をたてて砕ける。

宇毬は師父を背負っていた綱をほどいて身を屈め、師父の体の下に潜り込んだ。梯子に載せた足を踏ん張り、弾力のある壁でかろうじて背中を支えながら、師父の巨体を少しずつ押し上げていく。

ようやく地上まで担ぎ上げたときには、左足が攣っていた。両腕を震わせながら自らの上体を竪穴の縁《ふち》に乗せ、押し潰されたような息を吐き出す。肺胞が小さな爆発を続々と誘発しているようだった。

竪穴の縁に右足をかけようとしたが、まったく動かない。見ると竪穴が唇のように窄《すぼ》まって、膝上あたりまで両脚を咥《くわ》え込んでいた。

慌てて媒音《ばいおん》を発するが、息が乱れているせいで安定せず効果がでない。逃れようと身悶《みもだ》えするうちに、体を支えていた左手までもが地面に埋《うず》もれた。手足が締め付けられ、その激痛に宇毬は自分が発したとはとても思えない、太い鉄骨が捻《ね》じ切れるような金切り声をあげる。涙と鼻水を溢れさせ助けを求めるが、師父はぐったりとしたまま動かない。

肉が潰れ骨が砕ける鈍い音が、じれったいほどの緩慢さで聞こえてくる。顔から血の気が引き、脂汗が滲み出してくるのがわかる。

唐突に体が軽くなり、前のめりになる。

上体を翻《ひるがえ》すと、両脚の膝上から先がなく、真っ赤な鮮血がほとばしっている。出血を抑えようと伸ばした左の手首から先も見当たらない。体が氷結したように熱を失った。

襲ってきた痛みと恐怖にのたうちながらも、宇毬は利き腕だけで従《じゅう》を抜いて腹の上に載せた。震える指で弾帯《だんたい》から形相《けいそう》弾をつまみ出して装塡《そうてん》し、従を格子結晶に押し当てた。息を止めて引き金を引く。全身に電流が走り、背中が反り返った。

まもなく弾痕から治療虫の瘡蓋蟻《かさぶたあり》が湧き出し、嵩《かさ》を増しはじめた。それらが軽やかに跳躍し、両脚と片手の断面を覆っていく。熱い痺れに唸り声があがる。

瘡蓋蟻とは別に、蜈蚣《むかで》や蜘蛛《くも》などの治療虫が自然発生し、行き場をなくして足踏みしていた。この手のものは人に感応して自生しやすいが、適した種《しゅ》とは限らないし、危険な変質を遂げていることも少なくない。

あとは聴喋《ちょうちょう》さえ放つことができれば――宇毬は弾帯の形相弾を、何度も取り落としながら従に装塡したが、引き金に力が入らない。

死になさい、と指が嘲《わら》っている。

度を超えた痛みに朦朧としていると、種子《しゅし》殻《がら》を被った苗《なえ》を思わせる、遠い小さな影に気づいた。巨大な軌綱《きこう》巻きを背負った敷設師《ふせつし》だ。腰の滑車を介して百々似用の軌綱を地面に垂らしながら近づいてくる。

そのずっと向こうに、百々似たちのぼやけた姿も見えた。宇毬は声をあげようとしたが、口から出るのは、苦い泡と空気の漏れ出る音だけだ。

敷設師が立ち止まり、重心を片方の足に移した。隊商笠が風に煽《あお》られ、その拍子に宇毬の方へ顔が向いた。遠くて見えるはずのない双眼《そうがん》が、あるはずのない宇毬の両脚を見据えているのを感じ取った。敷設師は巨大な軌綱巻きを地面に降ろし、静かに駆け寄ってきた。

2

一頭の百々似《ももんじ》が、鎮塵帯《ちんじんたい》に敷かれた軌綱伝いに這い進んでいた。

その柔らかい背中の上に、宇毬《うまり》は師父《しふ》と共に仰向けに乗せられていた。宇毬は右手で百々似の和毛《にこげ》を鷲づかみにし、激痛に耐えて身をよじっていた。

その傍《かたわ》らを、長身瘦軀《そうく》の曾歩士《そほし》が飄々《ひょうひょう》と歩いている。

「お待ちかねだぜ」

宇毬が頭をあげると、駆狗子《くぐし》と睨鋭子《げいえいし》が走り寄ってくるのが見えた。曾歩士が聴喋《ちょうちょう》を飛ばして、知らせておいてくれたのだ。ふたりの背後には土器《かわらけ》色の塁壁《るいへき》が聳えている。宇毬は頭を柔毛の上に戻し、目に涙を溜めた。

百々似の表皮が片側に引きつれた。駆狗子と睨鋭子が胴体を上ってきたのだ。ふたりが師父に呼びかける。

応じるように唸り声をあげる師父の顔は、鼻下から喉元あたりまで赤黒く乾いた血に覆われている。

「おまえ……」駆狗子が宇毬の両脚の断面を凝視していた。

「ごめんなさい、師兄《しけい》。ごめんなさい。ごめんなさい――」

言葉が溢れ出て止まらなくなった。

「痛むか」

うなずくと、駆狗子が腰掛け鞄から穿刺器《せんしき》を取り出し、汗まみれの首に射ってくれた。痛みが引きはじめ、瞼を閉じる。

ふたりが師父にかける張り詰めた声が、貝殻を耳に押し当てたように遠く聞こえる。眠りに落ちそうになっては浮き上がり、また眠りに落ちそうになる。

背中から揺れが伝わった。百々似が軌綱から爪肢《つめあし》を離し、養生塁《ようじょうるい》の土台に這い上がるのが判った。

陽の暖かさが薄れ、薄目を開ける。門の穹窿《きゅうりゅう》が真上をよぎっていく。

靴の底が地面を擦る音。曾歩士が百々似の顔面に体重をかけているのだ。

百々似の胴体がわずかに押し上がり、動きが止まった。

顔を横向けると、屋台の屋根が並んでいた。その背後に延びる塁壁沿いには糞土を盛った小山が並んでおり、谷間《たにあい》に人が集まっていた。鎮痛剤のせいか、どの顔も土師部《はにしべ》に見える。

ひとりは炉門《ろもん》に似ていた。そのことを伝えようとするが、呂律《ろれつ》が回らない。

また眠っていたようだった。

駆け寄ってくる足音に意識が戻る。錬児《れんじ》と帆丸《ほまる》の狼狽《ろうばい》した声がする。

「おまえたちは、宇毬を頼む」と駆狗子の声。

ふたりの息を呑む気配がした。宇毬の体が温かい毛並みから離され、降下しはじめた。脚の切断面になにかがあたって、宇毬は体を仰《の》け反《ぞ》らせる。やがて地面に下ろされた。百々似の生暖かい呼気を浴びているうち、今度は全身が不安定に持ち上がり、担架に乗せられたのだと判った。

錬児の逆向きの顔が眼前にあった。宇毬から逸らした瞳に、濃い睫《まつげ》が庇《ひさし》を作っている。視界の片側で、白毛の壁が動きだした。百々似が曾歩士に促され、もぞもぞと巨体の向きを変えているのだ。

「あれ、曾歩士師兄、出発したんじゃ――」百々似越しに、息をはずませた場違いな声が聞こえてきた。

「常に状況把握だと教えたはずだぞ炉門、だから生傷が絶えないんだ。駆狗子よ、爺さんが目を覚ましたら、命の利息分を毎月取り立てにくるから、と伝えといてくれよ」

「世話になった」と駆狗子が短く礼を言う。

「なんてこった……だから言ったんだ、いつかこうなるって」炉門がうわずった声で言い、語気を強める。「どうするんです師兄、出発は四日後だってのに」

「その話はふたりを道場に運んでからだ。おまえは柴田先生を呼んできてくれ」

「ふたり？」宇毬の霞《かす》んだ視界に、炉門の顔が斜め向きに入ってきた。「ああ、くそっ！案の定足を引っ張りやがって。だからこいつを、こいつを寄塵門《きじんもん》に入れるのには反対だったんだ」

「やめなよ、炉門。もうこの娘《こ》は……」と帆丸。

「いや、宇毬は〈病み上がり〉なんだ、すぐに病み上がりに戻るよ」と錬児が呟いた。


師父と宇毬は、居住区にある寄塵門の一階道場に運ばれ、寝具の上に寝かされた。

宇毬は、起こったことをかいつまんで説明した。

「あの出戻り野郎、胡散《うさん》臭いと思ったんだ」駆狗子が壁に拳《こぶし》を押し当て、吐き捨てるように言った。「さっき殴り倒しておくべきだった。通りで見かけたんだ、黒い箱を物々しく抱えたあの男を」

「威勢のいい男だこと。静かにせんと口を針金で縫うちまうよ」

寄の扉が開いていた。骨製の車椅子に坐った皺《しわ》だらけの小柄な老人が、助手に押されて入ってくる。その後ろで、炉門が扉を閉める。

「柴田先生」門弟たちが神妙に挨拶をする。

若い頃に男から女になったという噂だったが、いまの皺だらけの容貌からはどちらともつかない。先生の方が施療院《せりょういん》に入るべきだよ、と患者たちにからかわれるほどの高齢だが、大塵禍《だいじんか》以前の医療技術に精通している数少ない施療師のひとりだ。

詰め襟の服を着た蠟人形のような助手が、車椅子から柴田先生を抱えあげ、師父の枕元に降ろした。

「えらい有様じゃないか、寄塵門」

柴田先生が両眼を細め、その下のたるみをぐいと膨らませる。その目袋《めぶくろ》の中に、体内の患部を透かし見る特殊な感覚器が潜んでいるのだと真顔で言う者もいる。

助手が車椅子の背もたれの荷台から大きな革鞄を降ろした。音を立てて留め金具を外し、蓋を開ける。助手は桶《おけ》を持ってくるよう炉門に頼むと、奇怪な治療器具の数々が詰まった鞄から円筒形の容器を引き抜いて、先生に手渡した。

先生は震える手で容器の蓋を開け、白銀《しろがね》色の玉が数珠つなぎになった紐を引っ張り出した。干し葡萄のように萎びた指で玉をひとつずつ弾いて外し、師父の胸の上に落としていく。それが済むと、両手の指を組み、お経《きょう》に似た憑詞《よりごと》を詠みはじめる。玉がそれぞれに多肢《たし》を伸ばして壁蝨《だに》のように動きだした。喉を渡り、顎を上り、唇を飛び越え、鼻孔の中に一匹ずつ潜り込んでいく。

「元々はあんたから買った形相《けいそう》弾で作った治療虫だ。暴走して孔《あな》だらけにされても文句はなかろう？」

そう言って、銀歯《ぎんば》混じりの歯を剝き出して笑う。腕の悪い利塵《りじん》師がこしらえた憑詞では、よく起こる事例だ。

戻ってきた炉門が、先生に指先で示されるまま、師父の頭近くに桶を置いた。

しばらくして師父の鼻孔から一匹の治療虫が転がり出て、尻からだまの連なる糸を吐き出しはじめた。先生が指先でそれをなぞり、助手に指示を与える。

助手は鞄から渦巻き状の細管《さいかん》を取り出すと、桶の上でほどいて伸ばし、片方の先端を師父の鼻孔に深く挿《さ》し入れた。その半ばから垂れたふぐりのような革袋を握りしめる。桶の中で彎曲する細管の先端から、どす黒い血が途切れ途切れに流れ出てきた。

やがて残りの治療虫たちも戻りだした。それぞれに糸を吐き出し、指先で読み取った先生が顔色を変える。

「先生」駆狗子が囁くように訊ねる。

「治療はあんじょう済んだよ。破裂した血管も縫合した——けれど脳波が類例のない乱れ方をしとる。寄塵門の病《やまい》は、脳神経の不具合のせいかもしれんね」

「神経の病ってことですか」

「いんや、全身の神経組織が人工のものなんだ。これが八百万か九十九《つくも》なら、溟渤《めいぼつ》の影響を受けることなく機能を保つことなんてできんかったろう。もっと前のものだろうね」

「八百万?」帆丸が声をあげた。

「塵機《じんき》原料の製品名さね」

「それは知ってますが、八百万なんてものが使われていたのは……」

「そうだ、大塵禍の前だろうに」と炉門。「もう三百年も経つじゃねえか」

「なんだ、あんたらは知らんのか」先生が、炉門の方を見やる。

「師父は、大塵禍の生き残りなんだ」と駆狗子が太腕を組んだまま言い、「ああ」と睨鋭子もうなずいた。

錬児が息を呑むのがわかった。宇毬は顔を上に向け、糞土が斑《まだら》に剝げた天井を見つめた。

「おいおい、いったい何歳なんだ……」

驚いている徒弟たちに、「あたし自身が証人さね」と先生が語りはじめた。

「あんたらも悪夢を見ることがあるだろう。そんなものが悪夢でもなんでもないってことを、大塵禍では思い知らされたさ。いまでも昼日中に記憶が蘇《よみがえ》って、歯の根が合わなくなることがある。浮橋《うきはし》が崩れて、第二次脱出計画が頓挫してからだったね、すべてが悪化の一途を辿りだしたのは。兌換《だかん》を拒《こば》んだり、拒まれたりして非再生知性と蔑《さげす》まれたあたしらには、避難蛹《よう》を作って閉じ籠《こ》もり、低代謝状態で命を宙づりにして、いつ終わるとも知れん大塵禍をやりすごすしかなかった」

「大塵禍は、三十年ほどで鎮まったと聞いているのですが」帆丸が言った。

「そう、地域によって異なるけどね。避難蛹は溟渤の賦活《ふかつ》状態を見計らって脱蛹《だつよう》し、養生塁という新たな生活の場となった。でも、あたしらのいた避難蛹のように、偶然救出されるまで、溟渤に二百年以上沈んだままになることも、稀にあったのさ」

「まったく、すげえや」

「それで、師父はどうすれば治るんです」駆狗子が訊ねた。

「あたしにもどうしてよいか判らんね。蓮玄《れんげん》養生塁に、あたしらと同じ避難蛹にいた、川村《かわむら》という施療師がおる。元は塵機関連の技術者だ。あの男なら」

「蓮玄養生塁なら、次の目的地から近い。訪ねてみます」

宇毬は咳き込みだした。傍らに坐る錬児が頭の後ろを手で持ち上げ、袋を口に押し当ててくれる。喉に粘りつく血痰《けったん》をはき出す。

先生がうなずき、助手に顎で示した。先生の体が持ち上げられ、宇毬のそばで降ろされた。

「で、あんただね」先生が目袋で、むせ返る宇毬を見据えた。服を開いて、あばらの浮き出る胸に聴診器をあてたあと、同じように治療虫を放って鼻孔から潜り込ませる。

異物感が気道を下りていったあと、肺が無数の針で貫かれるように痛みだした。

先生は次に、足の切断面を覆った瘡蓋《かさぶたあり》蟻を何匹か取り去り、傷の状態を調べた。

「もう脚の存在を忘れて塞がりかけとるよ。この老いぼれ施療師にできることは、なにも残っとらんね。ええと、あんた」

「錬児です」

「百々似の爪肢のうち、二列目の右と、五列目の左はなんだい」

「ええと、鎮痛薬と抗菌薬」

「それを粉《こな》挽《ひ》き屋で買って、この娘《こ》に毎食後、飲ますんだよ。落ち着いたら、義足や杖を買うとええ」

宇毬がくしゃみを繰り返して、治療虫を吐き散らす。

先生が円筒を突き出して媒音《ばいおん》を発し、それらを中に戻らせた。

助手が柴田先生を車椅子の上に戻して去ってしまうと、門弟たちは車座になり、師父が隊長を務める予定だった、四日後に出発予定の隊商旅をどうするのか相談しはじめた。隊商の雇い主は到着を南港で待っているし、放射性移動体の予想進路を踏まえると、出発は延期できなかった。師父からの指示はすでに受けており、行路地図と必要な形相弾はほぼ仕上がっている。あとは自分たちだけで旅を乗り切るしかなかった。

「おまえはここに残るんだ」駆狗子からはっきりと告げられたが、宇毬はうなずかなかった。

動けなくとも媒音は出せます、一緒に連れていってください。そう声を絞り出す。

皆が口々に諭したが、宇毬は懇願し続けた。

ついに駆狗子が言い放った。

「足手まといなんだ。俺たちは師父を蓮玄養生塁へ送り届けなければならない。そんななか、ろくに動けないおまえを誰が守れる。おまえは喪失したものを無意識に望み、塵機を賦活させるだろう。そのせいで他の誰かが命を失うことになりかねないんだ」

「足手たらずと言うべきだぜ。じじいがこんな目に遭ったのも――」

「炉門は黙っていろ。いいか宇毬、いまおまえが専念すべきなのは、少しでも早く回復することだろうが」

宇毬は右手だけで寝具の縁をつかんで俯せになり、両肘を交互に動かして這い進みだした。

「ちょっと宇毬！」と錬児が声をあげる。

「おい、そんな体でどこへ行こうというんだ」

「師兄も残酷だな。回復したからってどうなる。どのみち御母堂《ごぼどう》に戻るしかねえ。閨《ねや》には柔らかい布団だってある。のんびり療養できるさ」

第五章　南港行き

栩野養生塁《とちのようじょうるい》を出発した百々似《ももんじ》隊商の長い列が、半径二粁《キロ》の鎮塵帯《ちんじんたい》を渡り終えようとしていた——その光景が、空から、地面から、間近から、視点ごとに眼裏《まなうら》の上で乱雑に並んで癒着しあう（視介の多知覚モードにも似ている）。あるいはこれまでの長い人生の記憶が、百々似たちを延々と連ね続けただけの人生の記憶が、なんの含意もない幻影を結んでいるだけなのかもしれない（そもそもこの奇怪な風景自体が幻影としか思えない）。

だが依頼の内容は覚えている。五十頭の食用百々似を、百粁《キロ》離れた南港まで十日以内に無傷で運ぶこと。雇い主はしみったれた二人組の交易商人で、隊商には料理人も侍衛業者《じえいぎょうしゃ》もつかない。高級百々似でもないのに、百々似への荷負いを禁じさえする始末だ。そのため、貸し百々荷屋《ももんが》から、普段より二頭多く借りなければならなかった。

列のほぼ五頭ごとに配された百々荷は、背甲骼《はいこうかく》に打ち込まれた鉄杭《てっくい》に曳索《えいさく》を繋《つな》がれ、曳幌《ひきほろ》を曳《ひ》いている。その内部には、水、食糧、百々似の餌《えさ》、軌綱《きこう》巻きなどが収められ、最後尾には、（あなたが横たわっている）ああ、あんたが横たわっている。

わたしは兌換《だかん》不能者のはずだった（あなたは兌換後に棄体《きたい》となって消えたはずだった）。神社があるのは塵没地《じんぼっち》だというのに、あのときは雷《かみなり》に撃《う》たれたと錯覚した。突然、得体の知れない力の奔流に呑まれ、支離滅裂に迸《ほとばし》りだした覚えのない記憶に翻弄されるうち、失った片腕を含む全身が千々《ちぢ》の蚯蚓《みみず》のごとくばらされてしまった（いまその奔流は、どういう理由《わけ》かわたしの周囲で無数の反復振動となっている）。鎮塵帯の鎮詞《しずごと》に抑え込まれているのかもしれない。曳幌の通った後は格子結晶の表面が融けて、隊員たちを動揺させている。

隊員は合計で十人。そのうち肥護門《ひごもん》の肥育師《ひいくし》が五人で、残りは寄塵門《きじんもん》の利塵師《りじんし》だった。その中に宇毬《うまり》の姿はない。わたしが（わたしが）あの娘から奪ってしまった。

目が覚めるたびに、何が起きたのか、何が起きているのかを伝えようとしたが、思考が干渉し合って（二つの舌が重なりあって）譫言《うわごと》にしかならなかった。

先頭を歩く駆狗子《くぐし》の巨体が、隊列を振り返った。舌笛を吹き、片手で百々似の前頭部中央を押さえる。列の各所にいる隊員たちが、皮下の背甲骼の隙間に指を挿《さ》し入れる。百々似たちが次々と前の尻に頭を押しつけながら動きを止め、また少しずつ下がって間合いをとる。その重心の動きが、まるで胸に抱いた赤子が逃れようと身をよじるように鈍く体感される。

隊列の正面には、塵骸《じんがい》密林が聳えていた。鬱蒼《うっそう》と垂れ下がる蔓草《つるくさ》のごとき配電線や管風《パイプオル》琴《ガン》を思わせるおびただしい数の配管類に覆われている。なぜかそれら塵骸の表面からは、漣《さざなみ》のようなかすかな光が放射されている。隊員たちには見えていないらしく、誰も言及しない。遠くに見える他の塵骸密林や地面までその光を帯びている。溟渤《めいぼつ》の全体に満ちているようだった。

あんたの仕業なのか、話してもいない内容が口述されるのは〈いや、おそらく〈世界〉の機能だろう、共有記憶の索引を作るために、知覚や思考は自動文言化される。それがなければこの対話も成り立たないはずだ――なんだろう、ばらけた知覚が激しく揺さぶられている〉。奔流が解放されているんだ。光の漣と混じりあっていく。

今度は、地面の下を通って強い光の流れが押し寄せてくる。百々似たちの眼球のひとつに飛び込む。同時に、別の眼球から異なる波長の光が放射される。
どうしてこんなものが見える（仮粧《かしょう》の電磁界可視に似ている）。惑星探査生体としての能力が、なんらかの変換器として利用されているのかもしれない。

駆狗子の元に、寄塵門の利塵師たちが集まってくる。どの姿も干渉縞のようにちらついて輪郭がはっきりとせず、動きによっては背景に溶け込んでしまう。

睨鋭子《げいえいし》が隊商笠を背中に降ろし、舌を鳴らして反響定位をしながら、塵骸密林に分け入った。サイロや飛行機や橋桁《はしげた》や灯台などが身を埋《うず》め合う巨大な塵骸の塔を、それらを騙し絵的に構成する雑多な小物の壁を上りだした。

鈴なりに咲く信号機や電灯、樹氷のごとく枝を広げるアンテナ群、随所に管楽器の腫物を膨らませる配管、腕を広げて牽制し合う十字架やプロペラ、それらの上で磔刑《たっけい》を受ける基督《キリスト》像や船首像やマネキンや隊商服姿の死骸、方々から突き出る樋嘴《ガーゴイル》や看板類、時計や計器類の鱗《うろこ》に覆われた伽藍《がらん》や特火点《トーチカ》、それらすべての隙間を軋轢《あつれき》と混沌で埋める燭台《しょくだい》、食器、鏡、窓、罎《びん》、机椅子郵便受像機織布箱船檣灯台車輪転機銃砲門扉――八百万《やおよろず》に組み込まれたはずのない民俗学的な形相《けいそう》までもが、各種の記憶媒体から掘り起こされている。睨鋭子は、数知れない人生を連想させる遺物の継ぎ目に、指や爪先を突き入れて上っていく（肋骨《ろっこつ》の隙間を（いや脳の溝を（順々にえぐられるようだ）。対塵迷彩《たいじん》で身を包んでいるため形相を撒《ま》き散らすことはないが、睨鋭子から漏れ出る体温や脳波が呼び水のように作用し、周囲の塵造物《じんぞうぶつ》を曖昧に融かしていく（軽い火傷《やけど》のように疼《うず》く）。

頂上に辿り着いた睨鋭子は、遠景を見晴るかし、快活な舌打ちの音を放ち続ける。塵骸の塔に巣くっていた鳩《はと》たちが飛び立ち、塔の一郭が、数限りない翼の動きを写し取って群生した花のように開いていく。

なにかが視界を覆う。ぼやけるほど近い（ヤツメウナギの口腔《こうくう》に似ている。同心円状の鋸《きょ》歯《し》が幾重《いくえ》にも）。百々似の口のようだ（鋸歯が回転している）。視野が破砕され、複眼のごとくばらけ、それぞれが輪転する（だめだ、目眩《めまい》が――

わたしの脳内を（胴体を）睨鋭子が下りていく感覚――一歩下りるたびに視覚が寄せ集められ、ひとつにまとまっていく。

肥育師が百々似を叱って軌綱《きこう》に戻そうとしている。

百々似は食《しょく》した物質を複数の強靭な胃袋で分子レベルにまで分解し、高い変換効率で体内に取り込む。ただし塵機《じんき》や鉱物は別だ。微生物精錬によって鉄屑《てつくず》に変え排泄《はいせつ》することはできるが、その際には自らの熱量を多大に消費してしまう。

睨鋭子が地上に降りてきて、南南西の一帯が激しく賦活《ふかつ》していることを駆狗子に伝える。駆狗子は寄塵門の名代《みょうだい》として、地図上に記された予定行路の一部を変更する。

出発前にどれだけ的確に溟渤の動きを予測し、周到に計画を立てようとも、隊商旅がその通りに進むことはまずない。溟渤の中を進むこと自体が、変容を引き起こすからだ。感応力の高い地帯では、人と塵が互いの動きを先読みしあうことで迷宮が複雑化し、これまでの経験則が全く通用しなくなる。無事に到着したいという強い願望が、養生塁そのものを現出させたことまであった。隊員の誰もが本物と信じて疑わず、そのまま留まったという。

駆狗子が敷設役の炉門《ろもん》にうなずきかける。炉門は自らの体重ほどもある軌綱巻きを背負い、塵骸に挟まれた険《けわ》しい傾斜を越えはじめた。その後に帆丸《ほまる》と錬児《れんじ》が続く。足元の煉瓦《れんが》や敷石や瓦《かわら》屋根のモザイクは、絡みついた配管や配電線でちぐはぐにずれ、崩落《ほうらく》しかけたまま時が停止したように見える。

帆丸が炉門の軌綱巻きから軌綱をおろしつつ、塵詠《ちりよ》みした金具で一定の間隔をおいて固定していく。

錬児は鳥の囀《さえず》りを思わせる媒音《ばいおん》を発して、地面の陥穽《かんせい》を塞ぎ、隆起を平らにならし、突き出た塵造物を骸壁《がいへき》に押し込み、あるいは骸壁そのものを両手で押して山を動かすように移動させ、進行の邪魔になるものを排除していく。

駆狗子が短く吹いた舌笛に促されて、百々似たちがしぶしぶ動きはじめる。

先頭の百々似から順番に、腹部にある十対の爪肢《つめあし》で軌綱にしがみつき、忙《せわ》しなくたぐって丘陵を這い上る。

両側の塵造物は、かすかに波打つだけで知らぬ顔を決め込んでいる。一説によると、百々似の単純極まりない形態は、塵機に認識されないよう計算し尽くされたものだという。対塵迷彩も、元々は百々似の毛並み模様を真似たものだ。

丘陵を越え七粁《キロ》ほど進んだ頃、隊列の中央にいた晛鋭子が片手を大きく掲げた。近くの者からそれに倣って手を掲げていく。めいめいが静かに動いて百々似の歩みをやめさせる。軌綱が蟬《せみ》の鳴き声を立てて軋《きし》む。隊商の全員が息をひそめる。

地面の下から、木々が薙《な》ぎ倒されるような轟音《ごうおん》が響いてくる（臓腑《ぞうふ》がどんよりと重い。腸が捻《ねじ》れて洞《うつお》が広がっていく）――外回りだ。鰓脚《さいきゃく》の高速回転する甲高い音が際立ってくる。こちらへ迫っている。

この鋭い痛みは（鉄杭で脳天を貫かれたかのようだ）――

隊列の中央で、鈍い音とともに一頭の百々似が跳ね上がり――裏返って地面に激突する。全身を腹側に彎曲させて固く強張らせたあと、宙に向けて爪肢《つめあし》を動かしはじめる。そのそばで、軌綱の回収から戻っていた炉門がうずくまっていた。隊商笠の前面が大きく裂けている。その前後では、興奮した百々似たちが、熱い息をふかして身を捩《よじ》っている。

外回りの発する推進音が、隊商の列に沿って動いている。

大きな破裂音が空気を震わした。

前方の百々似が宙に浮かんでいた。

次の瞬間、強い衝撃音とともに着地した。

いびつにずれた毛皮の下から赤黒い血が溢れ、配線類の繁茂《はんも》する地面を浸《ひた》す。音がしだいに離れていく。隊商から遠ざかっていく。

睨鋭子が傍《かたわ》らの百々似に這い上って腕を掲げ、それを目にした隊員たちが迅速に動きだす。

駆狗子が駈け寄ると、炉門が顔面に掌を押しつけたまま頭をあげた。

「またやられちまった」そう言って手を離す。顎から頰にかけ、皮膚が裂けてぱっくりと開き、並びの悪い歯列が覗いている。「冥棘《めいし》の棘《とげ》がかすっただけでこれだ」

「すぐに縫ってやるよ」駆狗子は言うが、炉門は拒んで、足元に湧いてきた縫合蟻《ほうごうあり》を靴で踏み潰す。他人に縫われると痛みが四倍増しになる、と言うのだ。駆狗子が縫い針に糸を通して渡してやる。炉門は裂け目の周りの皮膚を押さえつけ、「いてえ、いてえ」と唸りながら針で貫き、荒っぽく縫い合わせていく。

その傍らで、肥護門を率いる沙玉士《さぎょくし》が、胸の大きすぎる太った体を屈め、ときおり口に手巾《しゅきん》をあてて咳をしながら、裏返った百々似を調べていた。腹面の片側に深い傷口が開いていたが、爪肢の忙しない動きからもわかる通り、命には別状なかった。傷口の縫合を済ませると、六人がかりで、巨体を一斉に持ち上げてひっくり返した。

別の百々似のそばでは、錬児と帆丸がうろたえながらも、腹面の下から溢れ出てきた腸《はらわた》を戻そうと努めていた。遅れて皆が集まり、胴体の片側を持ち上げる。わずかに覗き見ただけで、こちらは手の施しようがないと判った。冥棘《めいし》が体腔の内部にまでめり込んでいる。

ふぁ、ふぁ、と小刻みに吐き出される息が、しだいに間遠《まどお》になっていく。

息の音が聞こえなくなるまで、全員が立ちつくしていた。

（まだかすかに息の音が聞こえてくる）いや違う、これは――（圧縮空気が漏れ出るような）瓦斯《ガス》だ！　百々似の体腔内の気嚢《きのう》が破れているのかもしれん。だが妙だ、瓦斯《ガス》製造用の個体ではないのに。しかもここまで長く（誰も気づいていないようだ）。いかん、へたをすれば起爆する（だがそれを防ぎたくとも、五感は溟渤にばらけている）、早くあの死骸を遠ざけなければ――

死骸の周囲の地面から、牛の乳首を思わせる突起が何百本も持ち上がりだした。

〝わたし〟が、動かしているのか。

指を曲げようとすると、突起が一斉に曲がっていく。点描《てんびょう》のごとく拡散していた指の感覚が、何百もの突起の中に分散して押し込められているようだった。

百々似の血溜まりに突起の先端を埋《うず》め、捏《こ》ねるように地面を摑んで引き降ろしていく。

百々似の死骸がわずかに沈みはじめる。

「血溜まりを模造しているうっ！」沙玉士が豊かな顎肉を揺らして声を張り上げる。

死骸の尻側で、駆狗子が素早く従《じゅう》を抜いて巨体を屈め、血溜まりの中に従口を押しあてる。

脊梁《せきりょう》が激しく反り返る感覚。骨が灼熱で焦げる臭い――（この記憶は……）火葬の後に延延と骨を拾い集めたんだ。何千人分もの骨、砕けた数多《あまた》の欠片《かけら》――

駆狗子が無骨な顔を上げ、血溜まりを挟んだ向かい側を見やる。

睨鋭子が舌打ちをしながら、丸刈りの頭を右から左に、上から下へと巡らせている。

「どうした」

「いや、反応がどうも妙でね。地中深くまで続く長大な塵造物が反り返っている。まあ、じきに鎮塵《ちんじん》されるだろうが」

その言葉の通り、地表に竅《あな》が開きだし、氷結したように蓮《はちす》の花托状に固まっていく。皮膚が凍りつくような痛みに耐える。鎮塵によって弾《はじ》かれた指の動きが、自らの腹腔《ふくこう》内に押しやられ、横隔膜を圧迫する。

不穏な漏れ音は続いている。皆から引き離さねばならない。

思い通りに操れない複数の指先が自らの腸《はらわた》を捉えている。寒気《さむけ》を伴うほどの吐き気に苛《さいな》まれながら、腸の隙間を押し広げていく。そこから激しい熱が放射されるのを感じる。

睨鋭子が片耳を地面に向け、刺青《いれずみ》に覆われた顔面を歪ませた。

「賦活《ふかつ》している！　広範囲だ」

「百々似を散開させろ！」駆狗子が太い声を張り上げる。

死骸の前の百々似には錬児が、後ろの百々似には沙玉士が駈け寄り、逃げるよう叱咤する。他の者たちも列じゅうにばらけて退避させはじめる。

激烈な痛みと共に格子結晶が罅《ひび》割れて崩れだし、内部から赤黒い流動体が溢れ出す。ずぶずぶと没しはじめた死骸を中心に、前後の百々似を載せた直径十五米《メートル》ほどの地面が溶け窪《くぼ》み、巨大な血溜まりに変わっていく。

駆狗子と睨鋭子が血溜まりの両端でそれぞれ従を撃つが、流動状態のため効果がない。

「これは、百々似の着弾創よ。拡大模造してる」

沙玉士が百々似の頭を押しながら声をあげる。

帆丸が地面から沙玉士の隣に降り、ふたりして百々似に体重をかける。帆丸の銀歯が剝き出しになり、沙玉士の顔じゅうから汗が噴き出る。ふたりの足ばかりが血のぬかるみに沈んでいく。

「くそっ、動いてくれよ」

駆狗子と睨鋭子が懸命に媒音《ばいおん》を発するが、地面は結晶化するそばから罅割れて血溜まりに呑まれてしまう。

(苦しい。息ができない)曳幌の中の肉体が、嘔吐を繰り返している。

すでに死骸は血溜まりの底から消えていた。その前後の二頭が、怯えきって軌綱《きこう》を離そうとしないまま、爪肢の下で血溜まりがさらに窪みだした。

「間に合わない。諦めて離れるんだ」

駆狗子が命じ、隊員たちは血溜まりの外へ逃れだした。

錬児は百々似に体を寄せ、お別れをすると、地面の縁《ふち》に手をかけた。そのとき百々似が激しく体を振って、錬児は弾き飛ばされた。血塗《ちまみ》れの斜面を滑り落ち、腰まで沈んでいく。

すぐに睨鋭子が手を伸ばしたが、ふたりの距離は離れていた。さらに遠ざかっていく。血溜まり自体が深さを増しているのだ。

二頭の百々似が軌綱にしがみついたまま、傾きだしていた。

錬児は喘《あえ》ぎながら隊商笠から綱を取り外し、片端を握って放り投げた。だが目の見えない睨鋭子にはつかむことができない。反対側からは駆狗子が綱を投げるが、遠すぎて届かない。

鳩尾《みぞおち》まで埋まった錬児の周囲に、曼荼羅《まんだら》模様の浮彫が広がっていく。

（おい、このままでは）だが、動きを抑えられん（なんとかならないのか！）。

駈けつけた炉門が、血溜まりに飛び降りようとして、駆狗子に羽交い締めにされた。

「錬児！」

その声に、胸元まで沈んだ錬児が振り返り、弱々しい笑みを見せる。

「一緒に、行きたかったよ。見せてもらいたかった、あんたの言う丗界《せかい》」

錬児は目をつぶり、媒音《ばいおん》を発しだした。首から顎へと沈みながらも、周囲の流動体を変成させ、自らを水晶形の殻に封じ込めていく。その尖った頂上部が血海の中に沈みきる。と同時に、二頭の百々似が裏返って宙吊りになった。いまや血溜まりは、擂鉢《すりばち》と言えるほどに深く窪んでいた。

駆狗子が手を離したが、炉門はその場を動かなかった。唇を固く引き結び、開いた傷口から震える息を漏らしている。

「ここまで来て、なんてことだ」帆丸が涙声で呟く。

軌綱がたわんで他の百々似たちまでも血の擂鉢へ引きずられだした。

駆狗子が歯嚙みをし、血の擂鉢の向こうに立つ睨鋭子に舌笛で合図する。

ふたりはそれぞれ腰に提《さ》げた小刀《しょうとう》を抜き、刃《は》を軌綱にあてがって何度も滑らせる。軌綱をなす腸繊維がほつれ、弾けていくが、完全には断ち切れない。だがそれも百々似の重みで軋んだあと、とうとう引き千切れる。

二頭が、血の擂鉢の底に落下し、溶け消えるように埋《うず》もれていく。その衝撃で賦活の度合いがさらに強まった。

（もうこの流れを）押し留めることができない（なにひとつ抗《あらが》うことができない）。宇毬ばかりか錬児までも。わたしは本当に瓦斯《ガス》の音など聞いたのだろうか（そもそもわたしの意思だったのだろうか）。溟渤の動きを、自分のものと錯覚していただけではないのか――

地鳴りが響きだした。

擂鉢の左右が土石流で決壊したように崩れだし、長大な渓谷を形作っていく。駆狗子や炉門の前で、睍鋭子や肥育師たちの姿が遠ざかっていく。

炉門が血の混じった唾を吐き捨てる。

隊商は二つに分断された。

第六章　足手まとい

宇毬《うまり》は一睡もしないまま、閨《ねや》の天井から吊り下がる三眼灯《さんがんとう》の柔らかい光を眺め続けていた。

遠くから鳩の虚ろなふくみ声がする。宇毬は右腕を伸ばして寝台の枠をつかみ、上体を起こした。枠から身を乗り出し、降りようとしたところで思いがけず体が翻《ひるがえ》り落下した。頬と肩で床にぶつかったが、分厚い絨毯《じゅうたん》が衝撃と音を吸い取ってくれた。

御母堂《ごぼどう》の店じまいは遅く、母親たちはまだ起き出してこない。宇毬は両肘を交互に突き立てて絨毯を越え、玄関口の冷たい床タイルの上を這い進み、犬猫用の戸口から外に出た。

藍《あい》色の空が仄白く染まり、露店市場の並びにはすでに客が集まりだしていた。

二本の腕と胴体の動きだけで這い進む。この時間帯は地這《じば》えが多いので、奇異の目を向けられることはない。寝たきりでいるうちに、驚くほど体力が失われていた。しばらくすると肘が割れそうに痛みだし、動けなくなった。

このまま地面に伏していたい。なにもかもを諦めて、眠ったまま土に還りたい。

とてもよい考えのような気がした。それなのに涙が零《こぼ》れだした。

背後から体を地面に引きずる音が近づいてきた。

宇毬は気味が悪くなり、痛みをこらえて先を急いだが、すぐに追いつかれてしまった。

「かわいそうに、溟渤《めいぼつ》に味見されちまったんだね」

ひどい嗄《しわが》れ声だったが、女だとわかった。無視して前に進んだが、女は束になったスプーンでも洗うような金属質の音をたてて隣に並び続ける。

「わかるよ。わたしも、数年前は利塵師《りじんし》だったんだ」大きな咳をしながら、「名前だってね、けっこう知られていたんだ」

宇毬は動きを止めた。錬児《れんじ》が憧れていた殉凜子《じゅんりんし》のことを思い出したのだ。目を向けると、女は少し後ろで伏したまま止まっていた。わずかに持ち上げた顔には泥まみれの捩《よじ》れた長髪が巻きついている。左の二の腕の断面からは、細い金属棒が幾本も突き出ていた。

「どうして、塵造物《じんぞうぶつ》を祓《はら》ってしまわないんです」

「ここまで喉が荒れちゃ、媒音《ばいおん》の効きが悪くなるのさ」そう言って喉を鳴らす。「それに、いくら祓っても、また憑いちまうんだから無駄さ。それより、あんた、若いのに諦めがいいんだね。地這えになったのは賢い選択だよ。やっとあの地獄から解放されたんだ、あがくこたあないのさ」

いえ、わたしは、と宇毬が言おうとするが女は口を挟ませない。

「這ってないもんに、施しを受ける権利はないからね。なによりも這うこと。これが一番大事なことさ。後はこうして余計なことをしないでいれば、いつだって、誰だかの食べ残しにありつけるんだ。ところで、あんた、日が浅いなら、もってんだろ。ねぇ、ちょっと分けてくんないかね」

なんのことかと訝しんでいると、急に甘えた口調になった。

「ねえ、頼むよう。いろいろと地這えのいろはを教えてやるからさ。爪肢《つめあし》の中の効くやつをさ。持ってんだろう。あれなしに溟渤なんて渡れっこないんだから。それがだめってんなら、引換証でもいいんだよ」

自然と全身に力がこもり、宇毬は再び這い進みだしていた。

ちょっとお、と肩をつかまれるが振りほどく。

「このゴウツクバリ！　ドハクジョウ！　オマエナンカココデイカスモノカヒトデナシ」と背後から甲高い罵声《ばせい》を浴びせかけられる。

宇毬は息を切らして地面を這いずった。服が破れ、肌が擦《す》り剝けるのも構わず這いずった。その潤《うる》んで沁《し》みる目に、赤く透けた練《ね》り物の山が映った。血餅《けっぺい》屋の屋台だった。

屋台の前には、明け方の散歩中の柴田先生が、瞼《まぶた》の塞がりかけた助手を従えて坐っていた。

「今日は袋はいらない。このまま食っちまう」そう言って、椀《わん》形の血餅を受け取り、片側の歯で齧《かじ》りとる。

先生を乗せた車椅子が回転して進みだし、宇毬の前を通り過ぎたところで静止する。

「お門《かど》違いだよ」柴田先生が前を向いたまま、皺《しわ》だらけの口を吹子《ふいご》のように動かして咀嚼《そしゃく》する。「松葉杖なら骨工所《こっこうしょ》に頼んどくれ」

「わたし、師父《しふ》や百々似《ももんじ》たちと一緒に、ずっと隊商旅を続けたいんです」両腕で上体を持ち上げ、先生の蜘蛛《くも》の巣めいた皺のある横顔を見つめて訴える。

「どうして、そこまで百々似に執着するんだい。魂のないもんに。あれはもともと惑星探査生体といって、生き物というよりは機械みたいなもんさね」

「それでも死は訪れます。隊商旅は、わたしたちに許された死の猶予——宙吊りの時間なんです」

「まるで前もって行われる葬送だね。あんたは自分でもよく判らない理由に突き動かされているのかもしれんね」

「彼らの傍《かたわ》らで塵《ちり》を読み塵に詠《よ》むこと以外に、わたしにはなにもないんです」

「ならどうして溟渤に拒まれた。どれだけ願っても叶《かな》わんものは叶わんさ。地這えたちを見れば明らかだろうに。かつては二本腕だけで溟渤を渡る利塵師もいたけれど、あんたにはそれも無理さね。それにあの利塵師も結局は塵骸《じんがい》に呑まれちもうて」

「だから、歩みを取り戻したいんです」

願いを知った先生は当然反対し、宇毬を諭そうとした。

「そんなことができるなら、あたしだってこんなもんに乗っとらんがね」と車椅子の車輪を叩く。「あたしの若い頃には、あんたの言う義肢《ぎし》や義臓《ぎぞう》なんてありふれていたよ。仮粧《かしょう》のおかげで見分けもつかんかった。けんどね、大塵禍《だいじんか》が起きたときに、どれほど悲惨なことになったか、あんた判ってないのさ。それに、肉体に即して作るには、形相《けいそう》弾は不向きだ。そこまで複雑なもんを媒音で塵詠みすることを想像してごらんな。うまくいっても、保持させ続けるために、厖大な時間を詠みに費やすことになる。歩くという、他の者にとってはあたりまえの行為のためにだよ。それに、そもそもあんたの未熟な媒音術じゃぁ――」

もちろん宇毬は全てを心得ていた。それでも懇願し続けた。

「あたしゃもう疲れた。帰るよ」

助手が車椅子を押しはじめ、先生は宇毬から遠ざかっていった。

宇毬はふたりの後を追った。混雑する屋台の間を、ときには罵《ののし》られ、ときには残飯を投げられながら這い進んだ。前腕や肘の皮が剝けて血だらけになった。

「あれ、あんた、前に曾歩士《そほし》と喋っていた」

血塗《ちまみ》れの前掛けをした端整な顔立ちの男が、涙と鼻水にまみれた宇毬の前に立っていた。

「溟渤にやられたんだね。それにしても、なんて見事なもがれっぷりだ」

「どいで、ぐださい」宇毬はしゃくりあげながら言った。

「おいおい、どこへ行こうというんだい。良かったら、僕が運んでいってあげるよ」

「ほうっでおいで、ぐださい。ひどりでいぎまず」

宇毬はまた進みはじめた。

必要なときはいつでも言ってくれ、と後ろから声を投げられる。

居住区の南西に多い急な階段を上り下りし、ようやく施療院に辿り着いたときには、気を失いかけていた。

宇毬は先生の助手に抱えられ、施療室のソファに寝かされた。

「その怪我の治療だけならしてやるけどね。後はいくら言ってもだめだよ」

紐解《ひもと》いた大昔の医学書を突きつけられ、その願いがいかに困難なのかを滔々《とうとう》と説かれた。

宇毬は素直に耳を傾け、判らないことについて何度も何度も質問し続けた。しつこいね、ばかだね、いいかげんにおし、と先生はこぼしながらも嚙み砕いて説明してくれ、いつしか話はどう実現させるかにすり替わり、その日からしばらくふたりで施療院に泊まり込むことになった。

「なんだか、狐につままれた気分さね」と先生は疲れた顔で言い、血餅《けっぺい》をもっと多く買っておくべきだったと悔やんだ。

先生とふたりで引きはじめた図面は、一ヶ月後に完成した。憑詞《よりごと》を組み上げるまでには、さらに二ヶ月がかかった。

その作業を続ける一方で、宇毬《うまり》は肌に白粉《おしろい》を塗り、紅《べに》を唇にひくようになった。生活のために、御母堂《ごぼどう》で母親となったのだ。

旅に疲れた男たちに抱かれるのは、どうということもなかった。いい人も悪い人も関係なかった。両脚をもがれたことと比べれば、蚊に刺されたようなものだ。ただ、炉門《ろもん》の言った通りになってしまったことが悔しかった。ずっと彼の言葉に抗《あらが》い続けてきたつもりだったからだ。

炉門に「あんたの居場所」だと言われた御母堂にも、いつまで居続けられるかは判らなかった。子を宿せない体だと知られれば、すぐに追い出されることになるだろう。〈祖母〉として残れるのは、一度でも出産した者だけだ。

そもそも、父親になりにくる男は多くなかった。けれど、切株女《きりかぶ》を好む男もいた。あの爽《さわ》やかな解畜師はよく来てくれた。もし脚ができれば、彼に見捨てられるのだろうか。

御母堂の仕事を終えた後、夜が明けるまでの静かな薄明の時間、宇毬は塁壁《るいへき》から張り出した土台に坐って、塵詠みの修行を続けた。百々似《ももんじ》の長い隊列が、ときには遠ざかっていくのを、ときには近づいてくるのを眺めながら。

早暁《そうぎょう》の鳩羽《はとば》色の空の下で、丸く盛り上がった両脚の断端《だんたん》を剝き出しにし、その片方を、象牙色をした格子結晶の曲面に近づける。義足の憑詞《よりごと》を詠みはじめると、曲面が泡立って、腔《こう》腸《ちょう》動物の触手に似た複数の突起が伸び上がってくる。突起は皮膚を破って大腿骨の断面に食い込み、土台を固めて骨を伸張《しんちょう》させ、そこに筋繊維を複雑な編物のように巻き付かせていき、そしてにわかに形が融けだし液状に流れ落ちてしまう。

幾度となく塵詠みを繰り返したが、うまくいかなかった。焦燥感に駆られて無闇に挑戦し続けるうちに子を宿した。奇跡だった。柴田先生でも診断を間違えることがあるのだ。

宇毬は受胎に歓喜し、自らの運命を受け入れた。これで諦めがつく。いつか大きく育った子供が、百々似を連れて溟渤《めいぼつ》を渡ることになるだろう。老いた自分の元に立ち寄って、隊商旅の、百々似たちの話を聞かせてくれることだろう。ただただ溟渤を迷いなく進み続けるだけの、単調で代わり映えのしない、なんの面白みもない話を。

宇毬もまた、子を孕《はら》んだことやこれまで経験したことを、実の母親に話してみたくなった。師父には、どこで自分を拾ったのかを聞きそびれたままだ。もちろん母親がまだ生きているとは思っていなかった。おそらく自分だけが、溟渤に呑まれた養生塁《ようじょうるい》から救い出されたのだろう。そう推測していた。

柴田先生に訊いてみたが、よくは知らないと言う。でも、と言いかけて先生がやめてしまったので、宇毬はしつこく食い下がった。

「前にあたしは言ったね。十七年前、あんたは寄塵門《きじんもん》に連れられて、この施療院にやってきたと。栄養失調気味に見えたけど、診察すると案外健康で驚かされたことを覚えてる。忘れようがない。ただね、最初は言葉も喋れず泣いてばかりでね、脳が損傷してるんじゃないかと思ったんだよ」

「だって、赤ん坊だったのでしょう？」

「いや、あんたはいまとほとんど同じ姿だったのさ」

これまで経験してきた数々の違和感が腑《ふ》に落ちる一方、気が遠くなって昏倒《こんとう》しそうだった。

「寄塵門はあんたを御母堂に連れて行って、母さま衆《しゅう》に預けたんだ。赤ん坊として世話してやってくれとね。あんたは確かに、赤ん坊が成長するのと同じ調子で言葉を覚えていった。見た目は母さま衆と変わらないから、子供たちには慕《した》われてね。そういや、その中には炉門もいたんじゃなかったかね――」

ほどなく子は流れた。豆粒《まめつぶ》大の胎児には、塵造《じんぞう》繊維が絡みついていた。

子供だったこともなく、手足すら満足に作れないわたしに、自分でものを考え命を継いでいく人間など育《はぐく》めるわけがない。宇毬はそう自分を責め立てた。棒状の義肢と松葉杖を円規《コンパス》のようにぎくしゃくと動かし、養生塁の中を何昼夜となく泣き歩いた。

泣き声は本人も気づかないうちに澄んだ媒音に変わっていた。

真空が生じたように地面から塵埃《じんあい》が立ちのぼり、衝動のままに歩き続ける宇毬の元に渦を巻いて吸い寄せられていく。それら塵機《じんき》は義肢を侵食して置き換わり、頸骨《けいこつ》や腓骨《ひこつ》を靭帯《じんたい》で結びつつ成長し、腱を掛け渡して筋繊維を何層にも繋《つな》いでいく。

涙が涸《か》れて目の周囲がつっぱり、顔から一切の感情の波が引いた頃、杖が落ちて地面を打った。宇毬は白銀《しろがね》色をした二本の脚で地面を踏みしめている自分に気づいた。

第七章　越境者

「あんた、出発前に確認しなかったのかよ」

「妊娠反応は現れてなかったのよ」

背中に隊商笠をおろした肥育師《ひいくし》の沙玉士《さぎょくし》が、神妙な表情で、百々似《ももんじ》の異様に膨らんだ横腹を撫でる。傷を負ったため、最後尾の曳幌《ひきほろ》を曳《ひ》く百々荷《ももんが》の前に配された一頭だった。

うしろ半分となった隊商の列は、左右を険しい骸崖《がいがい》に挟まれた場所で足留めされていた。

「肥育湖の環境なしに、こんなに育つわけがないのよう。それにこれは――」

「まだ睨鋭子《げいえいし》たちとの合流も果たせていないんだ。これ以上遅れられねえってのに」炉門《ろもん》が吐き捨てるように言い、顔の粗っぽい縫い跡が開く。「まったく、百々似に母乳やるしか能がねえのかよ」

「このガキッ！」沙玉士が立ち上がり、乳房を揺らして炉門につかみかかった。すぐに駆狗《くぐ》子《し》が割って入る。「止めないでっ。こいつの尻穴から腸《はらわた》を引っこ抜いてやるんだからっ！」

「沙玉士さん、こんな馬鹿の言うことにいちいち腹を立てんでくれ。この百々似は、あのとき外回りの冥棘《めいし》で傷をうけたやつだろう？　なにか関係あるのかい」

「そんな事例は聞いたこともないけど」沙玉士が乱れた服をなおしながら言う。「ともかく、いまにも生まれそうな塩梅《あんばい》よ。しばらくここに留まってちょうだい。どのみちこの百々似はもう進めない」

駆狗子はうなずくと、皆にこの場で宿営することを告げた。

骸崖《がいがい》の谷間《たにあい》には、丸まった鳩ほどの大きさの塵晶《じんしょう》が、宙に浮かびはじめていた。塵粒《じんりゅう》が人の脳波に感応して、針金状の多辺体に結合したものだ。風に煽《あお》られながら、ときおり発作的に形を変える。隊商旅に慣れた者でさえ、度《たび》重なる奇禍で平常心を失いかけている。

不意に短い悲鳴が響いた。列の前方だ。隊商旅はまだ二度目だという若い肥育師が、左耳を手で強く押さえて百々似にもたれ掛かっている。

「ばかね。塵晶に耳を断たれるなんて」と沙玉士が苦々しげに呟き、咳払いする。「意識するなとあれほど言ったのに」

応急処置を、と申し出た別の肥育師に沙玉士が首を横にふる。

「放っておきなさい。鎖肋《さろく》はこの苛界《せかい》で生きていかなきゃならないんだから。自分で手当くらいできないと」

曳幌の陰では炉門と帆丸《ほまる》が声をひそめてやり合っている。媒音《ばいおん》のようだが、詞《ことば》を秘匿変換しておりなにを言っているのかよく判らない。どちらの顔にも動揺の色が表れている。

ふたりの背後で三十米《メートル》近い高さの骸崖《がいがい》の一部が、何本もの長大な鉄柱に形を変えていた。最上部から張り出した甲板には、箱型の建物が建ち、その屋上からはさらに、高い塔が聳えている。

奇妙だった。実際に骸崖が変容しているのか、幻を見ているのかが判然としない。なにより奇妙なのは、〝わたし〟が甲板の上に立っていることだ。

甲板の上から、縞模様の移ろう眼下の険しい懸崖《けんがい》や、はるか藍鉄《あいてつ》色に霞《かす》む海原の広がりを眺め回していた。凄まじい突風が吹きつけてくる。立っていられなくなり、赤錆びた鉄扉《てっぴ》を開け、建物の中に避難する。

広い空間のようだったが、壁や天井には無数の媒音線が縦横《じゅうおう》に張り巡らされ、床や作業机の上は、剝き出しの基板を幾層にも積み重ねた遺跡級の演算機、多種多様な定規《じょうぎ》や計算尺、そして厖大な量の図面でところせましと溢れかえっている。そんな混沌のなか、五十人を超える人々が、決意を漲《みなぎ》らせた顔で慌ただしく作業していた。ある者は媒音線に向かって喉を震わせ、ある者は図面を引いている。全面鏡張りの部屋のように、人が増殖してはまた融合し、前触れなく移動する。複数の時が同時に流れているようだった。顔ぶれの中には、炉門や帆丸を含め、見知った利塵《りじんし》師たちもいて、まるで落命する前に誰もが立ち寄るというあの場所のようだった。

正面に立っていた数人が離れ、部屋の中央で、背中合わせに坐るふたりの人間の姿が露わになった。こちら側にいるのは土師部《はにしべ》だった。金属製の骨組みに全身を固定され、目を大きく見開き、ときおり瞼《まぶた》や目尻を痙攣《けいれん》させる。俯《うつむ》き気味に傾けた頭は、額《ひたい》から上の頭蓋《ずがい》を取り外されており、灰桜《はいざくら》色の脳が剝き出しだった。その各所には、古代の出土遺物である勾玉《まがたま》や管玉《くだたま》らしき鉱石が嵌《は》め込まれ、複数の媒音線と繫《つな》がっていた。

その頭上では、円形の鏡が浮かび、下向きに発光している。

土師部が神社から持ちだしたもの――神器《じんき》に他ならなかった。まだ鎮守《ちんじゅ》神や産土《うぶすな》神が生きている。この光景が見えるのは、脳内の玉匣《たまくしげ》が感応しているせいかもしれない。だがいま目にしている神器もまた仮粧《かしょう》ではないのか。

土師部が無表情のまま口を動かし、時間だ、と告げた。

全員が席を立ち、左奥にある螺旋階段へと向かいだした。〝わたし〟もその中に混ざって列に並び、階段を上る。天井を越え、塔の中をぐるりぐるりと上っていく。

展望台は全周囲が硝子《がらす》張りになっていた。目映《まばゆ》い外光の中で、濃い人影がいくつも滲《にじ》んでいる。こちらを振り向いたその顔は、どれも土師部のものだった。

硝子越しに、綿雲が漂う大空と、塵骸《じんがい》密林がまばらに繁茂する広大な溟渤《めいぼつ》が見渡せる。一粁《キロ》ほど離れた塵骸丘陵の上に、露天掘りを思わせる巨大な窪地《くぼち》があった。底部は金属円盤で封じられ、その真ん中から、厚みのない線がまっすぐ天に延びている。

唐突に苷界《せかい》が真っ白く発光し、激しい震動で揺さぶられた。硝子窓が震え、展望台が大地震のように揺れる。光が薄らぐ。空では雲が放射状に掠《かす》れ、地では遠く塵骸密林が、同心円状に波打ちながら稲光を瞬《また》かせる。間断なく波紋が繰り出されるたびに、密林が萎《しぼ》んでいく。

それらすべての中心である窪地からは、白亜の格子結晶が芽生え、成長を重ねてトラス構造の巨大円柱を形作り、みるみる嵩《かさ》を増していた。

子供の頃に目にした恒星間航行機を〝わたし〟は思い出す。噴煙を積み重ねながら果てしなく高みに上って――だが、これは天地を繋ぐ浮橋《うきはし》――いや、溟渤という渾沌を産んだ逆回しの矛《ほこ》――

心臓を絞られるような強い力に、我に返った。隣では百々似が後背部をやや丸めた状態で身を強張らせている。陣痛がはじまったのだ。百々似の誕嚢《たんのう》と同化したかのように、鼓動が激しく高鳴る。

炉門が媒音を詠んで百々似の臀部《でんぶ》の下を窪ませ、浴槽形の壕《ほり》を作った。そこに沙玉士が潜り込み、すぐそばに帆丸が屈んだ。

「だめね、総排出道が狭すぎる。出てこない」

沙玉士が道具鞄を開け、鉤《かぎ》状の刃物を取り出した。総排出孔に繋がる下側の表皮に突き刺し、一気に引き上げて切り裂く。

赤い粘液にまみれて現れた腹甲骼《ふくこうかく》の一枚を、沙玉士が取り外すと、帆丸が両手を伸ばして引き上げる。剝き出しになった総排出道の、赤く腫れ上がった皮膜に、沙玉士が鋏《はさみ》をあてがう。とたんに弾《はじ》け裂け、奥からみるみるなにかが押し出されてきた。

甲高い叫び声をあげ、沙玉士が壕から這い出そうとする。すぐに炉門と帆丸が加わって引っ張る。だが沙玉士の肥えた体は、迫《せ》り出した百々似の臀部に阻《はば》まれて動かない。沙玉士が切迫した声をあげる。慌てて媒音を発しだした炉門と帆丸の間に、駆狗子が巨体を割り込ませた。長い両腕を伸ばして、沙玉士を一気に百々似の下から引きずり出す。

皮膜の裂け目からは、嘔吐物を思わせる高粘性の半固形物がとめどなくまろび出ていた。たちまち壕から溢れ出し、皆が後ずさる。次から次へと折り重なって刻々と形を変え、やがて人間とおぼしき姿に固まりだした。

酔い潰れてテーブルに突っ伏したような姿勢で、青や赤の血管があちこちから緩み出る瘢《はん》痕《こん》状の背中を上下させ、大きく息をしている。そのうち背中の動きが左右でずれはじめた。骨張った両肩を交互に突き出し、蠕動《ぜんどう》するように壕から這いだしてくる。

「な、なんなんだよこいつは」炉門が後ろに下がりつつわめき、帆丸を一瞥する。帆丸も銀歯を食いしばり、首を左右に激しく振る。ふたりのやりとりを見据えていた駆狗子に、「なによう、これ、なんなのよう」と沙玉士がうろたえながらしがみつく。駆狗子の視線が沙玉士にしばし留まり、地面に伏した人の姿に似たものに移った。

それは、椎骨《ついこつ》の連なりを反り返らせ、折り曲げた両腕を支えに上体を持ち上げ、立ち上がろうとして無様にくずおれる。皆が呆気《あっけ》にとられて刮目《かつもく》するなか、転倒を繰り返し、やがて幽鬼《ゆうき》のように直立した。

顔は使いさしの獣脂《じゅうし》蠟燭のように溶け、目鼻が壊疽《えそ》で開いた穴に見えた。胸や腹の周りを這い回る畝《うね》から、不意に生白いものがにじり出てきては皮下へ潜り込む。

皆がそれぞれ喘《あえ》ぐような声を漏らして遠巻きになる。

よろよろと歩きだした人らしきものの顔面で、気泡が弾けて裂け目ができる。

「音声言語、表出可能です「こちらは第百五十三教区の、上位捜査局だ「咽喉《いんこう》の異物排除

「ここでは植民惑星用の、対知性体接触規約に則《のっと》って動いている」

何人もが一度に喋ったような奇妙な声――海岸にいた死願者《しがんしゃ》だ。

あのとき〝わたし〟は……

逃げなければ。だが、身体《からだ》がいたるところにこぼれ落ちてかき集められない。もはやどちらがどちらの意識なのかも判らない。

「くるな、くんなよ！」と炉門や帆丸が叫び、「寄らないで、こっちへ来ないでようう！」と沙玉士が泣きそうな声を漏らして、駆狗子の背後に隠れた。鳥肌でも立ったのか、手を交差させて二の腕を擦《こす》り続けている。

「おまえたち、ちょっとは落ち着いたらどうなんだ」駆狗子が言いながらも後ずさる。

「猶予がなく」ぱふ、と溶けかけた顔面が弾ける。「このような未形成の状態で失礼する」ゆっくりと重心を傾け、全身からおくびを差し挟みながら言う。「心拍数減少「洞結節《どうけっせつ》信号を制御」

「教区と言ったな」駆狗子は目をしばたたき、汗ばんだ額を手の甲で拭った。「つまりあんたは、あの土師部って男と同じ、外回りに住む亡霊なのか。百々似を介して出戻ったと解釈すればいいんだな」

塵没《じんぼつ》した施設に足を踏み入れたことを〝わたし〟は思い出す。器具に固定された百々似が

ずらりと並び、そのうちの一頭から、人間が半ばまで押し出された状態で腐乱していた。他の百々似の腹を開いていくと、どの誕嚢《たんのう》にも人間が収まっていて、その半数は異様なほどに腕が長かった。生きているのはひとりだけだった。分霊《わけみたま》を受ける前に、施設が襲撃されたのか、再生知性の方が拘束されたのか——それは無垢の依坐《よりまし》だった。

「いまのはなんだ」「混信については不明。あとは非再生知性による発話です。語彙解析します」「——出戻り。そのようなところだ」「心拍数安定」「土師部とは？」「惟神《かんながら》派の永世《えいせい》航行士です。兌換《だかん》前は神職者でした」「一緒にしてもらっては困るな。君たちにとっても我々にとっても異端だ」

捜査局が腐乱したような右腕をゆっくりと持ち上げはじめる。糸屑のような寄宿生《きしゅくせい》が何匹も身をくねらせて落ちていく。

「妙な真似はよせ」駆狗子が従《じゅう》を抜いて構える。炉門と帆丸が捜査局の背後に回り込む。

「これより久内裕二《ゆうじ》を抽出する」「右に十五度」

「誰を救出するというんだ。この隊商には、そんな名前の人間はいない」

捜査局の腕が横に滑り、百々荷《ももんが》一頭を隔てた最後尾の曳幌に向けられる。

木々を薙《な》ぎ払うような音が響き、曳幌にほど近い瓦礫《がれき》状の地面から、沸騰したように塵粒《じんりゅう》が噴き上がった。釣鐘《つりがね》形に隆起し、伸び上がるように大きく膨張していく。狼狽した百々似たちが軌綱《きこう》を離れ、好き勝手に這いずっていき、骸崖《がいがい》のふもとに半身を乗りあげる。

隆起がゆっくりと重々しく突き上がり、見上げるほどの高さに屹立《きつりつ》した。その表層では雑多な鉄屑状の塵造物《じんぞうぶつ》が凝集し、群がる蜜蜂《みつばち》のようにざわめいていたが、突如事切れたように静止した。と同時に、土砂崩れのごとくばらけだし、その内部から、黒光りする玉菜《たまな》形の頭部が、貝殻のへばりついた鎧《よろい》状の胸部が、外側に鰓脚《さいきゃく》の並ぶ蝦蛄《しゃこ》に似た長い両腕が露わになっていく。外回りだった。

體節《たいせつ》の連続する長い両腕を交互にしならせて地面を這い進み、地中から下半身を引きずりあげる。現れた短い脚の裏側から二叉《ふたまた》付属肢が開き、不安定な身體《しんたい》を支えて立ち上がった。

「法規上、あなた方の承諾がいる」

その手前に立つ捜査局の言葉に、駆狗子はしばらく黙り込んでいたが、承諾するしかなかった。この状況下では、拒否する選択肢などないも同然だ。駆狗子は声に出して応える。

「許可証に署声《しょせい》しました」

外回りが、長い蝦蛄腕を最後尾の曳幌に向かって、〝わたし〟に向かって伸ばしだした。

逃れようともがけば、また隊員たちを犠牲にすることになるだろう。

身体が硬い甲殻の掌《てのひら》にすくいあげられる。ぶしつけな浮遊感。溟渤に根を広げた知覚との乖離《かいり》で目眩《めまい》が生じる。隊員たちは、怯える百々似の体を押さえつけながら、〝わたし〟の老体が宙を運ばれるのを見つめている。〝わたし〟もまた、捜査局の前の地面に〝わたし〟が寝かせられるのを見ていた。骸崖《がいがい》に沿って動く炉門と帆丸を別の目で追いながら――

外回りは體節《たいせつ》を曲げてその威容を屈めると、玉菜形の頭部を椀《わん》状に開いた。その中央にある円盤形の口から、棘《とげ》に被覆《ひふく》された人の腕ほどもある歯舌《しぜつ》をゆっくりと突き出してくる。

捜査局が全身から流動物を滴《したた》らせながら歯舌の先端をつかみ、髪ひとつない〝わたし〟の頭頂部に導く。

「おい、やめろっ！」駆狗子が怒声をあげた。

「静かに「右に十粍《ミリ》、上に五粍《ミリ》「命に関わるぞ」

頭頂部に接した歯舌の先端部が、甲高い音を立てて回転しはじめる。速度があがる。皆が息を呑む。鮮やかな血飛沫《ちしぶき》があがって霧状になる。

歯舌と共に頭蓋の一部が離れ、拳《こぶし》大の穴から、蜘蛛《くも》の巣状の金属繊維に覆われた脳が剝き出しになる。

歯舌は棘を倒して一瞬だけ回転し、頭蓋の欠片《かけら》を振り落とすと、尖端《せんたん》を四方に割り開き、内部から微細針《びさいしん》のついた白い繊維状のものを押し出して宙に垂らした。

捜査局が片手をあげて微細針を不器用につまみ、自らに座標を指示しながら、脳の各所に一本ずつ刺しはじめた。

——脳襞の隙間から捜査局内部の対話が滑り込んでくる。

「まさか兌換後の棄体《きたい》が生存可能だとは「全身の神経系が塵機《じんき》以前の極微機械に置換されています。当時はまだ違法な技術で型番がなく、八百万《やおよろず》や九十九《つくも》との互換性もありません「では六花虫《りっかちゅう》は使えんな。やはり神経系が塵機の遷移《せんい》経路となったか「しかし意識共有はどうなっていた「これまでは断続的に逓信が行われており、意識は双子のように独立していました。互いに夢をみる程度の影響関係しかありませんでしたが——」

目眩がとまらない。重なりあった視界が旋転《せんてん》している。吐き気がおさまらない。両足が、落雷でも受けたように痙攣で跳ね上がる。門弟たちがどよめく。

視界に一匹の小さな蟻が見えた気がした。その黒色から夜が分娩《ぶんべん》され、銀河の火花を散らしながら爆発するように膨張し、またたくまに全周囲を包み込んだ。

数多《あまた》の星が瞬き、光条をなしてこの体を貫く――

光は人造の獣《けもの》たちをくぐって、星々のあらましを詠む詞《ことば》となり――

「大丈夫だ、心配はいらない」「心拍数増加」声がどちら側から聞こえてくるのか判別できない。「封印殻《かく》を起動」「情報腫瘍《しゅよう》からの抽出を実行」「共有枝を切断しないよう気をつけろ」「心拍数増加」「抽出継続」「処理済みの腫瘍及び個籍真体《こせきしんたい》を非可逆圧縮」「教区の制御機構が安定しはじめました。実相質感、粗描域《そびょう》にまで回復。色素数及び知覚解像度上昇」

頭頂部から一度に針が引き抜かれる。

失明した。一瞬そう思った。だが、外回りが歯舌を引き戻し、花弁形の頭部を結球させる様子は見えていた。幻覚的に拡張されていた視野が急激に狭窄《きょうさく》したせいでそう感じたのだ。

泥酔後の目覚めに似た気怠《けだる》さの中で、あの一瞬に体験したことを反芻《はんすう》していた。

久内が分離されたことには、さしたる感慨もなかった。本当に彼の方だったのかどうかも怪しい。〝わたし〟はいまも二重の過去を斜交《はすか》いに思い出せる。そう述べる者だけがここにいる――

第八章　翠緑《すいりょく》の街

まだ危険だと叫ぶ炉門《ろもん》たちを無視して、駆狗子《くぐし》は地面に横たわる骸《むくろ》同然の師父《しふ》に向かって走る。自分の隊商笠をほどいて穴を穿《うが》たれた頭に結びつけ、両脇に腕を通して抱え上げ、曳《ひき》幌《ほろ》の方へ引きずって歩く。

突如、隊列を挟む骸崖《がいがい》から何本もの鋼索《こうさく》が射出《しゃしゅつ》された。瞬時に外回りの脇腹と股下を抜け、地面に突き刺さる。射出は立て続けに行われる。外回りは幾何《きか》学図形で拘束され、鎧状の體《たい》軀《く》をねじるが、すぐに押し戻される。

「なんだ、どうなってる「智天使《ケルビム》が拘束を――」捜査局が全身の肉を溶かしながら周囲を見回している。

「いったい、どういうことだ」駆狗子が混乱して声をあげる。

蝦蛄《しゃこ》腕の鰓脚《さいきゃく》が回転しだした。数本の鋼索が断ち切られ、勢いよく宙に舞う。

どこからか媒音《ばいおん》が流れはじめていた。

外回りの向こう側にいた一頭の百々似《ももんじ》が、発作的に動きだした。突進してくる。

目映《まばゆ》い閃光《せんこう》が拡散した。轟音《ごうおん》をあげて宙に巨大な炎の塊《かたまり》が浮かび、激しい爆風が巻き起こった。

曳幌の横にいた駆狗子は、師父を抱えたまま弾《はじ》き飛ばされた。胸に激痛が走る。全身の肉を鋭い熱で削がれ、関節ごとに捻《ね》じ切られそうだった。地面に臥《が》して身を竦《すく》めるふたりの背中に、掌《てのひら》大の肉片や粉塵が降り注《そそ》ぐ。肺が焼けるようにひりついた。

白煙の立ちこめるなか、駆狗子は師父を引きずって逃げる。地面を踏みしめるたびに胸に激痛が生じる。肋骨《ろっこつ》が折れたのかもしれなかった。息を切らして曳幌の陰に隠れたとたんに、再び爆音が轟《とどろ》く。曳幌が大きく揺れてあたりが橙《だいだい》色に染まった。ふたりの周囲を強烈な熱風が吹き巻く。

唸りが耳の奥を去らない。駆狗子が曳幌から顔を覗かせてみると、丗界《せかい》は霞《かす》み、揺らいでいた。炙《あぶ》られるように顔面が上気し、汗が滴《したた》り落ちる。

見上げると、外回りが、地面に両拳《こぶし》を埋《うず》めてしなだれていた。外殻《がいかく》が気化するかのように白煙をたなびかせている。捜査局の姿は微塵もない。

散り散りになった隊列の前方から、体毛を逆立てた何頭もの百々似が外回りを目指して進んでいた。駆狗子は慌てて身を隠した。足元に従《じゅう》を撃って師父を抱き寄せる。地面が半透明の膨潤体《ほうじゅんたい》に変容していき、ふたりはそこへ仰向けに沈んでいく。身体《からだ》じゅうが膨潤体に包み込まれる。

間もなく、あらたな閃光と爆音が拡がった。膨潤体が激しく揺動する。曳幌がふたりの方に横転し、砕け散った。

膨潤体越しの歪んだ視界に、よじれた曳幌の骨組みと、白煙のうねりから透ける外回りの影が見える。胸鎧《むねよろい》の数枚が大きく崩れて傾き、隙間から體液《たいえき》らしきものが零《こぼ》れだしている。さらに爆発が起こる。煙でなにも見えなくなり、爆撃を思わせる震動だけがいつまでも続く。息ができず、その苦しみに身をよじる。鼓膜が破れたのか、なにも聞こえなくなる。あるいは爆発がやんだのか。

駆狗子は、表面に曳幌の破片が突き刺さった膨潤体を、中から手で突き破ろうとしたが、胸の痛みで力が入らない。窒息しそうになり焦っているうち、形相《けいそう》弾の効果が消えたのか、脆《もろ》く崩れだした。

上体を起こし、身体の欲《ほっ》するままに息を吸い込む。痛みで吐息が呻《うめ》きにかわる。師父を見ると、口元に膨潤体の滓《かす》が貼り付き、顔が蒼《あお》ざめていた。慌てて滓を剝ぎ取ると、師父は引き攣《つ》ったように呼吸を始めた。

目の前では、曳幌が残骸と化していた。弧を描く骨組みが崩れて天球儀の輪のごとく重なりあい、その隙間に瓜ほどの大きさの透明な球体が、天体のように挟まっていた。見慣れたはずの百々似の眼球だと気づく。その向こうの骸崖《がいがい》には、黒焦げになって裏返った百々荷《ももんが》らしき残骸が見えた。

白煙が少しずつ晴れて、損壊した外回りの姿態が露わになる。

胴體《どうたい》の半ばから下が腐れ落ちたように脱落している。残された上體《じょうたい》だけが、多関節の両腕に支えられて宙に浮かんでおり、腹部の断面から、錆浅葱《さびあさぎ》色をした半透明の内容物が、湯気を立ててぼたぼたと垂れ落ちている。蝦蛄腕が捻《ねじ》れて上體が傾きだし、地面に激突した。その衝撃で多関節が波状にたわむ。

なんてこった、なんてことなんだ——駆狗子が繰り返し呟く。

つい今しがたまで曳幌から三頭前の百々似がいた地面から、蘇《よみがえ》った死体のように四本の腕が突き出てきた。膨潤体の欠片《かけら》を落としながら這い出してきたのは、炉門と帆《ほ》丸《まる》。どちらも犬のように骨に似た器具をくわえている。その両端からは、革袋が垂れ下がっている。ふたりは器具を棄ててうなずき合うと、倒れた外回りに向かって歩きだした。無惨に散らばった百々似の残骸を次々と通り過ぎていく。

方々で百々似の肉が、焦げ音を立てている。周囲の骸崖《がいがい》が賦活《ふかつ》し、爆煙を模造してうねっていた。

「まさか、おまえたちがやったのか」駆狗子は痛みを堪《こら》え、掠《かす》れた声を絞り出す。

「だから危険だと言ったろう」炉門が分厚い断面を見せる黒い胸甲殻に手をかけ、あつっ、と呻きを漏らす。「でも、師兄《しけい》なら、じじいを助けて生き延びると信じてたさ。宇毬《うまり》なら即死だったろうがな」そう言って帆丸に振り向く。「一度目はしくじったが、おおむね予定通りに運んだな。あの化物《ばけもの》には驚かされたが」

「うん。あれは聞かされてなかったからね。あ、肝心なものを」帆丸が、光沢の揺らぐ胴體の断面に片腕を突き入れる。「うわ、いやな触感。それに、この青臭さ……」うまくいかないのか、さらに上体を半ばまで埋もれさせる。

後方から物音がした。まばらに聳える塵箭《じんじゅん》の陰から、沙玉士《さぎょくし》と徒弟ひとりが現れる。どちらの隊商笠にも、膨潤体の欠片がのっている。

「仕掛け鋼索の憑詞《よりごと》を組んだのは帆丸だな。だが食用百々似の気嚢を満たして爆発させるなんて芸当は、おまえたちだけでは無理だ。爆発力からいって焔硝《えんしょう》の分泌も促す必要があったはずだ」

駆狗子が睨《ね》めつけると、沙玉士が曖昧な笑みを浮かべ、手巾《しゅきん》を口にあてて咳払いをした。

「なぜだ。どうしてこんな惨《むご》たらしいことを」駆狗子は煙で咳き込みながら、戦火の跡のような光景を見渡す。「隊商の取引はもう御破算だ」

「仕方ねえんだ。目当てのものは、とうに製造技術が失われちまっているし、外回りがいちから生成するには百年以上かかる。それに、どのみち解畜されるんじゃねえか、どう違いがある。じじいだってもう目を醒まさねえさ」

激昂して向きなおった駆狗子を、炉門がまっすぐに見据えていた。

「仮に醒ましたところで袋小路だ。溟渤《めいぼつ》わたりで最も重要な教えは、なにも望まないことだって言うんだからな。隊商仕事だけじゃない。養生塁《ようじょうるい》は次々と溟渤に呑まれてるし、放射性移動体のせいで生き物は減り続けている。だから俺たちは未来に賭けたんだ」

「未来だと？　わかっているのか。おまえたちは、外回りを、亡霊の街をひとつ消しちまったんだぞ」話しながら顎がわななき、声がうわずる。「それに、亡霊どもはあの喇叭《らっぱ》頭で繋《つな》がり合ってるんだ、すぐに攻めて――」

「わかってねえのは師兄だ」炉門が落ち着いた口振りで言う。「この外回りは、全教区の逓信網から隔絶されていたんだ、情報腫瘍《しゅよう》のせいでな。他にもややこしい異端の問題を抱えていたらしい。そんなわけで、すべての派閥間でこの件は合意済みなんだ」

「おまえ、どうしてそんな内実まで詳しく知っている。まさか、これはどれもあの出戻りの、惟神《かんながら》派とかいう連中の指示なのか。馬鹿が、いったいどんな世迷《よま》い言《ごと》を吹き込まれた。いつからだ」

「さあ、いつからだったかな、帆丸」

帆丸は、外回りの腹部断面に詰まった膠質《にかわしつ》から、半身を引き抜こうとしてもがいていた。

「沙玉士さんが接触していると知ったときは、俺も激怒したんだ。いまじゃ俺たちも惟神《かんながら》派の一員だがな」炉門は話しながら、帆丸の背後に立った。「それによ、街は消えたわけじゃないんだぜ、師兄」

炉門が帆丸の両腋に腕を通し、後ろに体重をかけて引っ張ってやる。毛皮を剝ぐような音がするとともに、ふたり揃って地面に倒れた。

帆丸が破顔して銀歯を光らせ、坐り込んだまま右手を掲げる。

粘液まみれの指に挟まれて、胎児形に彎曲した翠緑《すいりょくしょく》色の玉石《ぎょくせき》が、ぬめりのある柔らかい光沢を移ろわせている。その裏側のやや突き出た曲面からは、白い繊維質が伸びて外回りの體内《たいない》に繫がっていた。それを炉門がナイフで切り離す。帆丸が玉石を回転させて眺め入る。ときおり微粒子のような光点が表面を流れる。

「綺麗でしょう。それが勾玉《まがたま》よ」沙玉士が炉門たちに近づいてくる。「その内部で、街の時間は凍結している。それが未来の種《たね》になる」

「いったいなにを言ってるんだ、あんたは」

帆丸の隣に立ち止まった沙玉士は、隊商笠を後ろに下げて、勾玉に感嘆の眼差しを向けた。彼らの背後の骸崖《がいがい》では、複数の瘤《こぶ》が押し合いながら膨張し、時を巻き取ろうとするかのように、ゆっくりと渦を巻いて流動していた。

「かつて放棄された遠大な脱出計画のひとつなんですよ」帆丸が立ち上がりながら言った。「播種《はしゅ》船で可住惑星に移民するというね。それを蘇らせるためには、この勾玉が必要なんです。もちろん移民できるのは、再生知性だけですが」

「おまえたちは兌換《だかん》して亡霊になるつもりなのか」

「惟神《かんながら》派が御阿礼《みあれ》を推し進めていることは知ってるはずだぜ」

「そう、亡霊なんかじゃない。彼方《かなた》の地で、まだどこでもない場所で、あたしたちは――」沙玉士が肺病病み特有の咳をして、大きな胸に手をあてる。「生まれなおし、次々と子を殖やす。その苷界《せかい》がうんざりするほど人で満ちるように」

沙玉士の命は長くないのだ。駆狗子は卒然《そつぜん》と悟った。彼女がどういう理由で御母堂《ごほどう》を出て、どういういきさつで肥護門《ひごもん》を率いることになったのかが、漠然と察せられた。

そのとき駆狗子は、隊員の人数がひとり足りないことに気づいた。あたりを見渡す。さっき塵晶《じんしょう》で耳を失った若い肥育師《ひいくし》の姿がない。

「鎖肋《さろく》、だったな。彼はどこにいるんだ」

「あの子は、逃げ遅れたの。惟神《かんながら》派に入ってさえいれば、いつかまた会えたかもしれないのに。どうしても嫌がってね」抑揚なく話していた沙玉士が、突然声をうわずらせた。「ねえ駆狗子さん、あなたも一緒に……あなたならまだ間に合う」

駆狗子は黙《もく》したまま瞑目した。自らの身体が塵骸《じんがい》となって賦活しているかのようだった。

帆丸が炉門に目配せをして促す。

「無駄だって。何のために隠してきたと思うんだ。だけど、じじいは一緒に連れて行くぜ。兌換すりゃ、意識が戻るかもしれねえんだ」

「すでに棄体《きたい》のようだから、うまくいくとは限らないけれどね」

だめだ、そんなことは許さない――駆狗子が声を張り上げようとしたそのとき、足下《あしもと》から呻き声がした。皆が地面の師父に視線を向ける。

「それには、およばん」縫い目がほどけたように師父の口が動いていた。乾いた唇が割れ、血が滲《し》みだしている。「わたしは寄塵門《きじんもん》、溟渤に生かされる者だ。決してこの斉界《せかい》から離れるつもりはない」

駆狗子ばかりか、炉門や帆丸までもが喜びを隠さず呼びかけた。

「炉門と帆丸。おまえたちをいまこの瞬間をもって破門とする。すぐに、立ち去るんだ」

かつての門弟ふたりは、屈託《くったく》のない笑顔を浮かべたまま背を向け、まだ煙の燻《いぶ》る谷間《たにあい》をなにも言わずに歩きだした。その後を沙玉士とその徒弟が追う。

遠ざかっていく沙玉士が、一度だけこちらに振り向いた。

「惟神派《かんながら》が率いているのか、溟渤がそう導いているのか、溟渤わたりたちが感応させたのか。はたして誰の願いなのやら」

「えっ」駆狗子が振り返って師父の傍《かたわ》らに屈み込む。

「ずっとおまえたちを見ていた。だが動けなかった。すまない、なにもできなかった」

「こっちこそすみません。こんな――」駆狗子はそこで言葉を継げなくなった。顔の筋肉がこわばり、泣いているとも笑っているともつかない表情になる。

師父の全身のあちこちから細い金属繊維が突き出し、縫い合わすように地面と絡み合っていくのが見えた。

第九章　開闢《かいびゃく》

無窮《むきゅう》の封印を受けたはずの晦冥《かいめい》に、光の粒子が漂いだした。いつしか鋭い光条《こうじょう》が射し込み、記憶共有枝の轂《ハブ》としてただ機能していた都市と肉と眠りの混合体を、くまなくなぞって繊維状に解きほぐしだした。復元不能の欠損部が、隷重類《れいちょうるい》の代替情報で補完されていく。

寄せ集められつつある脳細胞と神経系の中で、わずかに意識が瞬《また》いた。

だが、なにも見えず、なにも感じられず、なにも思い出せなかった。なにをしたいわけでも、なにをしたくないわけでもなかった。

知覚の気泡が、湧き上がるたびに弾《はじ》け消えてしまう。

脳髄の庇《ひさし》の下で、眼球や視神経が編み上がり、瞳孔《どうこう》が開いた。

暗闇が深みを失い、球状の殻壁《かくへき》へと比喩的に可視化した。拘禁されているのだと気づく。だがどういう理由で、そもそも誰が拘禁されているのかも判らなかった。

脳裏に文字が連なりだした。長い列だった。なにが記されているのかと目を近づける。ひとつひとつがぼやけ、白い体毛に覆われた巨大な生物になる――白、百、百々似《ももんじ》、百々似たちの長い列、隊商の列、率いるのは、顔の崩れた棄人《きじん》たち――途絶していた記憶共有枝が、過去と結びつきはじめる――地下深くに埋《うず》もれる神社、捥《も》ぎ取られた両脚、蓮の花托《はちす》に似た鎮塵帯《ちんじんたい》の広がり――肉気球、浜辺のカモメ、羽室との食事、ダヴィディアとギボウシの庭――パンの香ばしいにおい、あたたかい紙袋、緑豊かな町並み、路地、薄明かりの――

久内はひとり薄明かりの路地を歩いていた。腕には、温かい紙袋を抱えている。漆喰塀《しっくいべい》の向こうには、ありふれた戸建て住宅が立ち並び、庭の木々が大きく枝葉を広げている。枯葉がお定まりの動きで舞い落ちる。

紙袋がにわかに重みを増した。見るとエンジンに似た複雑な金属塊《かい》に変わっている。あまりの重さに耐えかねて手を離した。はずが、片腕ごと落下している。腕つきの金属塊は地面にめり込み、粘ついた音をたてて沈んでいく。大地が小刻みに軋《きし》みだした。

溜息をついて、頭上を仰ぎ見る。暗い天球が複雑な幾何《きか》学模様を次々と吐き出し、雨降る湖面のようだった。繰り出される模様が目で追えないほどの早さになってぼやけ、無数の星が瞬きだした、かと思うと、空が仄白く明けていき、また性急に翳《かげ》っていく。昼と夜が、太陽と月が、星々が、互いの残像であるかのように追いかけ合い、潤んだ明滅を繰り返す。

目が眩《くら》んで瞼《まぶた》を閉ざした。

右の掌《てのひら》に柔らかい毛並みの感触が滲《にじ》んでくる。

「師父」

背後から呼びかけられ、百々似から手を離して振り向いた。

遠くから隊商笠を被った駆狗子《くぐし》がやってくる。その横を、巨大な百々似たちが、風に和毛《にこげ》を煽《あお》られながらゆっくりと這い進んでいた。ひどく風が強まっている。

自分が隊商旅を続けていることを思い出した。

老いて、体力がひどく落ちた。これが最後の旅になるのかもしれない。

駆狗子と睨鋭子《げいえいし》のふたりの弟子を除いて、門弟たちの顔ぶれはすっかりと変わってしまった。いや、まだあとひとり――最後尾の曳幌《ひきほろ》に積まれた水晶形の塵造物《じんぞうぶつ》の中には、錬児《れんじ》が仮死状態のまま収まっている。何ヶ月もかかって、溟渤《めいぼつ》の深層から引き上げることに成功したのだ。

だが、どれほど力を尽くそうとも結晶体から憑詞《よりごと》を祓えず、錬児を助け出すことは叶わなかった。錬児が賦活層に呑まれながら媒音《ばいおん》で塵詠みした急場しのぎの塵造物は、どういう理《わ》由《け》かその形相《けいそう》と機能を牢固《ろうこ》に保ち続けている。用いられた憑詞を使えば、溟渤の完全な鎮塵《ちんじん》が実現するかもしれなかった。だがそれを知ることは、完全性を崩すことでもある。

不意に、この結晶体に封じられているのが、錬児ではなく、自分の真体《しんたい》であるような考えに囚われた。

背後から大股の足音が近づいてくる。駆狗子が横に並び、顔を覗き込んできた。太い鼻筋の左右で、なぜか双眸《そうぼう》が潤んでいた。

「何度も呼んだんですよ」

「いま、わたしのことを思い出していたんだ」

「なに言ってるんです。さあ、前を見てください」

重い老体を前に向ける。

「もっと先を、丘陵の方を」

塵骸《じんがい》丘陵から別の隊商がおりてくるところだった。先頭の何頭かは、金眼《きんめ》百々似だ。西に傾いた強い陽射しを受け、黄金色の眼球の中で、象嵌《ぞうがん》細工のような虹彩《こうさい》を光らせている。

その傍《かたわ》らを、若い娘が歩いている。段差の多い地面を踏みしめているのは、白銀《しろがね》色の足だ。娘もこちらを見ていた。隊商笠を後ろにおろす。胡桃《くるみ》色をした綿毛髪がふわりと現れる。病み上がりのようなやつれ顔に、白い歯列を覗かせて笑っている。

「まさか、あれは――」

師父と駆狗子が大きく手を掲げ、手首を捻《ひね》って肘を曲げる。風の向こうで娘が同じ動作を返す。隊商がすれ違うときに交わされる、ありふれた挨拶。

ふたつの百々似隊商は、わずかに接近しただけでまた離れていく。

瓦礫《がれき》状の地面を伝って、一匹の蜘蛛《くも》が這ってくる。手前まで来ると、大きく膨らんだ腹尻《はらじり》を落とし、八本脚の間隙《かんげき》に被膜を作って羽ばたきはじめた。鼻先に飛んできた聴　蝶《ちょうちょう》の羽根をつかむ。聴蝶が口吻《こうふん》を伸ばし、尖った先端を腹部にあてがう。蓄声管《ちくせいかん》である腹部が回転しだす。

軟骨でも口にふくみながら喋っているかのような線の細い声が、途切れがちに聞こえてくる。師父が耳を近づけ、目を細める。

「師父にも涙腺《るいせん》があったんですね。初めて見ましたよ」駆狗子が嬉しそうにからかう。「宇《う》毬《まり》はなんて言ってるんです」

師父は記憶を嚙み締めながら声を立てて笑う。

「あいつ、あちこちの養生塁《ようじょうるい》で、文書保管庫を漁りに漁って見つけたらしい」

「なにを見つけたって言うんです」

「次にどこかの養生塁で会ったときには、振る舞ってくれるそうだ」

「料理ですか？　あいつ苦手だったじゃないですか。なんの料理です」

蓄声管にただ座標を録音し、聴蝶を宙に放つ。

「なんなんです。教えてくださいよ。師父」

聴蝶は何度も強風に吹き流されながら、宇毬の隊列を追って遠ざかっていく。

地面にしゃがみ込み、蜘蛛の腹尻だった年代物の携帯酒壜《スキットル》をつかむ。

その日は、溟渤《めいぼつ》に強風が吹き込み、巨獣の遠吠えや大海の波音を思わせる複数の音が、重奏的に鳴り響いていた。挙動が読めない溟渤の動きに、多くの隊商が進むべき進路を見失って立ち往生していた。

その原因は、まもなく聞こえだした大気の轟《とどろ》きによって明らかになった。

師父や駆狗子《くぐし》は塵骸密林の中から、宇毬《うまり》は鎮塵帯から、雲が擦《す》り傷のように掠《かす》れた大空を見上げていた。

白亜の巨大な円柱が、噴煙のごとく天空に向かって伸びていく。猛烈な勢いでとめどなく昇っていく。今回の目的地の座標だった。遙か遠くにも、二本の白い柱が薄《う》っすらと霞《かす》んでいた。

師父が携帯酒壜の蓋を開け、酒を一口飲んだ。強い沃度《ヨード》臭が鼻孔の奥まで拡がる。

「あれが浮橋《うきはし》ですか」携帯酒壜を受け取りながら駆狗子がつぶやく。

蓮の花托《はちす》の上で怯える百々似《ももんじ》の、汗で蒸《む》れた柔毛に、宇毬は手ぐしを入れたままでいた。

霧雨が降りはじめた。

天地を繋《つな》いだ浮橋は、惑星探査生体を積載した数多くの葦船《あしぶね》を大気圏外で芽吹き、それらを彼方へ解き放った。その後、風化した土壁のように急激に崩れだし、空を塵煙で翳《かげ》らせた。

崩落した三基の浮橋を中心に、賦活した溟渤《めいぼつ》が変容波を繰り出し、かつての災厄に匹敵する大塵禍《だいじんか》を引き起こした。また多くの養生塁《ようじょうるい》が波に呑まれ塵下《じんか》に沈んだ。

波が引くと、塵没前の世界が蘇《よみがえ》ったかのように次々と街が現れた。そこでは万余《ばんよ》の人々が静かな日々を営んでいた。避難蛹《よう》からの帰還者の中には、友人との再会を果たした者もいたという。〈世界〉の一時的な漏出《ろうしゅつ》だった。やがて人が、家が、なにもかもが融けはじめた。

生き残ったわずかな人々は、再び隊商を組んで溟渤の往来を始めた。

溟渤に生きるものたちの数は、抗《あらが》いようもなく減り続けた。

夜空を見上げ、異星の牢殻《ろうかく》が燃える紅《あか》い光条を、流星群を目にしたのは、ほんの一握りの隊商だけだった。

終章

渾沌は、降着円盤の中心にある超重力場に廃棄された。

常闇《とこやみ》に墜《お》ちていきながら、彼方《かなた》から降り注《そそ》ぐ過去を全塵《ぜんじん》でとらえる――嬰児籠《えじこ》となった惑星のきれぎれの喘《あえ》ぎを、新たに芽吹いた文明の漏らす刹那《せつな》の歓《よろこ》びを、天球の破片が放つ鮮やかな青空を、泥海《なずみ》越しに明滅する小さな光輝を、新天地を探す恒星間航行機からの知らせを――それは機が孕《はら》み続けた回帰の音――地表を覆う大塵渦《だいじんか》の轟《とどろ》き、外回りの、智天使《ケルビム》の、〈世界〉の鰓脚《さいきゃく》の音、溟渤《めいぼつ》をわたる隊商の靴音、百々似《ももんじ》がたてる綱の軋《きし》み、浮橋《うきはし》から旅立ってゆく葦船《あしぶね》の機関音、地表に降り注ぐ牢殻《ろうかく》の摩擦、衝突、広大な龕拓地《かんたくち》の重い波音、果てなき労役を強いられる皆勤の徒らの凍《こご》えた吐息、帰還を待ちわびる社長のおくび、惑星の仔《こ》が巻き上げる地軸の螺子《ねじ》音――そのすべてが、船殻《せんかく》から全方位に放たれ続けた視線によって、未踏星域に散らばる数限りない星々に置き換わっていく。それは、超重力により崩壊し、可能世界の数にばらけていく自らの姿でもあった。

解説

大森　望

あなたが手にしている本書『皆勤の徒』は、現代日本SFの極北にそそり立つ異形の金字塔にして、SF的想像力の最長到達点を示す里程標である。

……と思わず大上段に振りかぶってしまうのも当然で、SF史を見渡しても、これほど独創的なデビュー作はほとんど例がない。独創的すぎて理解してもらえないことを心配したのか、編集部から、本書がどんな小説なのかわかりやすく説明する解説を書けと仰せつかり、ふたつ返事で引き受けたものの、その作業のたいへんさに、いまちょっと途方に暮れている。

いやもちろん、はるかな未来、いまとは似ても似つかない姿に変貌した人類や奇妙奇天烈《きてれつ》な生物を描くSFなら、ブライアン・W・オールディス『地球の長い午後』を筆頭に、『アド・バード』をはじめとする椎名誠の一群の作品や、貴志祐介『新世界より』など、過去にいくらでも例がある。ジェイムズ・ティプトリー・ジュニア「愛はさだめ、さだめは死」のように、人間がまったく出てこない作品もそう珍しくない。しかし、(自筆の細密なイラストはさておいても)語彙《ごい》まで含めてここまで徹底的に〝異形の未来〟を描き切った作家は、日本では筒井康隆ぐらいだろう。

巻頭に置かれた表題作「皆勤の徒」の冒頭一ページを見るだけで、ふつうのＳＦとかけ離れていることは一目瞭然。小説は、主人公にあたる従業者（その名もグョヴレウウンン）が、寝袋みたいな奇怪な生物から搾り出されてくる異様な出勤場面で幕を開ける。屠流々《とるる》だの辛櫃鱓《からびつうつぼ》だのという生きものが生息するねちょねちょぬとぬとの不気味な世界で、「おまえは皆勤だけが取り柄《え》だな」などと罵倒されたみじめな過去を思い出しながら、今日も働くグョヴレウウンン。ＳＦ版「蟹工船」というか、ブラック企業で奴隷的に働かされるダメ社員みたいな立場らしいことがおぼろげにわかってきて親近感が湧くものの、しかしこの文章はただごとではない。山尾悠子「夢の棲む街」とマーヴィン・ピーク《ゴーメンガースト》三部作と筒井康隆「メタモルフォセス群島」とチャイナ・ミエヴィル『ペルディード・ストリート・ステーション』を融合させて煮詰めてから三年かけて醱酵させたような……とか言ってもぜんぜん説明になりませんね。語彙とイメージがあまりに独特なので、一見すると異世界ファンタジーもしくは寓話的幻想小説のようだが、しかし実はその背後に綿密なＳＦ設定があることがしだいに明らかになってくる。

そもそもこの世界は――という話をはじめるとネタバレになってしまうので、未読の人に配慮して、先に著者および本書の来歴について簡単に説明する。

表題作「皆勤の徒」は、二〇一一年の第二回創元ＳＦ短編賞受賞作。三人の選考委員（大森望・日下三蔵とゲスト選考委員の堀晃氏）が揃ってＡをつけて文句なしに受賞が決まり、規定により『結晶銀河　年刊日本SF傑作選』の巻末に収録された。

この「皆勤の徒」と、『原色の想像力2　創元SF短編賞アンソロジー』に書き下ろされた「洞《うつお》の街」、〈ミステリーズ！〉57号に掲載されて一部にセンセーションを巻き起こした中編「百々似《ももんじ》隊商」に、書き下ろしの新作「泥海《なずみ》の浮き城」を加えた連作集が本書『皆勤の徒』。新人作家・西島伝法の記念すべきデビュー単行本にあたる。

あまりに個性的すぎて読者を選ぶのは事実だし（だれが読んでもおもしろいとはとても言えません）、読むのにかなりの時間と労力を必要とするが、SFにストーリーやキャラクターい上のものを求める読者にとっては、最大級の興奮が待っている。一行一行にみっちりアイデアが詰まっているという点で、本書ほどコストパフォーマンスの高いSFはめったにない。しかも、一回読んだだけではとても全貌が把握できないので、必然的に二回、三回と読み返すことになる。

著者の西島伝法は、一九七〇年、大阪府生まれ。大阪美術専門学校芸術研究科卒業。この十数年ずっと小説を書いては新人賞に投稿していたらしいが、「皆勤の徒」以前は、「糸巻き群想」（佳月柾也名義）で第六回小松左京賞（二〇〇五年）の最終候補に残ったのが最高成績だったという。しかし、作品がダメだったわけではない。たまたま大森が某長編新人賞の一次選考で読んで、これはすごいと仰天し、自信をもってAをつけたのが、著者のブログに「注釈の注釈による超現実詩小説」と銘打って連載されている『棺詰《かんづめ》工場のシーラカンス』（の別バージョン）。相互に関連する短文の連作形式をとり、言葉遊び（地口など）から生まれたイメージが果てしなく連鎖してひとつの言語世界をつくりあげてゆく。ある意味、本書の幻想小説版と言えなくもない。ウェブ掲載のものから一部を抜粋すると、

【5】反物　反物質の略称。固有の形態が存在しない不定形な物質のことを総じていう。広義には揺らいだ液体から透けて見えるあらゆる像も含まれる。雨後の水たまり、鋳造する前のパン生地【27】、念菌《ねんきん》なども反物の一種である。（後略）

という具合。造語によってイメージを喚起する手法は本書と同様で、共通する名称（念菌）も出てくる（ただし、両者に設定上の直接のつながりはない）。これはこれでたいへんな傑作だと思うんですが、たしかに商業出版にはなじみにくい。そうした独特の言語世界にキャラクターとストーリーを与え、強固なSF的バックボーンを持たせた点に、『皆勤の徒』の大きな特徴がある。表題作だけだと、やっぱりあんまりSFに見えないんですけど……と思う人もいるかもしれないが（じっさい、創元SF短編賞の選考会でもそういう意見が出た）、その後に書かれた三作を通読すれば、本書が堂々たる本格SFであることに疑問の余地はないだろう。表題作を途中まで読んで挫折しそうになり、なんらかの助けを求めてこの解説のページを開いた人には、四話目の「百々似隊商」を先に読むことをお薦めする。SF読者にとっては、たぶんこの中編がいちばんわかりやすいはずだ。なぜなら——という説明は、未読の人の興《きょう》を殺《そ》ぐ可能性があるので、ここから先は本編読了後にお読みいただきたい

が、なにがどうなっているのか五里霧中ですという人のために、以下、著者自身から送られてきた創作メモをもとに、本書のSF的な成り立ちをSF用語を使って説明する。SF的背景がわからないと楽しめないかというと全然そんなことはなくて、エキゾチシズムあふれる異界描写をありのままに堪能すればいいんですが、ここでは解説者のつとめとして、全体的な見取り図を描いてみたい。

【この先、本書の内容を細かく紹介します。未読の方はご注意ください】

さて、最後まで読めばわかるとおり、本書に収められた四編は西島流の未来史に属し、時代背景の年代順で言うと、最終話がいちばん現代に近い。要するに、ほとんど幻想小説のような異世界の物語を巻頭に置き、そのような世界がどうやって生まれたかが、その後の三話を通じて（SF的に）だんだんわかってくる仕組み。とはいえ、説明らしい説明はほとんどないので、筋金入りのSF専門読者でも、一読して全貌を理解するのはまず不可能だろう。

いちばんストレートに書かれているのは、「百々似隊商」の久内《ひさうち》パート。近未来、人々は脳に特殊なインターフェイス（玉匣《たまくしげ》）を埋め込み、AR環境（仮粧《かしょう》）で暮らしている。ナノマシン（塵機《じんき》）の発達により、プログラム（形相《けいそう》）さえあればなんでもつくれる夢の時代。しかしやがて、ナノマシンの暴走事故（塵禍《じんか》）が発生。製品がどろどろに溶けて融合する混沌状態が地球全体に広がりはじめる。

人類の一部はいちはやく宇宙ステーションに避難。塵禍を免《まぬが》れた軌道エレベータ（浮橋《うきはし》）

を使って、大規模な地球脱出計画もスタートする（このプロジェクトの一環として、人工的に開発された惑星探査生体が百々似だった）。が、そこにナノマシンの大津波（大塵禍）が襲い、軌道エレベータはもろくも崩壊、都市は混沌の海（溟渤《めいぼつ》）に沈む。

生き残った人類の多くは、生身の体を捨て、智天使《ケルビム》と呼ばれる生物機械（のちの〝外回り〟）に人格を転写し、再生知性として生き延びる（このデジタル移行を〝兌換《だかん》〟と呼ぶ）。智天使の中には、アップロード人格が住む街（教区）が生まれ（要はグレッグ・イーガン『ディアスポラ』のポリス、もしくは飛浩隆『グラン・ヴァカンス』の区界みたいなもんですか）、智天使たちが相互にネットワークを結ぶことで、無数の教区が連なる〈世界〉が生まれた。

一方、生身のままでいることを選んだ人間たち（非再生知性）は、避難蛹《よう》と呼ばれるシェルターで一種の冷凍睡眠に入り、大塵禍をやりすごす。久内は人格を智天使にアップロードして〈世界〉に移るが、幼少時に人工神経を移植した影響で、もとの肉体にもそのまま意識が残り、そちらの久内は避難蛹に入り、長い眠りにつく。

この出来事から数百年を経た時代が、「百々似隊商」の現在。塵禍は落ち着いたものの、地球は崩壊したナノマシン群（塵造物《じんぞうぶつ》）の海に覆いつくされている。目を覚まして避難蛹を出た生身の人間たちは避難蛹を都市（養生塁《ようじょうるい》）に改造。街と街のあいだを百々似の隊商が行き来しはじめる。その旅に不可欠なのが、プログラム言語（媒音《ばいおん》）を発話することでナノマシンの動きを封じる利塵師《りじんし》。彼らが暮らす現実の地球（物理世界）は苷界《せかい》（棄層《きそう》）と呼ばれる。
一方、転写人格たちの〈世界〉でも、肉体を持った人間を地球型惑星に移住させようと考える惟神《かんながら》派が擡頭《たいとう》。人類のデータを宇宙の彼方に運ぶ播種《はしゅ》船の永世航行士として選ばれた土師部《はにしべ》は、複数の肉体を与えられて昔界へと旅立つ。

……とまあ、こういうふうに要約すれば、本編が『ディアスポラ』ばりのハードSFであることは納得できるだろう（あるいは、ブルース・スターリングの〈生体工作者《シェイパー》／機械主義者《メカニスト》〉シリーズの発展形とも言える）。本書全体としては、転写人格の情報をおさめたデータキューブ（勾玉《まがたま》）が連作の焦点のひとつになる。

未来史の年代順でそのあとに続く「洞の街」と「泥海の浮き城」は、こうして地球を旅立った播種船が赴《おもむ》いた先が舞台。播種船のうちの一隻は、惑星まるごとがひとつの知性になった生命体（惑星知性）に拿捕《だほ》される。その船に乗っていた百々似を競売で入手したのが、降着円盤の安定周期軌道上に生息する巨大なアメーバ状の異星生命（胞人《ほうじん》）の〈禦《ぎょ》〉（のちの〝社長〟）。〈禦〉は、百々似の内部からとりだした勾玉から人間のデジタル情報を吸い出して、奴隷的な労働に従事させるための人造人間（隷重類《れいちょうるい》）をつくりだす。各話のあいだに挿入される短い書き下ろしパート（断章）では、この〈禦〉を軸とする物語が綴られる。

青春学園ドラマ風に開幕する「洞の街」には、播種船の航行士だった土師部が登場する。播種船が惑星知性に捕まったとき、土師部は操縦ユニットで脱出し、惑星胚《はい》の消化器官に不時着して生き延びる。そこは、無数の異星生物が餌として降ってくる（この雨を〝天降《あまくだ》り〟

と呼ぶ）世界だった。降ってきた百々似が持っていたデータから人間が復活し、街が生まれ、少年・土師部が誕生する。もともとの土師部は街の指導者（社之長《やしろのおさ》）となり、惑星胚がまもなく孵化《ふか》することを予期して、住民たちを計算資源として使い捨てにする利己的な脱出計画を立案する。だが、少年・土師部はそれに抵抗し、百々似を脱出ポッドにしようと考える。孵化のときは近づいていた……。

書き下ろしの「泥海の浮き城」は、一人称私立探偵小説スタイル。語り手の〝わたし〟こと螺導《ラドー》・紋々土《モンモンド》は、甲皮と触角と体節を持つ昆虫人間。一種の（高度な）保護色機能により姿を消すことができ、そのカメレオン体質を利用して探偵のような仕事（避役事《ひえきごと》）を請け負っている。考古省学師長からの依頼で、学師長の代理人が怪死した事件の調査に駆り出された〝わたし〟は、考古学上の大発見をめぐる騒動に巻き込まれる。題名の浮き城とは、巨大な貝のような生物。それぞれ、多くの人間が居住する移動都市になっている。

巻頭の表題作「皆勤の徒」の舞台となる惑星は、（「断章　拿獲《だかく》」の記述によれば）意外にも遠い異星ではなく、遠未来の変わり果てた地球だった（いやもうびっくりです）。

降着円盤に生息する胞人たちが手に入れた播種船を分析した結果、船の出発地がナノマシンに被覆された惑星（地球）であることが判明。地球は、惑星知性の子供を育てるゆりかご（嬰児籠《えじこ》）の候補地に選ばれて、大規模な環境改造（羹拓《かんたく》）がはじまる。勾玉の操作にしくじってデータ暴走を引き起こし、ナノマシン・ハザードを招いた〈禦〉は、孤立した〝遮断《しゃだん》胞人《ほうじん》〟となり、その責任を問われて隕石《いんせき》に圧縮収監され、惑星嬰児《えいじ》とともに地球に送られた。

主人公の従業者は、播種船（の百々似）に格納されていたデータを使ってつくりだされた、自己複製する労働用人造人間（隷重類）。流刑者をこの惑星に適応させるための臓器や骨をつくる製臓会社に勤めている。

ときおり襲来する外回り（智天使）の目的は、外宇宙からの侵略者を撃退することと、隷重類を奴隷的な境遇から救い出して、もう一度データ化して〈世界〉で復活させることだった（しかし作中では、〈歩みは人鳥《じんちょう》のごとく遅いが、こちらが油断して捕らえられると自力で逃れる術《すべ》はない。外回りはそれぞれが頭取という肩書きを持ってもおり、従業者たちの首を鋭利な歯舌《しぜつ》で切断して、結球させた逓信葉《ていしんよう》に生首を封じるヘッドハンティングに長けている〉などと、いかにもおぞましく描写される）。

従業者はあるとき勾玉を拾い、そこに内蔵されていたデータ都市（教区）が、取締役と融合した第二の従業者（第一の従業者が妊娠・出産した自分自身）の脳内で展開されて、従業者の意識に街が広がる（円城塔「良い夜を持っている」を思わせる詩的なイメージ）。

やがてついに虁拓が終わり、虁拓船から降りてきた惑星の仔《こ》が地球の内部へと沈んでゆく。いずれはそれが新たな惑星生命となるだろう……。

大幅に端折《はしょ》りながら主な筋立てを紹介しただけなのに、思いのほか長くなってしまったが、要するに本書では、ナノマシン暴走により文明が崩壊したあとの地球および人類の変貌が（前代未聞のスタイルで）描かれる。

限界研編のSF評論集『ポストヒューマニティーズ　伊藤計劃以後のSF』（南雲堂）によれば、〝夏の時代〟を迎えた現代日本SFの中心テーマは〈日本的ポストヒューマン〉であり、そこでは「人間」「意識」「身体」「情報」「コミュニケーション」「生命」「AI」が扱われるという。『皆勤の徒』はそれらの主題のほとんどを含み、〝ポストヒューマン（人間以後）〟の未来像を真正面から描き出す。

こうして見ると、本書は（異形の外見にもかかわらず）まさしく現代日本SFのど真ん中に位置している。本格SFの骨格の上に幻想文学／言語実験小説の華麗な衣裳をまとったこの小説が、はたして日本SFの中核を担う作品として受け入れられるかどうか。刮目《かつもく》して結果を待ちつつ、天才・酉島伝法の今後の活躍に期待したい。

＊

創元日本SF叢書版『皆勤の徒』の巻末解説にこう記してから二年。本書はめでたく日本SFの中核を担う作品として受け入れられ、こうして文庫化の運びとなった。内容についてあらためて書き加えることはないが、この二年間の『皆勤の徒』の歩みをざっと記したうえで、関連発言をスクラップしておこう。

四六判ソフトカバーの『皆勤の徒』が刊行されたのは、二〇一三年八月末。たちまちSF読者の度肝を抜き、熱狂的な支持を集める。翌年二月に出た『SFが読みたい！2014年版』の「ベストSF2013国内篇」では、過去最高となる六六三点を獲得。二位に二五〇ポイント近い差をつける圧倒的な人気で、ぶっちぎりの一位となった。同書には、この快挙を記念して、「酉島伝法のつくりかた」と題するメール・インタビュー（聞き手：大森望）が掲載されている。本書執筆の経緯に触れた部分は以下のとおり（［　］内は解説者による補足）。

［表題作の創元SF短編賞］応募時には、ざっくりとですが、［連作全体の］ひと通りの構想ができていました。表題作のわけのわからなさを裏側から支える柱として考えた設定ですが。（中略）

取り掛かったのは、締切の半年ほど前からです。職場で従業者のような有様になっていたのと、新たな『蟹工船』の物語が必要なのでは、という思いから、自分の体験を元に肉付けしていきました。ジョージ・オーウェル『パリ・ロンドン放浪記』やキース・ロバーツ『パヴァーヌ』の「信号手」なども意識しつつ。

最初は挿画やスケッチ先行でイメージをつかみ、造語やアイデア、世界観などをノートや個別のテキストファイルに随時追加していきながら、設定を膨らませました。この時点では年表はなかったんです。

連作の構想は、表題作の裏設定を解凍して、『プリズム』［神林長平］的に繋ぐという方法で、案外早くまとまりました。世界観を保ったまま各話の毛色を変えるのには苦心しましたが。

同世代・同時代の内外の作家について気になる存在はいるかという質問には、〈テッド・チャンやパオロ・バチガルピは気になる作家ですが、小説を読んでると著者の誰もが年上に思えるせいか、同世代という感じはしないですね。リスペクトなら、グレッグ・イーガン、ジーン・ウルフ、リチャード・パワーズ、コーマック・マッカーシー等々。／日本人作家では、円城塔や宮内悠介にはいつも驚かされます。石黒達昌も好きで、新作をずっと待ち望んでいるのですが。SF以外で必ず読んでいるのは多和田葉子です〉と答え、〈いまの日本SFは、どの方面に爆発するか判らない熱量を持っている印象ですね〉と書いている。

また、これまでに読んだ（広義の）SFのオールタイムベストを内外十冊ずつ挙げてほしいというリクエストに対する回答は、国内が、安部公房『人間そっくり』、夢野久作『ドグラ・マグラ』、沼正三『家畜人ヤプー』、神林長平『あなたの魂に安らぎあれ』『プリズム』、小林泰三「酔歩する男」（『玩具修理者』所収）、北野勇作『どーなつ』、吉村萬壱『バースト・ゾーン　爆裂地区』、『山尾悠子作品集成』、飛浩隆『ラギッド・ガール』、円城塔「松ノ枝の記」（『道化師の蝶』所収）。国外がチャペック『山椒魚戦争』、ギブスン『ニューロマンサー』、ジーター『ドクター・アダー』、エフィンジャー『重力が衰えるとき』、ディック『暗闇のスキャナー』、バラード『時間都市』、レム『ソラリスの陽のもとに』、ナボコフ『青白い炎』、ボルヘス『伝奇集』、ベイリー『カエアンの聖衣』、イーガン『ディアスポラ』、プリースト『双生児』、『エリアーデ幻想小説全集』、ウルフ《新しい太陽の書》『ケルベロス第五の首』だった。
ベストSF一位の快挙につづき、二〇一四年三月一日には、第三十四回日本SF大賞を受賞（この回の特別賞は、宮内悠介『ヨハネスブルグの天使たち』と大森望責任編集『NOVA 書き下ろし日本SFコレクション』全十巻だった）。著者の「受賞の言葉」の一節にいわく、

SFではあたりまえの用語やお約束が、読み慣れない者にとっては特殊な世界のものに感じられてしまう。そういう壁を取っ払って、SFと意識させないままに、SFの面白さを伝えることができないだろうか。出来上がったものからは信じられないかもしれませんが、そういう縛りを自分に強いていました。翻訳黎明期のような発想で、既存の用語を、視覚的にイメージしやすい漢字で舞台美術的に再検討すること。また、どれだけ奇抜な舞台であろうと自明のものとして、創作物だと明示せざるをえない説明を排し、登場人物の認識の枠内のみで描写すること。目指したのは、架空世界の住人が書く普通小説でした。

各選考委員も、本書について熱のこもった選評を寄せている。最後にその一部を抜粋して引用する（全文は、前記「受賞の言葉」とともに日本SF作家クラブ公式サイトで読める）。

ここにあるのは、一見でたらめな妄想のように見えながらじつは、主人公が何を知っているか、主人公は世界をどう見ているか、そんな主人公なら世界をどう表現するか、という想像を正確に突き詰めた結果として出現した異形の世界であり、読者への「伝わりやすさ」よりもその正確さを優先する律儀さはハードSF的である。そういう意味でもこれは、従来のSFの流れの中にある方法論で書かれたストレートなSFだろう。加えて、選考会で〈筒井康隆の「トーチカ」を読んだときのような衝撃〉、という喩えが出されたとき、ああやっぱり、と思ったのは、私も同じ筒井康隆の『驚愕の曠野』を連想していたからだ。それは、筒井康隆から牧野修や田中啓文へと繋がるラインを思わせる。奇怪不快悪ふざけ過剰空気読まないラインである。（北野勇作）

私はこの作品を表題作に始まり、最終章によって経緯が明らかになる、クロニクル的な連作短篇というよりは、一本一本を独立した作品として読んだ。単語の語感と音から、視覚イメージを立ち上げた本作は、昨今まれにみる詩的な文学作品であると同時に、論理と叙情性を併せ持つ優れたSF小説に仕上がっていると思う。（中略）普通なら決して手に取らなかったであろう小説に、こうした形で引き合わせてもらったことを感謝している。（篠田節子）

いつの間にか物語の深みに入りこんで、作者の構築した異様な世界を堪能していた。

硬質な文章が、急に軟化したわけではない。作者と世界観を共有するまでに、通常以上の手順が必要だったというだけだ。そのせいか描かれている異形のものたちは、グロテスクでありながら妙に愛おしかった。ある意味で読み手の想像力が、ためされているともいえる。これまでの読書経験で、この作品を評価するのは困難ではないか。異質な世界について語るために、まず異質な言語を創造しているのだ。（谷甲州）

『皆勤の徒』には本当に驚かされた。幻想的なイメージの豊かさと、大胆にして緻密なハードSF的世界設定。そして何より、日本語特有の、漢字がもたらす視覚効果と読みからくる音のダブルイメージを駆使して、怪異にして可笑し味ある世界を書き切った点など、日本SFに新たな魅力を付け加えた作品であり、迷いなく推せた。この不気味な世界が、われわれの日常に通底していると感得させられるのも凄い。（長山靖生）

ぼくの好みで言うと『皆勤の徒』が図抜けている。異様生態系／異様語彙によって構成された世界と命。内臓や軟骨や粘膜といったグロテスクだが蠱惑《こわく》的なリアリティが押しよせる一方で、テクストがざわざわぞわわ蠢《うごめ》きまわる。もう、のたうって読みました。あまり好きすぎてこの作品の価値を冷静に判断できているのか自信がない——というのが正直なところだ。選考会でみなさんの意見を聞いてもう一度考えようと思っていたが、蓋を開けてみると全員が高評価だった。（牧眞司）

ごらんのとおり、五人の選考委員それぞれが違う読み方で読みながら、一様に本書を絶賛している。単行本の解説冒頭で大上段にふりかぶったのが、あながち大げさでも、贔屓《ひいき》の引き倒しでもなかったことが証明されて安堵しているのだが、西島伝法の活躍はまだ始まったばかり。たしかにこのデビュー作は、SF史に名を刻んだ。あとは、西島伝法がいつまでも〝『皆勤の徒』の作家〟にとどまることなく、本書を超える作品を次々に生み出し、数十年後、この小説が筒井康隆にとっての『幻想の未来』のようなポジション（作家歴の初期を代表する傑作のひとつ）に落ち着くことを願っている。

初出一覧

皆勤の徒（第二回創元SF短編賞受賞作）
『結晶銀河』　創元SF文庫　二〇一一年七月
洞の街
『原色の想像力2』　創元SF文庫　二〇一二年三月
泥海の浮き城
書き下ろし
百々似隊商
〈ミステリーズ！〉vol. 57　東京創元社　二〇一三年二月

単行本
『皆勤の徒』　東京創元社　二〇一三年八月

文庫化にあたり、著者による挿絵を五点追加した。

検　印
廃　止

著者紹介　1970年大阪府生まれ。2011年「皆勤の徒」で第2回創元SF短編賞を受賞。第2作「洞の街」は第44回星雲賞日本短編部門の候補となる。本書で第34回日本SF大賞を受賞。2018年には英訳版が，2021年には仏訳版が刊行され話題となった。

皆勤の徒

2015年7月24日　初版
2024年9月20日　再版

著　者　酉《とり》　島《しま》　伝《でん》　法《ぽう》

発行所　（株）東京創元社
代表者　渋谷健太郎

162-0814/東京都新宿区新小川町1-5
電　話　03・3268・8231-営業部
　　　　03・3268・8204-編集部
URL　http://www.tsogen.co.jp
振　替　00160—9—1565
フォレスト・本間製本

乱丁・落丁本は，ご面倒ですが小社までご送付ください。送料小社負担にてお取替えいたします。

ISBN978-4-488-75701-4　C0193

第7回創元SF短編賞受賞作収録

CLOVEN WORLD◆Muneo Ishikawa

半分世界

石川宗生

カバーイラスト＝千海博美

◆

ある夜、会社からの帰途にあった吉田大輔氏は、
一瞬のうちに19329人に増殖した――
第７回創元SF短編賞受賞作「吉田同名」に始まる、
まったく新しい小説世界。
文字通り“半分”になった家に住む人々と、
それを奇妙な情熱で観察する
群衆をめぐる表題作など四編を収める。
突飛なアイデアと語りの魔術で魅惑的な物語を紡ぎ出し、
喝采をもって迎えられた著者の記念すべき第一作品集。
解説＝飛浩隆

創元SF文庫の日本SF

"怪獣災害"に立ち向かう本格SF＋怪獣小説！

MM9 Series◆Hiroshi Yamamoto

MM9《エムエムナイン》

MM9《エムエムナイン》 —invasion《インベージョン》—

MM9《エムエムナイン》 —destruction《デストラクション》—

山本 弘 カバーイラスト＝開田裕治

◆

地震、台風などと並んで"怪獣災害"が存在する現代。
有数の怪獣大国・日本においては
気象庁の特異生物対策部、略して"気特対"が
昼夜を問わず怪獣対策に駆けまわっている。
次々と現われる多種多様な怪獣たちと
相次ぐ難局に立ち向かう気特対の活躍を描く、
本格ＳＦ＋怪獣小説シリーズ！

創元SF文庫の日本SF

『望楼館追想』の著者が満を持して贈る超大作！

IREMONGER

〈アイアマンガー三部作〉

1 堆《たい》塵《じん》館《かん》

2 穢《けが》れの町

3 肺《はい》都《と》

written and illustrated by

EDWARD CAREY

エドワード・ケアリー 著／絵　古屋美登里 訳　四六判上製

塵から財を築いたアイアマンガー一族。一族の者は生まれると必ず「誕生の品」を与えられ、生涯肌身離さず持っていなければならない。クロッドは誕生の品の声を聞くことができる変わった少年だった。ある夜彼は館の外から来た少女と出会う……。